Philipp Galen

Der Strandvogt von Jasmund

Philipp Galen

Der Strandvogt von Jasmund

© Lizenzausgabe 2021 DEMMLER VERLAG GmbH
An der Bäderstraße 7c, 18311 Ribnitz-Damgarten
Tel.: 03821 / 425514-0, Fax: 03821 / 425514-2
www.demmlerverlag.de

1. Auflage 2021
Unveränderter Nachdruck der gekürzten und bearbeiteten Ausgabe von 1972 mit Illustrationen von Gerhard Rappus.

„Der Strandvogt von Jasmund – Geschichtliches Lebensbild aus der Occupationszeit der Insel Rügen durch die Franzosen von 1807–1813" erschien erstmals 1860 in 4 Teilen im Verlag von Christian Ernst Kollmann, Leipzig. Die gekürzte und bearbeitete Ausgabe mit Illustrationen von Gerhard Rappus erschien im Verlag Neues Leben, Berlin erstmals 1972 als Band 110 der Reihe „Spannend erzählt" als Hardcover und 1983 als Band 306 in der „Kompass-Bücherei" als Taschenbuch.

Genehmigte Lizenzausgabe der Originalausgabe Verlag Neues Leben, Berlin, 1972
© Eulenspiegel Verlagsgruppe Buchverlage GmbH, Berlin, 2021

Alle Rechte vorbehalten.
Nachdruck, Vervielfältigung und Verbreitung – auch von Teilen – bedürfen der ausdrücklichen Genehmigung des Verlages. Das gilt insbesondere für Übersetzungen, Mikroverfilmungen und die Einspeicherung und Verbreitung in elektronischen Systemen.

Titelgestaltung: **Verlag *grünes herz*®**, Sibylle Senftleben
Titelillustration: Gerhard Rappus
Illustrationen: Gerhard Rappus
Typografie: Verlag Neues Leben, Gerhard Christian Schulz
Schrift: Garamond
Druck: Alliance Print, Sofia

ISBN: 978-3-944102-40-5

I

Der Strandvogt im Kiekhaus
bei Saßnitz

Die Halbinsel Jasmund, das schöne Hochland, das durch die Schmale Heide mit der eigentlichen Insel Rügen und durch die Schaabe mit der Halbinsel Wittow verbunden ist, war seit langem die Heimat der Granzows. Über den schwer zugänglichen Kreidefelsen, unter gewaltigen Buchen verborgen, lag ihr Haus. An klaren Tagen reichte der Blick weit nach Süden, über die Prorer Wiek hinweg zur Granitz und zum Göhrenschen Höft, zum Perd. Von Stürmen und Regengüssen zerklüftet ist die Südostküste von Jasmund, Schluchten, die Lithen, in denen kleine Bäche rieseln, führen zum Strand hinunter.

Eine dieser Schluchten, vom Steinbach durchflossen, birgt das Fischerdorf Saßnitz.

Unmittelbar am Ausgang dieser Schlucht klettert ein schmaler Pfad die Höhe der Uferwand empor, an dessen Ende auf einem kleinen Hügel das Haus der Granzows stand. Es war größer als die Häuser des Dorfes und war von einem gepflegten, mit Nuß- und Obstbäumen bestandenen Garten umgeben. Die Westseite des Hauses war mit wildem Wein und Efeu bis unters Dach hinauf bewachsen. Die beiden kleinen Fenster links und rechts der Tür waren davon immer überschattet.

Ein Stück neben dem Haus hatte sich Granzow eine Warte gebaut, die dem ganzen Anwesen den Namen „Kiekhaus" eingebracht hatte.

Der Besitzer dieses Hauses und der Warte war der alte Strandvogt Daniel Granzow, der es jetzt, im Mai 1809, mit seiner Frau Ilske allein bewohnte. Obwohl er in bescheidenen Verhältnissen lebte, war er, verglichen mit den Fischern von Saßnitz, ein wohlhabender Mann.

Nachmittags um vier Uhr war es, und der alte Granzow hielt, wie gewöhnlich, sein Mittagsschläfchen. Er saß in seinem Ohrenstuhl, der dicht neben dem gewaltigen schwarzen Kachelofen stand. Über dem Ohrenstuhl hing an einem Wandriegel des Strandvogts glanzlederner Seemannshut, eine kurze Pfeife, deren Kopf das Bildnis des Schwedenkönigs Gustav Adolf zeigte, eine lange Strandbüchse, um Seevögel zu schießen, daneben das Pulverhorn, zwei Reiterpistolen, ein Entermesser in Aalhautscheide, ein kurzes Sprachrohr, das vom langen Gebrauch schon schwarz geworden war, und endlich an einem langen Riemen ein vortreffliches Fernglas, der kostbare Besitz des alten Seemannes.

Daniel Granzow war kräftig und untersetzt; anders als die übrigen Seeleute auf Rügen, war er in ein blautuchenes Wams mit Weste und in eine Hose vom gleichen Stoff gekleidet; die Wasserstiefel, die bis zur Mitte seiner Oberschenkel reichten, legte er nie ab, bevor er zu Bett ging. Sein von Sturm und Regen gegerbtes Gesicht war wohlgenährt, trotz des Alters – Granzow zählte etwa sechzig Jahre – kaum gerunzelt und rings von einem struppigen eisgrauen Bart umgeben, der an den Schläfen in das genauso graue, dichte emporstehende Haar überging.

Auf einem Stuhl am Fenster, das Gesicht dem schlafenden Manne zugewandt, saß Vater Granzows Frau. „Mutter Ilske" wurde sie von groß und klein seit Jahren in der ganzen Nachbarschaft, in ganz Saßnitz, genannt.

Sie stammte aus Mönchgut und trug seit je die Tracht der Mönchguterinnen; freilich hatte sie sie im Laufe der Jahre etwas abgewandelt.

Sie hatte eine Arbeit unter den Händen und wartete nur darauf, daß Vater Granzow aufwachte, um den Nachmittagskaffee aufzutischen, wenn der Kaffee auch kaum diesen Namen verdiente, denn wie fast ganz Europa litt auch Rügen unter den eisernen Gesetzen der Kontinentalsperre, die Napoleon gegen den Handel Englands verhängt hatte.

Endlich erwachte der Alte, erhob sich gemächlich, gähnte und reckte sich und trat ans Fenster, um den Himmel und die See zu beobachten. Nachdem er eine Weile geschaut hatte, pfiff er heftig durch die Zähne, eine Musik, die Mutter Ilske stets richtig zu deuten wußte.

„Nun", sagte sie, „pfeifst du schon wieder den Sturm herbei? Laß ihn draußen, Mann, wir haben lange genug schweres Wetter gehabt."

„Ich möchte ihn schon draußen lassen, Ilske, wenn er sich daran halten wollte. Aber glaub es mir: Es werden keine zwei Stunden vergehen, dann wird die See eine weiße Spitzendecke übergeworfen haben, und eine tüchtige schwere Bö wird sich gegen den Strand wälzen. Schau, da drüben im Südosten sitzt der Übeltäter, die breite Nebelwand hinter der Oie gefällt mir nicht – es gibt was!"

Die beiden Alten hatten sich kaum an dem handfesten Tisch vor dem Kanapee niedergelassen und langten zu von dem, was zwar in reichlicher Menge, aber freilich nur geringer Auswahl vorhanden war, denn das ganze Vespermahl bestand aus Brot, geräuchertem Aal und Flundern, die vor nicht langer Zeit noch lebendig und munter in der See geschwommen waren, da ließ sie Pferdegewieher aufhorchen, was selten genug hier oben zu hören war.

„Es kommt Besuch!" rief der alte Strandvogt freudig und lief rasch in den kleinen Flur, von Mutter Ilske gefolgt.

In dem Augenblick, als die beiden die Tür erreichten, sahen sie einen Mann von einem kleinen, aber sehr kräftigen Schecken steigen, der seiner Kleidung nach nur ein Geistlicher sein konnte, ihnen aber völlig unbekannt war.

„Ha, Ilske!" sagte der Alte leise, als er neben seiner Frau dem Fremden durch den Garten entgegenging, „das ist eine angenehme Überraschung; ich wette, es ist der neue Diakonus des Herrn Pastors von Willich in Sagard, und er kommt, uns seinen Antrittsbesuch zu machen."

Der Alte hatte sich nicht geirrt, es war wirklich der neue Diakonus, der seine Rundreise angetreten hatte, um die Pfarrkinder, die zu seiner Kirche in Sagard gehörten, kennenzulernen.

Nachdem der junge Geistliche herangekommen und seinen Namen genannt hatte, schüttelten ihm Mann und Frau die Hand und führten ihn ins Zimmer, wo er sich ohne weiteres an dem Tisch des Vogts niederließ und zugriff, nachdem Mutter Ilske noch einen Teller geholt und einige Worte der Ermunterung gesagt hatte. Sie selbst nahm indessen nicht gleich wieder Platz, sondern ging nach einem Wink ihres Mannes in die Vorratskammer und entnahm einer wohlverwahrten Kiste eine Flasche, deren Inhalt sie zwei alten hochfüßigen Römern einverleibte, die sie den Männern kredenzte.

„Ja, ja", sagte der Strandvogt, während sein Gast tüchtig zulangte, denn er hatte einen weiten Ritt zurückgelegt, „ich freue mich herzlich, Eure Bekanntschaft zu machen. Die Leute, bei denen Ihr schon gewesen seid, haben mich neugierig nach Euch gemacht, und es ist uns ja auch nicht gleichgültig, welchen Nachfolger unser guter Herr Pfarrer in Sagard haben wird. Ihm geht es doch gut, dem vortrefflichen Herrn?"

„Aber ja, Herr Strandvogt, und er läßt Euch bestens grüßen. Er wäre selbst schon gekommen, wenn ihn nicht die vielen Geschäfte mit den Franzosen an sein Haus und seinen Schreibtisch fesselten."

„Ich glaube es gern. Ach, was sind das für Zeiten, Herr Diakonus, und was werden wir noch zu erleben haben!"

„Habt Ihr denn hier auch unter den Franzosen zu leiden?"

„Nein, eigentlich nicht. Ich habe zwar meinen Anteil an Steuern und Kontributionen entrichtet, die sie über uns verhängt haben, aber auf meinen Hof und in mein Haus sind sie bis jetzt kaum gekommen, höchstens beim Vorübermarsch. Pah! Was sollten sie auch bei mir holen! Sie lieben die großen Höfe und die reichen Herren, und ein armer Strandvogt wie ich hat zuwenig, was ihrem Verlangen entspricht und ihre Begierde reizt."

„Aber besser sind Eure Geschäfte durch die fremden Herren auch nicht geworden?"

„Leider nein, ganz und gar nicht! Es kommt nur noch selten ein Fahrzeug in diese Gewässer, denn der Handel mit unsern Freunden, den Engländern, ist ja verboten, und die paar Schiffe, die dann und wann vorübersegeln, sind dänische Spürhunde, die unsere Küsten bewachen, damit kein Schmuggel getrieben wird."

„Mit den Lotsengeschäften habt Ihr als Strandvogt auch nichts mehr zu tun?"

„Von Amts wegen gerade nicht, nein, Herr; aber wer kann von einem Handwerk lassen, das er dreißig Jahre lang getrieben hat, wie ich? Wenn es was zu lotsen gibt da drüben, dann bin ich gern noch dabei."

„Ihr seid früher Lotsenkommandeur gewesen?"

„Ja!" sagte der Alte und seufzte. „Viele Jahre lang, und es gibt keinen Sturm in den letzten dreißig Jahren, der mich nicht bis auf die Haut durchnäßt hätte."

Der Geistliche nickte zustimmend und nippte von dem feurigen Wein, der vor ihm stand. Offenbar hatte er eine Frage auf dem Herzen, aber er schien innerlich zu erwägen, ob er sich damit herauswagen solle.

Endlich faßte er den Mut dazu, und während Mutter Ilske den Tisch abräumte, die Flasche und die Gläser aber vor den Männern stehenließ, sagte er:

„Ihr wohnt allein in diesem Haus, mit Eurer Frau, nicht wahr?"

„Ja, Herr, jetzt wohne ich mit ihr allein; nur eine alte Magd ist noch da, die den Garten und das Vieh besorgt, während meine Frau sich mit dem Hauswesen zu schaffen macht. Meine Nichte – sie ist die Stieftochter der Schwester meiner Frau – hat uns gegenwärtig verlassen, um ihren Pflichten in Mönchgut nachzugehen, woher sie stammt, wie auch meine alte Ilske dort geboren ist."

„In Mönchgut? Was hat denn Eure Nichte da für Pflichten zu erfüllen?"

„Ihr Pate ist ein alter Mann, Herr, Besitzer des Hofes Bakewitz, im Süden vom Perd. Er liegt im Sterben und hat gewünscht, unsere Hille so lange bei sich zu behalten, bis er das Zeitliche gesegnet hat. Nun ist sie schon seit drei Wochen auf Bakewitz bei ihm, und wir sind allein."

„Hm! Und sonst habt Ihr keine Familie?"

Der Alte warf einen scheuen Blick auf seine Frau, die sich wieder mit dem Strickstrumpf am Fenster niedergelassen hatte, und da sie die Augen fest auf ihre Arbeit gerichtet hielt, sagte der Vogt: „Mutter, sieh doch, wo Trude ist, und sag ihr, sie soll das Vieh aus der Lithe holen, damit es im Stall ist, bevor der Sturm losbricht."

Mutter Ilske erhob sich ohne Zögern, denn sie merkte, daß jetzt von ihrer Familie die Rede sein würde, und kannte ihren Mann gut genug, der sie stets zu entfernen bemüht war, wenn er von seiner Vergangenheit sprach, um ihr den Kummer zu ersparen, der für sie in der Erinnerung daran lag.

So waren denn die beiden Männer allein. Der Vogt, der einen

Blick auf das Meer geworfen hatte, war vom Fenster an den Tisch zurückgekehrt und hatte seinem Gast gegenüber wieder Platz genommen. „Ich schicke meine Alte absichtlich hinaus", sagte er flüsternd, „weil ich weiß, daß meine Antwort auf Eure Frage ihr nicht lieb ist. Ihr fragt nach meiner Familie, Herr Diakonus, nicht wahr? Ja, ich hatte eine Familie, und eine recht große: Sieben Söhne, wackere und gute Söhne waren es."

„Ihr hattet, sagt Ihr?"

„Nur einer ist mir noch geblieben."

„Sprecht Euch das Leid vom Herzen, vielleicht finde ich ein Wort des Trostes für Euch."

„Ja; es war die Zeit, als ich noch Lotse in Mönchgut war und mehr Stunden des Tages und der Nacht auf dem Wasser als in meinem Haus zubrachte. Ich war ein armer Mann, Herr, und habe von der Pike auf gedient. So mußten denn auch meine Jungen früh zur Arbeit greifen, und sie taten es gern, denn sie hatten ein gutes Beispiel und waren, sozusagen, auf dem Wasser geboren, sahen es alle Tage blitzen und hörten es alle Nächte rauschen. Und als ich dann Lotsenkommandeur wurde und ein gutes Bergegeld von den an den Strand geworfenen Gütern erhielt, konnte ich sie unterrichten lassen, und der gute Prediger in Zicker hat redlich seine Schuldigkeit getan. Aber die Jungen der Lotsen lernen kaum etwas anderes als das, was sich auf ihren künftigen Beruf bezieht. Statt in den Büchern zu lesen, die ich kaufte, segelten sie in den Wieken und Bodden herum, und als sie erwachsen waren, verließen sie das Haus und gingen über das Meer nach fernen Ländern, einer nach dem andern, und alle kamen sie nach einigen Jahren heil und gesund zurück."

„Und dennoch sind sie von Euch gegangen?"

„Ja, alle hintereinander und fast in der Reihe, wie sie geboren wurden."

„Oh, das ist schrecklich! Aber erzählt mir doch; ich möchte die Geschichte der Euren kennenlernen!"

„Ach, erzählen! Was ist da viel zu erzählen! Sie gingen lebendig an Bord und – kamen als Leichen wieder an den Strand geschwommen. Zuerst starb mein Harold und mein Olaf. Es war an einem schönen Junitag. Die Sonne blitzte auf dem Wasser, da kam ein Orkan von Nordosten herauf und brachte drei große Schiffe in Gefahr. Sie polterten mit ihren Böllern gewaltig gegen den Strand und winkten und riefen um Hilfe, denn es ging ihnen an den Hals. Als die Lotsenglocke läutete, kamen meine Jungen gelaufen, denn an ihnen war die Reihe zu lotsen. ‚Es wird ein hartes Stück Arbeit sein, Jungen!' sagte ich. Sie nickten schweigend, denn der Sturm brüllte so heftig, daß keine Stimme zu hören gewesen wäre. Ja, stumm stiegen sie in ihr Boot, und stumm kamen sie in der Nacht an den Strand zurück, aber nicht nur stumm, sondern auch kalt."

„Das ist schrecklich!"

„Hört nur weiter. Im darauffolgenden Winter kam mein Daniel an die Reihe, ein hochgewachsener Bursche und von Riesenkraft, die ihn leider verführte, zu Schweres zu versuchen. Ein Schiff kam bei hoher See von Schweden vor Top und Takel dahergetrieben. Mein Junge wollte retten, was an Bord war, und so fuhr er kühn durch die Eisschollen mit sechs Mann zu dem reichbeladenen Kauffahrer. Aber die Schollen und der Wind waren stärker als er, und weder Kauffahrer noch Lotsen sah man jemals wieder."

„Armer Mann! Und die anderen?"

„Ja, die anderen! Die kamen auf ähnliche Weise um; Heinrich in der Tromper Wiek, der bösesten von allen um Rügen, Clas in der Nähe von Zicker und endlich Paul vor den Wissower Klinken dort drüben. Das ist die Geschichte meiner braven sechs Jungen, die einen ehrlichen Seemannstod gestorben sind."

„Aber der siebente, wo ist der geblieben?"

„Hoho!" rief der Alte und reckte sich, und seine Augen blitzten. „Ihr meint Waldemar, den Jüngsten! Ja, den wolle mir Gott beschützen, denn würde auch er mir genommen, dann, Herr Diakonus, hülfen alle Eure und Herrn von Willichs Trostsprüche nichts, dann wüßte ich nicht, was daraus werden sollte."

„Aber wo ist er, wenn er noch lebt?"

„Herr, Ihr habt recht: Wenn er noch lebt; denn das weiß nur Gott, ich nicht. Seit dem Mai im Jahre 1805 – es sind also jetzt vier Jahre – habe ich ihn nicht mehr gesehen. Am 22. Oktober 1805 hat er bei Trafalgar gegen die Franzosen, seine Feinde, gefochten, er hat sich sogar ausgezeichnet, ich weiß es – aber seitdem ist er mir nie wieder vor Augen gekommen."

„Ihr wißt, daß er noch lebt?"

„Ja, und er hat mich durch einen Mann grüßen lassen, der ihn in Kolberg gesprochen hat, wo er an der Seite des wackeren Nettelbeck den Franzosen die Köpfe einstoßen half."

„Ah, er ist also ein Krieger geworden?"

„Nicht so ganz, und es hat damit seine eigene Bewandtnis, die Euch zu erzählen mir ein großes Vergnügen machen wird, wenn Ihr geneigt seid zuzuhören."

„Von Herzen gern, zumal es scheint, Ihr sprecht gern von diesem Waldemar?"

„Bei Gott, das ist ein wahres Wort. Mein Waldemar ist ein Kerl, der das Herz auf dem rechten Fleck hat – so groß, Herr, daß er kaum durch diese Tür kann. Verzeiht, aber er ist ein braver Mensch und hat sich viel von den Brahes angeeignet, mit denen er seit seinem zwölften Jahr zusammen lebt."

„Mit den Brahes? Meint Ihr unsere – die Grafen Brahe auf Spyker?"

„Ja, die meine ich, Herr, und nun will ich Euch erzählen, was ich davon weiß. An dem Tag, an dem mein Paul zugrunde ging – ich war damals schon Lotsenkommandeur in Saßnitz, es war im Jahre 1799 bei einem argen Südoststurm im September –, war mir doch noch ein großes Glück zuteil. Mein Paul, ja, der ging dabei unter, ich aber hatte das Glück, aus demselben Schiffe, das er retten wollte, den Grafen Brahe zu bergen, der von Deutschland kam, um nach Schweden zu gehen. Wie gesagt, ich brachte ihn heil an Land und in mein Haus. Da lag er denn in dem einen Bett und mein Paul, steif und starr, in dem anderen. Und als der gute Herr von seiner Erschöpfung wieder zu sich kam und sah, was geschehen war, da dankte er mir herzlich und bedauerte von ganzer Seele mein Mißgeschick. ,Es ist der sechste, Herr Graf', sagte ich, ,den mir die See nimmt.' Er reichte mir die Hand und sagte: ,Ihr dürft keinen Sohn als Lotsen mehr auf die See lassen, man muß das Schicksal nicht herausfordern.'

,Ich habe nur noch einen, und der will auch Lotse werden', sagte ich, ,und da ist er.' Denn eben kam mein Waldemar herein.

Der Graf fragte ihn allerlei, aber immer erhielt er die Antwort, er wolle ein Seemann werden. ,Das sollst du auch, mein Junge', sagte Graf Brahe endlich, ,aber ein tüchtiger und gelehrter Seemann, und ich werde dafür sorgen, daß du es wirst. Wenn dein Vater zustimmt, werde ich dich mitnehmen und meinem Sohn zum Gesellen geben; er ist genauso alt wie du und hängt auch mit ganzem Herzen an der See.'

Schon am nächsten Tag fuhr Waldemar mit dem Grafen nach Spyker, und ich erhielt auf seine Verwendung die Strandvogtsstelle und als Geschenk das Häuschen, in dem wir jetzt sitzen."

„Und was wurde aus Waldemar?"

„Nun, dem hat das Glück wohlgewollt. Der Graf hat Wort gehalten und meinen Sohn mit seinem einzigen Junker, dem Grafen Magnus, zusammen erziehen lassen. Die beiden Jungen blieben anfangs, auch wenn Graf Brahe nach Stockholm ging, was er jedes Jahr mehrmals tat, in Spyker, wo sie von einem Hauslehrer in allem möglichen unterrichtet wurden. Später besuchten sie die Navigationsschule in Stockholm, die Universität Greifswald und studierten außerdem auf Schiffen und aus Büchern das Seewesen aus dem Grunde. Dann gingen sie, immer zwei unzertrennliche Freunde, auf Reisen, besuchten das alte Schloß Spyker und mich von Zeit zu Zeit, bis der unselige Krieg mit Frankreich ausbrach, der ihr Vergnügen und ihre Studien unterbrach und sie in ihrem Eifer gegen den französischen Tyrannen nach England führte. Kurz vor ihrer Abreise besuchten sie mich noch einmal; und das ist das letztemal gewesen, daß ich sowohl meinen Sohn wie den jungen Grafen sah, der auch ein wackerer Bursche ist, wenn auch nicht so eisenfest wie sein Vater. Ach, Herr Diakonus, in jenen Tagen war die Freude groß in diesem Haus. Und seitdem haben wir ihn nicht wiedergesehen."

„Aber Ihr wißt doch, wo er sich aufhält und daß er noch immer mit dem Grafen Magnus zusammen ist?"

„Nur das letztere weiß ich, das hat mir der alte Graf sagen lassen. Und sie haben bereits große Taten vollbracht, die beiden Jungen, denn sie haben mitgeholfen, jenen Korsen zu bekämpfen, der auch über uns jetzt seine Hand schwer ausgestreckt hat."

„Wo sind sie denn gewesen?"

„Von hier segelten sie, wie gesagt, nach England; dort kamen sie im Frühjahr an, und da bald darauf die große Flotte ausgerüstet wurde, die der Nelson befehligte, gingen sie als Freiwillige bei ihm in Dienst und haben an seiner Seite – ich bin stolz darauf, das vor Euch sagen zu können, Herr Diakonus – die Schlacht von Trafalgar mitgefochten."

„Ah, das war brav!"

„Ja, das war es wohl. Nach der Schlacht aber kehrten sie, da Graf Magnus verwundet war, nach England zurück und blieben dort bis 1807, gingen dann nach Schweden und erhielten vom Grafen Brahe die Erlaubnis, sich auf einem der Schiffe nach Deutschland zu begeben, welche die Belagerer Kolbergs von der See her beunruhigen sollten. Da kamen sie denn mit dem edlen Bürgersoldaten Nettelbeck in Berührung, der sie vielfach bei seinen kühnen Unternehmungen verwendete, bis der Tilsiter Friede geschlossen wurde, der ihrer Tätigkeit in Kolberg ein Ende machte. Wo sie nun seit jener Zeit geblieben sind, ist mir dunkel, gewiß aber haben sie nicht aufgehört, gegen Napoleon zu fechten, soviel in ihren Kräften stand. Nach des Grafen Brahe Vermutung, die er mir vor wenigen Wochen zukommen ließ, halten sie sich im Preußischen auf und warten irgendein sehr wichtiges Ereignis ab, um sich auch daran wieder zu beteiligen. Das ist alles, was ich von meinem Sohn weiß. Jetzt habe ich Euch meine ganze Geschichte erzählt und wüßte nichts mehr, was ich noch hinzuzufügen hätte."

Das Gespräch war gerade zu Ende, da kam Mutter Ilske herein und sagte voller Eifer:

„Vater, du hast recht, wir bekommen einen gewaltigen Sturm aus Südosten, und wenn Ihr noch rechtzeitig nach Hause wollt, Herr Diakonus, dann laßt Euern Schecken tüchtig ausgreifen. Hört Ihr, wie er draußen wiehert? Ich glaube, auch er wittert den Wind."

Der Strandvogt trat zum Fenster und bestätigte, was seine Frau gemeldet hatte, für den Diakon Grund genug, hastig aufzubrechen. Wenn er erst in der Stubnitz war, dann war er auch sicher.

Nachdem der Diakon weggeritten war, griff der alte Granzow zu Sturmrock und Regenhut und wollte nach draußen.

Als Mutter Ilske diese Vorbereitungen sah, schüttelte sie verwundert den Kopf und sagte etwas unwillig: „Granzow, was willst du denn draußen? Dich treibt doch keine Pflicht. Mußt du unbedingt in den Sturm hinaus?"

„Ilske!" erwiderte der Strandvogt, der seinen langzottigen, bis zum Knie reichenden Sturmrock schon übergeworfen hatte und eben im Begriff war, sich den Regenhut um das Kinn festzubinden. „Ilske, wie oft habe ich dergleichen schon von dir hören müssen und dir immer dieselbe Antwort gegeben! Ob mich die Pflicht ruft oder nicht, es ist einerlei. Wenn es stürmt, gehe ich auf mein Kiekhaus und beobachte das Meer und den Himmel, und das tue ich, solange ich in der Lage bin, ein Schiff, das in Not geraten könnte, zu retten."

Ilske gab den nutzlosen Widerstand auf und setzte sich an das Fenster, um von dort aus Wind und Meer genauso zu beobachten, wie es ihr Mann von dem hölzernen Gerüst zwischen den Buchen aus tat, das hart an der steilen Berglehne lag, an deren Fuß sich der schmale Strand hinzog.

II

Die Verfolgung

Als der Strandvogt seine Warte bestiegen und einen raschen Blick über den Himmel und die See geworfen hatte, sah er, wie das Wetter aus Südosten heranzog.

Die See hatte schon weiße Schaumkronen aufgesetzt, die Brandung donnerte schon auf den Strand, kreischend schossen die Möwen darüberhin.

Da plötzlich horchte der Alte auf. Ein anderer Laut hatte sein Ohr erreicht; es war nicht das Donnern der Brandung, es war ein Schuß; kurz darauf hörte es Granzow noch einmal. Von der Greifswalder Oie schien es zu kommen.

Mit angehaltenem Atem lauschte Granzow nach Südosten hinüber.

Dann setzte er sein Sprachrohr an den Mund und rief zum Strand hinunter, wo sich seit einiger Zeit einige Männer in Sturmkitteln aufhielten und voller Spannung die See beobachteten.

Die Angerufenen wandten die Köpfe, gestikulierten mit den Armen, schrien wohl auch etwas zurück, aber ihre Worte wurden vom Sturm verschlungen.

„Kommt doch herauf zu mir, ihr Tröpfe!" donnerte der Strandvogt hinunter, „hier oben ist's viel luftiger als dort unten. Heda, ihr Männer, herauf!"

Die Fischer und Lotsen, die sich am Strand versammelt, hatten kaum diese Einladung vernommen, da beeilten sie sich, ihr zu folgen, und wenige Minuten später hatte die kleine Warte so viel Männer zu tragen, wie sie gerade noch tragen konnte, ohne zusammenzubrechen.

Mehr als ein Dutzend guter Augen, von denen einige sogar mit einem Glas bewaffnet waren, strengten sich jetzt an, den Nebel zu durchdringen, der über die hochgehende See herangezogen kam. Sie suchten nach dem Schiff, das das Notsignal gegeben hatte. Bald jedoch hatte der Sturm den Nebel weitergetrieben, manchmal traf sogar schon wieder ein Sonnenstrahl das Wasser und ließ es aufblitzen. Das Perd trat aus dem Dunst heraus, die Berge zeichneten sich vom Himmel ab, die Wälder der Granitz wurden wieder sichtbar und schließlich auch die Schmale Heide.

Endlich sahen es die Männer auf der Warte, das Schiff, stampfend in der aufgeregten See, weit hinten, fast bei der Greifswalder Oie. Daß sie es jetzt erst sahen, lag wohl daran, daß das Schiff vor dem Sturm fast alle Segel geborgen hatte, um bei dem Südostwind, einem der gefährlichsten an der rügenschen Ostküste, nicht auf den Strand geworfen zu werden. Die Männer auf der Warte meinten sicher, das Schiff kenne die Gefahr und habe mit diesen Schüssen einen Lotsen verlangt, der ihm den Weg aus der Gefahr weisen werde.

Aber bald wurde noch eine andere Meinung laut: Vielleicht war es gar kein Notsignal; vielleicht handelte es sich um ein Schiff, das ein anderes jagte?

„Jawohl, so ist es!" riefen die Lotsen; „was mag es wohl für ein Landsmann sein?"

Der Vogt hielt noch immer sein Glas vor die Augen und schaute unverwandt zu dem unbekannten Schiff. „Hm!" sagte er langsam, „wenn es denkbar wäre, daß sich ein einzelner Engländer so weit verläuft – und wenn er die Lotsenflagge herausbrächte, ja, dann würde ich raten, so rasch wie möglich in die Boote zu springen und ihm entgegenzufahren; aber..."

„Nein, nein, das ist kein Engländer!" schrie ein etwas jüngerer Lotse. „Mein neues Boot zum Pfand, es ist – hol mich der Teufel! – ein Franzose, hoffentlich rennt er auf den Strand! Lauf zu, lauf zu, Bursche, und gerätst du auf Grund, dann wird wohl unsere Insel noch hart genug sein, dir deinen vorwitzigen Schädel einzustoßen!"

„Der Narr!" schrie der alte Granzow mit komischem Eifer. „Warum zeigt er sein Gesicht nicht, damit wir ihm helfen – ich werde gar nicht klug aus ihm –, seht mal, er geht gerade auf das Perd los, das er in seiner Allerweltsweisheit für einen Sicherheitshafen hält, und ehe wir hinüberkommen, gegen den Wind an, sitzt er fest und hat mit dem Grund und den Geröllsteinen, die dort auf ihn lauern, schon Bekanntschaft gemacht."

„Hallo! Nein – er will doch keinen Lotsen. Seht, da ist ein kleines Boot dicht vor dem Perd – dort, in dem Sonnenstrahl. Das verfolgt er und treibt es wie ein blutgieriger Hetzhund. Jawohl, das ist eine Jagd, jetzt rieche ich den Braten."

Die Männer wurden still und verfolgten das kleine Boot, das mit unerhörter Kühnheit bei dem starken Sturm unter seinem tiefstehenden Ewersegel dem Land zuschoß, von dem großen Schiff verfolgt, das, da es sich bei dem Sturm dem Land nicht allzusehr nähern durfte, durch seine Schüsse die an Land befindlichen Soldaten aufmerksam machen wollte, damit diese den Flüchtling, sobald er den Strand erreicht hatte, gefangennähmen. Die Vermutung, daß der Jäger also ein Franzose, der Gejagte aber ein Deutscher oder Schwede sei, mußte demzufolge richtig sein.

„Hallo!" rief plötzlich der alte Granzow. „Da schießt er wieder – er will damit nur Lärm für die an Land machen –, es ist wahrhaftig ein Franzose, der einen Schweden jagt. Na, wenn der nicht vorsichtig ist und nicht weiß, daß eine französische Strandwache auf dem Perd liegt, ist er geliefert. Aber was ist das? Der große Herr ist selbst in Verlegenheit – der Wind ist ihm zu stark geworden, und er kommt dem Lande zu nahe – seht, seht, er fällt ab – sein dichtgerefftes Marssegel flattert schon – er setzt das Besansegel bei – da, jetzt ist er soweit, er braßt seine Rahen vierkant und holt beide Fockschoten an."

„Bravo, bravo!" schrien die Lotsen, „er hat's geschafft, gut gelenzt – ob Franzose oder nicht, das war ein gutes Manöver, und nun geht er mit halbem Wind nach Norden."

„Noch nicht!" rief der alte Granzow. „Er will noch immer dem Kleinen ans Leder. Baff – da schickt er ihm eine Kugel zu; aber Wetter noch mal, der kleine Kerl hat Courage im Leib – seht, er hat seinen Schnabel auch vom Land weggedreht, das Perd scheint ihm nicht geheuer zu sein, oder er hat die Franzosen gewittert, und nun streicht er mit vollem Wind am Land entlang, ebenfalls nach Norden. Brav gemacht, mein Junge, der Große kann nicht so nahe an den Strand heran, und seine Kugeln, wenn er dir welche schickt, tanzen bei dem Wind hoch über deinen niedrigen Bord hinweg."

Es war so, wie der Alte sagte. Als der kühne Schiffer, der mit dem

Ewersegel fuhr, dem Land auf einige hundert Faden nahegekommen war, warf er sein Ruder herum und fuhr unter der Nase des großen Schiffes, das man jetzt als eine ansehnliche Korvette erkannte, nach Norden, strich aber so nahe am Strand entlang, daß sein Verfolger unmöglich an ihn heran konnte und nur noch seine Vorderkanonen gegen ihn gebrauchen konnte, wenn er die Absicht hatte, den Flüchtling in den Grund zu bohren, was aber bei dem wild im Sturm tanzenden Schiff ein erfolgloses Unternehmen war. So schoß denn das kleine Boot – man hatte es inzwischen als einen kleinen Logger erkannt – unter seinem geschickt geführten Segel mit beträchtlicher Geschwindigkeit durch die Wellen, wandte sich, als es die Korvette überholt hatte, wieder dem offenen Meer zu und nahm Kurs auf die Kreidefelsen von Stubbenkammer.

Wesentlich langsamer aber und trotz seiner vielen Segel und seiner zahlreichen Mannschaft fuhr die Korvette, sich mehr zum offenen Meer hin haltend, hinterdrein, schoß von Zeit zu Zeit eine Kanone ab, deren Kugel auf dem Wasser tanzte, den Logger jedoch ebensowenig berührte, wie dessen Steuermann sich um diese Drohung zu kümmern schien.

So waren denn die beiden Schiffe, der Logger weit vorauf, gerade vor dem Kiekhaus, als sich der Himmel wieder mit dunklen Wolken bedeckte und langsam der Abend hereinbrach.

Sprachlos vor Aufregung standen die Männer oben auf der Warte. Allen klopfte das Herz, und keiner war unter ihnen, der dem Flüchtling, von dem man weder wußte, wer er war, noch was er verbrochen, nicht gewünscht hätte, er möge seinen Verfolgern entkommen, wer diese auch wären.

Endlich brach der alte Granzow das Schweigen und sagte: „Ich gäbe was dafür, wenn ich wüßte, was für ein Landsmann das Schiff da hinten und wer der kühne Bursche ist, der da so zielsicher nach Jasmund steuert. – Hol mich der Geier, seh ich recht? Leute, schaut, jetzt zieht der Dreimaster seine Flagge auf. Es ist ein Däne, so wahr ich lebe, der es mit den Franzosen hält, und nun können wir darauf schwören, daß auf dem Logger ein Schwede oder ein Deutscher ist. Hallo, Jungens, vor den Dänen fürchte ich mich nicht, und er kann uns bei diesem Sturm auch nichts anhaben – wer es ehrlich meint,

der folge mir; ich muß ein Stück auf die See hinaus, ehe es völlig Nacht wird; ich muß sehen, wie diese Jagd endet."

Kaum hatte er das gesagt, schob er sein Glas zusammen und verließ die Warte, von allen anderen gefolgt. In vollem Lauf sprangen sie die Schlucht hinab, durchrannten das Dorf und kamen unten bei ihren Booten an.

Hier unten schienen sie dem Sturm noch mehr ausgesetzt als oben auf der Warte. Bis weit auf den Strand schlugen die Wellen und nagten am Fuß des Steilufers, warfen Tang und Steine auf den Sand. Das Geröll, von den Wellen in Bewegung versetzt, prasselte mit eigentümlichem Klappern. Die Wogen schienen den ganzen Strand wegreißen zu wollen.

Die Männer eilten an den Frauen und Kindern von Saßnitz vorbei, die sich auch am Strand eingefunden hatten, liefen zum nächsten Boot, schoben es hastig in die Brandung und kletterten hinein. Schnell war das Segel am Mast befestigt, und das Boot stieß ab. Es war ein festgefügtes und großes Boot. Kein Wort wurde von den kühnen Männern gesprochen, jeder wußte, was er zu tun hatte, und so saßen sie, als sie die Brandung hinter sich hatten, still auf ihren Plätzen, die Augen auf das große Schiff gerichtet, das immer noch den Logger verfolgte. Etwa eine Viertelstunde lang schoß das Lotsenboot hinter der Korvette her, der Strand war weit hinter ihnen zurückgeblieben, und unverzagt setzten sie ihre gefährliche Bahn durch die aufgewühlte See fort.

Sie achteten nicht darauf, daß die Steilküste zu ihrer Linken höher anstieg, daß die Kreidefelsen an ihrer Seite auftauchten und daß sie Klippe auf Klippe passierten. Da aber wurde ihre Fahrt unerwartet von dem dänischen Schiff unterbrochen. Gleichzeitig stiegen die Nebelwolken empor und lösten sich in einem leichten Regen auf.

Als sie Kollicker Ort erreicht hatten, machte sie ein scharfer Schuß aus einer der Hinterdeckkanonen des dänischen Schiffes vorsichtiger und zwang sie, sich dichter an den Strand zu halten, um den unhöflichen Begrüßungen des feindlichen Nachbarn zu entgehen.

„Da haben wir die Bescherung – halte auf den Kollicker Bach zu, Piesing!" schrie der alte Granzow dem Lotsen am Ruder zu, „dem Herrn dort beliebt es, ein kräftiges Wort mit uns zu sprechen. – Hoho, sachte, Kamerad! Da tanzt die Kugel über die Wellen und stößt sich die Nase an dem Kreidefelsen ein – hui, wie die Splitter fliegen –, hört ihr sie?"

„Ja, ja", murmelten die Lotsen und ballten die Fäuste gegen den franzosenfreundlichen Dänen.

„Nur keine Bange", sagte nach einer Weile ein alter Lotse, der dem Mann am Ruder am nächsten saß und sich seine Pfeife angezündet hatte, „er wird uns nicht ernsthaft zu Leibe gehen wollen; er hat schließlich in erster Linie an sich selbst zu denken, und überdies weiß er nicht einmal, ob wir ihm nicht zu Hilfe kommen wollen."

„Nein, nein, Gingst!" erwiderte der Strandvogt. „Der Däne bedankt sich für unsere Hilfe, er weiß, daß wir sie ihm nicht aufdrängen. Aber schaut da – wo will nur der Bursche in der Nußschale hin? Er hat gewendet und hält direkt auf Stubbenkammer zu. Entweder kennt er die Gefahren nicht, die zwischen den Findlingen am Strand auf ihn lauern, oder er ist so verzweifelt, daß ihm diese Gefahren immer noch lieber sind als der Däne."

„Ich glaube, es ist keines von beiden", schrie Piesing mit seiner tiefen Stimme, „der Bursche segelt mir viel zu geschickt, als daß ich ihn für ahnungslos oder gar für verzweifelt halten sollte. Hinter seinen Manövern steckt Methode. Schon daß er es wagt, bei solchem Wetter allein hinauszufahren, beweist Euch, daß er ein kühner Mann und ein Meister auf dem Wasser ist. Der ist das Kind eines Schwans und auf dem nassen Element geboren, verlaßt Euch darauf! Und er kennt die Küste hier so genau, wie sie nur ein Landeskind kennen kann. Er hält zielsicher auf die einzige Landungsstelle zu, die es hier in der Nähe gibt. Und wenn er die nicht erreicht, dann bohrt ihn der Däne in den Grund."

„Aber auf Stubbenkammer", sagte der Lotse Gingst, „kommt er erst recht an den Unrechten. Dort oben halten die Franzosen Wache und verfolgen gewiß die Jagd genausolange wie wir. Kommt er wirklich glücklich an Land, dann fassen sie ihn, denn sie haben den Danebrog bestimmt auch schon erkannt."

„Sie haben ihn aber noch nicht!" rief Piesing. „Wenn er das Land nur halb so gut kennt wie die See, dann sollte es den fremden Herren schwer werden, den Mann in den Schluchten der Stubbenkammer oder den Wäldern der Stubnitz zu erwischen."

Während dieses Gesprächs hatte der alte Granzow geschwiegen

und angestrengt das kleine Fahrzeug und dessen kühne Manöver verfolgt. Plötzlich erhob er sich, hielt sich an den Wanten des kurzen Mastes fest und schaute scharf nach Stubbenkammer hinüber, dem die Lotsen immer näher kamen.

„Halt", rief er, „was wollen wir noch weiter unnütz ins Blaue jagen! Helfen können wir ihm doch nicht, und er kümmert sich ebensowenig um uns wie um den Dänen. – Da, da, er läuft wahrhaftig mit seinem Logger in die einzige befahrbare Rinne ein – seht, er hat den Waschstein erreicht –, der Logger dreht sich, das Segel sinkt. Er springt auf den Stein – er watet durch das Wasser – er hat das Ufer erreicht – es ist ein großer Mann, ich habe seine Gestalt sehr deutlich gesehen!"

„He, schaut, beim Teufel! Das Boot läßt der Flüchtling den Wellen zum Raub, er kümmert sich nicht mehr darum, als ob es eine taube Nuß wäre."

„Freilich, freilich, aber der Däne läßt es nicht im Stich – seht – er läßt sein Boot herab, der Geizhals – da schwebt es schon auf dem Wasser – ja, das charakterisiert die große Nation – kapern, kapern, das ist ihr Handwerk, und mit dem Franzosen im Bund eine Nation nach der andern in den Dreck treten!"

„Vorwärts, Leute, nicht geschwatzt! Wir müssen halsen – herum mit dem Segel –, aufgepaßt! So!" rief Piesing, und wenige Minuten genügten, das Manöver auszuführen, das auf dem mit nur einem Segel fahrenden Boot nicht schwer war, und nicht lange dauerte es, so kreuzte es gegen den Südwind, wieder in Richtung Saßnitz.

Nachdem die dänische Korvette den Logger in Schlepp genommen hatte, setzte sie ihre Fahrt nach Norden fort. Die Verfolgung des Flüchtlings überließ sie den französischen Wachtposten, die auf dem Königsstuhl stationiert waren.

III

Der Flüchtling

Auf einer kleinen Lichtung vor dem Königsstuhl hatten die Franzosen ein Wachthaus errichtet. In dieser Baracke war ein Küstenposten stationiert, und von dort aus überwachten sie die Wege und Schluchten und einen Teil der Ostsee.

Vor der Schlucht, die zur Linken des Königsstuhls weit in die Tiefe führt, und vor der Mündung des steilen, mit Geröll übersäten Weges, den die weggetretenen Stufen vom Meer herauf fast unbegehbar machen, schritt ein kleiner Franzose, das Gewehr im Arm, leise pfeifend auf und ab. Zuweilen stand er still und warf einen Blick auf das tief unter ihm brausende Meer, das der Mond fahl beleuchtete, dann wieder schaute er um sich und lauschte den vielfältigen Geräuschen des Waldes, die ihm fremd und unheimlich waren und ihn nicht beruhigten.

Die Franzosen hatten die Jagd auf der Ostsee verfolgt und sehr wohl bemerkt, daß der Flüchtling das Land betreten hatte. Sie hatten versucht, ihn zu stellen, aber alle Mühen waren vergebens geblieben, es gab zu viele Verstecke in den zerklüfteten Felsen, zu viele unzugängliche Schlupfwinkel auf den Abhängen, und der Flüchtling war ohne Zweifel ein Mann, der sich auf Stubbenkammer auskannte.

Seit einer Stunde schon hatte man die unnütze und gefährliche Verfolgung aufgegeben und sich auf den nächsten Tag vertröstet. Nur die Ausgänge der Schluchten und die Wege, die auf die Höhe führten, behielt man im Auge, denn es war vorauszusehen, daß der Flüchtling, wenn er überhaupt die Höhe erreichen wollte, nur durch eine der beiden Schluchten hochkommen würde.

Um elf Uhr waren die Posten abgelöst worden, und einem älteren und vorsichtigen Grenadier war ein jüngerer und etwas leichtfertiger Jäger gefolgt, dem die kühle Nacht noch unbehaglicher war als seinem Vorgänger. Indessen schritt er auf seiner kleinen Waldblöße über den Rasen hin und her, sein Seitengewehr klirrte weithin vernehmlich, wenn es beim Gehen gegen die Muskete schlug, und von Zeit zu Zeit näherte er sich dem Eingang der Schlucht, wo er stets einige Minuten stehenblieb, um in den mächtigen, mit altem Laub und Strauchwerk gefüllten Kessel hinabzublicken, den man ihm als den Ort bezeichnet hatte, auf den er sein Hauptaugenmerk zu richten habe.

Er mochte etwa eine Viertelstunde auf diesem Posten gestanden haben, da wollte er seinem Gefährten auf dem etwas höher gelegenen Königsstuhl einen Besuch abstatten, der ihn durch ein leises Pfeifen wiederholt dazu aufforderte. Aber ein sonderbares Geräusch, das sich eben in der Tiefe des Kessels hören ließ – es war, als lösten sich bröckelnde Steine von den Kreidefelsen und stürzten hinab –, führte ihn auf seinen Posten zurück. Doch nun war es wieder still.

Plötzlich schreckte ihn aus seinem angestrengten Lauschen ein Zuruf seines Gefährten auf, der, als er sich ihm vorsichtig näherte, fragte, ob er einen Stein auf die Klippen geworfen habe.

„Nein", entgegnete er, „ich habe keinen Stein geworfen – wieso fragst du?"

„Weil eben ein Stein vor mir niedergefallen ist. Hier, da ist er, ich habe ihn aufgehoben."

Er hielt etwas empor, was der andere nicht erkennen konnte; dieser aber – es war ihnen verboten, einander ohne Not auf Sprechweite zu nähern – hielt sich in angemessener Entfernung und schwieg, da er nichts zu sagen wußte.

Bald darauf kehrte er noch einmal zu seiner Schlucht zurück, und als er auch jetzt alles in Ordnung fand, wollte er sich eben wieder umwenden, als ein neuer Zuruf und das deutliche „Qui vive?" seines Kameraden ihn schnell in dessen Nähe zurückrief.

„Was gibt's?" fragte er laut hinauf, und da hörte er zu seinem Erstaunen, daß jener fest davon überzeugt war, irgend jemand müsse sich in seiner Nähe versteckt haben, denn eben sei schon wieder ein noch größerer Stein zu seinen Füßen niedergefallen.

Jetzt hielt es der junge Jäger für seine Pflicht, zu dem Gefährten auf dem Königsstuhl heranzutreten, um ihm bei einer möglichen Gefahr beistehen zu können.

Darauf aber schien der Steinwerfer, der sich in der tiefer gelegenen Schlucht unter den Gebüschen versteckt hielt, nur gewartet zu haben; er sprang so leise wie möglich hinter den Büschen hervor, erreichte mit einigen Sätzen die Höhe und kam mit keuchendem Atem oben an, als die beiden Posten aufmerksam ihre nähere Umgebung zu durchsuchen begannen.

Keiner von den beiden hätte so viel Kühnheit erwartet, und damit hatte der Flüchtling gerechnet, denn eben, als sie das Dickicht des Waldes zu durchsuchen begannen, eilte er in lautlosen Sätzen über das dichte Gras an ihnen vorbei, schlug die Richtung zum Herthasee ein und verschwand im Wald.

Nach wenigen Minuten hatte er den See erreicht, lauschte eine Weile nach allen Seiten und ließ sich dann im dunklen Schatten einer bis zum Boden mit Zweigen bewachsenen Steinbuche auf einem moosbedeckten Felsblock nieder, um zu verschnaufen.

Er war ein großer, kräftiger junger Mann mit breiten Schultern und kräftigen Muskeln. Sein Haar war dunkel, das Gesicht war von einem üppigen Bart umrahmt, nur die Oberlippe war frei. Seine Kleidung war die des Seemanns: eine blaue tuchene Jacke und Hose, die in festen Wasserstiefeln stak, und ein weiter Regenrock von derbem Zeug, ähnlich dem, wie ihn der Strandvogt besaß. Auf dem Kopf trug er einen leichten Seemannshut von lackiertem Leder, der mit einem Riemen unter dem Kinn festgemacht war.

In der rechten Hand hielt er einen eisenbeschlagenen Stock, unter der Seemannsjacke staken, in einem reich mit Seide gesteppten ledernen Gürtel, wie ihn die Seeleute häufig hatten, zwei schöne Pistolen von englischer Arbeit und in einer ledernen Scheide ein dolchartiges Messer, wie man es im Seekampf beim Entern gebraucht.

Als er eine Weile schweigend gesessen und nach allen Seiten hin gehorcht hatte, hob er plötzlich den Kopf, denn er glaubte, leise Tritte vernommen zu haben. Schon wollte er wieder aufspringen und sich tiefer im Wald verbergen, da sah er dicht neben sich einen Hirsch aus dem Gebüsch treten.

Beruhigt erhob er sich schließlich und betrat einen kleinen Fußpfad, der nach Süden mitten durch das dickste Gestrüpp der Stubnitz führte.

Hätte der Flüchtling seinen Weg in gerader Richtung fortsetzen können, würde er eine gute Stunde gebraucht haben, um das Ziel zu erreichen, dem er zustrebte. Da er aber den geraden Weg nicht einschlagen wollte – er war dazu zu vorsichtig –, benötigte er etwa die

doppelte Zeit dazu. Der Weg führte ihn durch Schluchten und über Bäche, und man mußte schon gut in der Stubnitz Bescheid wissen, wenn man sein Ziel nicht verfehlen wollte. So war er, ohne ein einziges Mal zu zögern, etwa um ein Uhr nachts in den Wald westlich von Saßnitz gelangt, und gerade als er einen breiteren Weg betrat, glaubte er in der Stille der Nacht die alte Uhr auf dem Sagarder Turm die erste Stunde schlagen zu hören. Schnell verfolgte er dann den wohlbekannten Weg und schritt dem freien Bergvorsprung entgegen, auf dem das Haus des Strandvogts lag, und als er es endlich dicht vor sich sah, da klopfte sein Herz vor Freude, denn jetzt erst konnte er sagen, daß er seine Heimat wohlbehalten erreicht hatte.

Als er vor dem Garten stand und die Tür leise öffnete, schaute er sich noch einmal vorsichtig um. Alles um ihn her war still, nichts ließ auf die Anwesenheit eines Fremden schließen.

Er schritt um das kleine Haus herum, schaute in eins der Fenster, das trotz der späten Stunde noch erleuchtet war, und pochte an, um dem drinnen seine Ankunft anzuzeigen.

IV

Der Sohn des Strandvogts

Der Strandvogt war mit seinen Gefährten von der mühsamen und doch vergeblichen Fahrt erst nach zehn Uhr abends wieder in Saßnitz eingetroffen; der heftige Gegenwind und die hohen Wellen hatten sie so lange auf dem Wasser gehalten, und Mutter Ilske hatte ihren Mann diesmal mit ungewöhnlicher Besorgnis erwartet.

Als der Alte heimkam, da fand er den Abendtisch gedeckt; Mutter Ilske stand daneben und blickte den Strandvogt fragend an, der aber brummte nur einsilbig „Guten Abend, Ilske" und zog dann langsam den nassen Sturmrock aus. Dabei bemerkte er nicht, wie Ilske sich über sein Schweigen wunderte, was ganz gegen seine Gewohnheit war, wenn er von See kam.

Auf die Fragen, die sie nun stellte, erwiderte er so gut wie nichts. So setzte sie sich endlich neben ihren Mann, der schon seinen Platz am Tisch eingenommen und sich über die Flundern hergemacht hatte, die Mutter Ilske hingestellt hatte.

Aber auch der gute Appetit, den er sonst mit heimzubringen pflegte, schien ihm heute gänzlich zu fehlen, er rührte sehr wenig an und legte bald zu Ilskes grenzenlosem Erstaunen Messer und Gabel beiseite, ja er vergaß sogar nach seiner Pfeife zu greifen, und das wollte etwas heißen!

Mutter Ilske, über dieses sonderbare Benehmen sehr berührt, räumte schnell den Tisch ab, und als sie nun ihren Strickstrumpf hervorgeholt hatte und ihrem Mann gegenüber vor der Lampe Platz nahm, hatte sie sich bereits fest in den Kopf gesetzt, mit ihren Fragen nun nicht mehr lockerzulassen.

„Was hast du nur, Daniel", sagte sie, halb traurig, halb unzufrieden, „daß du heute so schweigsam und mürrisch bist?"

„Nicht mürrisch, Ilske, aber schweigsam ja, da hast du recht, und das hat seine Gründe."

„Freilich, das sehe und merke ich, aber warum nur, Mann?"

„Ach, Ilske, was soll ich dir das Herz schwer machen mit meinen Befürchtungen? Das führt ja zu nichts, und es ist deshalb besser, wenn ich für mich behalte, was mich bewegt."

„So kenn ich dich ja gar nicht", erwiderte die Frau und ließ ihr Strickzeug langsam in den Schoß sinken. „Nun sag schon, was dir das Herz schwer macht, jetzt ist es mit meiner Ruhe ohnehin vorbei."

„Nun ja, ich habe dir schon gesagt, daß der Däne einen Mann in einem Boot gejagt hat; dieser Mann ist am Fuße der Stubbenkammer an Land gegangen, und nun bin ich begierig zu erfahren, ob er den verteufelten Spürhunden, die da oben Wache halten und unsern schönen Wald lichten, entkommen ist. Ich zweifle fast daran."

Die Alte schüttelte sorgenvoll ihren grauen Kopf. „Also, das bedrängt dich!" sagte sie. „Gut. Und du meinst, daß der Mann in dem Boot ein Bekannter ist?"

Der Alte schwieg wieder hartnäckig; als aber Ilske ihre Hand auf die seine legte und bittend sagte: „Daniel!", da konnte er nicht länger schweigen, sondern fuhr fort:

„Das ist es ja eben, was ich dir nicht sagen kann – ich habe da eben so eine Ahnung."

„Das ist freilich wenig. Du ängstigst dich und weißt nicht, warum – willst du mir wenigstens vorreden –; ich aber, Daniel, ich sage dir: Jetzt ist mir klar, daß du mehr davon weißt, als du zugeben willst."

Wiederum schwieg der Vogt, er konnte nichts entgegnen, und lügen wollte er nicht. Es entstand eine lange Pause, die Mutter Ilske endlich so lang wurde, daß sie sie zu verkürzen beschloß. Sie stand auf, holte ihre Bibel und begann darin zu lesen. Der Strandvogt bemerkte das kaum, so tief war er in seine Gedanken versunken; er blickte zur Uhr und überrechnete etwas.

Nachdem die Alte etwa eine halbe Stunde gelesen hatte, schlug sie die Bibel wieder zu und seufzte ein paarmal. Es war unterdessen spät geworden, Mitternacht war schon vorüber.

„Vater", fing sie wieder an, „ich weiß nicht, warum wir so lange sitzen – willst du nicht zu Bett gehen?"

„Nein, geh du nur, wenn du müde bist!"

Sie wollte jedoch bei ihm bleiben, trotzdem aber fielen ihr bald die Augen zu.

Als der Strandvogt merkte, daß sie fest schlief, stand er leise auf, stellte sich ans Fenster und schaute nachdenklich auf die See hinaus.

Nachdem er eine Weile so gestanden hatte, wandte er sich wieder vom Fenster weg und schritt im Zimmer auf und ab, aber so leise wie möglich, um seine Frau nicht wach zu machen. Er wurde von Minute zu Minute unruhiger, denn was er im tiefsten Herzen gewünscht hatte, schien sich doch nicht zu erfüllen. Endlich aber schien es, als wolle er sich begnügen und dreinschicken und schlafen gehen, da vernahm er ein Geräusch vor dem Haus; es war ihm, als öffne jemand die Gartentür. Er horchte genauer hin, sein Herz schlug ihm bis in den Hals – er war der Meinung, draußen am Fenster bewegte sich ein Schatten, und einen Augenblick darauf wurde dreimal rasch hintereinander ans Fenster gepocht, und zwar so laut, daß auch Mutter Ilske aus ihrem Schlaf auffuhr.

Der Alte tat einen Schritt zum Fenster, der beinah einem Sprung gleichkam, schaute hinaus und schrie vor Freude, daß es durch das ganze Haus gellte. Er öffnete die Tür und ließ seinen Sohn herein, Waldemar, der jetzt auf der Flucht war vor den Fremden, die seine Heimat beherrschten.

„Waldemar, bist du ihnen doch mit heiler Haut entschlüpft! Du warst das doch, der ihnen heute in dem Sturm mit dem Logger entwischt ist?"

„Ja, Vater, das war ich, und ich bin stolz darauf, auch den Dänen ein Schnippchen geschlagen zu haben. Den Franzosen habe ich es schon vor einiger Zeit gezeigt; sie waren mir auch schon auf den Fersen."

„Nun laß ihn doch erst einmal zur Ruhe kommen und etwas essen!" warf die Frau ein und stellte rasch ein Glas und einen Teller auf den Tisch und holte Brot und Fisch herbei. Granzow nickte, und Waldemar setzte sich an den Tisch und hieb kräftig ein. Kaum aber hatte Waldemar seine Mahlzeit beendet, vermochte sich der Vater nicht mehr zu zügeln und begann seinen Sohn nach den Erlebnissen der letzten Zeit auszufragen. Waldemar rückte sich im Stuhl zurecht und begann: „Ich habe viel gesehen, und es war nicht immer schön. Ich habe Schlachten mitgeschlagen und habe das Meine getan, zu versuchen, den französischen Eroberer von seinem Thron zu vertreiben. Aber seine Stunde ist wohl noch nicht gekommen. Daß ich mit Magnus Brahe in die Flotte Nelsons eingetreten bin und den Seesieg bei Trafalgar mit erkämpfen half, das wißt ihr, nicht wahr? Nun ja, und daß wir später von Schweden aus nach Kolberg segelten, um den Franzosen in den Rücken zu fallen, das wißt ihr auch. Ja, so war es! In Kolberg aber blieben wir lange Zeit. Da lernten wir den preußischen Helden, den General Gneisenau, kennen und schlossen mit dem wackeren Bürger Nettelbeck Freundschaft. Diese Freundschaft aber führte uns direkt in die Gefahr. Nur soviel will ich vorläufig davon erzählen, daß wir dadurch auf die Seite der Deutschen gezogen wurden, die jetzt die Führer in dem allgemeinen Kampf gegen die Franzosen sind. Magnus vor allem warf all sein Können und seine Kraft in die Waagschale. Aber auf allen Seiten lauerten Spione. Bald war sein Name den Franzosen bekannt und wurde auf die Liste der verrufenen Patrioten gesetzt. Ich stand ihm bei allen seinen Wagestücken zur Seite, und deshalb kam auch ich auf die Liste und wurde mit ihm geächtet und verfolgt. So geschah es denn, daß wir uns in Pommern, wo wir uns bald hier, bald dort aufhielten, nicht mehr sicher glaubten und nach Königsberg gehen wollten, wo sich so viele Patrioten gesammelt haben. In Danzig aber wurden wir schon aufgehalten und, obwohl nicht völlig erkannt, doch für verdächtig angesehen, und wir mußten uns wieder verstecken. Und nun begannen unsere Irrfahrten, wir mußten ja unseren Aufpassern zu entkommen versuchen, die alle Wege und Wälder, alle Städte und Dörfer durchschnüffelten. Endlich war man auf unsere Fährte geraten und wollte uns in einer Nacht an der polnischen Grenze festnehmen, um uns nach Frankreich oder vor irgendein Kriegsgericht zu bringen. Indessen erhielten wir Nachricht davon und fanden Gelegenheit, kurz vor unserer Verhaftung mit einem russischen Kurier nach Berlin zu fliehen. Hier lebten wir lange im Verborgenen bei Freunden und warteten voller Ungeduld auf eine Gelegenheit, uns zu bewaffnen und den offenen Kampf aufzunehmen. Aber auch in Berlin war man uns schließlich auf die Spur gekommen und umstellte uns. So hielten wir es denn für das Beste, uns eine Zeitlang zu trennen und für später einen Ort zu bestimmen, an dem wir wieder zusammentreffen wollten, um dann von neuem gemeinsam zu handeln. Dazu war Rügen ausersehen, das uns am meisten Sicherheit zu versprechen schien. Hier auf Rügen wollten wir uns übermorgen um Mitternacht auf dem Rugard treffen, eine Weile auf der Insel bleiben und sehen, was wir für unsere Heimat und für unsere Landsleute tun könnten."

„Das war ein vernünftiger Gedanke", unterbrach ihn der alte Strandvogt, „und nun sollst du uns nicht so bald wieder verlassen."

„Das weiß ich noch nicht so bestimmt zu sagen, Vater. Wohin mich die Pflicht zwingt, dorthin werde ich gehen. Doch hört weiter. In Berlin bot sich Magnus plötzlich eine willkommene Gelegenheit, seinen Tatendurst zu stillen. Sein Freund Schill, er hatte ihn in Kolberg bei Nettelbeck kennengelernt, unternahm einen Streifzug nach dem westlichen Deutschland, um im Rücken des französischen Heeres einen Handstreich zu wagen. Magnus ritt also an Schills Seite aus den Toren Berlins, und seit dieser Zeit habe ich nichts wieder von ihm gehört. Ob ihnen ihr Vorhaben gelungen ist, was sie ausgeführt – ich weiß es nicht; möglich, daß Magnus noch bei dem verwegenen Mann ist, möglich, daß er sich schon auf Rügen befindet. Ich werde jedenfalls zum Rugard gehen und, sollte Magnus nicht kommen, ihn von acht zu acht Tagen an derselben Stelle erwarten, denn so hatten wir es verabredet.

Was nun mich selbst seit Magnus' Abmarsch betrifft, ich hielt mich eine Zeitlang verborgen – nicht ohne auch tätig zu sein; endlich aber meinte ich, daß es zweckmäßiger sei, mein Versteck zu verlassen und mich nach Stettin zu begeben, um von dort aus, obwohl es die Franzosen besetzt hatten, auf irgendeine Weise hierher zu gelangen. Ich kam glücklich in Stettin an, versteckte mich unter falschem Namen bei einem Freund, und dieser verschaffte mir endlich die Gelegenheit, mit einem schmuggelnden Küstenfahrer das Land zu verlassen und den Versuch zu wagen, Rügen zu erreichen. Allein, man muß wohl doch von meiner Gegenwart erfahren haben, denn als wir in See waren, tauchten zu unserer Überraschung dänische Kreuzer auf, die uns schon erwartet zu haben schienen und sofort Jagd auf uns machten. Wir entwischten ihnen jedoch gestern nacht bei starkem Nebel und segelten nordwärts. In der Nähe der Greifswalder Oie begegneten wir abermals einigen Schiffen, denen wir nur dadurch ausweichen konnten, daß wir uns auf die Oie retteten, das Fahrzeug aber preisgaben. Die Dänen enterten es, und als sie es leer fanden, folgten sie uns zur Insel und durchsuchten sie, denn ich konnte mich ja nur dorthin gerettet haben. Ich brachte die Nacht auf dem Strohboden bei dem ehrlichen alten Ralswyk zu, der alles Mögliche tat, um mich meinen Feinden zu entziehen. Meine Lage war dennoch unsicher genug, und da heute nachmittag ein Sturm aus Südosten losbrach, der meine Fahrt hierher begünstigte, rüstete mir Ralswyk ein gutes Boot aus, mit dem ich in See gegangen bin. Irgend jemand hat mich dort belauert, und als ich das Boot besteigen wollte, wollte er mich daran hindern und rief nach den Dänen. Es war ein Steuermann der dänischen Korvette, die mir gestern auf den Fersen war, ein schlauer Fuchs, denn um mich zu täuschen und festzuhalten, bis er Beistand erhielt, tat er, als wäre er ein Freund und rief mich bei meinem wirklichen Namen. Ich erriet jedoch seine Absicht und war auch schneller und geschickter als er. Ich rannte ihn nieder und sprang in das Boot, obwohl der Sturm immer heftiger wurde. Ich hoffte auf einen guten Vorsprung, der mich sicher bis Rügen bringen sollte, und segelte ab und hatte schon ein gutes Stück hinter mich gebracht, da sah ich den Danebrog flattern, den man aber einzog, als man sich Rügen näherte. Ich wollte zuerst auf dem Göhrenschen Höft landen, weil mir das am nächsten lag. Aber schon Ralswyk hatte mir gesagt, daß die Franzosen dort einen starken Posten hätten. Und bald sah ich durch mein Glas, daß sie sich schon bereit hielten, mich in Empfang zu nehmen. Da änderte ich denn meinen Kurs auf Stubbenkammer zu, wo ich mich viel besser verbergen konnte. Die Landung am Waschstein gelang, ich war aber von der Wache auf dem Königsstuhl gesehen worden und wurde verfolgt, sobald ich das Land betreten hatte. In einem Schlupfwinkel versteckte ich mich bis zur Nacht, und dann erst schlich ich durch die Posten, die die Umgebung von Stubbenkammer besetzt halten. Und nun bin ich hier und hoffe, daß mich niemand finden wird."

„Das hoffe ich auch, Waldemar. Nein, bei uns weiß ich keinen Posten, außer auf der Försterei in Werder, in Sagard und in Spyker..."

„In Spyker sind Franzosen?"

„Sie hausen dort, als ob sie Land und Leute in einem Jahr vertilgen wollten."

„Ich dachte es mir beinahe, also dahinaus werden wir uns nicht wenden können."

„Nein; aber es wird genug andere Schlupfwinkel geben, wo ihr unbelästigt leben könnt. – Was wollt ihr denn nun hier beginnen?"

„Vater, ihr lebt hier weitab von den Geschehnissen. Ist es noch nicht bis zu euch gedrungen, wie es sich überall regt in den deutschen Ländern, in allen anderen ebenfalls, die von Napoleon besetzt sind? Im geheimen ist ein Bund gegründet worden, der uns allen die Freiheit wiedergeben soll, wenn nur erst die Zeit zum Losschlagen gekommen ist. Diesem Bund gehören auch wir an, Magnus und ich, und wir werden versuchen, hier auf Rügen mutige Männer um uns zu sammeln, mit denen zusammen wir an diesem Kampf teilnehmen werden. Lange wird es gewiß nicht mehr dauern, dann ist es mit der Herrlichkeit der Eroberer vorbei."

Die beiden Alten saßen still und staunten.

„Junge, daß solche Worte in meinem Haus gesprochen werden, daß ich das noch erlebe! Aber habt ihr auch gut überlegt, wie stark der Feind ist? Wie, wenn er euch alle vernichtet und Deutschland und Schweden für ewig in Ketten legt?"

„Nein, Vater; mit seiner Herrlichkeit ist es bald vorbei, Zorn und Empörung gegen den Usurpator sind zu groß, er gräbt sich selbst sein Grab. Wir werden stark genug sein, um ihn zu besiegen, glaub es mir!"

„Gebe es Gott", sagte die Mutter. „Aber jetzt ist nun wirklich Zeit zum Schlafengehen. Morgen ist auch noch ein Tag."

Sie erhob sich und führte Waldemar in das kleine Giebelzimmer. Der Alte sah noch einmal nach den Fenstern und der Tür, und bald herrschte tiefe Ruhe im Kiekhaus.

V

Das Gespenst
auf dem Göhrenschen Höft

Wenn auch die Bewohner des Kiekhauses ungewöhnlich spät zur Ruhe gegangen waren, so erhoben sie sich doch schon bald nach sechs Uhr morgens. Und gleich nach dem Frühstück hielt es der Strandvogt für ratsam, nach Saßnitz hinunterzugehen und zu horchen, ob vielleicht irgendeine Nachricht von dem unbekannten Flüchtling oder den ihn verfolgenden Feinden unter den Dorfbewohnern laut geworden sei. Als er ging, schärfte er Waldemar ein, das Haus verschlossen zu halten, damit kein unberufener Lauscher den Flüchtling finde.

Von der Mutter erfuhr Waldemar noch manche Einzelheiten über die Zeit der Besetzung. Jetzt freilich waren nur noch wenige Franzosen auf der Insel, da ein großer Teil von ihnen zur Armee nach Polen abmarschiert war. Ihm blutete das Herz, als er vernahm, wie sie im Lande gewirtschaftet hatten, wie sie die Leute ausgeplündert und mit hohen Abgaben belegt hatten.

Die Mutter hatte ihre Erzählung beendet, und Waldemar saß still neben ihr, er überdachte, was zu tun wäre, um die Lage auf der Insel zu verbessern. Da unterbrach die Mutter sein Nachdenken und sagte: „Waldemar, nun haben wir alles besprochen, was uns im großen am Herzen liegt, jetzt laß uns auch einmal das kleinere bereden. Meinst du nicht auch, daß es sehr still in unserm Haus ist, und hast du außer uns beiden und der alten Trude niemanden darin zu finden erwartet?"

„Still ist es hier, ja, das ist wahr, aber wen hätte ich hier noch zu finden hoffen sollen?"

„Hast du denn die Hille vergessen, Waldemar?"

„Ja, du hast recht. Hille, wo ist sie? Sie ist doch nicht schon verheiratet?"

„Bewahre, Waldemar, wer denkt jetzt ans Heiraten!"

„Wo ist sie denn nun, Mutter?"

„Auf Bakewitz in Mönchgut bei ihrem Paten Lachmann."

„Und was tut sie in diesen unruhigen Zeiten da, wo keine Frau im Hause ist?"

„Ja, sieh, das hat so seine eigene Bewandtnis. Der alte Lachmann liegt auf den Tod krank und wollte sie noch einmal sehen. Vielleicht vermacht er ihr einen Teil seines Vermögens, denn, wie du weißt, hat er weder Weib noch Kinder noch irgend andere Verwandte."

Waldemar schwieg, während die Mutter glaubte, vielleicht auch hoffte, er werde ihr irgendeine bestimmte Antwort geben. „Freut dich das nicht?" fragte sie nach einer Weile.

„Mich freut alles, was meine Freunde und Verwandten freut. Hille mag zufrieden sein, einen so guten Paten zu haben, wenn sie sich nur nicht zuviel vom Reichtum verspricht."

„Oh, danach fragt sie zuallerletzt. – Höre, Waldemar – wann willst du zum Rugard aufbrechen?"

„In der Nacht zum ersten Juni, Mutter."

„Das ist in der Nacht von morgen zu übermorgen. Du hast also zwei Tage Zeit. Heute bleibst du doch gewiß bei uns?"

„Warum nicht auch morgen?"

„Ach, ich bin so unruhig wegen Hille. Die Franzosen stehen auf Perd und in der Umgebung. Auf Bakewitz freilich sind sie in der letzten Zeit nicht gewesen – aber ich habe lange nichts von ihr gehört und möchte doch gar zu gern wissen, wie es ihr geht und ob der alte Lachmann noch lebt. Ich will sie wieder hier haben, sobald er das Zeitliche gesegnet hat."

„Nun ja. Aber was hat das mit meinem freien Tag morgen zu schaffen?"

„Waldemar, versteh mich recht – ich möchte dich keiner Gefahr aussetzen –, aber ehe du nach dem Rugard gehst, könntest du –"

„Was denn, sag es."

„Hille besuchen."

„Gern. Warum machst du so viele Umschweife? Was ist denn dabei? Denkst du etwa an eine Gefahr? Woher sollte die mir drohen?

Die Franzosen, die auf Perd stehen, kennen mich nicht und halten mich für einen Rügener, was ich ja auch bin. Auch werde ich ihnen nicht gerade in das Garn laufen, und in Bakewitz bin ich so sicher wie hier, denn ich kann mich dort überall ihren Nachforschungen entziehen."

„Dann geh zu Hille und grüße sie von uns und bitte sie, keine Stunde allein auf dem abgelegenen Gut zu bleiben, sobald ..."

In diesem Augenblick ging die Tür auf, der Strandvogt trat herein und unterbrach seine Frau.

„Alles still, Kinder!" rief er froh. „Alles still ringsherum! Kein Mensch weiß, daß du hier bist, und niemand hat nach dir gefragt. Der Däne wird auch keinen Boten an Land geschickt und glaubt gewiß seine Pflicht erfüllt zu haben, nachdem er dich von Stettin bis Rügen verfolgt hat."

„Um so sicherer kann er nach Mönchgut gehen", warf die Mutter leise ein.

„Nach Mönchgut? Was soll er denn da?"

„Er sehnt sich danach, Hille wiederzusehen", erwiderte die Mutter schnell, „und Hille wird sich nicht weniger freuen."

„Ah, stehen die Sachen so!" brummte der Alte für sich. „Meinethalben, ich habe nichts dagegen. Aber die Franzosen, Junge?"

Der Junge lächelte – nicht über die Franzosen, sondern weil ihn die Taktik der Mutter belustigte, die ihn zu diesem Besuch veranlaßt, gegen den er im Grunde nichts einzuwenden hatte. Er beruhigte deshalb den Vater und bat ihn, zu sagen, wo die Wachtposten der Franzosen ständen.

„Das ist eine Frage, die ich dir nur halb beantworten kann. In Sagard ist ein kleines Kommando stationiert und in Spyker eins, das ist gewiß. Ein größeres in Bergen und Garz, vielleicht auch in Putbus und Gingst, und das größte ohne allen Zweifel an der Südwestküste, Stralsund gegenüber, wo sie das neue Fort erbaut haben, das ihres Kaisers Namen trägt. Außerdem unterhalten sie auf allen ins Meer vorspringenden Landspitzen Wachtposten, um nach den Engländern auszulugen, die sie fürchten wie die Pest. Darum haben sie auch überall Feuerbaken errichtet, um sie anzuzünden, wenn die Engländer etwa landen wollten, die Ihren damit zusammenzutrommeln und dem Feinde die Landung zu verwehren. So, weiß ich, haben sie auf Perd, Thiessow und Zicker ein Kommando untergebracht, auch im Granitzer Ort liegen sie und senden Streifpatrouillen an der Prorer Wiek entlang. Auf Stubbenkammer hast du selbst ihre Bekanntschaft gemacht. Auf Arkona haben sie sich erst recht eingenistet, ebenso am Möwen Ort auf Wittow. Hiddensee sollen sie nicht berührt haben, das ist ein zu trauriger Aufenthalt, und das Kloster und Grieben haben sie voriges Jahr so leergefressen, daß keine Maus mehr satt wird. Weiter weiß ich nichts von ihnen, als daß vorauszusetzen ist, daß sie alle Fähren im Auge behalten, um zu wissen, was vorgeht im Lande, da sie es nun einmal besetzt haben."

„Nun", sagte Waldemar, „das ist genug, was du mir da sagst. Ich werde also heute abend, wenn es dunkelt, nach Mönchgut aufbrechen. Morgen bleibe ich in Bakewitz. In der Nacht zum ersten Juni gehe ich zum Rugard, und von da denke ich mit Magnus zu euch zurückzukehren, um hier das Weitere zu besprechen."

„Das ist vernünftig, Junge. Es ist mir lieb, daß ihr nicht nach Spyker wollt, denn dort würde sich der Graf nicht wohlfühlen, wenn er seinen schönen Besitz in den Händen und Mäulern der Franzosen sähe. Auch würde man ihn dort bald entdecken, und es wäre in kurzer Zeit um euch beide geschehen."

„Wir kennen die Gefahr und wissen ihr schon zu begegnen. Und nun wollen wir uns einmal die See betrachten."

Vom Vater begleitet, trat er auf die kleine Warte und schaute lange durch sein Glas, kein Punkt entging seiner Aufmerksamkeit.

Als es Abend geworden war, hüllte sich Waldemar fest in seinen warmen Sturmrock, nahm seinen schweren Stock zur Hand und schritt in den Stubnitzwald hinein, der sich von Saßnitz aus noch eine gute Weile bis über Krampas dehnt. Auf Seitenpfaden ging Waldemar bis zum Dorfe Mukran, dann ließ er die Felder hinter sich und erreichte das Dorf Reetz, von wo aus er der großen Landstraße folgte, die fast schnurgerade auf die Schmale Heide zuführt. Der Wind wehte scharf von Osten her und trug das brausende Geräusch der Brandung weit in das Land hinein, jeden anderen Laut an Land übertönend. Er schritt noch schneller aus, passierte eine Gruppe riesiger Hülsbüsche und wurde erst wieder langsamer, als er das einsame Nadelgehölz auf der Schmalen Heide erreichte. So kam er glücklich zum Heidekrug, wo er mit Recht französische Einquartierung vermutete. Schon von weitem schallte ihm lauter Gesang aus der Schenke entgegen, vor der ein schläfriger Posten, mürrisch, weil er am Spiel der Kameraden nicht teilnehmen konnte, langsam auf und ab klirrte. Waldemar schlug einen Bogen um den Posten und wandte sich nun der Prora zu, dem düsteren Hohlweg, den ein Fremder zur Nacht, und namentlich wenn es neblig war, lieber vermied, weil er gehört hat, daß es ein so schmaler Engpaß ist, in dem sich zwei Menschen höchstens zu Fuß ausweichen können. Für Waldemar bot er keine Gefahren, ja er schien ihm noch sicherer als der drei Viertelstunden lange sandige Weg, der am Strand entlang nach dem öden Aalbeck führt und von den Patrouillen häufig betreten wurde, die zwischen dem Heidekrug und dem Perd hin und her pendelten.

Als Waldemar den Eingang zur Prora erreicht hatte, horchte er scharf hinein, ob kein klirrender Tritt oder ein rasselnder Wagen ihm entgegenkäme. Er hörte nichts, und so schritt er rasch und entschlossen in den eine Viertelstunde langen Engpaß hinein. Bald hatte er diesen düsteren Weg hinter sich, umging den Schanzenberg, auf dem er einen Posten vermutete, weil man von seiner Höhe einen weiten Fernblick über das ganze Land hatte, dann wandte er sich dem Schmachter-See zu. Er umging den See links und erreichte bald das Dorf Aalbeck. Und nun hörte er wieder die Brandung der Ostsee rauschen. Waldemar war froh, als er in der Granitz wieder den Wald betrat. Es war hügelig hier, dichtes Gestrüpp bedeckte den Boden – hier war er wieder in Sicherheit. Um das Putbuser Jagdschloß machte er dennoch einen Bogen, denn das Jagdschloß war bestimmt von Franzosen besetzt. Sein nächstes Ziel war Sellin, und nun hatte er in kurzer Zeit den Grenzgraben erreicht, der die Halbinsel Mönchgut von Rügen trennt und durch den der Selliner See mit der Ostsee verbunden ist. Über die Wiesen hinweg eilte er dem Dorfe Baabe zu und von dort nach Göhren, das dicht am Perd gelegen ist.

Durch die Umwege, die er gezwungen war zu gehen, hatte er etwa vier gute Meilen hinter sich gebracht, aber das hatte ihn nicht ermüdet. Gegen Mitternacht erreichte er den Bergrücken des Perds, den er überqueren mußte, um nach Bakewitz, dem an der Südseite des Perds gelegenen Gut, zu gelangen. Der heftige Wind hatte nachgelassen, und nur bisweilen noch fuhren abgerissene kurze Windstöße mit geisterhaftem Heulen von der See her über das Steilufer hin. Der

Nebel war durchsichtiger geworden, aber einzelne dichtere Streifen zogen sich immer noch durch den Wald.

Waldemar beschloß eine Weile zu rasten und zu überlegen, wie er seinen Besuch bei dem kranken Lachmann in so später Nacht entschuldigen sollte.

Als er sich auf einen Mooshügel niederließ und dabei zur Linken den steilen Bergzug, vor sich den schmalen Weg nach dem Gut hatte, glaubte er in der Ferne ein flackerndes Licht wahrzunehmen. Er schlich darauf zu, um zu sehen, was es dort gäbe, aber in der Nähe des Felsabsturzes stockte er plötzlich, sprang hinter ein dichtes Erlengebüsch und hatte nun eine Szene vor sich, die ihn seltsam genug anmutete.

Auf dem vor ihm liegenden Klippenplateau standen einige riesige Tannen, durch die der Wind fuhr. Auf der äußersten Spitze hatten die Franzosen eine Feuerbake errichtet, eine hohe Stange, an deren Ende eine Teertonne befestigt war, um den weiter im Land liegenden Soldaten ein Zeichen zu geben, wenn irgendein Feind es wagen sollte, diese Küste zu betreten, vor allem aber, um die Engländer daran zu hindern, Waren nach Rügen einzuschmuggeln.

In der Nähe dieser Bake schlich seufzend und frierend eine Schildwache auf und ab, von Zeit zu Zeit näherte sie sich den Tannen, unter deren Schutz sich ein Wachtposten, aus vier Mann bestehend, gelagert und ein Feuer angezündet hatte. Das Feuer selbst brannte nicht allzu hell in einer kleinen Bodensenke. Düster flackerte die matte Flamme in der nebligen Nachtluft.

Im Kreis um das Feuer herum, an dem sie sich ein warmes Getränk brauten, saßen vier Scharfschützen, die zu einem der deutschen Truppenteile gehörten, die von den Franzosen gezwungen worden waren, an den Eroberungszügen teilzunehmen. Sie trugen nur ihre Seitengewehre umgeschnallt, ihre Flinten standen in einer Pyramide zwischen der Bake und dem Feuer, so daß sie mit wenigen Schritten erreicht werden konnten.

Sie sprachen einen süddeutschen Dialekt, und Waldemar hatte Mühe, sie zu verstehen. Es gefiel ihnen durchaus nicht, soviel hörte er heraus, hier im kalten Norden zu sitzen. Sie lamentierten herum und wären viel lieber zu Hause gewesen. Ein Wort gab das andere, sie raunten sich Spukgeschichten zu und krochen immer ängstlicher um das Feuer, das ihnen ein wenig Schutz gab.

Waldemar beschloß diese Furcht auszunutzen und ihnen einen gewaltigen Schrecken einzujagen.

„Hört ihr nichts?" fragte plötzlich einer der Soldaten.

Alle sperrten die Mäuler auf, hoben die Köpfe und horchten atemlos auf das Geräusch.

Hinter dem Gebüsch hervor ließ sich ein seltsames, summendes Geräusch vernehmen. Erst leise, dann immer lauter, stieg es wie aus der Erde heraus und klang dem Ohr der Abergläubischen so geisterhaft, daß es nicht der Kehle eines Sterblichen entstammen konnte.

Waldemar lachte in sich hinein.

„Still – hört ihr?"

„Ja, ja – was ist das? Es kommt näher – da ist es –, hört!"

„Still!"

Das summende Geräusch ging in ein heiseres Gebelfer über; es klang entsetzlich, und hautschaudernd war die Wirkung, die es auf die Wachtposten ausübte. Plötzlich fiel etwas ins Feuer hinein, daß die Funken sprühten.

Das war das letzte, was zu ertragen war. Wie vom Sturmwind gejagt, sprangen die mutigen Schützen samt ihrem Korporal auf, und ehe man nur bis drei zählen konnte, waren sie davongestoben, Feuer, Punsch und sogar ihre Gewehre im Stich lassend. Der letzte rief noch, vor Angst heiser: „Wer da?" und verschwand ebenfalls.

Keine halbe Minute war seit dem Verschwinden der mutigen Wachtposten verstrichen, da trat Waldemar aus dem Gebüsch heraus, ging auf das Feuer zu, trat es aus und bewarf es mit Erde, ging dann zu der Bake und riß sie aus dem Boden und rollte die Tonne den Abhang zum Meer hinunter. Nachdem das getan war, eilte er zu den Gewehren, machte sie unbrauchbar und warf sie hinter der Tonne her.

Von den Wachtposten war nichts mehr zu hören, sie würden so bald nicht wiederkommen. Dennoch eilte Waldemar, das Perd zu verlassen, und lief querfeldein nach Bakewitz, seinem Ziel.

VI

Hille

Waldemars Ziel war ein kleines Gehöft, ein einfaches einstöckiges Viereck, dessen dem Land zugewandte Seite sowie die beiden Verbindungsflügel Scheunen und Ställe enthielten, während das eigentliche Wohnhaus zur Seeseite zeigte. Es war niedrig, weißgetüncht, hatte sechs Fenster und dazwischen eine Tür, die in den kleinen Garten und von dort zum Strand hinunter führte Das Wohnhaus war mit roten Ziegeln gedeckt, die drei anderen Flügel dagegen nur mit Rohr.

Bis vor einigen Monaten hatten auf diesem Hof etwa zwanzig Franzosen mit einem Offizier gelegen; als aber der größere Teil der Besatzungstruppen von der Insel abgezogen wurde, um den Krieg weiterzutragen, hatte man es für ratsam gehalten, die vom Mittelpunkt der Insel am weitesten entfernt liegenden Ortschaften zu räumen, wodurch auch Bakewitz seiner Plage ledig geworden war.

Lachmann war mit den Granzows befreundet, und Hille war sein Patenkind. Er hätte sie am liebsten für immer bei sich gehabt, denn er war ohne Frau und Kinder, aber er sah wohl ein, daß sein einsames Gut nicht der geeignetste Aufenthaltsort für ein junges Mädchen war. In den letzten Jahren hatte er häufig gekränkelt, und Hille hatte immer wieder nach ihm gesehen. Seit die Franzosen Bakewitz verlassen hatten, war sie dort geblieben.

Waldemar näherte sich dem Hof von der Landseite her. Sein Pochen weckte den alten Knecht, der endlich schläfrig herbeikam und wissen wollte, wer Einlaß begehre. Nachdem Waldemar seinen Namen genannt hatte, wurde ihm geöffnet, und er fragte sofort, ob Fremde auf Bakewitz seien.

„Wer soll denn hier sein außer der Hille", antwortete der Knecht. „Ihr kommt gerade zur rechten Zeit, wenn Ihr Euren alten Freund noch einmal sehen mögt; er macht es sicher nicht mehr lange."

Während der Knecht das Tor wieder verriegelte, schritt Waldemar auf das Wohnhaus zu, lehnte sich auf den niedrigen Fenstersims und schaute durch eine Lücke im Vorhang in das Innere des Zimmers hinein, in dem Lachmann auf dem Krankenbett lag.

Neben dem Bett stand Hille und bemühte sich um ihn.

Als sie das Krankenzimmer verließ, ging Waldemar zum nächsten Fenster und klopfte an die Scheibe. Hille zog den Vorhang zurück und blickte in den Hof hinaus und erkannte in dem schwachen Mondlicht Waldemar.

Sie lief zur Tür und öffnete ihm.

„Waldemar", sagte sie. „Du bist es? O wie freue ich mich! Aber, mein Gott, was führt dich in so später Nacht nach Bakewitz?"

Halblaut gab er ihr Antwort, und halblaut erzählte er, was ihm die Mutter aufgetragen hatte.

Wohl eine Stunde verstrich im Gespräch, dann mußte Hille wieder nach dem Kranken sehen. Danach gab sie der Magd einige Anweisungen wegen des späten Gastes. Und als das Zimmer gerichtet war und Hille es verlassen hatte, fiel Waldemar fast augenblicklich in den Schlaf, während Hille noch lange wach saß und sich alle die Gefahren vorstellte, die auf Waldemar lauern konnten, wenn ihn die Dänen oder die Franzosen weiter verfolgten. Sie fragte sich, was das wohl für ein Gefühl wäre, von dem sie plötzlich erfaßt worden war, als sie an Waldemar dachte. Aber sie wußte sich keine Antwort darauf.

Am andern Tag, nachdem die nötigsten Arbeiten getan waren, nachdem auch der Kranke versorgt war, sagte Hille zu Waldemar: „Komm, wir wollen zum Strand gehen."

Waldemar hatte sich gerade mit seinen Pistolen beschäftigt, legte sie hin und folgte Hille.

„Also, da bist du wieder auf Rügen", sagte sie, „ich habe nicht daran gedacht, dich jetzt wiederzusehen, du hast lange nichts von dir hören lassen."

„Daran waren die Kriegsunruhen schuld, Hille", erwiderte Waldemar, „ich würde gern geschrieben haben, wenn ich hätte hoffen dürfen, daß meine Briefe sicher in eure Hände gelangten. Ach, aber daran ist jetzt nicht zu denken; die Franzosen spionieren in allen Briefen herum, und deshalb ist es besser, zu schweigen."

„Das haben wir uns schon öfter gesagt, aber schön ist es trotzdem nicht. Was hast du dir denn nun für die nächste Zukunft vorgenommen, Waldemar?"

„Gar nichts, Hille, wer kann sich jetzt etwas vornehmen? Die Gegenwart ist trübe und die Zukunft unklar. Laß uns erst das Franzosenvolk vertreiben, erst dann kann man wieder an die Zukunft denken."

Hille schwieg eine Weile, dann sagte sie mit gesenktem Kopf: „Wirst du denn eine Zeitlang auf der Insel bleiben, oder wirst du sie bald wieder verlassen?"

„Ich weiß es noch nicht, Hille; alles das hängt von Magnus Brahe ab, den ich heute nacht auf dem Rugard erwarte."

„Du wirst ihm also auch weiter folgen?"

„Gewiß werde ich das; wir können doch nicht die Hände in den Schoß legen, solange die Feinde noch im Land sind."

„Und wie geht es deinem Freund Magnus, er wirkte immer ein wenig traurig, schon als Junge war er so."

„Ja, Hille, so ist er noch immer, auch wenn aus dem Jungen ein Mann geworden ist, fast noch größer als ich, aber freilich nicht so kräftig. Er ist immer noch bleich wie früher, er plagt sich mit seinen Vorahnungen herum, die ihm ein frühes Ende verkünden."

„Das ist doch seltsam, was hältst du denn davon?"

„Was soll ich davon denken, Hille? Es schmerzt mich, wenn ich sehe, wie er sich quält, und kann ihm doch nicht helfen."

„Merkwürdig, daß er schon als Knabe so war! Ob er wohl noch manchmal an Gylfe denkt, die sein Vater damals aufgenommen hat?"

„Aber ja; und sie ist es nicht zuletzt gewesen, die ihn bestimmt hat, jetzt nach Rügen zu gehen."

„Weiß er, wo Gylfe geblieben ist, seitdem sie das Stift verlassen mußte, als es die Franzosen in ein Hospital umwandelten?"

„Nein, das weiß er wohl nicht. Ist dir etwas darüber bekannt?"

„Ja, ein wenig. Der alte Graf Brahe wollte sie mit nach Schweden nehmen, aber sie weigerte sich, die Insel zu verlassen, obwohl sie von den Franzosen besetzt ist."

„Und wo ist sie jetzt?"

„In Spyker bei dem alten Kastellan Ahlström, in dessen Familie - er hat ja, wie du weißt, eine Frau und zwei Töchter - sie sicher zu sein glaubte."

„In Spyker? Da liegen doch die Franzosen!"

„Gewiß, und sie soll sie durchaus nicht als ihre Feinde betrachten."

„Hille! Was sagst du da? Gylfe ist in Spyker, wo die Franzosen sind, und hält es mit ihnen? Großer Gott, wenn Magnus das hört, das wird etwas geben. Da haben wir schon ein Unternehmen."

„Wieso? Was kann er dagegen tun?"

„Soweit ich ihn kenne, wird er mit Gylfes Geschmack nicht zufrieden sein, und er wird sich nach Spyker begeben, um zu sehen, was dort vorgeht."

„Da kann er sich aber in unangenehme Dinge verwickeln - die Herren dort spaßen nicht."

„Glaubst du, daß Magnus spaßen wird? Er wird den Franzosen die Gylfe mit Gewalt nehmen, und wer kann wissen, was daraus wird!"

„Nun, da geht ihr ja einer bewegten Zeit entgegen - nimm dich in acht, Waldemar, ich bitte dich. Wenn euer Name den Franzosen bekannt würde, dürftet ihr in Spyker nicht allzu sicher sein."

„Wer wird ihnen unsere Namen verraten? Auf Spyker lebt kein Verräter."

„Gott gebe es! - Wann wirst du aufbrechen, und welchen Weg wirst du nehmen?"

„Ich will von hier quer durch Mönchgut bis Reddevitz, dort wird sich ein Boot finden, mit dem ich bis zur Stresower Bucht segle. Von der Stresower Bucht werde ich den nächsten Weg über Nistelitz, Seelvitz, Zirkow und Dalkvitz einschlagen und den Rugard aufsuchen. Wenn der Wind günstig ist, kann ich den ganzen Weg in vier Stunden zurücklegen, ich werde also heute abend gegen acht Uhr aufbrechen."

Hille antwortete nicht, sie hatte den Kopf gesenkt.

„Was denkst du?" fragte Waldemar, der zu Hille hinüberschaute.

„Ich stimme dir zu, was deinen Weg betrifft. Der Landweg möchte dir mehr Gefahren bringen als der Seeweg, und der Wind scheint wirklich günstig werden zu wollen. Bergen darfst du aber nicht berühren."

„Warum nicht?"

„Weil dort sehr viele Franzosen stehen."

„Oh, die fürchte ich nicht. Die kriegen mich nicht, ich kenne hier jeden Winkel."

„Und doch habe ich Angst um dich."

„Du? Das sieht dir gar nicht ähnlich."

„Man wird besorgt, wenn man soviel Schlimmes hört. – Waldemar, ich lasse dich jetzt allein. Ich will zu meinem Paten gehen und will sehen, was er macht. Warte hier, ich komme wieder."

Es dauerte ein Weilchen, bis Hille wieder da war, und Waldemar hatte Zeit genug, seinen Grübeleien nachzuhängen, die durch das entstanden waren, was ihm Hille von Gylfe gesagt hatte; aber auch mit Hille selbst beschäftigte er sich und dem, was aus der Besorgnis um ihn hindurchgeklungen hatte.

„Der Pate war erwacht", sagte sie, als sie zurückkam. „Er fühlt sich wohler und möchte, daß du zu ihm kommst."

„Dann will ich gleich gehen, Hille, es ist fünf Uhr vorbei, und die Stunden verstreichen rasch in Bakewitz."

Hille nickte, und zusammen begaben sie sich ins Haus.

Wenige Minuten später saß Waldemar am Bett des Kranken, und Hille verließ das Zimmer wieder, um die beiden nicht zu stören, die zunächst über Waldemars Eltern und dann über die Lage auf Rügen sprachen. Und schließlich nahm er Waldemar das Versprechen ab, sich um Hille zu kümmern, wie er sagte, wenn er nicht mehr am Leben sei.

Als er mit Hille später zu Abend aß, herrschte verlegenes Schweigen zwischen den beiden. Es war etwas Unausgesprochenes zwischen ihnen, dem keiner Worte verleihen wollte. Endlich waren die beiden mit dem Essen fertig, und während Waldemar das Fenster öffnete, um nach der Sonne und dem Wind zu sehen, begab sich Hille in ihr eigenes Stübchen, um irgend etwas zu erledigen. Waldemar beschäftigte sich während dieser Zeit mit seinen Pistolen und schnallte seinen Gürtel mit dem Messer um, denn es wurde Zeit für ihn.

„Willst du schon fort?" fragte Hille, die wieder eingetreten war.

Waldemar drehte sich zu ihr und sah sie im Mantel.

„Nein, noch nicht", erwiderte er. „Aber wie denn, willst du auch ausgehen?"

„Ja."
„Wohin denn?"
„Nach Reddevitz."
„Nach Reddevitz – wohin ich gehe? Was willst du dort?"
„Ich will dich begleiten, mein Pate hat es mir erlaubt."
„Mich? Hille! Warum denn das?"
„Ich will sicher sein, daß du ein gutes Boot findest, ich kenne einen Fischer dort und werde dich zu ihm führen; er soll dich zur Stresower Bucht fahren."
„Und meinst du, ich werde das zugeben?"
„Dann werde ich gegen deinen Willen hinter dir herlaufen – geh nur voran, ich folge dir."
„Hille!"
„Waldemar!"
„Aber wozu das?"
„Ich habe es ja schon gesagt. Ich weiß auch genau, wo die Posten der Franzosen stehen, und die solltest du vermeiden, wenigstens auf Mönchgut."
„Denkst du denn nicht daran, in welche Gefahren du dich begibst? Denkst du nicht an den weiten Rückweg?"
„Ich bleibe so lange bei dem Fischer, bis er von Stresow zurückkommt, und dann wird er mich nach Hause bringen."

Waldemar lächelte auf eine eigentümliche Art, die nicht gerade Unzufriedenheit ausdrückte. Der gute Wille Hilles sagte ihm zu und ihr Mut nicht minder. Da er sah, wie entschlossen sie zu ihrem Vorhaben war, schwieg er – was sollte er auch sagen? Seitdem er in diesem Haus gewesen war, seitdem er Hille wiedergesehen hatte, waren ihm so manche Empfindungen und Gedanken durch den Kopf gegangen. Endlich sagte er zu Hille: „Jetzt ist es Zeit, wenn du willst; ich bin bereit."

Über Hilles Gesicht flog ein Lächeln. Sie warf sich den Mantel mit einer geschickten Bewegung um die Schultern, nestelte ihn zu und nahm dann ein Kopftuch. Waldemar steckte seine Waffen ein, zog seinen Wetterrock an und griff nach Hut und Stock. Zwei Minuten später traten beide vor die Tür, und gleich darauf hatte sie das Gehölz, das Bakewitz umgab, in seinen Schatten aufgenommen.

Während des kurzen Weges von Bakewitz nach Reddevitz schwiegen die beiden zumeist, nur dann und wann wurde ein belangloses Wort gewechselt.

In Reddevitz ging Hille auf eines der kleinen Häuser zu, trat ein, und in dem räucherigen Raum fanden sie den Fischer auf der breiten Ofenbank hocken, wo er ein Stück Brot und einen kalten Fisch verzehrte. Er war allein.

Sobald er die beiden erblickte, erhob er sich und trat ihnen lächelnd entgegen.

„Guten Abend, Peter!" sagte Hille. „Ich bringe Euch hier meinen Vetter, der den Franzosen aus dem Wege gehen muß. Ich wollte Euch bitten, ihn zur Stresower Bucht zu fahren."

Der Fischer nickte, trat an das niedrige Fenster und warf einen prüfenden Blick auf das Meer. „Ja", sagte er, „das läßt sich schon machen. Der Wind ist gut, die Fahrt wird kaum eine Stunde dauern."

„Wißt Ihr auch genau Bescheid, wo der Posten der . . ."

„Oh!" unterbrach sie der Mann, „es wäre schlimm, wenn ich das nicht wüßte. Ich bin erst heute morgen in Stresow gewesen, ich kenne jedes Versteck, in dem sie sitzen."

„Das ist schön, dann macht Euch fertig; aber halt – noch eins! Ihr dürft Euch drüben auf Rügen nicht aufhalten, sondern müßt so schnell wie möglich wieder zurückkommen. Ich werde hier auf Euch warten, damit Ihr mich anschließend nach Hause bringt."

Sie warf, als sie das sagte, einen lächelnden Blick auf Waldemar, als wolle sie sich seines Einverständnisses versichern, und ging zur Tür, um aus der verräucherten und überhitzten Stube wieder ins Freie zu treten. Der Fischer, wortkarg wie alle seine Landsleute, nickte einfach als Zustimmung, nahm seinen breitrandigen, tief auf das Gesicht herabfallenden Hut, ging dann in einen nahe gelegenen Schuppen, wo ein kurzer Mast stand, an dem ein Segel und alles Takelwerk befestigt war, nahm das Ganze, als wär es eine kinderleichte Last, und brachte es zum Strand zu seinem Boot. In wenigen Minuten waren seine Vorbereitungen getroffen. Das Boot wurde ins Wasser geschoben, der Mast eingesetzt und das Segel gehißt. Als er damit fertig war, drehte sich der Fischer zum Strand um, als wolle er fragen, warum der Fremde noch zögerte, zu ihm ins Boot zu steigen.

Die Unterhaltung zwischen Hille und Waldemar war verstummt, sie standen ruhig nebeneinander und schauten sich kaum an; nur von

Zeit zu Zeit, und dann mit einer beinahe heimlichen Hastigkeit, als wollten sie nicht dabei ertappt werden, trafen sich ihre Blicke, wichen einander jedoch sofort wieder aus, als wollte sich keiner bei seinen Gedanken ertappen lassen. Da endlich sagte Hille, um das Peinliche zu verwischen, das die Situation allmählich bekam:

„Es wird Zeit für dich, Waldemar. Du hast eine lange Nacht vor dir. Und, bitte, sei vorsichtig, daß die Franzosen dich nicht fassen. Sei vorsichtig um deiner Mutter willen!"

„Ich verspreche es dir, sei meinetwegen außer Sorge."

Nun streckte sie ihm ihre Hand hin, Waldemar ergriff sie und hielt sie eine Weile fest. „Leb wohl", sagte er beklommen.

Hille begleitete ihn bis dicht an den Strand, wo ein langes Brett, auf großen Steinen ruhend, bis zu dem Boot führte.

Noch einmal wandte sich Waldemar zu Hille um, dann sprang er ins Boot, das sofort abstieß, denn Peter war kein Freund von überflüssigem Zögern und langen Worten.

„Ich danke dir für deine Begleitung!" rief Waldemar zurück, noch im Boote stehend, das schon davonschoß.

„Glückliche Überfahrt!" rief Hille zurück.

Das letzte Wort verschlang schon fast der Wind, der von Minute zu Minute heftiger zu wehen begann. Hille blieb so lange am Strand stehen, wie sie das kleine Segel noch sehen konnte. Als das Boot mehr und mehr in den Schatten der Abenddämmerung und in dem Dunst der Ferne verschwand, ging Hille zu dem Haus zurück und wartete auf die Rückkehr des Fischers.

VII

Auf dem Rugard

Von günstigem Wind getrieben, legte das scharf segelnde Boot einen Knoten nach dem andern längs der schmalen Reddevitzer Landzunge zurück. Als Waldemar den Strand nicht mehr erkennen konnte, drehte er sich auf der Bank, auf der er saß, langsam um und wandte das Gesicht dem Rügener Bodden zu, dessen Ufer aber in der immer schneller herabsinkenden Dämmerung allmählich verschwammen. Nirgends war ein Schiff, nirgends ein Segel zu sehen. Nur das Mondlicht glitzerte in den Wellen, und in der Ferne tauchte allmählich, sobald sie das Reddevitzer Höft umsegelt hatten, die Insel Vilm auf, deren Rieseneichen und Buchen die schönsten und gewaltigsten Bäume Rügens sind. Allmählich traten die Ufer der Stresower Bucht aus dem Dunkel.

„Wo wollt Ihr landen?" fragte Waldemar endlich, als sie immer näher herankamen und das Bellen eines wachsamen Hundes vom Strand her zu vernehmen war.

„Ich fahre so dicht an die Tannen wie möglich, Herr", antwortete Peter bedächtig. „Aber es würde mir lieber sein, wenn ich nicht bis auf den Sand mit Euch auflaufen müßte. Ihr habt ja tüchtige Stiefel an und könnt einen Fuß tief durch das Wasser waten."

„Natürlich, so ist es besser für Euch."

„Ihr kennt doch die Gegend?"

„Wie meine Tasche. Wißt Ihr, wo der nächste Posten der Franzosen steht?"

„Weiter nach Westen hin, dicht an der Goor."

„Können sie uns von dort aus jetzt sehen?"

„Gott bewahre! Die haben keine Augen für Schiffe und Segel; ja, wenn wir zu Pferde wären oder auf einer Kanone säßen."

„Und wo steht der nächste Posten im Land?"

„Zwischen dem Putbuser Schloß und Zirkow weiß ich von keinem, Bergen aber wimmelt wie ein Ameisenhaufen von Soldaten."

„Wie mag es auf dem Rugard sein – wißt Ihr etwas darüber?"

„Aber ja. Mein Schwager war vorgestern dort, um in Burnitz seine kranke Schwester zu besuchen. Tagsüber haben sie einen Posten auf dem Rugard stehen. Nachts aber ist es ihnen wohl zu kalt, denn dann werden die Posten immer eingezogen."

„Das wißt Ihr bestimmt?"

„Ich kann es beschwören."

„Dann setzt mich hier an Land."

„In Ordnung", sagte der Fischer und ließ die Schoten fahren. Waldemar setzte sich auf den Bootsrand, stieß den Stock ins Wasser und untersuchte den Grund. Dann ließ er sich von dem Bootsrand hinabgleiten und drückte dem Fischer ein Geldstück in die Hand. Als er an Land war, hatte der Fischer schon gewendet und lief mit halbem Winde wieder aus der Bucht aus.

Waldemar wandte sich vom Strand ab und verschwand in einem Tannengehölz, er hatte einen Weg von ungefähr zwei Meilen vor sich.

Kaum einem Menschen begegnete er, und je später es wurde, desto stiller und einsamer wurde es um ihn her. Soldaten hatte er bis jetzt noch nicht einen gesehen.

Als Waldemar den Fuß des Rugard erreicht hatte, hörte er es in Bergen elf Uhr schlagen. Nachdem der letzte Ton verhallt war, stieg er langsam den Fischersteig hinauf, wobei er sich vorsichtig umblickte, um keinem Franzosen zu begegnen. Er sah jedoch niemanden, alles war still. Bald hatte er den Gipfel des Berges erreicht und suchte den nordöstlichen Wall auf, wo er sich mit Magnus verabredet hatte. Aber obwohl er jede Mulde, jeden Hügel, jedes Gebüsch durchforschte, er fand Magnus nicht.

Bis lange nach Mitternacht wartete Waldemar, immer noch in der Hoffnung, daß Magnus doch noch erscheinen werde. Aber schließlich gab er es auf, der Freund schien heute nicht mehr zu kommen. Nun galt es zu überlegen, wie er die nächsten Tage verbringen sollte.

Er beschloß endlich, nach Bergen zu gehen und dort in dem Haus eines Müllers um Unterschlupf zu bitten, den er kannte. Noch einmal blickte er sich um und verließ dann den Rugard. Von weitem hörte er ein Posthorn blasen. Er verhielt sich genauso vorsichtig wie beim Aufstieg. Er wollte nichts riskieren, was zu vermeiden wäre. Die Häuser von Bergen umging er, er machte einen Bogen um die Stadt. Bald sah er die Windmühle vor sich auftauchen und das winzige Haus daneben, aus Fachwerk und Backsteinen gebaut, das Haus des Müllers Dalwitz. Alles war still, nur ein paar Hunde bellten, und die ersten Hähne krähten dann und wann.

Waldemar blieb hinter einem Busch stehen und schaute scharf zum Haus hinüber; nichts rührte sich. Schließlich wagte er es, über das freie Gelände bis zum Haus des Müllers zu gehen. Schon hatte er die Klinke in der Hand und war im Begriff, sie niederzudrücken, da öffnete sich ein Fenster, und der Müller steckte den Kopf heraus. Erschrocken fuhr er zurück, als er den Fremden vor seiner Tür sah. Aber da trat Waldemar zu ihm heran, reichte ihm die Hand und sagte rasch:

„Dalwitz, kennt Ihr mich nicht mehr? Ich bin Waldemar Granzow, der Sohn des Strandvogts in Saßnitz."

„Ah, ja, natürlich, jetzt sehe ich's. Teufel, was führt Euch so früh hierher?"

„Seid Ihr allein, ist Euer Haus frei von Einquartierungen?"

„Ja, bis zu mir sind sie Gott sei Dank nicht gekommen. In der Stadt freilich liegen sie scharenweise und saugen uns wie Blutegel aus."

„Könnt Ihr mich aufnehmen? Ich habe Geschäfte hier."

„Gern – kommt nur herein, ich heiße Euch von Herzen willkommen."

Waldemar eilte zur Tür, und in wenigen Augenblicken war er im Zimmer und teilte dem Müller soviel mit, wie nötig war, um seinen frühen Besuch und sein Erscheinen mitten unter den Feinden des Landes zu rechtfertigen.

VIII

Was die Post bringt

Während die beiden Männer frühstückten, erfuhr Waldemar, was in der letzten Zeit in Bergen vorgegangen war. Am wichtigsten schien, daß die Stralsunder Post am gestrigen Tage nicht in Bergen eingetroffen war und daß man deshalb wichtige Ereignisse jenseits des Strelasunds vermutete, worauf auch schon das viele Schießen hindeutete, daß man am vergangenen Tag von Stralsund her vernommen hatte.

Waldemar machte ein erstauntes Gesicht, denn in Mönchgut hatte man bei dem Ostwind nichts von dem Schießen hören können. „Ich glaube, ich habe vorhin ein Posthorn gehört", sagte er, „es hat sicher die verspätete Post von Stralsund angekündigt."

„Ohne Zweifel, die Post wird also bald da sein."

„Dann tut mir den Gefallen und geht auf den Markt, wenn Ihr Euch dadurch nicht verdächtig macht; dort werdet Ihr erfahren, was geschehen ist, und kehrt nicht eher zurück, als bis Ihr mir Genaueres melden könnt. Ich erwarte den Grafen Brahe von Stralsund, und es ist möglich, daß er selbst im Postwagen sitzt und das Neueste mit herüberbringt."

„Dann werde ich ihn zu Euch führen", erwiderte der Müller, beendete rasch sein Frühstück, warf sich in die Kleider und verließ das Haus, dessen Tür die Müllerin hinter ihm fest verriegelte.

Als der Müller mit einiger Eile, zu der ihn nicht allein die Freundschaft zu Waldemar, sondern auch die eigene Neugier trieb, durch die Vorstadt schritt und in die holprigen und krummen Straßen der kleinen Bergstadt einlenkte, gewahrte er schon von weitem, daß die Einwohner für die frühe Stunde ungewöhnlich zahlreich auf den Beinen und dem Marktplatz zugeeilt waren, wo das Posthaus lag. Wie ein Lauffeuer hatte sich die Nachricht überallhin verbreitet, daß die Post von Stralsund, die sich nur bei wichtigen Anlässen verspätete, endlich gekommen war und Aufschluß über die Ursache bringen werde. So waren denn schon viele Männer zum Posthaus geeilt und umstanden den Wagen, der nur zwei Passagiere mitgebracht hatte, die sich ohne Aufenthalt zu dem französischen Befehlshaber auf Rügen begaben, um ihn in ihrer Eigenschaft als Kuriere von den Geschehnissen in Stralsund in Kenntnis zu setzen. Von diesem nun hatten die neugierigen Städter sehr wenig oder gar nichts erfahren, um so mitteilsamer aber war der Postillion gewesen, der unter der dicht gescharten Menge stand und erstaunliche Dinge erzählte, die alle Zuhörer veranlaßten, die Mäuler aufzusperren und sich mit höchst betretenen Gesichtern anzuschauen.

Der Müller war ein energischer und kräftiger Mann, und so war es ihm gelungen, sich mit Hilfe seiner Ellenbogen Bahn zu brechen und bis dicht zu dem Postillion zu gelangen, der eben dabei war, seine Geschichte zum drittenmal zum besten zu geben und sie mit immer neuen Seitentrieben auszuschmücken.

Der wißbegierige Müller reckte die Ohren wie alle die anderen, und je mehr er hörte, um so länger und bleicher wurde auch sein Gesicht, bis er endlich genug wußte und nach Hause eilte, um Waldemar sein Wissen mitzuteilen.

Atemlos kam er zu Hause an, begehrte mit heftigem Pochen Einlaß und rief nach Waldemar, der nachdenklich und gespannt in der Stube auf- und abschritt.

„Nun, da seid Ihr wieder, Dalwitz, was bringt Ihr?" fragte Waldemar. „Ihr seid ja ganz außer Atem – ist es denn etwas so Wichtiges?"

„Wichtig und unheilvoll ist es. Denkt Euch nur: In Stralsund ist seit einigen Tagen der Teufel los. Der Schill, der preußische Major, ist seit ein paar Tagen in der Stadt, und die verfluchten Dänen und Holländer – Gott ersäufe sie auf ihren Inseln – haben ihn gestern angegriffen. All seine Tapferkeit hat ihm nichts geholfen. Zwanzig Mann gegen einen haben sie ihn umzingelt und totgeschlagen. Ja, er selbst ist tot, und viele seiner Getreuen sind gefallen, und alle, die noch leben, haben die Franzosen und Dänen gefangengenommen, um sie nach Paris zu führen und zu erschießen. So ist es, so wahr ich lebe, denn der Postillion hat es mir selbst erzählt, und darum haben sie ihn auch nicht fortgelassen mit seinen Paketen, und erst gestern nacht – Ihr habt ganz recht gehört – hat man ihm die Erlaubnis erteilt, abzusegeln, und da ist er nun und setzt die ganze Insel mit seinen Neuigkeiten in Schrecken."

Waldemar stand sprachlos vor dem eifrig Erzählenden, sein Gesicht wurde immer bleicher. „Was sagt Ihr da?" rief er endlich. „Schill und seine Getreuen sind gefallen. Der Rest gefangen, um nach Frankreich gebracht zu werden?"

„So ist es. – Das ist eine große Ohrfeige, die der König von Preußen bekommt."

„Sagt, ganz Deutschland, die ganze ehrliche Welt, und Ihr werdet nicht zuviel gesagt haben." Betäubt von dieser Hiobsnachricht ließ er sich auf einen Stuhl fallen.

Der Müller stand vor ihm und schaute ihn niedergeschlagen an. „Da die Sachen so stehen", sagte er, „bin ich neugierig, was Ihr tun werdet, denn der Graf Brahe, wenn er bei Schill war, wie Ihr vermutet, hat gewiß auch einen Hieb abgekriegt."

Waldemar sprang auf. „Hört, Dalwitz, ich will Euch etwas sagen. Graf Magnus ist mein Freund. Ich muß wissen, wie es mit ihm steht und ob er an dem Gefecht teilgenommen hat oder nicht. Um das genau zu erfahren, muß ich ohne Aufschub nach Stralsund hinüber."

Der Müller sah seinen jungen Gast erstaunt an. „Nach Stralsund?" sagte er kleinlaut. „Ihr? Der gerade erst mit knapper Not den Feinden entronnen ist? Das ist ein Wagestück, junger Mann, das ich nicht mit Euch teilen möchte."

„Das braucht Ihr auch nicht, aber ich muß hinüber, es ist unbedingt nötig. Wer sagt mir, was alles geschehen ist, wenn ich es nicht mit eigenen Augen sehe? Und sehen muß ich es, um zu wissen, was ich tue, wie ich ihm helfen soll, wenn er in Gefahr ist. Geholfen aber muß ihm werden, so wahr mir Gott selber helfe."

„Nun ja doch, ich glaub's ja; aber Ihr könnt doch nicht gleich über den Sund fliegen."

„Es muß einen Weg geben, um hinüberzukommen, für Geld und gute Worte, mit List oder Gewalt, wenn es nicht anders geht."

„Die Posten lassen niemanden hinüber, der nicht einen guten und gültigen Ausweis hat. Aber es wird möglich sein. Ich wollte morgen

Mehl nach Stralsund schaffen, und wenn ich es recht bedenke, könnte ich es schon heute tun."

„Dann werde ich also das Mehl hinüberbringen!" rief Waldemar und sprang voller Freude auf.

„So wie Ihr da seid?" fragte der Müller scherzend. „Warum nicht gar! Sie würden Euch bestimmt für meinen Knecht halten und das aufs Wort glauben, nicht wahr? Besonders, wenn Ihr die Dingerchen da unter der Jacke behaltet und ein Gesicht wie zehn Donnerwetter macht, wie gerade jetzt!"

„Gebt mir eine weiße Jacke und was dazu gehört, zum Teufel! Aber meine Waffen und Kleider müssen alle mit auf den Wagen, damit ich sie drüben habe, wenn ich sie brauche."

„Das läßt sich schon eher hören; und nun laßt mich noch ein Wort sprechen, aber ein ernstliches. Ihr seid zwar ein mutiger Mann, das ist brav, und ein wackerer Freund, das ist noch braver, aber ihr müßt nicht zu vorwitzig sein, sondern recht vernünftig, wie es diese Zeiten und Verhältnisse erfordern. Seht, der Fährmann ist der Bruder meiner Frau, und er ist ein Patriot wie wir alle. Und er ist der einzige, der ein paar Boote am Strand halten darf, um Passagiere hinüber- und herüberzubringen. Zu dem fahrt Ihr mit meinem Mehl und sagt ihm, wer Ihr seid und was Ihr wollt. Ich gebe Euch auch einen Schein mit, daß Ihr in meinem Dienste steht und in meinen Angelegenheiten nach Stralsund müßt. Bestellt dann ein Boot für die Nacht zu irgendeinem Punkt drüben am Ufer, aber er muß nördlich von der Stralsunder Fähre liegen, damit Ihr gleich davonsegeln könnt, wenn es not tun sollte. Habt Ihr das verabredet, liefert Ihr das Mehl ab; man wird Euch keine Schwierigkeiten machen, denn die vielen Mäuler, die jetzt da drüben aufgesperrt sind, verlangen nach Brot. Habt Ihr das erledigt, seht Ihr Euch nach Eurem Freunde um, und findet Ihr ihn, was ich Euch von Herzen wünsche, habt Ihr das Boot und könnt Stralsund verlassen. Wenn Ihr aber meinen Rat annehmen wollt, dann wendet Ihr Euch nach Hiddensee, dort seid Ihr den Franzosen aus dem Weg, denn Hiddensee ist ihnen zu mager und vielleicht auch zu bitter, sie sind nur einmal dort gewesen und haben sich seitdem auf der Insel nicht mehr blicken lassen. Den Dänen freilich, wenn Ihr ihnen auf dem Wasser begegnen solltet, müßt Ihr aus dem Wege gehen, doch das ist ja Eure Sache. Was haltet Ihr von meinem Vorschlag?"

„Ich werde mich danach richten, und ich bitte Euch, so schnell wie möglich alles vorzubereiten, damit ich noch vor Tisch drüben in Stralsund bin."

„Dann kommt und macht einen Müllerknecht aus Euch, für alles andere werde ich Sorge tragen. Meinen Wagen fahre ich selbst wieder zurück, denn ich werde Euch auf dem Fuße folgen und an der Fähre warten, während Ihr nach Stralsund übersetzt."

Zwei Stunden später rollte vom Hofe des Müllers Dalwitz ein nicht allzuschwer mit Mehlsäcken beladener Wagen, der mit geteerter Leinwand zugedeckt war, damit das Mehl nicht vom Regen durchnäßt wurde, durch die holprige Hauptstraße von Bergen. Zwei wohlgenährte Grauschimmel von kleinem Wuchs, aber kräftigem inländischem Schlag, zogen ihn. Nebenher ging, die Leine in der Hand und ab und zu mit einer handfesten Peitsche knallend, ein hochgewachsener Müllerknecht, der so vortrefflich zu seiner weißen mehlbestaubten Kleidung paßte und dessen Gesicht einen so dumm-ehrlichen Ausdruck zeigte, daß kein Mensch in ihm den Seemann Waldemar Granzow erkannt hätte.

Lebhafter denn je ging es an diesem Tag in dem kleinen Städtchen zu; namentlich auf dem Marktplatz standen die Menschen und sprachen über das, was sie alle beschäftigte: die Niederlage Major Schills. Und es gab wohl keinen unter den Bewohnern Bergens, der das Ende des kühnen Mannes nicht von ganzer Seele bedauert hätte.

Waldemar warf einen forschenden Blick auf die lebhaft diskutierenden Gruppen und trieb dann seine Pferde zu schnellerem Gang durch die bergigen Straßen, er wollte so schnell wie möglich nach Stralsund.

Endlich war der Ausgang des Städtchens, das weder Tor noch Schlagbäume hatte, erreicht; nur vor einem der letzten Häuser stand ein Trupp schwarzäugiger Südfranzosen, die aber nicht, wie ihre Kameraden auf dem Göhrenschen Höft, ihre Gewehre beiseite gestellt, sondern sie, jeden Augenblick schußbereit, im Arm hielten. Als Waldemar an ihnen vorüber wollte und einen gleichgültigen Blick auf die Franzosen warf, die in ihrer lebhaften Art mit eifrigen Gebärden aufeinander einredeten, trat ein bärtiger Sergeant an ihn heran und fragte in gebrochenem Deutsch, wer er sei, was er geladen habe und wohin er wolle.

Waldemar beantwortete die Fragen und zeigte den Schein seines angeblichen Brotherrn vor. Der Sergeant schrieb nach längerem Studium des Zettels das Passierwort darauf und deutete dann dem Müller mit einer pathetischen Gebärde an, er könne seines Weges ziehen, was Waldemar schleunigst befolgte.

Der Weg von Bergen zur Stralsunder Fähre führte bergab, und so ging die Fahrt ganz gut voran. Der Regen fiel leise, aber stetig, der Himmel war völlig mit grauen Wolken bedeckt, die der Westwind vor sich her trieb. Waldemar atmete leichter, als er Bergen hinter sich hatte. Er freute sich seiner Heimat und nahm alles in sich auf, was er ringsum sah: die Dörfer und Höfe mit ihren seetangbehangenen Flechtzäunen, die grünende Saat auf den Äckern, die Torfmoore und Heidekrautflächen im Nebel, die kleinen Waldungen dann und wann. Die Pferde des Müllers taten ihre Schuldigkeit, und so kam der Wagen trotz der durch den Regen aufgeweichten Landstraße rasch voran. In Negast, wo der Landweg von Garz in den von Bergen einmündet, hatte Waldemar die Hälfte des Weges zurückgelegt, und es war noch nicht neun Uhr morgens, als er an dem uralten Dorfe Rothenkirchen vorüberkam und die Hünengräber auf den Neun Bergen liegen sah. Es war noch nicht elf Uhr, da hatte er den Strelasund erreicht und hatte Stralsund vor sich mit seinen beschädigten Mauern und Wällen, hinter denen vor wenigen Stunden soviel Unheil geschehen war.

Waldemar lenkte sein Fuhrwerk ohne Aufenthalt zum Fährhaus, wo sich seiner sofort ein französischer Posten annahm, nach den Papieren fragte und sie zusammen mit einem Beamten studierte. Nachdem dies geschehen und die Ladung oberflächlich untersucht worden war, wurde Waldemar angewiesen, die Säcke auf die Fähre zu laden, was ihn veranlaßte, in das Haus zu treten und nach dem Fährmann selber zu fragen, von dem er wußte, daß er der Schwager des Müllers Dalwitz war. Waldemar wurde in eine Stube gewiesen, in der er den Pächter allein vorfand. Ohne Umstände informierte er ihn von seinem Anliegen und dem des Müllers. Der Pächter nahm ihn freundlich auf und setzte ihm eine handfeste Mahlzeit vor, und nach einer halben Stunde erschien der Müller Dalwitz selbst mit einem kleinen Sack über der Schulter, der Waldemars Kleider und Waffen enthielt. Dalwitz verabredete mit dem Fährmann alles wegen der Rückfahrt von Stralsund, dann wurden die Mehlsäcke auf die Fähre geladen.

Bald darauf hatte sich Waldemar vom Müller und dem Fährmann verabschiedet und saß nun bei seinen Säcken auf der Fähre und wartete voller Ungeduld darauf, daß das Boot abstoßen würde.

Endlich ging es los, sogar der Himmel klärte sich jetzt auf, der Regen ließ nach, und immer deutlicher und klarer trat Stralsund am jenseitigen Ufer aus dem Dunst. Aber so schön dieser Anblick auch war, Waldemar sah von allem, was dort vor seinen Augen lag, nichts. Seine Gedanken waren bei Magnus, für dessen Leben er fürchtete. Voller Ungeduld saß und wartete er, daß die Überfahrt bald zu Ende wäre. Er wollte endlich erfahren, was an diesem 31. Mai 1809 in Stralsund tatsächlich geschehen war: Die allgemeine patriotische Bewegung war in Deutschland immer stärker geworden. Einer der Männer, die nicht mehr tatenlos zusehen wollten, wie die französischen Eroberer in den Ländern Deutschlands herrschten und hausten, war der preußische Major von Schill. Natürlich hatten die Franzosen überall ihre Spione, und so waren sie auch in großen Zügen von dem informiert, was in Deutschland vor sich ging.

Schill, durch seine Taten in Kolberg bekannt und berühmt und ein Mann des Volkes geworden, dauerten die Vorbereitungen der Deutschen gegen Napoleon zu lange, deshalb unternahm er es auf eigene Hand, den Krieg gegen den Korsen zu beginnen. Er wählte den Augenblick, wo Österreich im Jahre 1809 mit Napoleon aneinandergeraten war. Durch die allgemeine Gärung in Deutschland noch mehr bestärkt, von vielen Freunden umgeben und beraten, von Vaterlandsliebe gedrängt, verließ er mit seiner kleinen Schar am 28. April Berlin, voll Hoffnung, im Rücken Napoleons einen fühlbaren Schlag gegen ihn zu führen. Auf die niederschmetternden Nachrichten aber, die aus Österreich kamen, faßte er den Entschluß, über Ostfriesland nach England zu gehen und einen besseren Zeitpunkt abzuwarten. Am 5. Mai wurde er von einem Teil der Besatzung Magdeburgs in die Altmark abgedrängt, hoffte jedoch in dem mecklenburgischen Fort Dömitz an der Elbe einen Stützpunkt gegen den französischen General Gratien und den dänischen General Ewald zu finden. Diese Hoffnung zerschlug sich, und über Wismar und Rostock zog sich Schill nach Stralsund zurück.

Rasch wurde die Stadt den Franzosen entrissen, in aller Eile notdürftig befestigt, und zweitausend pommersche Landwehrmänner eilten ihm zu Hilfe. Am 31. Mai rückten sechstausend Dänen und Holländer vor die Stadt und griffen sie vom Knieper Tor her an. Nach einer fürchterlichen Kanonade zogen sie als Sieger in die Stadt ein, aber Schill, keineswegs entmutigt, setzte ihnen noch in den Straßen einen verzweifelten Widerstand entgegen. Im heißesten Kampfgewühl stand er an der Spitze seiner Schar. Reiter und Infanterie drangen auf die Preußen und Pommern ein, die Schritt für Schritt zurückweichen mußten.

Schill sah keinen anderen Ausweg mehr als die Flucht. Er wollte die im Sund liegenden Schiffe erreichen und über Rügen nach England gehen. Der Weg zum Strand war für ihn und seine Reiter nur durch die Fährstraße und das Fährtor möglich. Von der Knieperstraße sprengte er in die Johannisstraße ein, die zur Linken in die Fährstraße mündet; aber in der Mitte fand er den Hof des Johannisklosters geöffnet und hielt den breiten Eingang unglücklicherweise für die Mündung der Fährstraße. Erst als er rings um den Klosterhof geritten war und nirgends einen Ausweg gefunden hatte, erkannte er – leider zu spät – seinen Irrtum und wollte den Hof wieder verlassen, um den richtigen Weg zur Fährstraße zu suchen. Als er aus dem Kloster herausritt, hatten ihn die Dänen erreicht; ihren Anführer hieb er nieder.

An der Stelle, wo die Johannisstraße in die Fährstraße einmündet, stand ein Brunnen – in seiner Nähe findet man heute noch den Stein, der die Stelle bezeichnet, wo Schill den Todesstoß empfing –, an diesem Brunnen wuschen einige Stralsunderinnen einem Verwundeten vom Schillschen Korps das Blut aus dem Gesicht. Der Verwundete hörte ein galoppierendes Pferd hinter sich, drehte sich um, und als er Schill erkannte, den er schon tot geglaubt hatte, rief er voller Freude so laut, daß die Dänen, die den Reiter verfolgten, es hörten: „Oh, da ist ja Schill! Er lebt noch, dann ist noch nichts verloren."

Daraufhin hieben zwei dänische Reiter auf Schill ein, der schon im Rücken von einer Kugel getroffen war und im Sattel schwankte, und versprachen ihm das Leben, wenn er sich ergeben wolle. Aber Schill wehrte sich, solange er noch die Kraft dazu hatte. Endlich erlosch die Kraft, er wurde über den Kopf gehauen und vom Pferd gerissen, worauf man ihn mit wahrhaft barbarischen Hieben fast zerhackte. Der tote Schill wurde zum Fleischerscharren am Markt geschleift und dort den Stralsundern gezeigt.

Erst nach Schills Tod endete das Straßengefecht, und nun begann die Verfolgung seiner letzten Getreuen, von denen sich 150 Mann zur preußischen Grenze durchschlugen, der größte Teil der übrigen jedoch gefangengenommen wurde. Elf seiner Offiziere wurden schließlich in Wesel von den Franzosen erschossen.

IX

Der verborgene Freund

Endlich hatte die Fähre die Brücke am Stralsunder Ufer erreicht, und Waldemar erledigte die Aufträge, die ihm als Müllerknecht oblagen. Ein französischer Beamter, dem er seine Papiere wies, gestattete ihm, die Säcke zu landen und dann in die Stadt zu gehen, um den Bäcker aufzusuchen, auf dessen Namen der Geleitbrief lautete. In der Stadt sah es wild und wüst genug aus, denn noch hatte man nicht daran denken können, die vielfachen Spuren des eben beendeten Kampfes zu beseitigen. Auf den Plätzen und in den Straßen standen noch die Kanonen aufgefahren, die an den Häusern arge Verwüstungen angerichtet hatten. Die Bewohner waren noch von den Schrecken des vergangenen Tages wie betäubt. Dänische und holländische Wachtposten standen mit geladenem Gewehr oder gezogenem Säbel überall, und Patrouillen durchstreiften ohne Unterlaß die öden Straßen und durchsuchten die verdächtigen Häuser, um etwa verborgene Flüchtlinge zu finden. Viele von ihnen waren von wackeren patriotischen Bürgern gerettet worden, und in manchen Häusern lagen Verwundete versteckt. Überall herrschte drohende, unheimliche Stille. Die meisten Häuser waren geschlossen, an den verhangenen Fenstern zeigte sich kein Mensch, und niemand wagte ein lautes Wort zu sprechen, aus Besorgnis, irgendein aufmerksames Ohr möchte die Worte anders deuten, als sie gemeint waren. Es war deshalb schwer, zu erfahren, wo sich Magnus, falls er noch am Leben war, verborgen haben könnte.

Endlich beschloß Waldemar, zu dem Bäcker zurückzukehren und bei ihm mit genaueren Nachforschungen zu beginnen. Aber der Bäcker wußte selbst nur wenig und berichtete nichts Neues. Da wagte

Waldemar kühn den Namen der Frau zu nennen, die er, weil sie mit dem Grafen verwandt war, vor allen anderen aufsuchen wollte, um sich bei ihr nach Magnus zu erkundigen. Glücklicherweise erwies es sich, daß der Bäcker der Lieferant dieser Verwandten war. Das Haus wurde ihm bezeichnet, und nun belud sich Waldemar mit einem Korb voll Backwaren, um als Bäcker in das Haus Eingang zu finden. Er begab sich zu dem alten Marktplatz, wo das Haus dicht neben dem Rathaus und der Hauptwache lag.

Die Frau, die darin wohnte, wurde im Volksmund die „Königin von Hiddensee" genannt, weil ihr die Insel bis zum Jahre 1800 gehörte. Sie hatte sie dann an den Hauptmann von Bagewitz verkauft, um ihren Lebensabend in der lebhafteren und geselligeren Stadt zu verbringen, wo sie jetzt das Haus am Markt bewohnte. Die Kammerrätin von Giese war eine liebenswürdige und kluge Frau, die in der Stadt wohlbekannt war und viele Freunde hatte.

Waldemar klopfte an die Tür, aber niemand öffnete ihm. Daraufhin wandte er sich zu einem der Fenster und pochte dort, aber noch immer nicht zeigte sich jemand hinter den fest geschlossenen Vorhängen. Endlich jedoch erschien ein alter Diener, zog vorsichtig einen Zipfel des Vorhangs zurück und schaute forschend hinaus. Als er den Bäckergesellen draußen stehen sah, machte er rasch einen Fensterladen halb auf und wollte so die Backwaren in Empfang nehmen. Hastig flüsterte ihm Waldemar zu, er möge die Tür öffnen und ihn einlassen, da er dringend mit der Frau des Hauses sprechen müsse.

Der Diener schloß das Fenster wieder und dachte einige Augenblicke nach, was er tun solle. Endlich aber glaubte er, dem Manne, der es eilig zu haben schien und vielleicht eine wichtige Botschaft bringen könnte, öffnen zu dürfen und riegelte das Tor auf. Waldemar fühlte sich wie von einer schweren Last befreit, als er endlich in dem Haus stand und nun ungehindert nach der Kammerrätin fragen konnte.

„Was wollt Ihr von ihr – sie ist sehr beschäftigt und dürfte kaum Zeit haben, mit einem Fremden zu reden."

„Mit mir spricht sie gewiß, wenn Ihr ihr sagt, daß ich wegen des Grafen Brahe zu ihr komme."

„Was?" rief der Alte und machte ein erstauntes Gesicht. „Ist es wahr, was Ihr da sagt, und kann ich Euch vertrauen?"

„Ganz und gar. Ich bin kein Bäcker und habe nur des Grafen wegen die gefährliche Stadt betreten."

„Wo kommt Ihr her und woher wißt Ihr, daß der Graf in diesem Haus ist?"

Jetzt war es an Waldemar, erstaunt zu sein. Sein Gesicht rötete sich unter dem Mehlstaub. „Hier ist er – und hoffentlich außer Gefahr? Sprecht schon!"

„Ja, er ist hier – aber erlaubt, daß ich die gnädige Frau benachrichtige. Tretet einstweilen in dieses Zimmer!"

Waldemar befolgte ohne Zögern die Aufforderung, und als der alte Diener eilig das Zimmer verlassen hatte, wischte er vor einem Spiegel mit einem Tuch den Mehlstaub aus dem Gesicht. Bald darauf kam der Diener wieder und bat um den Namen des Besuchers. Nachdem Waldemar seinen Namen genannt und der Diener ihn wieder einige Zeit allein gelassen hatte, kam der Alte mit freudestrahlender Miene zurück und bat Waldemar, eine Treppe höher zu steigen, wo ihn die Kammerrätin empfangen wollte.

Gleich nach Waldemar trat eine ältere Dame ein, auf deren Gesicht sich freudige Überraschung seltsam mit Sorge und Ernst mischten.

„Ihr seid Waldemar Granzow aus Saßnitz – der Freund Magnus Brahes?" fragte sie ohne Umstände.

„Der bin ich, gnädige Frau, und ich bin in Sorge um ihn, denn ich war mit ihm verabredet, und er ist nicht gekommen. Ich nehme an, daß er an dem Gefecht Schills beteiligt gewesen ist."

„Es ist gut, daß Ihr hierhergefunden habt; ich fürchte jeden Augenblick, daß ihn die Spione der Feinde auskundschaften und ihn mir fortführen."

„Dann bin ich zur rechten Zeit gekommen, gnädige Frau; ich habe Mittel und Wege, ihn seinen Verfolgern zu entziehen und sicher nach Rügen zu bringen."

Die Kammerrätin, sprachlos vor Freude, streckte ihm die Hand hin. „Deshalb wohl auch Eure abenteuerliche Verkleidung?" fragte sie endlich.

„Ihr habt es erraten, gnädige Frau; diese Maske war gut, denn sie hat mich rascher zum Ziel geführt, als ich es gedacht hätte", antwortete Waldemar.

„Magnus hat oft von Euch gesprochen. Er ist verwundet, und ihn von Stralsund wegzubringen wird große Schwierigkeiten bereiten."

„Verwundet!" rief Waldemar, und alle Farbe wich aus seinem Gesicht. „Doch nicht lebensgefährlich?"

„Nein, das nicht; sein linker Arm hat eine Schußwunde; aber das reicht aus, daß er unfähig ist, Stralsund allein zu verlassen."

„Führt mich zu ihm – alles andere wird sich dann finden."

„Kommt; er weiß schon, daß Ihr hier seid, und erwartet Euch voller Ungeduld."

Die Kammerrätin schritt voran und führte Waldemar durch mehrere Zimmer und über einen langen Korridor in einen neu angebauten Seitenflügel des alten Hauses, wo in einem versteckten Zimmer der Verwundete lag. Schweigend folgte ihr Waldemar; erst als er seinen Freund mit noch bleicherem Gesicht als gewöhnlich, aber matt lächelnd im Bett liegen sah, stieß er einen Ruf der Erleichterung aus. Die Begrüßung der beiden Freunde war überaus herzlich.

Magnus Brahe, nur zwei Jahre älter als Waldemar Granzow, war hochgewachsen wie Waldemar, aber bei weitem nicht so kräftig. Er wirkte immer matt und blaß und war langsam in seinen Bewegungen. Wenn Waldemar auch in seinem Äußeren als kühner Seemann und Krieger zu erkennen war, so wirkte Magnus auf den ersten Blick als ein von der Außenwelt zurückgezogener Grübler und Schwärmer. Dennoch hatte er bewiesen, daß er nicht zögern würde, sein Leben zu wagen, wenn es um sein Vaterland ging.

Durch die Vernichtung des Schillschen Korps, die er miterlebt hatte, wurde er jedoch erneut in seinen grüblerischen Vorstellungen bestärkt, daß auch ihm ein frühes Ende beschieden sei.

So war er der fast vollkommene Gegensatz zu dem tatkräftigen, entschlossenen Waldemar Granzow, und deshalb hatte der alte Graf Brahe die Freundschaft zwischen den beiden stets gefördert, weil er sich von dem Umgang mit Waldemar die größten Vorteile für seinen Sohn versprach.

Waldemar unterrichtete Magnus von seinen Plänen, und Magnus stimmte dem lebhaft zu. Seitdem Waldemar so unerwartet bei ihm aufgetaucht war, hatte er wieder mehr Lebensmut geschöpft.

„Wird dein Plan schließlich auch gelingen?" fragte er, „werden wir nicht doch an irgendeiner unvorhergesehenen Klippe scheitern?"

„Das wollen wir nicht hoffen, Magnus. Wenn du aber etwas Besseres weißt, als ich dir vorgeschlagen habe, dann sag es, ich bin zu allem bereit, wenn ich nur die Möglichkeit sehe, daß es auch gelingt."

„Nein, ich weiß nichts Besseres, und es wird schon so richtig sein, wie du es vorhast. Wird aber der Fährmann Wort halten und das Boot rechtzeitig an die bezeichnete Stelle schicken?"

„Er hat es versprochen, mehr kann ich nicht sagen; läßt er uns im Stich, werden wir andere Mittel und Wege zu unserer Befreiung auskundschaften."

„Weißt du bestimmt, daß auf Hiddensee keine Franzosen sind und daß wir in Kloster nicht gerade dem Feind in die Arme laufen?"

„Jedermann auf Rügen, den ich gesprochen habe, hat es mir genauso mitgeteilt, und ich habe keinen Grund, daran zu zweifeln."

„Dann bleibt es also dabei, und ich werde heute den letzten Tag in Stralsund sein?"

Was Waldemar vorhatte, war folgendes. Gegen elf Uhr nachts wollte er mit seinem Freunde, der den kurzen Weg zum Strand schon schaffen würde, durch eine Hintertür des Gieseschen Hauses, die über einige Höfe und Gärten in die Mühlenstraße führte, seine jetzige Zuflucht verlassen. Von hier aus sollte sie einer der Diener der Kammerrätin, der in Stralsund genau Bescheid wußte, durch verschiedene Straßen und Hinterhöfe an eine Stelle der Stadtmauer führen, die durch die Kriegsereignisse schadhaft geworden und noch nicht wiederhergestellt worden war. Auf diese Weise vermied man die gefährliche Fährstraße und das Fährtor, das auf den Strand mündete. War man einmal so weit und hatte man Wälle und Mauern hinter sich, gab es keine größeren Schwierigkeiten mehr, und wenn Punkt elf Uhr das Boot wie ausgemacht nördlich der Fährbrücke liegen würde, wo kein Posten stand, dann hatten sie alle Gefahren hinter sich. Von hier aus wollten sie zum Gutshof Kloster auf Hiddensee segeln, um bei dem befreundeten Herrn von Bagewitz bis auf weiteres ein Unterkommen zu suchen. Hielt der Südostwind weiter so an, wie er tagsüber geweht hatte, war das Ganze eine Kleinigkeit und konnte in wenigen Stunden geschafft werden; schwieriger und langwieriger war es allerdings, wenn das Wetter stürmisch wurde, wenn der Wind aus Westen blies oder wenn sie gar entdeckt und verfolgt werden sollten.

Als sie der Kammerrätin ihre Absichten mitteilten, stimmte sie dem allen zu, und sie war auch froh, Magnus dann in sicherer Obhut zu wissen, als sie sie ihm hier in Stralsund zu bieten vermochte. Denn hier war die Gefahr entdeckt zu werden, noch immer allzugroß.

Die Kammerrätin tat alles, um die Flucht aus Stralsund gelingen zu lassen. Sie gab beiden Kleidungsstücke ihres Sohnes, sie packte ihnen den nötigen Proviant zusammen, falls doch etwas Unvorhergesehenes geschehen sollte, und sie schickte den Diener immer wieder vor das Haus, um zu erfahren, ob auch niemand auf der Spur der beiden Freunde wäre. So verging der Abend, und es kam bald die Zeit heran, daß sie sich auf ihren gefährlichen Weg machen mußten.

Magnus und Waldemar hatten noch zu Abend gegessen und trafen nun die letzten Vorbereitungen. Bald war das Felleisen gepackt, und Magnus' Arm, der ihn sehr schmerzte, wurde frisch verbunden, dann half ihm Waldemar in einen weiten Umhang, daß man von dem Verband nichts sah. Als man eben damit fertig geworden war, ereignete sich etwas, womit man jetzt nicht mehr gerechnet hatte und was alle wieder sehr besorgt für das Schicksal der beiden Flüchtlinge machte. Der alte Diener, der noch einmal auf die Straße geschickt worden war, um den Stand der Dinge zu erkunden, kam atemlos ins Haus und meldete, daß er mehreren Patrouillen begegnet sei, die nach dem Grafen Brahe suchten. Man habe in Erfahrung gebracht, daß er ein Adjutant und Helfershelfer des Majors Schill gewesen sei und sich in der Stadt verborgen halte.

War diese Nachricht richtig, bestand äußerste Gefahr für Magnus und Waldemar. Denn wenn die Dänen Genaueres ermittelten, war mit allem zu rechnen.

Die nächsten Minuten vergingen in atemloser Spannung. Da alles still blieb und kein Fremder an der Haustür erschien, beruhigte man sich jedoch wieder, und so verging die Zeit, und es schlug zehn. Plötzlich ein dröhnender Kolbenschlag an der Tür. Der alte Diener wurde zu einem der Vorderfrontfenster gesandt, um zu sehen, was es gebe, und kam nach einigen Augenblicken, weiß im Gesicht, zurück und berichtete, daß eine dänische Patrouille vor dem Hause stehe und die Herrin zu sprechen verlange.

Die Kammerrätin verlor fast die Fassung; als sie sich aber nach kurzem Zuspruch Waldemars gesammelt hatte, ging sie nach vorn und befahl dem Diener, den Offizier einzulassen.

„Meine Dame", sagte der, „ich bitte um Verzeihung, daß ich Euch so spät störe, allein der Dienst verlangt meinen Besuch, und ich bitte Euch inständigst, so kurz und knapp wie möglich meine Fragen zu beantworten."

„Bitte, mein Herr!"

„Kennt Ihr einen Grafen Brahe aus Spyker in Jasmund?"

„Ich kenne ihn und weiß, daß er sich in Stockholm befindet."

„Ah, ja, freilich, Ihr meint den Vater; ich aber meine den Sohn."

„Auch der Sohn ist mir bekannt und steht bei der Armee in Deutschland."

„Ihr irrt, er hält sich in Stralsund auf."

„Das freut mich zu hören, mein Herr, und ich wäre Euch dankbar, wenn Ihr ihn zu mir führen wolltet, damit er mein Gast sein kann."

Diese entschiedene Antwort, die die Wahrheit zu sein schien, machte den Dänen schwankend, und er glaubte schon nicht mehr, daß er hier im Hause versteckt sei.

„Das würde ich ja gerne tun", erwiderte er zögernd, „wenn er mir in den Weg liefe, allein noch habe ich ihn nicht. Übrigens ist er ein Feind Seiner Majestät des Königs von Dänemark."

„Das glaube ich nicht, mein Herr; Graf Magnus Brahe ist nie der Feind eines Königs gewesen."

Der Däne schaute verwirrt zu Boden und begann an den Rückzug zu denken. „Könnt Ihr mir Euer Ehrenwort geben", sagte er plötzlich, „daß der Gesuchte sich nicht in diesem Hause befindet?"

„Das kann ich mit gutem Gewissen tun, denn in diesem Hause befindet er sich gewiß nicht."

„So habe ich die Ehre, Euch eine gute Nacht zu wünschen."

Der Offizier grüßte galant, verbeugte sich, und sofort schlug die Haustür hinter ihm zu, die wieder fest verriegelt wurde.

Die Kammerrätin verließen fast die Kräfte. Sie hatte alles aufbieten müssen, um dem Soldaten gegenüber nicht die Ruhe und Beherrschung zu verlieren. Jetzt aber war sie erschöpft, und nur mit Mühe teilte sie den sie mit Spannung erwartenden Männern ihre Unterhaltung mit dem dänischen Offizier mit.

So war wieder eine halbe Stunde verstrichen, es schlug halb elf.

Ein wenig Zeit hatten sie noch, der Weg bis zum Strand war nicht weit. Indessen machten sich Waldemar und Magnus, der brütend und still vor sich hin starrend auf einem Stuhl gesessen hatte, fertig, um jeden Augenblick aufbrechen zu können.

Da ließ sich abermals ein heftiger Schlag gegen die Haustür hören. Die Kammerrätin sagte den beiden Männern Lebewohl und verließ das Hintergebäude, um noch einmal ins Vorderhaus zu gehen.

Hier entspann sich alsbald ein anderer Auftritt als der vorige. Es war nicht mehr der Offizier, der schon einmal dagewesen war, sondern ein schnauzbärtiger Korporal, der von einem naseweisen Fähnrich begleitet wurde.

„Meine Dame", begann der Korporal, „mein Offizier schickt uns zu Euch, um Euch zu fragen, was aus dem Bäckergesellen geworden ist, der heute gegen Mittag das Haus betreten und es nicht wieder verlassen hat."

„Oh, meine Herren", erwiderte die Gefragte mit außerordentlicher Fassung, obwohl ihr das Herz vor Angst zu zerspringen drohte, „wie soll ich das wissen? Habt Ihr mir den Auftrag gegeben, auf einen Bäckergesellen zu achten?"

„Nein, das freilich nicht, aber Ihr werdet ohne Zweifel wissen, daß Euch ein Bäckergeselle Brot gebracht hat und dann im Hause geblieben ist."

„Mein Bäcker schickt mir alle Tage frisches Brot, aber ich hab nie darauf geachtet, wann er kommt und geht."

„So. Das ist kurz und bündig gesprochen, und wir wollen das gleiche tun. Bitte geht voran und öffnet uns alle Türen."

Hatte sie bei dem liebenswürdigen Ton des Offiziers in allen Ängsten geschwebt, so fühlte sie sich jetzt viel sicherer und ließ alle Bedenken fahren, vor allem auch, weil sie annahm, daß die Flüchtlinge inzwischen das Haus verlassen haben würden. Sie ging deshalb so langsam wie möglich von Zimmer zu Zimmer, befahl dem sie begleitenden Diener, jede Tür zu öffnen, sobald das verlangt wurde, und stieg ruhig von einem Stockwerk ins andere, wo sich niemand aufhielt. Endlich erreichten sie den Korridor, der das Vorderhaus mit dem Hinterhaus verband.

Immer zögernder wurden die Schritte der Kammerrätin, immer heftiger klopfte ihr Herz, immer bleicher wurde ihr Gesicht. Endlich, nachdem sie sich in verschiedenen Zimmern umgesehen und die der Frau dicht auf dem Fuße folgenden Soldaten mit ihren Bajonetten in allen Winkeln und Ecken vergebens herumgesucht hatten, kamen sie vor die Tür, hinter der die Frau Magnus Brahe und Waldemar Granzow verlassen hatte.

„Öffnet auch diese Tür!" schnauzte der Korporal den Diener an, er mochte wohl aus den Mienen der Frau und des Dieners Verdacht geschöpft haben.

Der Alte zitterte, daß er kaum das große Schlüsselbund in den Händen halten konnte; die Kammerrätin warf ihm einen ermutigenden Blick zu, nahm ihm das Schlüsselbund aus der Hand und wollte eben öffnen, als die Tür ruhig von innen aufgetan wurde und die Gesellschafterin der Herrin, ein noch junges Mädchen, ihr mit einem Gesicht entgegentrat, auf dem sie sofort die Gewißheit las, daß die Flüchtlinge nicht mehr hier waren.

„Es ist das Zimmer meiner Gesellschafterin", sagte die Frau und ging hinein.

„Aha! Aber hier hat jemand im Bett gelegen."

„Das bin ich gewesen", sagte das junge Mädchen, „ich habe den ganzen Nachmittag an Kopfschmerz gelitten."

„So! Aber hier auf dem Kopfkissen ist Blut – was hat das zu bedeuten?"

„Nichts weiter, als daß mir heute morgen die Nase geblutet hat."

Der Korporal sah den Fähnrich fragend an, der junge Herr glaubte endlich auch ein Wort sprechen zu müssen und sagte schnippisch: „Das ist verdächtig, Feldwebel!"

„Sehr verdächtig! Hallo, weiter! Dort ist noch eine Tür – wo führt die hin?"

„Auf die Treppe, die zum Hof hinabgeht."

„Hat das Haus etwa einen Hinterausgang?" fragte der Fähnrich frohlockend.

„Untersucht selbst, meine Herren", entgegnete die Kammerrätin; und damit war ihre Kraft am Ende. Sie sank auf einen Stuhl und brach in ein krampfhaftes Schluchzen aus.

Der Korporal nahm eine Lampe vom Tisch und forderte seine Untergebenen auf, ihm zu folgen, was diese wie wohldressierte Spürhunde taten. Im Nu war man auf der Treppe, im Nu unten und stand

auf dem Hof, von dem aus ein schmaler Gang zur Mühlenstraße führte.

Aber der Nebel, der den ganzen Abend schon über der Stadt gehangen, hatte sich gesenkt und nahm ihnen jede Sicht.

Der Korporal jedoch witterte das Wild und stürzte klirrenden Schrittes mit allen seinen Trabanten hinter ihm her.

Durch dieselbe Tür, dieselbe Treppe hinab und durch denselben schmalen Gang hatte Waldemar, seinen Freund am Arm mit sich fortziehend, vor wenigen Minuten das Weite gesucht. Schritt vor Schritt folgte er dem vorangehenden Diener, dessen Ortskenntnis er vertrauen konnte, und erreichte glücklich die Külpstraße. Magnus tat, was ihm möglich war, gleichen Schritt zu halten, aber an seinem verwundeten Arm schien eine zentnerschwere Last zu hängen, und so keuchte er mühevoll hinter dem Freunde her, der mit mächtigen Schritten voraneilte und endlich zu der Stelle gelangte, wo man die zerstörte Mauer überklettern und einen Graben durchwaten konnte, um endlich an den Strand zu kommen.

„Gott gebe, daß das Boot da ist", sagte Waldemar flüsternd zu Magnus, „sonst sind wir verloren, denn sie sind uns auf den Fersen."

„Geh nicht so schnell, ich halte es nicht aus."

Waldemar verlangsamte den Schritt, aber nur einen Augenblick, denn sein scharfes Ohr hatte in der Ferne hereilende Tritte vernommen, die sich rasch zu nähern schienen.

Endlich war die letzte beschwerliche Stelle passiert, war der Strand erreicht. Nirgends stand eine Wache, kein Mensch war zu sehen, und der Nebel begünstigte ihr Wagnis. Unangefochten gelangten sie bis zum Wasser und liefen, so schnell sie konnten, zu dem Weidengebüsch, wo das Boot auf sie warten sollte, nachdem sie dem Diener gesagt hatten, er möge auf einem anderen Weg nach Hause zurückkehren.

Bis jetzt war ihnen die Flucht gelungen, nun aber stellten sich ihre Verfolger ein, sie schienen keine fünfzig Schritt hinter ihnen zu sein. Waldemar rief: „Schwager!" Es war das verabredete Wort. Dann eilte er zum Strand hinab.

„Hier!" antwortete eine kräftige Stimme, und es fiel Waldemar wie eine zentnerschwere Last vom Herzen. Das Boot war da – die

Segel waren gesetzt, sie brauchten nur noch gebraßt zu werden, und es konnte losgehen.

Waldemar ergriff den gesunden Arm des Freundes, half Magnus in das Boot und sprang hinterher und gab dem Boot einen kräftigen Stoß. „Vorwärts!" rief er mit donnernder Stimme, worauf das Ruder gedreht wurde, der Wind faßte das Segel, und schnell verschwand das Boot im Nebel.

Hinter ihnen am Strand erscholl ein wütendes Geschrei. „Ein Boot! Ein Boot! Hierher!" Schüsse wurden ihnen blindlings nachgesandt. Aber sie erreichten das Boot nicht, Waldemar und Magnus waren gerettet.

X

Auf Hiddensee

Als die beiden außer Hörweite des Stralsunder Ufers waren, drückte Waldemar seinem Freunde lächelnd die Hand und sagte: „Laß sie sich nur heiser schreien in dem Nebel. Diesmal sind wir ihnen entwischt."

Magnus antwortete nur mit einem leichten Kopfnicken, er war noch zu schwach zum Sprechen.

„Ihr seid tapfere Leute", sagte Waldemar zu den beiden Schiffern, von denen einer im Bug des Bootes saß, um auf das Stagsegel zu achten, der andere das Ruder führte: „Ihr wart zur rechten Zeit bei uns. Nur eine Minute später, und sie hätten uns gehabt. Ich hoffe, euch auch einmal gefällig sein zu können."

„Das wird meine Sache sein", sagte Magnus Brahe mühsam und sah sich dann nach dem Boden des Fahrzeugs um, als suche er eine Stelle, wo er sich hinlegen könne.

Waldemar und der eine der Schiffer, der den Zustand des Verwundeten erkannt hatte, verstanden diesen Blick und richteten sofort eine notdürftige Lagerstätte her. Als das geschehen war, half Waldemar Magnus, sich hinzulegen, wobei er ihm das Felleisen als Kopfkissen zurechtrückte und sich dann, um ihm Ruhe zu lassen, zu dem Schiffer ans Ruder setzte.

„Habt Ihr den Sack mit meinen Kleidern auch nicht vergessen?"

„Nein, Herr, alles ist da. Der Müller hat ihn selbst eingestaut und dann mit dem Fährmann das Boot an die richtige Stelle gebracht. Aber wo fahren wir hin, Herr, das muß ich jetzt wissen."

„Wir wollen nach Kloster auf Hiddensee. Welchen Weg schlagt Ihr vor?"

„Zwischen dem Bock und dem Gellen hindurch, westlich um die Insel herum. Das ist zwar ein paar Meilen weiter, aber dafür um so sicherer. Außerdem bläst der Wind gut aus Südost, und bei dem dikken Nebel könnten wir womöglich im Bodden an der verteufelt langen Insel auf eine Sandbank stoßen. Meinst du nicht auch, Michel?"

„Versteht sich", sagte der Schiffer im Bug, der dem Gespräch aufmerksam gefolgt war. „Der Nebel hält höchstens bis gegen Morgen an, dann wird er fallen, und es wird Regen geben."

„Gut so", erwiderte Waldemar, „das wird das beste sein. Sollte der Nebel nach Mitternacht fallen und blieben wir im Bodden, könnte man uns von Ummanz oder von Schaprode her beobachten, abgesehen davon, daß möglicherweise auch in Seehof Posten stehen, um ein Auge auf das Fahrwasser zu halten."

„Ach nein, Herr, das glaube ich nicht. Auf dieser Seite der Insel sind sie nicht so eifrig; aber besser ist besser, gehen wir also außen herum."

„Haltet etwas weiter nach Westen, wir müssen bald aus dem Sund heraus sein. So. Auf Kloster werden wir doch keinen Feind zu erwarten haben?"

„Soviel ich weiß, nicht. Vorsichtshalber könnte einer von uns an der Landenge, dem Gutshof gegenüber, aussteigen und zu Fuß dorthin gehen und euch dann am Enddorn oder irgendwo anders ein Signal geben. Das wäre so meine Meinung."

„Das war ein guter Vorschlag. Geht also an der schmalsten Stelle an Land und gebt uns das Zeichen. Ihr habt Zeit genug, zu Fuß zum Enddorn zu gehen, wir werden mit dem Boot auch nicht eher dort sein."

„Was für ein Zeichen wollen wir vereinbaren?"

„Weht mit irgendeinem Fetzen Zeug, das soll bedeuten, daß wir landen können. Sind wider Erwarten Franzosen in Kloster, dann zeigt Eure nackten Hände, und wir werden woandershin fahren. Noch eins aber: Ihr dürft nicht mit leerem Boot zur Fähre zurückkehren, das könnte Verdacht erregen. Nehmt also eine Ladung Torf mit heim, dann könnt ihr, wenn ihr gefragt werdet, sagen, ihr hättet ihn vom Gellen her holen müssen. Den Torf gebt Ihr dem Fährmann in meines Freundes und meinem Namen und sprecht ihm unsern Dank für seine Gefälligkeit aus."

„Gut, Herr, aber wo sollen wir ihn laden?"

„In Kloster, das laßt nur meine Sorge sein. Und nun gebt mir das Paket, ich will mich umkleiden, um den Müllergesellen und den Bäcker loszuwerden, den die Dänen am Strand haben entschlüpfen sehen", antwortete Waldemar.

Der Schiffer reichte ihm das Paket hin, und Waldemar schlüpfte in seine Seemannskleidung und die Wasserstiefel. Die Müllerkleider band er um einen großen Stein, der als Ballast im Kielraum des Bootes lag, um sie, falls es nötig werden sollte, ins Wasser zu werfen, was er jedoch so lange wie möglich hinausschieben wollte, da er hoffte, sie ihrem Besitzer zurückgeben zu können.

Nun richtete man alle Aufmerksamkeit auf die Fahrt des Bootes und rechnete aus, wo man sich befinden mochte. Mitternacht war längst vorüber, und nach der Meinung des Schiffers im Bug mußte man sich der kleinen Insel Heuwiese nähern, die vor der Bucht, die Breite genannt, zwischen der Insel Ummanz und der Halbinsel Lieschow liegt. Der Wind wehte noch immer günstig aus Südost und war stetig geblieben. Der Nebel wurde allmählich dünner, bis er sich endlich in einen feinen Sprühregen auflöste, der Waldemar veranlaßte, seinen Wetterrock über Magnus Brahe zu breiten, der unterdessen eingeschlafen war.

Gegen ein Uhr, vielleicht noch etwas früher, befand man sich zwischen dem Bock und dem Gellen, jenem seltsam gestalteten niedrigen Haken, der die Südspitze der Insel Hiddensee bildet. Eine Stunde später war man den kleinen Fischerdörfern Plogshagen und Neuendorf gegenüber. Als es hell wurde, näherte man sich Vitte und sah im Zwielicht die öde Moorgegend des breitesten Teils der langen Insel vor sich liegen. Eine Viertelmeile weiter nordwärts gingen sie dicht an das Land heran und setzten den einen der beiden Schiffer ab, der nun querfeldein zum Gutshof Kloster eilte, um zu erkunden, ob die Insel frei von Franzosen war. Um drei Uhr endlich sah man von ferne, nur durch einen leichten Nebelflor halb verschleiert, das hohe Ufer des Dornbuschs.

Als sie die Insel schließlich umrundet und den Enddorn erreicht hatten, griff Waldemar zum Fernrohr und durchforschte das Ufer nach dem Signal des Schiffers. Plötzlich hörte es auf zu regnen, ein kräftiger Windstoß erfaßte die schlaff hängenden Segel, und bald darauf sah Waldemar zwei Männer stehen, die aus Leibeskräften mit Tüchern dem Boot das sehnlichst erwartete Zeichen gaben. Es war Herr von Bagewitz selbst, den der Schiffer zufällig getroffen und der, als er von den Flüchtlingen gehört hatte, sogleich mit ihm gegangen war, um den Sohn seines Freundes, des Grafen Brahe, auf Hiddensee willkommen zu heißen.

Waldemar erwiderte das Zeichen und winkte ebenfalls. Froh, einem sicheren Hafen entgegenzusteuern, wandte er das Boot nach Süden und kreuzte bis zum Lange-Ort hinab, wo man endlich wieder mit günstigem Wind nach Norden wenden und das Dorf Kloster ansteuern konnte, das neben dem gleichnamigen Gutshof lag, der ihn für längere Zeit, wie er hoffte, beherbergen sollte.

Es war gegen sechs Uhr morgens, als man landete, und das erste war, den Kranken in ein abgelegenes, stilles Zimmer zu bringen, seine Wunde frisch zu verbinden und dann zu Bett zu legen, da das Wundfieber ausgebrochen war.

Das Boot des Fährmanns war mit dem Torf schon längst wieder abgesegelt, der Kranke befand sich in bester Pflege, obwohl er noch weit von seiner Genesung entfernt war. Waldemar fühlte sich in der Stille, die auf dem abgelegenen Gut herrschte, sehr wohl, und als er sah, wie man sich überall bemühte, seinen Freund aufzuheitern, ihn auf jede Weise zu zerstreuen, um ihn vor der Langeweile zu bewahren, die der Aufenthalt an einem so einsamen Ort mit sich brachte, da freundete er sich mit den Leuten auf Hiddensee bald an.

Er war viel mit Bagewitz unterwegs und durchstreifte die Insel, schoß mit der Vogelflinte Raubvögel, Möwen, wilde Enten und Gänse; die Abendstunden verbrachte er im Kreise der Familie seines Gastgebers und in Gesellschaft seines ihnen schweigend zuhörenden Freundes.

Als er eines Abends mit Magnus allein zusammen saß, begann dieser sich zu beklagen, er hielte es hier nicht mehr aus, die Decke falle ihm auf den Kopf, die ganze Umgebung bedrücke ihn nur.

„Wie?" rief Waldemar erstaunt, „du bist hier so sicher und willst dich ohne Not wieder in Gefahr bringen? Außerdem ist dein Arm immer noch nicht verheilt."

„Höre mich an, Waldemar. Mich zieht es nach Spyker; und die einzige Hoffnung, die mich hier hält, ist die, daß ich bald in Spyker sein werde, denn dort allein werde ich wieder gesund."

„Aber hast du auch an die Franzosen gedacht, die das Schloß besetzt halten?"

„Oft genug! Und trotzdem muß es Mittel geben, insgeheim dort zu leben, und ich bin gewiß, daß der alte Kastellan Ahlström imstande ist, mich vor den Augen der Franzosen zu verbergen."

Waldemar senkte das Gesicht und dachte daran, was ihm Hille von Spyker und von dem Treiben im Schloß erzählt hatte, und in ihm kam der Gedanke auf, daß Magnus' Sehnsucht nach Spyker mit Gylfe Torstenson zusammenhänge.

„So", sagte er langsam, „das ist freilich möglich, ich weiß es nicht. Aber wir sollten uns das gut überlegen."

„Ich muß nach Spyker, und wenn ich soweit hergestellt bin, daß ich mich ohne fremde Hilfe bewegen kann, dann hält mich keine Gewalt mehr auf Hiddensee. – Waldemar, willst du mir einen Gefallen tun?"

„Gern, Magnus. Was kann ich für dich tun?"

„Viel! Viel mehr, als du bis jetzt für mich getan hast. Fahr morgen oder übermorgen nach Spyker, es ist ja nicht weit von hier, und sieh zu, wie es dort steht. Sprich mit Ahlström und teile ihm meinen Wunsch mit, bei ihm zu sein und mich von seiner alten Hylike und seinen Töchtern pflegen zu lassen. Er wird ein Zimmer im Schloß wissen, wo ich unentdeckt eine Weile bleiben und gesunden kann. Bin ich auch auf mein Zimmer verbannt, so lebe ich doch in meinem Haus, und das wird mir guttun."

„Du hast da einen tollkühnen Entschluß gefaßt", entgegnete ihm Waldemar ernst, „das ist dir doch klar. Eben erst bist du deinen Verfolgern entronnen, und nun willst du dich schon wieder unter sie begeben, ohne daß du es nötig hast?"

„Ah!" rief Magnus plötzlich und bediente sich dabei eines Kniffes, der ihm bei dem furchtlosen Waldemar schon oft geglückt war. „Fürchtest du dich? Dann bleib hier und erfülle mir meine Bitte nicht."

Waldemar erhob sich. „Furcht?" rief er, „ich? Vor den Franzosen? Das will ich dir beweisen. Ich werde gehen. Wann soll ich aufbrechen?"

Am nächsten Morgen ließ Magnus Waldemar zu sich rufen. Er hatte gut geschlafen, und nach diesem Schlaf stand sein Entschluß fester denn je. Er teilte also dem Freund alle seine Wünsche, seine Ratschläge mit, und dieser versprach, danach zu handeln und alles zu versuchen, um die Pläne Magnus' in die Tat umzusetzen.

Dann sagte Magnus: „Waldemar, ich habe dir noch etwas mitzuteilen."

„Ich höre, Magnus, sprich."

„Erkundige dich auch nach Gylfe – genau, bis ins kleinste, und dann unterrichte mich bei deiner Rückkehr von allem, was sie betrifft. Ihr Schicksal beunruhigt mich am meisten."

Waldemar seufzte, wohl etwas lauter, als ihm bewußt war.

Magnus, immer in Sorge, immer in schlimmer Erwartung schwebend, wenn er von Gylfe sprach, sah Waldemar bei diesem Seufzer unruhig an und schöpfte irgendeinen Verdacht. „Wie", sagte er beklommen, „weißt du vielleicht etwas von ihr, was du bisher vor mir verborgen hast?"

„Ich weiß nichts", erwiderte Waldemar dreist, um ihn nicht noch mehr aufzuregen, „wie sollte ich auch!"

Magnus sah das betrübte Gesicht Waldemars nicht, denn dieser hatte sich erhoben und zum Fenster gewandt, vor dem laute Stimmen einen unerwarteten Vorfall vermuten ließen. Der Kranke fühlte sich durch Waldemars Versprechen sehr erleichtert, und seine Wangen hatten sich in der Vorfreude gerötet. Schon der Gedanke, bald in Spyker sein zu können, hatte eine günstige Wirkung auf sein leicht erregbares Gemüt hervorgebracht.

Während Waldemar und Magnus miteinander redeten, ereignete sich jedoch in ihrer unmittelbaren Nähe etwas, was ihre Sicherheit ernstlich in Frage stellte.

Bagewitz hatte am frühen Morgen dieses Tages einige Geschäfte in der Nähe des Strandes zu verrichten gehabt. Es war schwül geworden, ein Gewitter war zu befürchten; Bagewitz hatte gebadet und soeben des Wasser verlassen und zog sich wieder an, als er von Seehof her ein Boot auf Kloster zusteuern sah, in dem er, als es näher gekommen war, einige uniformierte Männer bemerkte, deren blanke Waffen hell in der Sonne blitzten.

Sogleich stieg der Verdacht in ihm auf, daß dieser unerwartete

Besuch mit seinen Gästen zusammenhängen könnte, und er rief einen Jungen herbei, der Kühe auf die Weide treiben wollte, und befahl ihm, zum Haus zu gehen und den Besuch zu melden, damit sich seine Gäste, wie es verabredet worden war, verstecken konnten.

Während der Junge langsam, wie ihm eingeschärft worden war, zu dem Gutshof ging, um bei den Leuten im Boot keinen Verdacht zu erregen, erwartete Bagewitz die Ankömmlinge. Er hatte sich nicht geirrt, er hatte einen französischen Offizier der Kriegspolizei vor sich, der von einem dänischen und einem holländischen Gendarmerie-Brigadier begleitet war, um von Stralsund aus nach den beiden Flüchtlingen zu forschen.

Als die drei Herren, die von zwei Stralsunder Schiffern gefahren wurden, an Land gestiegen waren und in Herrn von Bagewitz den Besitzer von Hiddensee kennengelernt hatten, begannen sie sich sogleich ihres Auftrages zu entledigen und zeigten ihm einen Steckbrief, auf dem in französischer, deutscher, schwedischer und dänischer Sprache zu lesen war:

„Unterzeichnetes Kommando macht hierdurch bekannt, daß Graf Magnus Brahe, ein Spießgeselle des preußischen Majors Schill, nachdem er in Stralsund am 31. Mai im Kampf gegen die legale Gewalt verwundet wurde, sich durch die Flucht den Händen des Kaisers und seiner gerechten Bestrafung entzogen hat. Unterstützt wurde er zweifelsohne von einem gewissen Waldemar Granzow, aus Saßnitz auf Rügen gebürtig, den bereits seit zwei Tagen die königlich-dänische Korvette ‚Skiold' als verdächtigen Flüchtling verfolgt und nach seiner Landung auf Rügen dem hiesigen Kommando signalisiert hat.

Der p. Granzow, der ein kühner, kräftiger und gewandter Bursche zu sein scheint, war als Müller oder Bäcker verkleidet nach Stralsund gekommen und hat als solcher die Flucht des verwundeten Grafen Brahe zu befördern gewußt. Näheres kann über die Persönlichkeit des Genannten nicht angegeben werden. Da sie aber beide, als auf Rügen gebürtige, auf der Insel vielen Bewohnern bekannt sein werden und sich wahrscheinlich zu weiterer Flucht in irgendeinem Versteck befinden, wird hierdurch jedermann gewarnt, sie in Schutz zu nehmen oder ihrer heimlichen Entweichung von der Insel förderlich zu sein. Diesem Befehl Zuwiderhandelnde werden zur Rechenschaft gezogen und den kaiserlichen Kriegsgesetzen gemäß bestraft werden; demjenigen aber, der ihren Aufenthalt den Gerichten nachweist, so daß sie ergriffen werden können, wird eine öffentliche Belobigung und eine Summe von 300 Reichstalern zuteil werden, welche auf den Gütern des Grafen Brahe und von dem Dorfe Saßnitz in Jasmund aufzubringen ist.

Ausgefertigt zu Stralsund den 3. Juni 1809
Kaiserliches General-Kommando
gez. Gratien"

Der Besitzer der Insel las den Befehl aufmerksam durch und sah dann unbefangen dem Polizeioffizier ins Gesicht, der sich ihm bereits als Monsieur Dubois vorgestellt hatte. „Sehr wohl, mein Herr", sagte er, sich höflich verbeugend, „ich werde diesen Befehl unverzüglich bekanntmachen lassen, damit man sich danach richte. Ich glaube aber nicht, daß die Flüchtlinge, wenn sie überhaupt noch auf Rügen sind, sich auf diese kleine Insel wagen werden, die ihnen weder ein Versteck noch sonst irgendeinen Beistand leisten kann."

„Ich bin ganz Eurer Meinung, mein Herr", erwiderte der Polizeioffizier, der ein sehr gutmütiger und mit keiner scharfen Spürnase begabter Mann zu sein schien. „Ich glaube es selbst nicht", fuhr er fort, „daß sie hierhergekommen sind, die Route aber, die wir fahren sollen, ist mir vorgezeichnet, und ich muß danach handeln."

„Sehr wohl, das begreife ich, und wohin werdet Ihr Euch jetzt wenden?"

„Von hier aus gehen wir nach Wittow, und zwar über die Wittower Fähre; von dort nach Jasmund, wo wir zunächst Spyker aufsuchen werden."

Bagewitz lächelte innerlich. Die leichtsinnige Mitteilung dieses M. Dubois, der erst seit kurzer Zeit seinen Posten bekleidete und noch nicht durch die Schule der Erfahrung der sonst so berühmten französischen Polizei gegangen war, gab ihm einen Wink, aus dem er Vorteil zu ziehen beschloß. Er lud deshalb die Herren, wenn ihr wichtiges Geschäft so viel Aufschub dulde, ein, ihn zum Gutshof zu begleiten und dort ein Frühstück einzunehmen, was der Polizeibeamte und seine Begleiter sofort annahmen.

Einige Unruhe, die sich durch die Meldung des Kuhjungen unter den Dienstleuten im Hof bemerkbar machte, verriet Waldemar, daß etwas Besonderes vorgehen mußte, und gleich darauf trat Frau v. Bagewitz ein und erzählte ihm, was geschehen war. Bevor man jedoch einen Entschluß faßte, wollte man zunächst die Rückkehr des Hausherrn abwarten, um von ihm Näheres zu erfahren, denn man wußte noch nicht, ob der Besuch der Polizisten den Flüchtlingen galt. So beschränkte man sich vorläufig darauf, die Tür des Zimmers verschlossen zu halten und aufmerksam den kommenden Dingen entgegen zu sehen.

Bagewitz ließ nicht lange auf sich warten. Da ihm daran lag, die drei Fremden beisammen zu halten, führte er sie in das Zimmer seiner Frau, das von dem der Flüchtlinge am weitesten entfernt lag, und als sie sich hier an einem schnell aufgetragenen Frühstück gütlich taten, bat er seine Frau, den Herren einen Augenblick Gesellschaft zu leisten, er habe seinen Dienstleuten einige Anweisungen zu erteilen.

Bagewitz eilte zu seinen beiden Gästen und informierte sie von den Absichten der Polizisten und beriet, was zu tun sei. An dem aufgeheiterten Gesicht, mit dem er zu den Polizisten zurückkehrte, war zu erkennen, daß alles gut gehen würde. Vor allem über Waldemars Entschlossenheit, den Stier bei den Hörnern zu packen, freute er sich sehr.

Nach kaum einer Viertelstunde trat Waldemar plötzlich ins Zimmer, in dem noch immer die Polizisten in heiterster Laune bei der Flasche saßen, und wurde ihnen von Bagewitz als sein Neffe Georg Forst vorgestellt, der seit einigen Monaten aus Greifswald bei ihm zu Besuch sei und nur auf den Frieden warte, um in irgendeine Marine zu treten, am liebsten in die dänische, da er aus Familienrücksichten an dem jetzigen Krieg nicht teilnehmen wolle. Außerdem beabsichtige Herr Forst in diesen Tagen nach Sagard zu reisen, wo er Verwandte habe, und dabei einen Abstecher nach Spyker zu machen, wohin ihn vertrauliche Familienangelegenheiten riefen.

M. Dubois freute sich sehr, die Bekanntschaft eines so liebenswürdigen jungen Mannes zu machen, die beiden Brigadiers fühlten sich sehr geschmeichelt, daß Herr Forst nicht gegen ihre Landsleute kämpfen wolle, und der Däne schwoll fast vor Stolz, daß seine Marine von einem Deutschen bevorzugt wurde. Georg Forst nahm selbstverständlich am Frühstück teil, ließ sich den Wein schmecken und beantwortete mit aller Genauigkeit die Fragen des neugierigen Polizisten. Als M. Dubois aus diesen Antworten erfahren hatte, daß Herr Forst ein Mann war, der die Insel Rügen sehr gut kannte, daß er sogar in allen seemännischen Dingen erfahren war, hatte seine Bewunderung keine Grenzen, und er bedauerte nur, daß es ihm nicht vergönnt war, die Reise in seiner Gesellschaft fortzusetzen, da er ihm sicher bei seinem Auftrag eine ausgezeichnete Hilfe wäre.

Bagewitz tat, als ob er einen wichtigen Punkt in ernste Erwägung zöge, und sagte dann, zu Waldemar gewandt: „Wenn ich es recht bedenke, tätest du gut daran, die Gesellschaft dieser Herren zu benutzen, um unangefochten zu deinem Ziel zu gelangen."

„Das wäre schön", erwiderte Waldemar, „aber die Herren haben Eile, und ich werde vor einer Stunde kaum reisefertig sein."

„Monsieur", sagte der Polizeibeamte, „Ihr machtet mich glücklich, wenn Ihr Euch entschließen wolltet, mein Reisegefährte zu werden. Denkt bitte nicht, daß uns der Dienst so sehr tyrannisiert, daß er uns nicht auch einige Freiheit läßt. Warten wir also diese Stunde und meinetwegen noch eine zweite; mir gefällt es hier. Aber eine Bemerkung erlaubt mir noch – Ihr sagt, Ihr wolltet einen Abstecher nach Spyker machen. Darf ich so frei sein zu fragen, was Euch dorthin führt? Auf Spyker, dessen Erben wir verfolgen, liegt schon eine zahlreiche Einquartierung, und ein Besuch dürfte im Augenblick weder für den Wirt noch für den Gast sehr angenehm sein."

„Mein Herr", antwortete Waldemar und tat verschämt, „es ist eine Privatangelegenheit, ja, wenn Ihr wollt, eine Herzensangelegenheit, die mich nach Spyker zieht."

„Ah, ich verstehe. Hat jemand dort vielleicht eine Tochter?"

Waldemar lächelte in sich hinein, da ihm der Franzose, ohne es zu ahnen, so vortrefflich half. „Ja", sagte er, „der Kastellan des alten Grafen hat sogar zwei Töchter."

„Ach, mein Herr, Ihr braucht kein Wort mehr zu sagen. Ich bin Franzose und weiß das schöne Geschlecht und die Neigung ehrenwerter Männer dafür zu schätzen. Wohlan denn, trinken wir ein Glas auf das Wohl der Bewohner des alten Schlosses, und dann beeilt Euch, mit Euern Reisevorbereitungen zustande zu kommen."

Mit ungeheuchelter Zustimmung ergriff Waldemar sein Glas und leerte es auf das Wohl der Bewohner von Spyker. Dann aber beurlaubte er sich, angeblich, um sich zur Reise zu rüsten, tatsächlich aber, um Magnus die Wende der Dinge mitzuteilen.

Waldemar war sich zwar der Gefahr bewußt, in die er sich begab – es brauchte ihn ja nur jemand zu erkennen und mit seinem richtigen Namen anzusprechen –, aber er vertraute auf sein gutes Glück, verabschiedete sich von Magnus und versprach, in wenigen Tagen zurück zu sein und mitzuteilen, ob die Übersiedlung nach Spyker möglich wäre oder nicht.

XI

Die Fahrt nach Spyker

Aus einer Stunde wurden zwei, und es ging bereits auf Mittag zu, als die Polizisten und Waldemar endlich aufbrachen. Jetzt erst, im Boot, fand Waldemar Gelegenheit, die beiden Begleiter des beweglichen, leichtblütigen und auf dem Wasser etwas unsicheren M. Dubois zu mustern. Der holländische Brigadier war ein Mann von ungeschlachtem Körperbau und höchst phlegmatischem Temperament, der sicher schon ein Dutzend Dienstjahre auf dem Rücken haben mochte. Seine größte Sorgfalt galt einem hölzernen, eine Elle langen und zierlich mit Perlmutt ausgelegten Besteck, in dem er, wie sich bald zeigte, eine echte holländische Pfeife aufbewahrte, die er aus einem wohlgefüllten gestickten Tabaksbeutel stopfte. Wenn er Antwort zu geben hatte, die namentlich der redselige Franzose sehr oft verlangte, begnügte er sich einfach wie eine Pagode mit dem Kopf zu nicken, und ein gewisses Wohlbehagen ließ er nur dann erkennen, wenn er imstande war, wahre Wolken wohlriechenden Rauches aus seiner Pfeife zu blasen.

Der Däne war ebenfalls sehr schweigsam, aber nicht aus Phlegma, sondern weil ihm die Sprache des Franzosen wie die des Holländers unbekannt war. Auch er war ein gedienter Mann und nahm sich in seinem ziegelroten Rock, den hellblauen Pantalons und dem steifen Tschako kriegerisch genug aus, zumal wenn er, was er sehr oft tat, seinen roten Schnurrbart drehte und nach dem Griffe seines Säbels fühlte, der ihm handgerecht an dem schneeweißen Bandelier hing, das er kreuzweise über Brust und Schultern trug.

Als die vier Männer, eng beieinander sitzend, das gastliche Land des Herrn von Bagewitz allmählich verschwinden sahen, während die beiden Schiffer vollauf mit dem Boot beschäftigt waren, richteten sie ihre Blicke unwillkürlich zum Himmel, der sich inzwischen mit dichten Wolken bezogen hatte. Etwa eine Viertelmeile fuhr man bei ziemlich mäßigem Wind südwärts, als man aber Neu Bessin, ein kahles, flaches, unbewohntes, hinter dem Buger Haken liegendes Eiland erreicht hatte, auf dessen dürftigen Wiesen einige magere Kühe des Besitzers vom Buger Posthaus weideten, erhob sich plötzlich ein starker Wind aus Südosten, und der ganze Horizont wurde so finster, daß selbst der Unkundigste unter ihnen das lange drohende Gewitter erkennen mußte.

„Monsieur", sagte der kleine Franzose und rückte dem kräftigen Waldemar, als wolle er Schutz bei ihm suchen, dicht auf den Leib, „was meint Ihr? Wird das Gewitter heraufkommen, und werden wir es unbeschadet überstehen?"

„Ohne Zweifel, mein Herr. Aber es wird gleich eine hübsche Bö geben, und wir werden wacker dagegen angehen müssen."

„Mon dieu! Ich bitte Euch! Dann laßt uns rasch zum Land fahren – da liegt es ja vor uns –, ich bin etwas ängstlich auf dem verteufelten Wasser und leide sehr leicht an Seekrankheit."

Bei diesen Worten blies der Holländer seinen letzten Rauch aus der Pfeife und steckte sie vorsichtig in ihr Futteral; der Däne schnallte seinen Säbel ab, als wolle er sich auf eine möglicherweise notwendig werdende Schwimmübung vorbereiten.

„Das ist leichter gesagt als getan", erwiderte Waldemar und warf den beiden Schiffern einen Blick zu, die schweigend und das Wetter beobachtend ihren Dienst verrichteten. „Dort drüben können wir nicht landen, und ich denke, wir werden bis zur Wittower Fähre ausharren müssen."

„Ausharren? Glaubt Ihr das? O mon dieu! Was ist das für ein Land?"

„Wir sind auf den Wasser, und die Franzosen rechnen sich zu den kühnsten Seefahrern."

„Ja, ja, aber ich gehöre zur Landarmee und habe noch nie mit der Marine zu tun gehabt. Da – da kommt es!"

Und in der Tat, es kam, das Unwetter. Der Wind pfiff gellend über das Land von Südosten her, Wellen bäumten sich auf, und die Schiffer waren gezwungen, die Segel zu kürzen, wobei sie nicht verhindern konnten, daß sich das kleine Boot wie ein Trunkener gebärdete und bald hoch auf den Wellen schwebte, bald wieder, als wolle es den Grund aufsuchen, in die Tiefe sank. Für den, der so etwas zum ersten Mal erlebte, war es wirklich kein Wunder, wenn er etwas ängstlich wurde.

Alle diese jähen Bewegungen, denen das Boot hilflos ausgesetzt war, wirkten je nach Temperament verschieden auf dessen Insassen. Der kleine Franzose wurde still, als wenn der Wind ihm die Sprache verschlagen hätte, sein Gesicht wurde immer blasser, und er drückte

sich immer fester und vertraulicher an seinen kräftigen Nachbarn. Der Holländer warf einen verächtlichen Blick auf das Wasser und zeigte sich apathisch. Der Däne, mehr für den Schutz seines Leibes bedacht als um sein Leben besorgt, zog seinen Friesmantel an, da es zugleich heftig zu regnen begann. Waldemar, der nirgends eine wirkliche Gefahr sah, war in seinem Element.

Waldemar begann, mit dem Franzosen Mitleid zu fühlen, bei dem sich die Seekrankheit meldete, und hielt es für alle Fälle für geraten, sich in ihm einen Freund für künftige Zeiten zu erwerben. „Wißt Ihr eine Stelle", sagte er zu den beiden Schiffern, „wo wir ungefährdet landen können?"

„Ja, Herr, da drüben am Dwarsdorfer Ufer können wir anlaufen, wenn Ihr ein Stück durch das seichte Wasser waten wollt", antwortete einer der beiden.

„Vorwärts! Das Ruder herum – der Herr hier erträgt es nicht länger!"

Der Steuermann gehorchte dem Befehl, und allmählich begann sich der Bug des Bootes zum Land zu drehen, was allerdings, da der schwere Wind fast von vorne kam, langsam ging. Als man endlich und mit einiger Mühe die geeignetste Stelle erreicht hatte, warf man den Anker aus, das Boot stand, und Waldemar, nachdem er den Grund untersucht und günstig befunden hatte, sprang ins Wasser, worauf er den kleinen Franzosen an Land trug.

Mit mürrischem Gesicht folgte zuerst der Däne, dann mit gleichgültigem der Holländer samt ihrem ganzen Gepäck, worauf die Schiffer den Anker hoben und wieder in See stachen, um nach Stralsund zurückzufahren.

Als der Franzose festen Boden unter den Füßen hatte, kam ihm das Leben und mit ihm zugleich die Sprache wieder. „Monsieur!" sagte er überschwenglich, „Ihr habt mir das Leben gerettet. Ich und mein Kaiser werden Euch dankbar sein. Ihr habt eine Großtat verübt und verdient das Kreuz der Ehrenlegion. Wenn ich eins zu verschenken hätte, ich wollte es Euch im Angesicht des dräuenden Meeres überreichen, so aber kann ich Euch nur umarmen und versichern, daß ich Eure Handlungsweise zu schätzen weiß."

„Laßt es gut sein und folgt mir zu dem kleinen Dorf da, Vaschvitz heißt es, dort werden wir die Fähre finden, um damit so schnell wie möglich nach Wittow zu gelangen, denn hier im nassen Sand dürften wir nur ein schlechtes Biwak haben."

„Was? Wieder über das Wasser?"

„Könnt Ihr vielleicht fliegen?"

„Ich bin nicht so glücklich, aber ich werde mich hüten, in diesem Sturm noch einmal ein Schiff zu betreten."

„Das ist kein Sturm, das ist nur ein leichter Wind, und die Fähre ist ein größeres und sichereres Fahrzeug als unser Boot vorhin."

Waldemar schlug mit schnellen Schritten den Weg durch die Felder zur Wittower Fähre ein, hinter ihm her wankte immer noch taumelnd der Franzose, dem sich die beiden anderen mit stoischem Gleichmut anschlossen.

Als sie den Landeplatz der Fähre erreichten, war sie gerade im Begriff abzustoßen. Ein Wagen mit zwei Pferden sollte mit hinüber, und da kein Platz für ihn auf dem kleinen Gefährt war, mußten die Hinterräder über Bord hängen, nur die Menschen und die Pferde fanden Raum genug für sich.

Waldemar überredete den Franzosen, an Bord zu kommen, der ihm das Kreuz der Ehrenlegion zuerkannt hätte, wäre er dazu in der Lage gewesen. Erst als man am Wittower Haken und dann gleich darauf im Fährhaus angelangt war, fühlte er sich geborgen, und nachdem er an einem Herdfeuer seine Kleider getrocknet und seinen schrecklichen Durst gestillt hatte, erinnerte er sich, daß er ein Mann der kaiserlichen Gewalt sei, und gab dem Fährmann den Steckbrief.

Nachdem auch die beiden Brigadiers sich hinreichend getrocknet, gelabt und einen Wagen requiriert hatten, nahmen die vier Männer darin Platz, denn Waldemar konnte der Einladung des Franzosen, ihn bis Wiek zu begleiten, nicht gut ausweichen, obwohl er am liebsten seinen Marsch allein fortgesetzt hätte. Die kleine Meile bis dahin wurde ziemlich rasch zurückgelegt; als man aber Wiek erreichte, hielt es Waldemar für geraten, sich von seiner Begleitung zu verabschieden und seines Weges allein zu ziehen. Allein davon wollte der vor Dankbarkeit überfließende Franzose nichts wissen, Georg Forst mußte wider Willen bis ins Dorf mitfahren, und erst da war endlich die Trennungsstunde gekommen, jedoch nicht eher, als bis der Polizist sich eine Viertelstunde mit Schreiben beschäftigt hatte, um seinen Brief durch Waldemar so rasch wie möglich an das Ziel befördern zu lassen.

„Monsieur Forest", sagte er mit süßem Lächeln, „noch einmal wiederhole ich, daß ich Euch zu ewigem Dank verpflichtet bin, denn Ihr habt mir das Leben gerettet. Ich beehre mich, Euch zur Erinnerung an die verlebten gefährlichen Stunden meine Karte zu überreichen. Hier ist sie – ja, ja, ich heiße Charles Dubois. Außer dieser Karte aber gebe ich Euch noch einen Brief mit, hier habt Ihr ihn. Ihr kommt früher als ich nach Spyker, denn ich habe noch auf Wittow zu tun, bevor ich daran denken kann, Spyker zu besuchen. Ich bitte Euch deshalb, einstweilen mein Bote zu sein, denn ich möchte meine Befehle recht gern schnell in allen Händen wissen. Dieser Brief ist, wie Ihr seht, an den Kommandanten der Abteilung Chasseurs gerichtet, die in Spyker in Quartier liegt. Es ist der Kapitän de Caillard, ein sehr liebenswürdiger Mann, den ich die Ehre habe, meinen Freund zu nennen. Ich habe ihm mitgeteilt, was Ihr einem Franzosen Gutes getan habt. Gott vergelte es Euch! In diesem Brief eingeschlossen ist die Order, nach dem Grafen Brahe und seinem Spießgesellen, den Müller Granzow, zu fahnden..."

„Was", unterbrach ihn Waldemar, „Granzow heißt der Mann, den Ihr sucht?"

Der Franzose riß die Augen auf, so weit er konnte. „Wie", rief er, „hat Euer Onkel Euch nicht den Namen des Bösewichts genannt?"

„Wohl möglich, aber ich habe nicht recht darauf geachtet."

„Kennt Ihr ihn vielleicht?"

„Sehr gut sogar, mein Herr, es ist ein verteufelter Kerl, auf den ich es schon lange abgesehen habe."

„Haha! Das ist brav, sehr brav! Und wie sieht dieser Bursche aus?"

„Er ist einen Kopf kleiner als ich, hat ein bleiches Gesicht wie Mehl und schielt."

M. Dubois hatte schon sein Notizbuch hervorgezogen und notierte das glücklich erfahrene Signalement, eine Beschäftigung, der die beiden Brigadiers eifrigst ihre Teilnahme schenkten. Das wäre gemacht!" rief er frohlockend, „nun wissen wir endlich, wie er aussieht. Vorwärts, meine Freunde! Und grüßt den Herrn Kapitän, er wird Euch in allem behilflich sein, denn er ist ein gefälliger Mann. Aber nun – nun wollen wir scheiden! Ah!"

Und schon breitete er die Arme aus und drückte seinen Lebensretter an sich, wobei er wohl keine Ahnung haben mochte, daß er den an sein Herz schloß, den er zu verfolgen ausgesandt war.

Nachdem auch die beiden Brigadiers Waldemar die Hand geschüttelt und für seine Gefälligkeiten gedankt hatten, trennte man sich endlich, und Waldemar war froh, als er die drei Männer im Rücken und den Weg nach Breege vor sich hatte, um von da über die Schaabe Spyker zu erreichen.

Waldemar war allein, der erste Schritt seines kühnen Unternehmens war gelungen, und er selbst war gegen jede Verfolgung so gut wie sicher durch das Schreiben des Kriegspolizeibeamten an den kommandierenden Offizier auf Spyker.

Als er Glowe erreicht hatte und nach Südosten blickte, blieb er plötzlich stehen. Der Spykersche See lag vor ihm, an seinem Südufer, in einer sanft geneigten Ebene, von blühenden Gebüschen und riesigen Bäumen umgeben, stand das Schloß, vom Alter geschwärzt, mit seinen dicken Mauern und festen Türmen.

Nachdem Waldemar es eine Weile betrachtet hatte, schritt er langsam näher und wunderte sich, daß es wie ausgestorben vor ihm lag, obwohl außer dem Kastellan, seiner Familie und mehreren Dienern eine größere Anzahl Franzosen darin hauste. Als er am Ufer des Spykerschen Sees ein Stück näher gekommen war, sah er einen alten Diener aus dem Park herauskommen. Der Mann stand einen Augenblick still, nachdem er Waldemar bemerkt hatte, als wundere er sich über den Besuch eines Fremden oder als überlege er, wer das wohl sein könnte. Gleich darauf aber stieß er einen Schrei der Überraschung aus, schlug die Hände über dem Kopf zusammen und lief voller Freude dem Ankommenden entgegen.

„Herr Granzow", rief er, „ist es möglich..." Er verstummte wieder, als er Waldemars abwehrende Gebärde wahrnahm, der sich rasch nach allen Seiten umblickte, ob auch niemand den Namen gehört hätte. Aber es war nur ein Gärtnerbursche in der Nähe, der ihn jedoch nicht gehört hatte und Waldemar auch nicht kannte.

„Tarbot! Seid Ihr's?" rief Waldemar und eilte schnell auf den Alten zu. „Da habt Ihr meine Hand; doch merkt es Euch, Alter, und vergeßt es nicht – ich bin Georg Forst; Herr von Bagewitz auf Kloster in Hiddensee ist mein Oheim, und ich besuche den Kastellan, um mich um eine seiner Töchter zu bewerben. Ich hoffe, Ihr versteht mich richtig!"

„Und ob ich verstehe! Also, das ist nötig in diesen Zeiten?"

„Sehr nötig, Tarbot; und ich bitte Euch sogar, zu allen Dienern zu gehen und Ihnen ans Herz zu legen, daß sie sich ja nicht verplappern. Es sind doch noch die alten Bekannten da und keine Spione darunter?"

„Nein, Herr, da könnt Ihr ganz sicher sein. Einer ist so zuverlässig wie der andere, ich bürge für alle."

„So ist es gut, Tarbot; wie steht es im Schloß?"

„Ach, Herr, es ist eine böse und auch eine traurige Zeit. Wir haben französische Chasseurs in Quartier, und der Kommandeur, Kapitän de Caillard, sein Leutnant de Challier und ihre Diener nebst einem Maréchal de logis, einem Trompeter, einem Sergeanten und zehn Gemeinen wohnen drin mit ihren Pferden, und noch mehr hier in der Nähe in den umliegenden Ortschaften, eine ganze Schwadron."

„Was sind es für Leute?"

Der Alte zuckte die Schultern. „Hm! Sie sind lustig und redselig, sie schmausen und zechen, liebeln und pürschen – oh, das werdet Ihr bald weghaben, auch wenn Ihr nur einen Tag hierbleibt."

„Ich werde sogar länger hierbleiben. Ist der alte Ahlström und seine Familie gesund?"

„Wie die Fische, wie die Fische, Herr, obwohl sie alle ihre liebe Not haben mit diesem Hundeleben."

„Das glaube ich. Aber hört, Tarbot, ist etwa auch das Fräulein..."

Der Alte verstand ihn, nickte und machte eine Miene, die Waldemar alles klarer auseinandersetzte, als hätte sich jener vieler Worte bedient. „Das gnädige Fräulein Gylfe meint Ihr, nicht wahr? O ja, die ist hier, und recht lustig und vergnügt ist sie, und wärt Ihr eine Stunde früher gekommen, hättet Ihr sie mit dem Herrn Kapitän dahinaus nach Bobbin können reiten sehen."

„Also ist es wahr?"

„Ja, es ist wahr!" erwiderte der Alte, obwohl Waldemar nichts näher angedeutet hatte. „Und wo habt Ihr unsern jungen Herrn, den Grafen Magnus?" fuhr der Alte fort.

„Still! Auch dessen Namen dürft Ihr nicht nennen. Wir beide werden gesucht, Ihr werdet bald mehr darüber hören. Wo wohnen die Herren Franzosen im Schloß?"

„Nun, die schlechtesten Zimmer haben sie nicht ausgewählt. Sie lieben die schönen Aussichten so sehr, wie sie getäfelte Gemächer und wohlbesetzte Tafeln lieben, und so sind fast alle Räume, die sonst die gräfliche Familie bewohnte, von ihnen mit Beschlag belegt."

„Auch der Spukturm da auf der Nordostecke?"

„Der Spukturm? Gott bewahre! Den haben sie noch nie betreten; sie machen sogar am Tag einen großen Bogen drum herum. Nein, Herr, der Spukturm steht leer wie immer; da seht nur, die Fenster sind geschlossen und verhangen wie je; so lange ich denken kann, sind sie noch nie geöffnet gewesen."

„Dann wissen sie auch von dem verborgenen Gange nichts, der zu der alten Ruine auf dem Totenfeld bei Quoltitz führt?"

„Gott bewahre! Wer wird ihnen das Familiengeheimnis verraten, das sich der alte Wrangel – Gott hab ihn selig – zu seinem Frommen angelegt hat?"

Waldemar lächelte; so hatte er es sich gedacht, und so fand er es bestätigt. „Kommt", sagte er, „laßt uns zum Schloß gehen. Ich sehe da eine Schildwache auf- und abstolzieren und will mit ihr reden. Ihr aber beherrscht Euer Gesicht und wundert Euch über nichts, was Ihr hört; später werde ich Euch alles erklären. Ist der alte Ahlström zu Hause?"

„Ja, Herr; er sitzt, glaube ich, mit seiner Familie beim Vesperbrot."

„Haben sich seine Töchter auch mit den Fremden eingelassen?"

„Nein, Herr, durchaus nicht. Der Herr Leutnant hat sich zwar große Mühe gegeben, die Gysela oder Ahlheid zu gewinnen, aber die alte Heylike, ihre Mutter, hält gute Wacht, und die Mädchen zeigen auch nicht die geringste Neigung für die Franzosen."

„Das ist ein Vorteil, der mir mein Hiersein leichter macht. Nun kommt aber, der behelmte Herr hat mich schon ins Auge gefaßt."

Langsamen Schrittes gingen sie zum Eingang des Schlosses, vor dessen Tor eine Schildwache im kurzen grünen Rock, reichlich mit gelben Schnüren besetzt, einen Helm mit schwarzem Haarbusch auf dem Kopf, mit gezogenem Pallasch auf- und abklirrte und den Fremden schon lange aufs Korn genommen hatte.

„Guten Tag!" sagte Waldemar in französischer Sprache zu dem Posten. „Ist der Herr Kapitän zu sprechen?"

„Nein, mein Herr, er ist spazierengeritten."

„Wann kommt er wieder?"

„Wenn es ihm gefällt. Wollt ihr etwas von ihm?"

„Ich muß ihn sprechen, denn ich bringe ihm eine Botschaft vom General Gratien aus Stralsund."

Der Posten salutierte. „Ich werde es dem Herrn Kapitän melden, sobald er zurückkommt", sagte er.

„Ihr werdet mir einen Gefallen damit tun. Ich gehe jetzt zum Verwalter und werde mich so lange bei ihm aufhalten, bis ich höre, Euer Chef ist zurückgekehrt. Adieu! – Führt mich zu Herrn Ahlström!"

Die letzten Worte waren an den Diener gerichtet. Tarbot schritt in den alten Hausflur hinein, dessen gewölbte Steinbögen die Schritte der Männer laut widerhallen ließen. Hart schlugen hinter ihnen die schweren Torflügel zu. Waldemar Granzow stieg die Stufen empor, die zur Wohnung des Kastellans führten. Als er die alten Treppenstufen unter seinen Füßen knirschen hörte, war ihm eigentümlich, fast bange zumute, und die kühle Luft in dem hochgewölbten Raume machte ihn frösteln.

XII

Schloß Spyker und seine Bewohner

Schloß Spyker, vom schwedischen General Wrangel, dem berühmten Feldherrn Gustav Adolfs, im Jahre 1650 kurz nach dem Dreißigjährigen Krieg erbaut, trug ganz den finsteren Charakter jener Zeit. Es war ein viereckiges, drei Stockwerke hohes Gebäude mit gewaltigen Mauern. An allen vier Ecken ragte ein runder Turm mit einem Kuppeldach auf, die beiden Längsfronten hatten einen Giebel in der Mitte. Jede Seite zierten drei Fensterreihen, von denen sich die der zwei oberen Stockwerke mit den herrschaftlichen Prunkgemächern durch ihre Größe auszeichneten; das hohe Erdgeschoß hatte ebenso viele ein wenig kleinere Fenster; hier lag die Wohnung des Verwalters Ahlström und seiner Familie. Der Schloßhof, mit Geröllsteinen vom Jasmunder Strand gepflastert, war von einer kleinen Mauer umgeben, das Haupttor führte nach Norden.

Einer besonderen Erwähnung verdient der nach Nordosten gelegene sogenannte Spukturm. Heftige Familienzwiste, bei denen Liebe, Eifersucht, Haß und endlich Blut die Hauptrolle spielten, sollen sich in ihm zugetragen haben, obwohl niemand recht weiß, welche Bewohner damit in Verbindung zu bringen sind. Er war sehr selten, in den letzten fünfzig Jahren gar nicht, bewohnt gewesen. Seine Fenster, wie schon der alte Tarbot berichtete, blieben stets verhangen, niemand bestieg seine schmale gewundene Treppe, und zumal in der Nacht wagte kein Mensch, außer dem Kastellan, ihn zu betreten.

Die Leute der Umgebung hatten eine heilige Scheu vor ihm, und es ging die Sage, daß bisweilen um Mitternacht an einem seiner Fenster eine weiße Gestalt sichtbar werde, die nach Norden und

Osten hin Ausschau halte und mit einem Tuch winke und nach einiger Zeit wieder in dem geheimnisvollen Innern spurlos verschwinde.

Dauernd bewohnt war Spyker nur von der Familie des Kastellans Ahlström, bei der sich Magnus von jeher zu Hause gefühlt hatte, denn der alte Graf Brahe lebte überwiegend in Stockholm.

Ahlström war ein betagter Mann von kleinem Wuchs, mit schneeweißem Kopf, aber noch rüstig und beherzt genug, selbst die Drangsale des Krieges und der Einquartierung zu ertragen, obgleich es oft sehr ungemütlich im Schlosse zuging und alle Welt von dem Zwang, den die Franzosen ausübten, bedrückt war. Ahlström lebte dort mit seiner Frau Heylike und den beiden Töchtern von achtzehn und neunzehn Jahren, Gysela und Ahlheid, die klein, aber kräftig waren, weniger zart als gesund, mehr schön als hübsch, von durchsichtig heller Haut, blauen Augen und einer Haarfarbe, wie man sie im Norden häufig findet und die fälschlicherweise rot genannt wird.

Seit dem Beginn der Feindseligkeiten zwischen Frankreich und Schweden beherbergte das Schloß jedoch noch jemanden: Gylfe Torstenson. Sie war das einzige Kind eines armen Adligen, eines Freundes des Grafen Brahe, der mit in die Verschwörung Anckarströms gegen Gustav III. verwickelt gewesen war, deshalb verbannt wurde und fern von seinem Vaterland starb. Er hinterließ seiner Tochter nichts als einen geächteten Namen und verschiedene Gläubiger, unter denen Graf Brahe der bedeutendste war. Brahe hatte Mitleid mit dem Mädchen, zerriß die Schuldbriefe ihres Vaters und nahm sie in sein Haus und seine Familie auf, die sich damals auf Spyker aufhielt. Hier wuchs sie, nur wenige Jahre jünger als Magnus, mit diesem zusammen auf. Magnus fühlte sich seit seiner Jugend sehr zu Gylfe hingezogen, und diese Neigung wurde von ihr auch erwidert, aber stets sofort vergessen, sobald ihr Magnus aus den Augen war.

Um dem Mädchen, das keine eigenen Mittel besaß, für alle Fälle ein Unterkommen zu sichern, hatte es der alte Brahe in das Adelsstift zu Bergen eingekauft, wo sich Gylfe auch eine Zeitlang aufhielt, nachdem sie aus ihrer deutschen Pension zurückgekehrt war. Nach Stockholm jedenfalls wollte sie nicht zurück, das Schicksal ihres Vaters hatte ihr die Heimat verleidet. Im Stift zu Bergen hatte sie während der Abwesenheit des Grafen Brahe und seines Sohnes bis zum Ausbruch des Krieges gewohnt. Magnus hatte sie dort häufig besucht und sie seine ständig wachsende Neigung wissen lassen. Und Gylfe erwiderte diese stets so lange, wie sie ihn in ihrer Nähe wußte. Sie vergaß sie, sobald er Bergen verlassen hatte.

Nachdem das Stift zum Spital für die Franzosen erklärt worden war, zog sie sich nach Spyker zurück. Hier lebte sie, frei von jeder Fessel, und ritt, jagte, schoß und segelte wie ein Mann. Als nun Schloß Spyker und ein großer Teil der Umgegend durch die Einqartierung der Franzosen beglückt wurde und ein galanter Mann, der Kapitän der Chasseurs François de Caillard, sich dort einquartierte, da war, wie sie behauptete, ihre schönste Zeit, denn es verging keine Stunde ohne Gesellschaft und Vergnügungen.

Gylfe war hübsch, sie war sogar sehr hübsch, aber sie war eine seelenlose Schönheit, und sie sagte selbst nur allzuoft: „Ach, ich will nicht nachdenken, Nachdenken macht traurig, traurig macht häßlich und häßlich macht alt!"

Alles in allem war sie genau das Gegenteil von Magnus, und vielleicht gerade deshalb wirkte sie so anziehend auf ihn.

Unter den Franzosen, die sich auf Spyker einnisteten, befand sich nun jener Monsieur de Caillard, der Kommandeur einer Schwadron Reitender Jäger, der die Glorie der großen Nation in jeder Gebärde, in jedem Blick und in jedem Wort zur Schau trug.

Monsieur François de Caillard hatte viel Ähnlichkeit im Charakter mit Gylfe.

Trotz seiner scheinbaren Milde, seiner äußeren Schmiegsamkeit und seines gefälligen höflichen Wesens war er einer der eingefleischtesten Egoisten. Was galt ihm das Wohl oder Wehe, die Zufriedenheit oder Trübsal der ganzen Welt, wenn er selbst nur sein Glück fand. Er war ein Stutzer in Uniform, der sogar Brillanten in den Ohrringen trug. Sein schwarzer, wie ein Halbmond spitz nach oben gedrehter Schnurrbart schloß seine feine Spürnase wie mit zwei Ausrufungszeichen ein, als wollten sie dem ihm Gegenübertretenden zurufen, auf der Hut zu sein vor diesem kleinen Eroberer, der dem Keller seines abwesenden Wirts alle Ehre machte und dafür sorgte, daß die Pferde nicht durch langes Stillstehen steif wurden. Er jagte in den wildreichen Wäldern nach Herzenslust und liebelte mit der Pflegetochter des Grafen auf eine Weise, die jeden, nur Gylfe nicht, sehr bald erraten ließ, daß es ihm um nichts als um Unterhaltung ging.

XIII

Georg Forsts Empfang auf Spyker

Als Waldemar an die Tür pochte, war die Familie des Kastellans damit beschäftigt, ihre Vesper einzunehmen. Das Gespräch drehte sich um die Liebschaft zwischen Gylfe und Caillard, und Gysela, die älteste Tochter Ahlströms, wußte Einzelheiten zu berichten, die die Familie des Kastellans nicht gerade erfreuten. Gysela mußte es schließlich wissen, denn sie war die Gesellschafterin Gylfes und teilte sogar nachts ihr Zimmer.

Der Kastellan unterbrach seine Tochter. „Pst!" sagte er, „seid still, da kommt jemand, es hat geklopft!"

Die jüngere Tochter erhob sich und öffnete. Waldemar Granzow trat lächelnd ein.

Mit einem Ruf der Freude stand der Kastellan auf und begrüßte Waldemar sehr herzlich, die anderen taten es ihm nach.

Als sie die Ursache von Waldemars Besuch und von den damit verbundenen Gefahren erfuhren, da wurde die erste Wiedersehensfreude erheblich gedämpft, und Waldemar vermochte beim besten Willen nicht alle die Sorgen zu beseitigen, nachdem auch er über die Vorgänge in Spyker unterrichtet worden war.

Nachdem für alle klar war, daß sie in Waldemar den aus Greifswald stammenden und um Ahlheid freienden Seemann Georg Forst zu sehen hatten, ließen die Frau des Kastellans und die Töchter die beiden Männer allein.

„Mein Junge", sagte der Kastellan wehmütig, als sie nun ungestört an einem Fenster standen, von dem aus sie einen Teil des Parkes überblicken konnten, „ich kann dir leider nicht verhehlen, daß das, was du bringst, wie auch das, was du hier findest, mir das Herz

recht schwer macht. Natürlich werde ich alles aufbieten, um den Sohn meines Herrn hier im Verborgenen aufzunehmen, aber ich fürchte sehr, daß der Aufenthalt in dem Spukturm da drüben, von wo aus er so allerlei beobachten kann, was hier vorgeht, nicht gerade zu seiner baldigen Genesung beitragen wird."

„Sollte sich Gylfe nicht vielleicht doch ändern, wenn sie erfährt, daß Magnus in ihrer Nähe ist?"

„Es wäre besser, wenn sie nichts davon erführe. Und vor Monsieur Caillard hüte dich, er hat eine gute Nase!"

„Und trotzdem werde ich zu ihr gehen, ich muß es, sie kennt mich ja. Es wäre schlimm, wenn sie mich durch Zufall sähe, sie könnte dann leicht ein Wort zuviel sagen."

„Natürlich mußt du sie sprechen, und das, noch bevor du deinen Auftrag bei dem Kapitän ausrichtest. Aber du darfst sie nicht auf ihrem Zimmer besuchen, das könnte bei dem eitlen Franzosen einen schlimmen Verdacht erwecken. Nein, nein, sie muß in diese Stube kommen, sobald sie heim ist, und das kann nicht mehr lange dauern."

„Erledigt das, ich verlasse mich in allem auf Euch, Ihr kennt die Verhältnisse hier besser als ich."

Während dieses Gesprächs war es dunkel geworden. Der Kastellan schloß die Vorhänge, nachdem er noch einmal hinausgeschaut hatte.

„Ich glaube, sie kommen", sagte er, „wenigstens habe ich Stimmen und das Schnauben von Pferden gehört. Ich werde sie zu mir bitten."

Unten ritt eine kleine Kavalkade in den Schloßhof, Gylfe voran, der Kapitän Caillard auf der einen, der Leutnant Challier auf der anderen Seite hinter ihr, dann zwei Chasseurs und endlich ein Diener des Schlosses, ohne den Gylfe nie ausritt.

Der Kapitän sprang galant vom Pferd, um Gylfe aus dem Sattel zu heben; dann empfahl er sich, weil er noch einen Dienstritt in die Umgegend zu unternehmen hatte. Als Gylfe in das Schloß eingetreten war, setzte er sich zu Pferd und sprengte mit seinem Gefolge davon. Der Kastellan empfing sie und bat sie in sein Zimmer.

Sie zuckte zurück, als sie den ihr fremden Mann gewahrte und schaute sich fragend um – aber der Kastellan war draußen geblieben.

Waldemar trat einen Schritt näher, verbeugte sich lächelnd und sagte: „Guten Abend, mein Fräulein, kennt Ihr mich denn nicht mehr?"

Gylfe erschrak und erinnerte sich plötzlich; es war lange her, daß sie sich das letztemal gesehen hatten.

„Waldemar!" sagte sie erschrocken. „Seid Ihr aus den Wolken gefallen? Wo kommt Ihr her? Was wollt Ihr hier?"

„Woher ich komme, Gylfe? Geradenwegs aus dem Land, das die Herren, die auch hier den Meister spielen, mit Krieg überziehen. Und was ich hier will? Muß ich Euch denn darauf eine Antwort geben?"

„Waldemar!" sagte Gylfe, die sich inzwischen gefangen hatte, mit gekünstelt wehmütiger Stimme, „reicht Eurer alten Freundin die Hand; es wundert mich, daß ich Euch erst dazu auffordern muß. Wir haben uns lange nicht gesehen, nicht wahr?"

„Sehr lange nicht, das ist wahr, und ich glaubte schon, Ihr hättet Magnus und mich gänzlich vergessen."

„Waldemar! Wofür haltet Ihr mich?"

„Für Gylfe Torstenson, die Pflegetochter des Grafen Brahe, und für Magnus Brahes schwesterliche Freundin!"

Gylfe errötete heftig. „Ich habe das nicht vergessen", sagte sie kalt. „Darf ich Euch sagen, daß ich mich freue, Euch wiederzusehen? Und nun erlaubt Ihr wohl, daß ich gehe, um mich umzukleiden?"

„Einen Augenblick", erwiderte Waldemar ernst und vertrat ihr den Weg. „Ich bin noch nicht fertig, Gylfe, ein Wort noch, und das auf der Stelle!"

„Wie? Was wollt Ihr noch von mir?"

„Ich will Euch nicht aufhalten, sondern nur ganz ehrliche Antwort, ob ich in Euch eine Freundin oder das Gegenteil vor mir habe – wohlgemerkt, wenn ich das Wort Freundin gebrauche, dann beziehe ich Magnus ebenfalls ein. Ihr wißt doch, daß Magnus und ich auf der Seite derer stehen, die gegen die Franzosen kämpfen, dieselben Franzosen, mit denen Ihr hier in einem Haus und, wie es scheint, nicht im schlechtesten Einvernehmen lebt. Ich bin nun in einer ernsten Angelegenheit und mit einem bestimmten Auftrag an Kapitän Caillard abgesandt, und diesen Auftrag werde ich erfüllen, sobald er von seinem Ritt zurückgekehrt ist."

Gylfe wurde von einem unbestimmbaren Angstgefühl erfaßt.

„Ein Auftrag an Kapitän Caillard?" fragte sie zitternd und erbleichte. „Was geht das mich an?"

„Es geht Euch sehr an, denn es hängt von Euch ab, mich ihm als den zu verraten, der ich wirklich bin, als Waldemar Granzow aus Saßnitz, oder mich als den zu bestätigen, für den ich hier eine Zeitlang gelten will."

„Und für wen oder was wollt Ihr eine Zeitlang gelten?"

„Für Georg Forst, einen Seemann aus Greifswald. Wie gesagt, es steht in Euerm Belieben, jedem mitzuteilen, daß ich Waldemar Granzow bin, ein Mann, den man seit langer Zeit verfolgt, weil er seinem Vaterland treu geblieben ist, und daß ich in diesem Schloß bin, um hier zu spionieren."

In Gylfe war der Zorn emporgestiegen. „Wofür haltet Ihr mich, frage ich noch einmal."

„Und noch einmal antworte ich: für Gylfe Torstenson, die Pflegetochter des Grafen Brahe und Magnus' Schwester und Freundin."

Jetzt endlich hatte Gylfe ihn ganz verstanden. Sie schlug die Hände vors Gesicht und sank auf einen Stuhl, fuhr aber rasch wieder empor, weil sie eine neue Sorge vor sich sah. „Wollt Ihr hier etwas gegen die Feinde Eures Vaterlandes unternehmen?" fragte sie beklommen.

„Ängstigt Euch das? Nein? Nun, dann sage ich Euch ehrlich, daß ich nichts unternehmen werde, solange diese Feinde gegen mich nichts unternehmen. – Wollt Ihr mich für Georg Forst nehmen?"

„Fragt mich nicht – ja, ja, ja, aber unter einer Bedingung!"

„Welche ist das?"

„Ihr dürft auch gegen mich nichts unternehmen – bei niemandem –, nirgends!"

„Wie sollte ich – was denkt Ihr von mir?"

„Ihr seid der Freund Magnus Brahes, sagt Ihr."

„Nun ja, in diesem Punkt begegnen wir uns – was denn weiter?"

„Verleumdet mich nicht bei ihm!" preßte sie fast unter Tränen heraus.

Waldemar hoffte, daß für Magnus alles doch noch gut enden würde, und er hoffte auch, daß diese Worte ernst gemeint waren. „Nein", sagte er, „ich werde Euch nicht verleumden."

„Ihr dürft mich aber nicht verantwortlich machen, wenn man Euch ohne mein Zutun erkennt."

„Wie sollte ich! Euer Wort, schweigen zu wollen, genügt mir."

„Horcht, der Kapitän kommt zurück; ich will Euch verlassen, ich möchte ihm jetzt nicht begegnen. Bleibt hier, Waldemar, ich gehe – es bleibt bei dem Versprechen."

Damit verließ sie eilig das Zimmer.

Der Kastellan, der schon ungeduldig darauf gewartet hatte, kam vom Korridor herein, wo er mit dem Kapitän gesprochen hatte, und berichtete, daß er Waldemar bereits als Georg Forst bei jenem angemeldet habe. „Nun, mein Junge", sagte der Kastellan schließlich, „bist du zufrieden mit deiner Unterhaltung mit der kleinen Königin von Spyker? Mir scheint es nicht, denn dein Gesicht verheißt eher das Gegenteil."

„Einen Augenblick lang hatte ich die Hoffnung, daß alles gut werden könnte. Aber ich fürchte jetzt, Magnus wird, wenn er hierherkommt, mehr Wunden empfangen, als er zu heilen sucht. – Doch nun zum Kapitän. Wo wohnt der Herr?"

„Im Jagdzimmer, mein Junge", erwiderte der Alte seufzend.

Waldemar schritt in ruhigem Gleichmut die breite Treppe hinauf, wandte sich im ersten Stockwerk zur Rechten, kreuzte eine steinerne Halle, die mit alten Fahnen, Waffenstücken und Ahnenbildern geschmückt war, und langte endlich vor einer Tür an, die ein Diener bewachte, der halb Reitknecht, halb Kammerdiener zu sein schien, denn er roch nach Pferdestall und duftete zugleich fast so lieblich wie sein Herr von feinen Wohlgerüchen.

„Ist der Herr Kapitän zu sprechen?" fragte Waldemar.

„Wen darf ich melden?"

„Mein Name ist Georg Forst."

„Ah, dann seid Ihr schon von dem Kastellan angemeldet worden – tretet ein."

Waldemar ging hinein, vor ihm auf einem Ruhebett lag gemächlich ausgestreckt und aus einer türkischen Pfeife dicke Rauchwolken blasend Monsieur le Capitaine François de Caillard in ein Gewand gekleidet, das zwischen der Tracht eines Chinesen, eines Griechen und eines Türken die Mitte zu halten schien.

Monsieur de Caillard hatte sich hingelegt, um auf den Besuch den Eindruck eines vornehmen und bedeutenden Mannes zu machen; als er aber diese kräftige, hohe Gestalt mit dem energischen Blick eintreten sah, erhob er sich unwillkürlich und trat ihm mit etwas verwunderter Miene entgegen, die nicht ohne Beimischung eines unbestimmten Verdachtes war.

„Bon soir, Monsieur!" wollte er sagen, aber das Wort blieb ihm im Munde stecken, als er den jungen Mann sich ruhig verbeugen und seinen festen Blick sah.

„Sprecht Ihr Französisch?" sagte er endlich in gebrochenem, aber

verständlichem Deutsch – einer Sprache, die schon damals, als Rügen noch schwedisch war, von jedermann auf der Insel gesprochen wurde; ein Zeichen dafür, wohin sich die Sympathien des Volkes neigten.

„Nein, Herr Kapitän", erwiderte Waldemar, obgleich er die Unwahrheit sagte. „Ich bin dazu nicht gelehrt genug. Ich bin nur ein einfacher Seemann, der ein gutes Schiff regieren kann und sonst weiter nichts."

„Ihr heißt Georg Forst?"

„Und bin aus Greifswald gebürtig, ja!"

„Was wünscht Ihr von mir?"

„Der Zufall hat mich mit dem Kaiserlichen Offizier der Kriegspolizei, Herrn Dubois, in Hiddensee zusammengeführt. Ich bin mit ihm zusammen nach Wittow gefahren, und da er erst morgen oder übermorgen nach Spyker kommt, seine Meldung aber schon gern früher in Euern Händen sehen wollte, hat er mich beauftragt, Euch, Herr Kapitän, diesen Brief auszuhändigen, in den diese Meldung eingeschlossen ist."

Der Kapitän sah kurz auf, nahm den Brief, trat zu einem der Leuchter und las, wiederholt zu Waldemar sehend; aber Waldemar bemerkte, daß die Blicke von Mal zu Mal freundlicher wurden.

„Sehr gut", sagte er lächelnd, als er fertig war, „Monsieur Dobois schildert Euch als einen zuverlässigen Mann, der ihm gute Dienste geleistet hat. Die Burschen aber, die hier signalisiert sind, Waldemar Granzow aus Saßnitz und seinen Herrn, die beide Verräter an Frankreich sind, wollen wir schon fassen. Uns entgeht man so leicht nicht. Ich werde morgen selbst nach Saßnitz reiten und die nötigen Befehle erteilen. Aber ich bin der Meinung, unsere Bemühungen um sie werden vergeblich sein, denn hierher kommen sie gewiß nicht, wo sie jedermann kennt und sie auch wissen müssen, daß wir hier sind. Das macht jedoch nichts – ich danke Euch. Was hat Euch sonst hierhergeführt?"

Waldemar stockte etwas mit der Sprache, senkte den Kopf und drehte wie verlegen den Hut in der Hand. „Ich kenne die Tochter des Kastellans", sagte er leise.

„Ah!" unterbrach ihn der Kapitän, „so ist das! Die also hat Euch hierhergelockt?"

„Ja, Herr Kapitän."

„Nicht schlecht. Nur Mut, mein Freund, sage ich. Geht und tut Eure Pflicht, ich will Euch nicht im Wege sein. Wie lange werdet Ihr hierbleiben?"

„Ich wollte morgen schon wieder fort, da ich in Wittow eine alte Verwandte besuchen möchte; denke aber, es werde mir gestattet sein, in einigen Tagen wieder vorzusprechen und meine Bewerbung fortzusetzen."

„Darin will ich Euch nicht hinderlich sein – aber halt! Ihr wollt morgen nach Wittow?"

„Ja, Herr Kapitän, wenn Ihr erlaubt."

Der Kapitän dachte eine Weile schweigend nach. „Ihr könnt mir vielleicht einen Dienst leisten", sagte er plötzlich. „Ich brauche dringend Hafer für meine Pferde, und aus Wittow soll ich ihn holen lassen. Ihr versteht ein Schiff zu führen – wollt Ihr das Geschäft übernehmen?"

„Gern", sagte er rasch, „aber ich habe kein Boot."

„Dafür werde ich sorgen, und Ihr könnt auch zwei Schlingel aus diesem Haus mitnehmen, die ihr Handwerk verstehen. Ehe Ihr morgen fahrt, werde ich Euch Näheres mitteilen. Bon soir, mon ami!"
Er nickte und machte eine Handbewegung, die Waldemar, da sie mit kaiserlicher Grandezza ausgeführt wurde, nicht mißverstehen konnte. Gleich darauf hatte er sich verbeugt und das Zimmer verlassen, um die wohlverdiente Ruhe zu suchen, während der Kapitän seinen Leutnant rufen ließ, um noch ein Spielchen zu machen.

XIV

Die Haferfracht

Als Waldemar aus dem herrschaftlichen Stockwerk wieder in das Erdgeschoß hinabgestiegen war, wartete der alte Ahlström, der kaum seine Neugier bezwingen konnte, etwas über den Ausgang der Unterredung zu vernehmen, schon auf ihn. Er führte ihn rasch in ein Gastzimmer, das dicht neben dem seinen lag, und bei einem kräftigen Abendessen und einer guten Flasche Wein hörte er, was es oben gegeben hatte. Er pries den Einfall des Kapitäns, ihn nach Wittow zu schicken, weil ihm dadurch die Möglichkeit gegeben war, den kranken Freund nach Spyker einzuschmuggeln. So verabredeten sie denn alles möglichst genau und setzten die Nacht in drei Tagen für die Rückkehr mit Magnus fest. In der Zwischenzeit wollte der Kastellan alles zur heimlichen Aufnahme des Kranken im Spukturm vorbereiten. Da der Eingang zum Schloß Tag und Nacht von einem Posten bewacht wurde, mußte man die lange verschlossen gebliebenen eisernen Türen des Ganges öffnen, der aus dem Turm zu der Waldruine in der Nähe von Quoltitz führte. Waldemar erhielt den Schlüssel dazu, und Ahlström versprach, in der verabredeten Nacht auf dem Posten zu sein, um den jungen Grafen zu empfangen und in das verborgene Zimmer zu führen. Erst nachdem das alles genau besprochen war, legten sich beide schlafen.

Als Kaptiän Caillard am nächsten Morgen vom Fenster aus, an dem er mit seinem Leutnant stand, den Fremden in Gesellschaft einer der Töchter des Kastellans spazierengehen sah, erinnerte er sich seiner wieder und ließ einen schriftlichen Befehl ausfertigen, der Waldemar ermächtigte, eine Last Hafer aus Zürkvitz, am Westufer von Wittow am Rassower Strom gelegen, nach Spyker zu holen. Bald darauf erging an den Kastellan die Weisung, dem Georg Forst zwei kräftige Burschen mitzugeben und ihm das Boot loszuschließen, das für den Kapitän stets segelfertig am Spykerschen See lag. Schon um zehn Uhr morgens war Waldemar bereit, abermals eine Reise anzutreten, allein er beeilte sich nicht damit, da er lieber den späten Abend benutzen wollte – um die Hitze des Tages zu vermeiden, wie er den Kapitän wissen ließ, in Wahrheit aber, um in der Nacht von Wittow nach Hiddensee segeln zu können und seinen Freund abzuholen, dessen Transport, zumal er verwundet war, am Tag mit großen Schwierigkeiten verknüpft sein mußte. Den Tag über hielt er sich bei der Familie des Kastellans auf und machte vor dem Kapitän Ahlheid den Hof, was ihm und dem Mädchen immer wieder Anlaß zu verstecktem Gelächter bereitete.

Gylfe Torstenson verhielt sich an diesem Tag ungewöhnlich ruhig; sie vermied jede Gelegenheit, noch einmal mit Waldemar zusammenzutreffen, vielleicht, weil sie nicht ganz gewiß war, sich zu beherrschen, wenn sie ihm in der Gesellschaft des Kapitäns unerwartet begegnen sollte. Möglicherweise wollte sie nur Zeit gewinnen, um sich selbst einen Plan zurechtzulegen, wie sie sich während Waldemars Aufenthalt in Spyker gegen ihn verhalten könnte. Denn daß sie mit aller Vorsicht zu Werke gehen mußte, solange er hier war, leuchtete ihr ein.

Erst als sie von Gysela am Nachmittag erfuhr, daß Waldemar bei ihrem Vater sitze und bald darauf im Auftrag des Herrn Caillard nach Wittow fahren wolle, atmete sie auf und begab sich in den Garten, um frische Luft zu schöpfen. Hierher folgte ihr sehr bald der Kapitän, der zu erfahren begehrte, warum sie an diesem Tag für ihn unsichtbar geblieben war. Zu seinem Leidwesen hörte er, daß Gylfe von heftigen Kopfschmerzen geplagt war, was hinreichend ihre schlechte Laune erklärte.

Es war abend gegen sieben Uhr, als Waldemar seine Fahrt antrat. Mit der Legitimation des Kapitäns versehen, von dem Kastellan bis an das Ufer des Sees begleitet, begab er sich diesmal ohne Waffen in das Boot, das segelfertig am Steg lag. Vor ihm waren schon zwei junge Burschen aus Spyker eingetroffen, die ihn kannten und auf deren Treue und Verschwiegenheit er bauen konnte. Sie waren, wie alle Küstenbewohner der Insel, geübte Schiffer, und da man ihnen nur mitgeteilt hatte, daß sie, um Getreide zu holen, nach Wittow fahren sollten, lag kein Grund zur Besorgnis vor, daß sie mit anderen über den geheimen Zweck, der mit dem Unternehmen verbunden war, gesprochen haben könnten.

Es war ein milder Juniabend, an dem Waldemar sein Vorhaben begann, und es wehte eine frische Brise, die es außerordentlich begünstigte, aber sie war nicht kühl, und so wurde die Reise zum Vergnügen. Das leichte Boot rauschte in flotter Fahrt durch die Wellen, und als man die kleinen Inseln am Ausgang des Spykerschen Sees hinter sich gelassen hatte, faßte der Wind die Segel voll und trieb das Boot mit noch größerer Geschwindigkeit durch den Jasmunder Bodden. Etwa gegen zehn Uhr, als die Sterne sichtbar wurden, passierten sie die Enge zwischen dem Lebbiner Haken und dem auf der Schaabe gelegenen Gelmer Ort, drehten nach links und gelangten in das Fahrwasser zwischen Wittow und der Vieregger Halbinsel. Noch war ihnen nichts begegnet, was ihnen einen Aufenthalt verursacht hätte oder ein Hindernis gewesen wäre, selbst an der alten Kamminer Fähre war weder ein Posten noch ein Wachtboot zu sehen; man rechnete erst an der Wittower Fähre mit ihnen. Da es nicht in Waldemars Absicht lag, sich zu verbergen, fuhr er dicht an den Wittower Fährhaken heran, wo ihn die Wache anrief und ihm an der Brücke anzulegen befahl.

Waldemar, der das Ruder führte, gehorchte ohne Zögern, trat auf die Brücke und folgte dem Posten in das Wachthaus, wo eine Laterne brannte und drei, vier Franzosen auf den Bänken an der Wand schnarchten. Waldemar zeigte seine Legitimation vor, die ein Sergeant mit wichtiger Miene las und unterschrieb. Dann wurde Waldemar angewiesen, seine Fahrt fortzusetzen, er müsse sich jedoch melden, wenn er mit der Ladung heimwärts führe.

Als Waldemar seinen Platz im Boot wieder eingenommen hatte, wunderten sich die beiden Spykerschen Burschen, daß das Boot nicht nach Norden abdrehte, nach Zürkvitz, sondern in Richtung Neu Bessin nach Westen fuhr. Auf die Frage des einen der Männer sah sich Waldemar genötigt, ihnen endlich das Geheimnis ihrer Fahrt zu lüften. Sie freuten sich sehr, den Sohn ihres Herrn wiederzusehen und ihm einen Dienst erweisen zu können. Sie versprachen, alles zu tun, um das Abenteuer mit Erfolg zu Ende zu bringen, und niemand ein Sterbenswörtchen davon zu sagen.

Bald nach Mitternacht landeten sie in der Nähe von Kloster. Die beiden Burschen blieben im Boot, und Waldemar ging zum Gutshof und wollte Magnus helfen, sich reisefertig zu machen, um mit ihm zunächst nach Zürkvitz und dann nach Spyker zu fahren.

In dem einsamen Gehöft waren bereits alle Lichter erloschen, als Waldemar darauf zuschritt. Das Gebell der Hunde aber, das weit durch die Nacht scholl, weckte einen Diener, und bald darauf wurde die Tür geöffnet, um den späten Besuch einzulassen.

Es dauerte nicht lange, da erschien Herr von Bagewitz selbst. Waldemar freute sich zu hören, daß sich Magnus' Befinden soweit gebessert hatte, daß die Reise möglich war. Die Wunde war in gutem Zustand, nur das Fieber habe eher zu- als abgenommen, woran wohl mehr die Ungeduld des Verwundeten, als die Verwundung selbst schuld war. Bagewitz hatte alle ihm bekannten Mittel der Natur angewandt, und er hatte Erfolg damit gehabt. Als er Waldemar zu Magnus führte, war bei dem Kranken die Freude groß, denn Waldemars Erscheinen konnte ja nichts anderes heißen, als daß alles nach Wunsch abgelaufen war. Hastig begann er mit den Vorbereitungen, Kloster zu verlassen, und noch einmal wurde es deutlich, daß es hauptsächlich die Ungeduld gewesen war, die ihn noch nicht restlos hatte gesunden lassen. Als sich Bagewitz einen Augenblick entfernt hatte, um noch Verschiedenes zur Reise herbeizuholen, sagte Magnus: „Waldemar, ich danke dir. Es ist so viel, was du für mich tust. Aber irgend etwas ist mit dir, ich seh es dir an. Sprich, wie sieht es in Spyker aus! Verbirgst du mir etwas?"

„Ich habe dir nichts zu verbergen, Magnus, denn ich weiß selbst nicht allzuviel. Der alte Ahlström und die Seinen sind wohlauf und erwarten dich. Von allem andern mußt du dich mit eigenen Augen überzeugen, vielleicht siehst du schärfer als ich."

„Aha! Es gibt also doch noch etwas zu sehen!" rief Magnus, und sein Gesicht rötete sich. „Bist du Gylfe begegnet?"

„Ja, ich habe sogar mit ihr gesprochen."

„Gesprochen? Was hat sie gesagt?"

„Nichts, was sich auf dich bezog. Wir hatten keine Gelegenheit, lange ungestört zu reden, denn das Haus ist voller Franzosen, und ich habe es vermieden, mich in ihre Nähe zu drängen, um keine unnötige Aufmerksamkeit zu erregen."

„Sind wir denn noch nicht fertig, können wir denn nicht endlich fahren?" Der Name Gylfe hatte die Unrast bei ihm nur vergrößert.

Bagewitz trat wieder ein und brachte eine wollene Decke, einen Mantel und einen Korb mit Proviant. „Hier ist alles", sagte er, „was ich euch bieten kann. Ah, ihr seid schon gerüstet?"

„Ja", antwortete Magnus, „mir bleibt nur noch, Euch meinen Dank zu sagen für alles, was Ihr für mich getan habt."

Bagewitz ergriff die Rechte Magnus Brahes. „Lassen wir das", sagte er. „Wann hat ein Rügener nicht Gastfreundschaft geübt, sobald sich die Gelegenheit dazu bot? Ihr wart diesmal einige Tage in Kloster, und Ihr werdet Euch bestimmt auf Spyker dafür revanchieren, wenn es die Gelegenheit so ergeben sollte."

„Natürlich, ich erwarte Euch, Herr von Bagewitz. Und nun wollen wir aufbrechen, wir haben einen weiten Weg."

Waldemar nahm Magnus' Felleisen über die Schulter, Bagewitz sah noch einmal nach dem Verband an Magnus' Arm und griff dann nach dem restlichen Gepäck. So schritten sie schweigend zum Landungsplatz, wo die beiden Burschen auf sie warteten. Voller Freude begrüßten sie den Sohn ihres Herrn.

Nun verabschiedeten sich Magnus und Waldemar von Bagewitz, und Magnus wurde im Boot auf ein bequemes Lager gebettet, damit er die Fahrt gut überstand. Dann wurde das Segel gesetzt, und das Boot legte ab. Es war halb drei Uhr mogens, als sie Neu Bessin hinter sich ließen und in den Rassower Strom hineinfuhren. Allmählich verblaßten die Sterne, über dem Ufer von Wittow dämmerte das Tageslicht herauf, und nach einer halben Stunde sah man in der Ferne die zwei, drei Häuser von Zürkvitz, als sich eben der Himmel rot färbte und den Wieker Bodden mit Violett überzog. An Land war kein Mensch zu sehen. Vor dem nicht allzu hohen Steilufer legten sie an, sie waren dort vor der Beobachtung vom Bodden wie vom Land geschützt. Waldemar verließ das Boot, um den Bauer zu wecken. Er wollte von ihm einen Wagen erbitten, um Magnus damit quer durch Wittow, von einem der Spykerschen Burschen begleitet, nach Schmantevitz bringen zu lassen, das am Ostufer von Wittow lag. Hier wollte ihn Waldemar wieder aufnehmen, denn bei der Kontrolle in

Wittower Fähre durfte Magnus nicht an Bord sein. Magnus trennte sich zwar nur ungern von Waldemar, aber er sah ein, daß das notwendig war.

Waldemar hatte Glück, der Bauer war bereit, ihm zu helfen. Er war es um so mehr, weil er von der Requirierung seines Getreides ganz und gar nicht erbaut war. Aber gegen die Forderungen der Franzosen gab es keine Einrede, und so freute er sich, ihnen wenigstens auf diese Art und Weise ein Schnippchen schlagen zu können. Solange sie das Getreide luden, wurde Magnus ins Haus gebracht. Erst wenn sie Zürkvitz wieder verließen, sollte Magnus seine Fahrt mit dem Wagen antreten. Zudem hatte Waldemar keine Eile, nach Spyker zu kommen, er wollte erst in der nächsten Nacht dort sein. Deshalb ließen sie sich Zeit mit dem Beladen, und Magnus war ja bei dem Bauern auch gut aufgehoben.

Gegen sieben Uhr abends war alles erledigt, und Waldemar konnte daran denken, Magnus in den Wagen zu setzen. Dann bestieg er das Boot und fuhr der Wittower Fähre zu. Etwa um acht langten sie dort an, wurden gründlich untersucht und bald darauf wieder entlassen. Jetzt, bei etwas stärkerem Wind als tagsüber, ging die Fahrt flott vonstatten. Sie passierten ungehindert die alte Kamminer Fähre und bogen in den Breeger Bodden ein, um in der Nähe von Schmantevitz Magnus an Bord zu nehmen. Der Wagen wartete schon am Ufer, der Bauer wurde gut belohnt, und gegen neun brachen sie nach Spyker auf.

Langsam glitt das schwerbeladene Boot dahin, leichter Dunst lag über dem Wasser und verhüllte die Ufer der Schaabe, der Wind war jetzt fast ganz eingeschlafen, und die beiden Burschen griffen zu den Riemen. Schweigend lag das Wasser rings um sie. Ab und zu ein Vogelschrei, dann und wann ein Plätschern von einem Fisch, der aus dem Wasser sprang. Sonst kein Laut außer den Geräuschen der Riemen.

Waldemar saß unbeweglich am Ruder; von Zeit zu Zeit richtete er einen Blick auf die schlaff hängenden Segel und sinnierte vor sich hin. Von Zeit zu Zeit fuhr er aus seinem Sinnen auf, wenn Magnus leise stöhnte oder sich bewegte; er hatte mehrfach über wiederkehrende Schmerzen in seinem Arm geklagt. Anderthalb Stunden etwa mochte der Kranke ziemlich ruhig gelegen haben; als man sich aber der bewaldeten Hügelecke am Ausgang der Schaabe näherte, da scheuchte ihn der Gedanke, daß er nun bald in der Heimat war, aus seiner Ruhe; er richtete sich auf seinem gesunden Arm auf, blickte um sich und fragte:

„Waldemar, wo sind wir? Ist das schon Jasmund?"

„Ja, dort vorn, das ist Jasmund."

„Gott sei Dank, es wird auch Zeit, daß die Fahrt zu Ende geht. Werde ich Gylfe bald sehen können, Waldemar?"

Waldemar antwortete nicht, er seufzte nur, aber so leise wie möglich, um Magnus nicht noch mehr aufzuregen.

„Was meinst du", fuhr Magnus fort, „wird sie mit mir nach Schweden gehen?"

„Willst du denn nach Schweden?" fragte Waldemar erstaunt, es war das erstemal, daß er davon hörte.

„Ja, ich habe es mir in diesen Tagen überlegt, wo ich Zeit genug hatte, über mich und meine Verhältnisse nachzudenken. Wenn Gylfe mir folgt, gehe ich dorthin, ich bin des ewigen Kämpfens müde, man sieht ja keinen Erfolg. Vielleicht entgehe ich so meinem Schicksal."

„Und ich dachte, du sehnst dich so sehr nach deiner Heimat?"

„Das stimmt schon, Waldemar. Aber ich weiß es jetzt, meine Heimat heißt Gylfe, nur wo sie ist, und zwar sie mit mir, da bin ich zu Hause."

Eine traurige Heimat! dachte Waldemar.

„Du weißt ja bald, woran du bist", sagte Waldemar zweideutig.

„Ich werde nicht gleich zu ihr gehen; erst will ich erkennen, was aus ihr geworden ist, ja, ich will sie beobachten. Und dann werde ich wissen, ob sie mich liebt. – Warum schaust du so scharf dort hinüber?"

„Wir kommen jetzt zur Großen Wedde – da liegen auch die kleinen Inseln. Wir werden bald da sein, Magnus. Da taucht schon der Park von Spyker auf", sagte Waldemar nach einer kleinen Pause.

„Wo, wo ist er?" rief Waldemar und richtete sich mühsam empor.

„Da, dort – siehst du ihn nicht?"

„Ja, ja, ich sehe sogar ein Licht durch die Bäume schimmern."

„Das brennt in Ahlströms Zimmer und zeigt uns, daß er auf seinem Posten steht. Du wirst ein Stück zu laufen haben – wirst du es schaffen?"

„Ich werde es schaffen, Waldemar."

„Wollen wir nicht am Steg anlegen?" fragte der Mann, der Waldemar zunächst saß; er sah, daß Waldemar das Boot in einem weiten Bogen darum herum steuerte.

„Nein, wir landen unter der alten Weide am jenseitigen Ufer. Dort steigen wir beide aus und verlassen euch. Ihr aber erwartet meine Rückkehr, selbst wenn sie sich bis zum Anbruch des Tages verzögern sollte."

Wenige Minuten später hatten sie die Weide erreicht, in deren Nähe der Badeplatz des Schlosses lag. Auch hier ragte ein Steg weit in das Wasser hinein. Waldemar half Magnus von seinem Lager und verschwand mit ihm bald in den Schatten der Bäume, die das Ufer säumten. Auf schmalen Pfaden schritt er mit Magnus, den er kräftig unterstützen mußte, durch den Park, bis sie in eine düstere Waldung gelangten, die dicht am Park begann und zu der verfallenen Ruine führte, in die der Gang mündete, der vor vielen Jahren wie ein langer Tunnel durch einen hügeligen und bis an das Schloß reichenden Waldvorsprung gegraben worden war.

„Der alte Wrangel, mein guter Großohm, hat sicher nicht gedacht", sagte Magnus leise, „daß er einem seiner Enkel mit diesem Gang einen so großen Dienst leisten würde."

Sie schritten jetzt durch ein dichtes Gewirr von Zweigen und verschlungenen Gebüschen, so daß sie nur selten den Nachthimmel über sich wahrnehmen konnten. Nur ein mit der Gegend genau vertrauter Wanderer konnte sich auf diesem Pfad, der eigentlich schon gar kein Pfad mehr war, zurechtfinden. Weiches, fast einen Fuß dickes Moos wucherte üppig auf dem feuchten Boden.

„Halt", sagte Waldemar, „dort ist die Lichtung, wir haben die Grenze des Totenfeldes von Quoltitz erreicht. Hier an dieser Blutbuche biegt der Weg ab – richtig, da ist er. Jetzt kommen wir an den Ruinenkessel, gleich müssen wir vor der Tür stehen."

Waldemar ließ den Arm des Freundes los und arbeitete sich durch das dichte Gebüsch. Magnus folgte ihm, so rasch er vermochte. Endlich hatte sich Waldemar Bahn gebrochen und tastete an einer Berglehne herum, die mit leichtem Geröll und einem Haufen halb vermoderter Blätter bedeckt war.

„Ich habe sie", sagte er flüsternd.

Einen Augenblick darauf knirschte der Schlüssel in dem verrosteten Schloß und bewegte den schweren Riegel. Mit aller Kraft stemmte sich Waldemar gegen die Tür, und schließlich gab sie nach und tat sich laut ächzend nach innen auf. In dem Gang war tiefdunkle Nacht. Aber das hatten sie mit Ahlström verabredet, kein verräterischer Lichtschein sollte nach außen dringen. Waldemar drehte sich um und nahm Magnus bei der Hand. „Komm", sagte er, „ich stehe schon auf den Steinen, die Laterne finden wir in der ersten Nische, wenn wir um die Ecke gebogen sind."

Sie atmeten die moderfeuchte Luft in dem Gang. Waldemar schob sofort wieder den eisernen Riegel vor, und nun wußte er sich vor allen Nachforschungen sicher. Wenige Schritte nur brauchten sie weiter vorzudringen, dann gelangten sie an eine Biegung des Ganges, und gleich darauf sahen sie den fahlen Schein eines Lichtes.

Der Kastellan hatte Wort gehalten und alles ausgeführt, wie es mit Waldemar vereinbart worden war. Als Waldemar mit der Laterne in den langen schmalen Gang hineingeleuchtet hatte, stand er plötzlich still, sein Atem stockte, denn er glaubte ein auf sie zukommendes Geräusch vernommen zu haben. Aber es war nur Ahlström mit einem Windlicht in der Hand, der ihnen entgegenkam. Magnus und Ahlström begrüßten sich lebhaft und voller Freude, und Waldemar sagte schließlich:

„So, ich habe das Meine getan. Nun überlasse ich Magnus Euch, Ahlström. Ihr werdet ihn sicher in den Spukturm bringen. Ich gehe zum Boot zurück und bringe meine Fracht den französischen Herren, wie es mir aufgetragen ist."

„Bis morgen dann", riefen ihm die beiden nach und wandten sich zum Schloß, während Waldemar den Gang verließ, die Tür verschloß und Laub vor den Eingang schob. Dann trat er langsam den Rückweg durch den Wald und den Park bis zur Weide an, wo die Burschen im Boot auf ihn warteten.

„Übereilen wir uns nicht", sagte Waldemar zu den Leuten, „wir haben später Zeit genug, auszuschlafen. So, nun rudert langsam zum Steg am Schloß, wir haben unsere Pflicht getan und den Herren Franzosen Futter für ihre Pferde geholt."

Nach einiger Zeit langten sie am Steg an. Waldemar verursachte absichtlich Lärm, indem er laut mit den Leuten sprach und mit den

Ketten rasselte, mit denen er das Boot an die Pfosten schloß. Er erreichte auch, was er beabsichtigte, denn es dauerte nicht lange, da kam ein Posten vom Schloß, trat an das Ufer herab und rief den drei Männern sein „Qui vive?" entgegen.

„Georg Forst!" war die Antwort. „Wir bringen den Hafer aus Wittow und überlassen ihn Eurer Hut bis morgen früh. Dann kann er ausgeladen werden. Wir sind jetzt müde, wir haben schließlich zwei Nächte nicht geschlafen."

Als der Posten die beiden ihm bekannten Burschen sah, war er zufrieden, geleitete Waldemar zum Schloß und öffnete ihm. Ohne sich weiter aufzuhalten, ging Waldemar in sein Zimmer und legte sich schlafen. Mit dem Kastellan war er für den späten Vormittag verabredet, um alles Weitere zu besprechen.

XV

Im Spukturm

Von den Anstrengungen der letzten beiden Tage mehr erschöpft, als es Waldemar zugestehn mochte, schlief er am nächsten Morgen ungewöhnlich lange und fest, und selbst das überlaute Geschrei, das die Franzosen jeden Morgen hören ließen, wenn sie ihre Pferde auf dem Hofe putzten, dann zum Appell bliesen und endlich zum Exerzieren ritten, war nicht imstande, ihn zu wecken.

Es mochte etwa sieben Uhr sein, da schüttelte ihn jemand kräftig. Waldemar schlug die Augen auf, blickte sich um und fuhr verwundert empor. Hell schien die Sonne in das Zimmer.

„Na", sagte der Kastellan, „das nenne ich schlafen! Deine Ruhe, mein Junge, bewundere ich, denn so dicht vor den Ohren die französische Reveille schmettern zu hören und doch weiterzuschlafen, das ist eine Seltenheit heutzutage."

„Wenn sie geschmettert haben, Ahlström, habe ich sie tatsächlich nicht gehört. Aber nun bin ich wieder für zwei Tage ausgeruht, und der Tanz kann von neuem beginnen."

„Mal nicht den Teufel an die Wand, er kommt von selbst ins Haus geritten. Doch fürs erste werden wir ja wohl Ruhe vor ihm haben. Magnus ist gut untergebracht – drüben im Spukturm, wie ihn die Leute nennen, und er schläft genauso fest wie du! Aber seine Wunde gefällt mir gar nicht. Ich werde heute einen Spaziergang nach Sagard machen und unsern Doktor zu Rate ziehen, der muß einmal, wenn die Franzosen ausgeritten sind, herüberkommen und nach dem Rechten sehen."

„Seid Ihr des Mannes gewiß, daß er Magnus nicht verrät?"

„Wie meiner selbst. Er ist sowenig ein Freund der Franzosen wie du."

„Dann geht also zu ihm. Und wie gefiel Euch Magnus sonst?"

Der Alte machte ein krauses Gesicht. „Nicht sonderlich!" sagte er dann. „Er ist sehr bleich und schien ziemlich von Kräften; ich mußte ihn einwickeln wie ein Kind."

„Das macht die lange Fahrt und die Wunde am Arm. Ihr müßt ihn gut pflegen. Das meinte ich aber nicht – ich meinte vielmehr seine innere Verfassung."

„Da fand ich ihn eigentlich schwärmerisch wie immer."

„Hoffentlich macht es Gylfe nicht noch schlimmer. Doch nun laßt mich aufstehen, und dann schickt mir das Frühstück, ich habe einen vortrefflichen Appetit. Danach will ich zu Magnus gehen und ihm einen guten Morgen sagen."

„Nicht, bevor der Kapitän fortgeritten ist. Übrigens, er hat schon zweimal nach dir fragen lassen und dich zu sprechen verlangt."

„Was wird er von mir wollen?"

„Bedanken wird er sich wollen, denn artig sind diese Herren, und dir erzählen, daß Monsieur Dubois gestern hiergewesen ist."

„Ah, er ist dagewesen? Und den Verräter Granzow hat er noch nicht erwischt?"

„Nein, das hat noch Zeit. Um neun Uhr aber hat der Kapitän sein Pferd bestellt und will selbst auf die Jagd reiten, die dir gilt; ganz Jasmund ist das Jagdrevier. Wenn die Herren nur wüßten, daß das Wild, das sie suchen, in ihrer eigenen Küche speist, was würden sie sagen! Sei vorsichtig in den nächsten Tagen, halte dich still im Hause, mach nicht das geringste Aufsehen, das scheint mir das Beste, und vor allen Dingen zeig dich den Herren gefällig, wenn sie dir die Gelegenheit dazu bieten."

„Ja, soweit sich das mit meiner Freundschaft für sie verträgt", sagte Waldemar, bitter lächelnd, „das versteht sich von selbst. Man muß sich in die Verhältnisse schicken, und wir sind nicht gerade die Meister der Lage. Dann laßt also Monsieur wissen, daß ich bald bei ihm sein werde."

Eine halbe Stunde später, nachdem Waldemar sein Frühstück verzehrt hatte, erschien er vor der Tür des Kapitäns, wurde gemeldet und gleich darauf eingelassen.

„Ah, bon jour, mon ami!" empfing ihn der Franzose, der eben dabei war, seinem geschniegelten Haar und Bart den letzten Schliff zu geben; „da seid Ihr ja. Nun, ich bin Euch zu Dank verpflichtet und spreche ihn hiermit aus. Ihr habt keine Mühe mit dem Hafer gehabt, wie?"

„Mühe nicht, nur etwas Geduld war nötig; der Wind war flau und der Bauer langsam, der das Getreide zu liefern hatte, darum bin ich auch so lange ausgeblieben."

„Nun, es geht noch. Monsieur Dubois hat zwar bedauert, Euch nicht anzutreffen, er war gestern hier und ist dann weiter nach dem Süden gegangen. Er lobte Euch sehr und trug mir einen Gruß an Euch auf. Hier habt Ihr ihn. Nun aber werdet Ihr wohl mit aller Kraft an Eure Bewerbung denken, wie? Welches Mädchen ist es denn, der Ihr Euer Herz geschenkt habt?"

Waldemar errötete leicht, was der Rolle, die er nun wieder spielen mußte, nicht widersprach, obgleich es aus einem anderen Grund geschah. Er war sich nämlich nicht klar, für welche von beiden er sich in diesem Augenblick entscheiden sollte, da er nicht wußte, ob und was dem Kapitän darüber schon zu Ohren gekommen war.

„Nun", fuhr dieser lachend fort, da er Waldemars Schweigen als Verlegenheit deutete, „Ihr werdet sie doch nicht beide zugleich verehren?"

„Ich ziehe die Ahlheid vor, Herr Kapitän, obgleich, aufrichtig gesagt, Gysela mir gewogener erscheint."

„Donnerwetter, mon ami, das ist ein schwieriger Fall. Dann seht Euch vor, eine von beiden ist Euch also gewiß. Ihr seid glücklich dran, meinen Leuten gelang es bis jetzt nicht, diese Rotkäppchen zu kirren, sie sind verteufelt spröde."

Waldemar machte ein sonderbares Gesicht. Der Kapitän verstand ihn abermals falsch und versuchte ihn deshalb zu trösten. „Macht nichts", sagte er, „seid nicht eifersüchtig auf uns. Meine Leute haben Frauen genug in der Umgegend und im Schloß, ich habe mein eigen Teil, Challier liebt mehr den Wein als die Frauen, und so bleiben Euch Eure kleinen Schwedinnen allein. Doch nun laßt uns einmal von einer ernsten Sache sprechen. Ihr seid, glaube ich, ein schlauer Bursche, dem man vertrauen kann, schnell bei der Hand, obwohl kurz mit dem Wort. Kennt Ihr die Verhältnisse im Schloß?"

„Welche meint Ihr?"

„Die, welche den jungen Brahe und die blonde Dame betreffen, die mich so sehr amüsiert."

„Was wollt Ihr darüber wissen?"

„Erhebt der Graf Ansprüche auf die junge Dame?"

„Das wäre wohl möglich, denke ich."

„Aha! Dann kann ich den Verräter hier am lesten strafen. Ich liebe die Dame, das heißt, wie ein Soldat eine Dame unter solchen Umständen zu lieben pflegt. Ich werde sie aber mit mir nehmen, wenn ich Spyker verlasse, dann findet sie der Herr nicht, wenn er wiederkehren sollte."

Waldemar wurde über und über rot. „Wird sie denn mit Euch gehen?" brachte er stockend hervor.

„Warum nicht? Sie glaubt ja, es werde für immer sein."

„Ah so! Euch ist es mehr um das Vergnügen zu tun?"

Der Kapitän zuckte die Schultern. „Wer kennt schon seine Gefühle so genau! Doch weiter. Unterhält der Graf Verbindung mit dem Schloß? Steckt er vielleicht mit dem Kastellan unter einer Decke?"

„Das weiß ich nicht zu sagen, jedenfalls spricht nichts dafür."

„So. Nun hört einmal, ich werde Euch freien Spielraum bei Eurer kleinen Schwedin lassen, tut aber auch ein wenig für mich dabei. Horcht sie aus, was man hier von den Verhältnissen denkt. Was Ihr erfahrt, erfahre ich wieder. Ihr versteht mich?"

„Ich verstehe."

„So, nun könnt Ihr gehen. Doch noch eins. – Was hat es mit jenem Turm dort, der immer verschlossen ist, auf sich? Spukt es wirklich darin?"

Waldemar schauderte unwillkürlich zusammen. Der Kapitän sah in dieser Bewegung etwas ganz Natürliches und sagte leise: „Also wirklich?"

„Ja, Herr, es spukt wirklich darin", fuhr Waldemar flüsternd fort. „In dem Turm haben früher Gefangene gesessen. Es soll blutig darin zugegangen sein. Was aber wirklich vorgefallen ist, das weiß kein Mensch. Doch schrecklich muß es gewesen sein, denn als der General Wrangel tot war, hat sein Nachfolger die Türen dazu vermauern lassen, und niemand hat je wieder seinen Fuß hineingesetzt."

„Also ist es wahr, was man davon erzählt?"

„Ich weiß es nicht anders, und ich selbst würde es nicht wagen, in der Nacht in die Nähe des Turmes zu gehen."

Der Kapitän schlug ein Kreuz und blickte aus dem Fenster. „Es ist gut", sagte er, „daß ich auf der entgegengesetzten Seite wohne, mir wird also dieser Spuk nichts anhaben. Jetzt könnt Ihr gehen. Vergeßt nicht meinen Auftrag; wenn ich etwas von Euch will, werde ich Euch rufen lassen."

Der Kapitän machte eine verabschiedende Bewegung mit der Hand, und Waldemar verbeugte sich. Bald darauf sah er den Offizier zu Pferde steigen und mit mehreren seiner Soldaten davonreiten, um Jagd auf den Grafen Brahe zu machen. Er ritt aber nicht, ohne zu den Fenstern zu schauen, hinter denen er Gylfe vermutete, und einen Blick nach dem Spukturm zu werfen, der öde und verlassen lag wie immer.

Die Türen schienen vermauert, aber sie waren es nicht, sie waren nur gut verborgen. Denn außer dem geheimen Gang – er mündete am Fuß der eisernen Wendeltreppe, die bis zur Kuppel des Turmes führte, in einer Nische, die nur durch den Druck einer verborgenen Feder zu öffnen war – gab es noch einen anderen Eingang. Er verband das Schlafzimmer des Kastellans mit dem Spukturm, und zwar ebenfalls durch eine verborgene Tür. Diese benutzten der Kastellan und Waldemar, um Magnus Brahe zu sehen und ihm einige Zeit Gesellschaft zu leisten.

Der Kastellan hatte Magnus das Zimmer im obersten Stockwerk eingeräumt, weil es am meisten Sicherheit bot. Der Raum war rund, und er war auch eng, denn die Mauern waren dick.

Als die beiden Männer bei Magnus eintraten, fanden sie ihn am Fenster stehen und blicklos ins Weite starren. Er drehte sich um und begrüßte Waldemar und den Kastellan lebhaft und stellte ihnen tausend Fragen und bat sie, ihn sooft und so lange wie möglich zu besuchen.

„Sooft wir können, werden wir kommen", erwiderte der Kastellan, „aber ich habe eben auch noch andere Pflichten. Wenn Ihr jedoch mit Mutter Heylike oder Gysela und Ahlheid vorliebnehmt, kann ich Euch Gesellschaft genug versprechen."

„Sie werden mir alle sehr angenehm sein, Ahlström, und denkt auch an die versprochenen Bücher!"

„Gysela wird sie nachher bringen."

„Habt Ihr schon daran gedacht, wie Ihr mir den Arzt aus Sagard verschaffen könnt?"

„Ja, junger Herr. Heute morgen noch wird Mutter Heylike krank werden und sich zu Bett legen. Heute nachmittag werde ich einen Boten nach Sagard senden und den Doktor für morgen früh bestellen lassen. So lange freilich müssen wir allein für den kranken Arm sorgen."

Nach einiger Zeit stieg der alte Ahlström die Wendeltreppe wieder hinab und ließ Magnus und Waldemar allein.

Gylfe hatte, nachdem sie sich von Waldemar getrennt hatte, eine unruhige Nacht verbracht. Sein seltsam frostiges, ernstes und zurückhaltendes Benehmen hatte sie fast eingeschüchtert. Daß sein geheimnisvoller Aufenthalt in Spyker und der falsche Name etwas bedeuteten, war ihr schon klargeworden. Einigen Aufschluß hatte ihr der Besuch Dubois' gegeben, allein der Grund, warum Waldemar Spyker gerade jetzt aufgesucht hatte, war ihr dadurch auch nicht verständlicher geworden. Und nun diese unbewegliche Miene, was bedeutete das alles?

Als sie darüber nachdachte, da brachte sie das schon mit Caillard in Zusammenhang, und trotzdem blieb ihr vieles dunkel. Ja, sie konnte es nicht leugnen, der galante Offizier war der Mann, der sie zu fesseln vermochte. Wenn er doch nur endlich Ernst machen wollte mit seiner Bewerbung! Aber wenn sie auf eine Erklärung abzielte, dann entschuldigte er sich mit dienstlichen Unannehmlichkeiten, sprach von einer Umquartierung, von notwendigen Märschen und Übungen. Warum das nur? Hatte der Besuch dieses Georg Forst vielleicht einen unbestimmten Verdacht in ihm erregt, fürchtete er die Rache Magnus', wenn er von seiner Bewerbung um die schöne Schwedin erführe?

Und Caillard? – Er ritt fort und kehrte nachmittags gegen drei mit einem ganzen Schwarm Kameraden, die er zur Tafel nach Spyker eingeladen hatte, zurück, freilich ohne die Verfolgten entdeckt zu haben, aber doch in der Hoffnung, daß morgen gelingen könnte, was heute nicht gelungen war. –

Gylfe hatte den ganzen Morgen, nachdem sie von Waldemars

nächtlicher Rückkehr erfahren hatte, auf ihn gewartet. Sie hatte gehofft, sie werde dann die Gelegenheit und den Mut finden, über alles mit ihm zu reden und seinen, wie sie meinte, starren Sinn zu besänftigen, um von ihm schließlich, nachdem sie ihn für sich gewonnen hätte, das zu erfahren, was sie zu wissen begehrte. Aber sie wartete vergebens und ging dann in die Wohnung des Kastellans hinab, wo sie ihm zufällig zu begegnen hoffte.

Als sie ihn aber auch da nicht traf und niemanden nach ihm fragen mochte, lief sie in den Park, vielleicht wäre er dort. Aber auch da war ihr Suchen vergebens. Unwillig wandte sie sich zum Schloß zurück, ging vor Waldemars Fenster auf und ab und gedachte ihn auf diese Weise herauszulocken. Als er auch da nicht erschien, erreichte ihr Zorn den Gipfel. Sie versuchte es mit Verachtung und wollte ihn einfach übersehen, wenn er ihr doch noch über den Weg liefe. Sie ließ schließlich ihr Pferd satteln und ritt in den Wald, und jetzt hatte sie mehr Glück, denn in der Nähe von Bobbin begegnete ihr Kapitän Caillard mit seinen Offizieren, die er in das Schloß einlud. Die Galanterien der französischen Herren munterten sie auch ein wenig wieder auf, und sie ritt mit ihnen zurück und vergaß darüber bald den Ärger, den ihr Waldemar verursacht hatte. Was sie nicht wußte, war, daß sie von Magnus beobachtet wurde, der traurig und blaß an seinem Fenster stand.

Als am andern Morgen Dr. Piper kam, ins Vertrauen gezogen und in den Turm geführt wurde, fand er denn auch einen viel kränkeren Patienten vor, als man ihm geschildert hatte. Die Wunde machte ihn zwar nicht besorgt, sie heilte gut, aber das Fieber des Kranken ließ den Arzt sehr den Kopf schütteln.

„Nun, was sagt Ihr, Herr Doktor?" fragte ihn Waldemar, als sie den Turm wieder verlassen hatten.

„Was soll ich sagen", lautete die Antwort, die von einem Schulterzucken und einer hilflosen Handbewegung begleitet war. „Ich sehe ihn heute zum erstenmal und kann mich leicht täuschen. – Hat es früher schon Anzeichen von Lungenkrankheit gegeben?"

„Wie? Das kann nicht sein!" sagte Waldemar erschrocken. „Davon weiß ich nichts."

„Lieber Granzow, Ihr wißt manches nicht. Aber daß es mit dem Erben von Spyker nicht zum besten steht und daß es wahrscheinlich die Lunge ist, das glaube ich bestimmt annehmen zu können, ohne eine Meile weit von der Wahrheit entfernt zu sein."

„Nein!" rief Waldemar, „nein, Ihr irrt Euch!"

Der Arzt, in seinem wissenschaftlichen Selbstgefühl verletzt, schaute Waldemar vorwurfsvoll und verwundert an.

„Ihr müßt Euch irren", fuhr Waldemar immer erregter fort, „denn Magnus ist nicht lungenkrank, es ist das Herz, das ihm jemand verwundet hat!"

„Bah!" machte der Arzt und begann sich mit dem Gedanken vertraut zu machen, daß er sich doch geirrt hätte. „Wenn das so ist", sagte er, bedeutsam nickend, „dann ist das eine Krankheit, die aller Weisheit und Wissenschaft spottet. Aber wer, zum Satan, ist die vermaledeite Hexe, die ihn getroffen hat?"

In diesem Augenblick ging die Tür auf, und Gylfe kam herein, um sich nach dem Befinden der Mutter Heylike zu erkundigen.

Alles schwieg, aber aller Augen waren auf ihr verwundertes Gesicht und die seltsame Gebärde gerichtet, die sie zeigte, als sie sich so unerwartet so vielen Menschen gegenüber sah. Der Arzt wollte sich gerade vor ihr verbeugen, allein er vergaß es; er sah, wie Waldemars Gesicht plötzlich finster wie die Nacht wurde und seine Augen zu funkeln begannen.

Jetzt war dem Doktor alles klar. Er hatte zwar manches munkeln hören, aber er hatte es für bloßes Gerücht gehalten. Er erteilte nur noch schnell die nötigsten Ratschläge und bestieg dann schleunigst sein altes Pferd und verabschiedete sich. Damit wollte er nichts zu tun haben.

XVI

Die Erbin von Bakewitz und die Einquartierung

Das Gerücht von der Flucht Waldemars und Magnus' war inzwischen auch bis nach Saßnitz gedrungen und hatte die beiden Alten im Kiekhaus sehr beunruhigt. Ein wenig verscheuchte ihnen die angstvollen Gedanken Hille, die wieder bei Granzows wohnte. Der alte Lachmann war inzwischen gestorben, sein Hab und Gut war Hille zugefallen, aber Hille wollte nicht allein auf dem einsamen Hof bleiben, deshalb hatte sie das Land gegen einen mäßigen Zins verpachtet und war wieder nach Saßnitz gezogen, was Waldemars Eltern sehr recht war. Auch Hille sorgte sich um Waldemar, doch sie ließ es sich nicht anmerken und fand sogar noch Worte des Trostes für die Eltern, die nicht wußten, wie es Waldemar jetzt erging.

Hille saß des Abends oft voller Unruhe und malte sich aus, welchen Gefahren Waldemar ausgeliefert war. Und am liebsten wäre sie davongeeilt, um ihm zu helfen. Aber wie sollte sie das machen, sie wußte ja nicht, wo er sich aufhielt.

Einige Tage vergingen, ohne daß das von Bergen nach Saßnitz herübergekommene Gerücht Näheres brachte.

Nicht genug damit, erschien auch plötzlich eines Tages, mit dem Wagen von Sagard kommend, M. Dubois in Saßnitz, von den beiden Brigadiers begleitet. Im Hause des Strandvogts freilich sprach er nicht vor, dennoch dauerte es nicht lange, so wußte man auch im Kiekhaus, was es unten im Dorf gegeben hatte, und fast alle Lotsen und Fischer kamen herauf, dem alten Granzow die Hand zu schütteln und ihm zu sagen, daß niemand von ihnen sich die ausgesetzte Belohnung verdienen wollte, so groß sie auch sei. Im Gegenteil, sie würden alles aufbieten, um ihm zu helfen, seinen Sohn wie den Grafen Brahe außer Landes zu bringen, sobald sie nur wüßten, wie sie das beginnen könnten.

Alles, was M. Dubois mitgeteilt hatte, hatte recht eigentlich nur dazu beigetragen, die Taten Waldemars und Magnus' ins rechte Licht zu rücken und die beiden auf Rügen geradezu berühmt zu machen.

Waren die letzten Tage im Kiekhaus nun schon sorgenvoll genug dahingeschlichen, so waren sie doch friedlich gegenüber dem, was seinen Bewohnern nach dem Besuch des Polizisten bevorstand. Es war morgens gegen elf Uhr, als der Vogt vom Strand kam und den Frauen ein paar Fische mitbrachte. Die Frauen saßen vor dem Haus und ordneten Wäsche, als er kam. Sie verstummten plötzlich, als er sich zu ihnen setzte.

„Nun", sagte er, als die Pfeife endlich brannte, „warum schweigt ihr auf einmal, darf ich nicht hören, wovon ihr gesprochen habt?"

„Wir sprachen von Waldemar", sagte Hille.

„Aha, das alte Lied. Ihr möchtet wohl wissen, wo er steckt?"

„Weißt du es denn?" fragte Mutter Ilske heraus und ließ halb vor Schreck, halb vor Freude ein schönes Stück schneeweißer Wäsche auf die Erde fallen.

„Woher sollte ich das wissen? Und wenn ich es wüßte, ich sagte es vielleicht doch nicht."

Hille horchte auf. Es kam ihr vor, als wisse der Strandvogt, was sie schon lange in Unruhe versetzt hatte. „Warum nicht?" fragte sie.

„Weil ihr es ausplaudern würdet."

„Alter, du bist nicht gescheit! Wir sollten es ausplaudern?"

„Nun ja, seid ihr nicht Weiber?"

„Auf der Insel sind sie!" sagte Hille bestimmt. „Wo gibt es bessere Verstecke für sie als hier?"

„Du hast recht, Kind, das sage ich auch, obwohl die Lotsen unten am Strande wissen wollten, sie seien nach Schweden gesegelt."

Hille legte ihre Arbeit hin und sann nach. „Nein, nein", sagte sie, „in Schweden sind sie noch nicht."

„Woher willst du das so genau wissen, Mädchen?"

„Ich weiß es!" wiederholte sie so überzeugt, daß die beiden Alten ihr fast glauben mochten. „Ich weiß es."

„Dann stehst du wohl insgeheim mit ihnen in Verbindung, wie?"

Hille wurde blutrot und wußte nicht, ob sie ja oder nein sagen sollte.

„Sie sind in Spyker!"

„In Spyker, Hille, woher willst du das wissen? Da sind ja die Franzosen, und sie werden ihnen doch nicht gerade ins Garn laufen?"

„Vielleicht gerade deshalb. Das Schloß ist groß, und man wird eine Möglichkeit gefunden haben, sie zu verbergen."

„Aber, Mädchen, wie werden sie so tollkühn sein, dorthin zu gehen?"

„In Spyker wohnt Gylfe Torstenson, und Magnus liebt sie."

Der Strandvogt dachte nach, Hille konnte recht haben. Er wollte eben etwas erwidern, da hörte er ein Geräusch aus dem Wald. „Still", sagte er, „da ist Pferdegetrappel – sie reiten scharf, sie haben es eilig."

Alle drei erhoben sich und lauschten den Reitern entgegen. Der Strandvogt sagte: „Ich glaube, das sind Franzosen!"

Kaum hatte er das gesagt, tauchte ein größerer Trupp Reiter auf. Vor dem Haus hielt er an. Ihr Führer war der Kapitän Caillard aus Spyker, der von einigen Offizieren, einem Trompeter, einem Sergeanten und etwa dreißig Soldaten begleitet war.

„Bon jour!" rief der Franzose vom Sattel aus über den Gartenzaun herüber. „Wem gehört das Haus?"

„Mir, Herr!" antwortete Granzow und lüftete seinen Hut ein wenig.

„Wer seid Ihr?"

„Ich bin Strandvogt in diesem Bezirk und in gräflich Spykerschem Dienst.

„Und Euer Name?"

„Daniel Granzow, Herr!"

„Daniel Granzow?" rief der Franzose aufgeregt und beinahe freudig aus. „Da haben wir sie ja alle beisammen. Steigen wir ab und machen wir diesem Mann unsere Aufwartung, meine Herren."

Der Kapitän, zwei Leutnants und schließlich der Sergeant traten in den Garten.

„Monsieur", begann der Kapitän mit gerunzelter Stirn und schnarrender Stimme das Verhör, „Ihr sagt, Ihr seid der Strandvogt Granzow?"

„Jawohl, Herr, der bin ich."

„Seid Ihr der Vater des Waldemar Granzow, den man, wie Ihr wißt, seit einigen Tagen auf der ganzen Insel sucht?"

„Was weiß ich, ob man meinen Sohn sucht, wenn man hinter einem Menschen seines Namens her ist. Meines Wissens hat mein Sohn sich keines Verbrechens schuldig gemacht."

„Aha! Aber Ihr gesteht doch ein, einen Sohn zu haben?"

„Ich leugne es nicht."

„Wie heißt Euer Sohn, der keine Verbrechen begangen hat?"

„Waldemar!" sagte der alte Strandvogt fest und schnitt ein Gesicht, als trotze er dem ganzen französischen Kaiserreich.

„Wo ist er? Ist er auf Rügen?"

„Das weiß ich nicht. Vor Jahren war er in Schweden, Deutschland und England – wo er jetzt sein mag, weiß der Himmel."

„Mit allen drei Ländern führen wir Krieg, also ist Euer Sohn unser Feind. Und diesen Euern Sohn, unsern Feind, verfolgen wir. Wißt Ihr was? Ich werde Euch so lange vier Mann Einquartierung geben, bis wir ihn haben oder Ihr uns sagt, wo er zu finden ist. – Armand!" Er wandte sich an den Sergeanten, der etwas hinter ihm stand. „Ihr bleibt mit drei Mann hier und haftet für diese Familie. Euern Dienst in Spyker wird Larrue versehen. Niemand von den Bewohnern verläßt dieses Haus. Jeden Morgen und jeden Abend durchsuchen zwei Mann die Umgebung. Punkt zwölf Uhr mittags schickt Ihr mir täglich einen Mann zum Rapport. – Ihr aber, mein Herr Strandvogt, werdet diese Leute wie Freunde verpflegen, oder der Teufel soll Euch mit Euerm Sohn zugleich holen."

„So", erwiderte der unerschütterliche Strandvogt, obwohl ihn der Sergeant mit einer Gebärde zurückhalten wollte. „So, Ihr habt gesprochen, Herr, nun laßt auch mich einmal zu Worte kommen. Bin ich verpflichtet, Eure Befehle zu erfüllen, wie? Ich bin gewohnt, dergleichen Aufträge von meiner Behörde zu empfangen, und nur meine Behörde hat das Recht, mich mit Einquartierung zu belegen."

„Schweigt, alter Narr", donnerte der Kapitän, „oder Ihr reitet Euch noch tiefer ins Verderben. Wenn wir fort sind, tobt, schreit, brüllt, so laut Ihr wollt, jetzt aber haltet das Maul. – Vor allen Dingen, Sergeant, durchsucht das Haus, ob der verfolgte Bursche vielleicht darin versteckt ist. Außerdem, Granzow, zahlt Ihr, weil Ihr so viel Gold im Munde habt, jedem meiner Leute täglich einen schwedischen Taler, und wenn Euer Sohn in acht Tagen nicht entdeckt ist, hundert Taler Kontribution dafür, daß Ihr Eurer Schuldigkeit nicht nachkommt, was ein Beweis für Euern bösen Willen ist. Aber nun Schluß!"

„Herr!" schrie der Strandvogt empört auf, „wie soll ich das zahlen? Und wo soll ich die Einquartierung lassen? Ich bin darauf nicht eingerichtet."

„Still, Monsieur! Wollt Ihr noch eine bessere Rechnung haben?"

Ohne ein weiteres Wort verließen die Franzosen den Garten, bestiegen ihre Pferde und galoppierten in südlicher Richtung davon.

Der alte Strandvogt stand schweigend, Mutter Ilske saß auf einer Bank, hatte den Kopf in die Hände gelegt und weinte; nur Hille bewahrte ihre Fassung, obgleich sie bleich geworden war.

„Hört mal, guter Freund", sagte der Sergeant, der seine Stunde gekommen sah in leidlichem Deutsch. „Ihr seid ein großer Narr. Mit Kapitän Caillard von den kaiserlichen Chausseurs spricht man nicht, wie Ihr gesprochen habt. Der ist der Mann, Euch und Eure ganze Familie ins Loch zu stecken und vier Wochen lang kaltes Wasser trinken zu lassen. Zeigt mir Eure Zimmer, und wenn Ihr mir was Gutes zu essen gebt, will ich Euch den Rat erteilen, Euch mit den hundert Talern nicht zu übereilen, vorausgesetzt, daß wir vier den unsrigen alle Tage richtig erhalten. Was den Speisezettel anbelangt, so esse ich sehr gern Gebratenes, deshalb aber braucht die Suppe und das Gemüse nicht zu fehlen. Nur verbitte ich mir alle Tage Fisch als Zwischengericht; zweimal wöchentlich, das mag genügen. Wenn Ihr Wein habt, würde mich das sehr freuen, sonst aber habe ich in diesem Lande auch gelernt, einen süßen Punsch zu trinken. Die Kühe, die ich in dem Stall da brüllen höre, treibt auf die Weide, das ist gesünder für sie; dafür werde ich unsere Pferde einstellen, und wenn Ihr ihnen gutes Futter gebt, will ich es mir gern ein paar Wochen bei Euch gefallen lassen. Wohlan denn, nun geht mit mir ins Haus und spielt den liebenswürdigen Wirt."

„Ihr habt gut reden", erwiderte der Vogt, der merkte, daß mit diesem kleinen Befehlshaber besser auszukommen wäre als mit dem großen. „Aber woher soll ich das nehmen, was von mir verlangt wird?"

„Nun, aus Eurem Säckel, Freund, oder wollt Ihr vielleicht gar meinen auf Borg haben?"

„Ich bin kein reicher Mann."

„Das hat der Kapitän auch gemeint, er hätte Euch sonst mit zehn Mann beglückt und tausend Taler abgefordert."

Granzow schickte sich in das Unvermeidliche und trat mit dem Sergeanten ins Haus, wo sich dieser, der ein vernünftiger Mann war, mit des Strandvogts bester Stube begnügte und keinen Marmorsaal mit Samtteppichen verlangte.

XVII

Der belohnte Kirchgang

Daß das Leben im Kiekhaus unter diesen Umständen nicht mehr so angenehm war wie früher, bedarf wohl kaum einer Erwähnung. Und doch war es noch erträglich genug, denn die einquartierten Soldaten waren umgängliche Menschen, und besonders der Sergeant ließ mit sich sprechen, wenn er gut gefüttert wurde, was Hille vortrefflich verstand. Überhaupt bemächtigte sich dieses kühne Mädchen in diesen trüben Tagen, ohne daß man wußte, wie es geschah, der Zügel im Hause, und da Mutter Ilske halb gebrochen und der Strandvogt vor verhaltenem Zorn kaum einer ruhigen Überlegung fähig war, tat ihre Hilfe in der Tat not, und bald hatte man sich daran gewöhnt, daß Hille sagte, was zu tun war.

Aber Hille tat noch mehr: Sie stellte das Geld zur Verfügung, das den Soldaten jeden Tag gegeben werden mußte, denn der Oheim wäre nie in der Lage dazu gewesen. „Ihr könnt es mir künftig wiedergeben", sagte Hille lächelnd, als der Vogt sich anfangs sträubte, das Geld von ihr zu nehmen, „wenn Ihr durchaus darauf besteht, jetzt aber hab ich's einmal bei der Hand, und Ihr braucht nicht nach Saßnitz, um es dort zu borgen."

Mit den Soldaten sprach sie nur selten, und wenn, dann in einem Ton und mit einer Miene, die allen vieren Respekt abnötigte. Dem Sergeanten imponierte das so sehr, daß er Hille im stillen zu verehren begann, was durchaus einmal Früchte tragen konnte, wie Hille ganz richtig bemerkte. So schwächte sie auch die Situation ab, als nach drei Tagen von Kapitän Caillard der Befehl erging, dem Vogt die Waffen abzunehmen, die er vermutlich besäße, und nach Spyker abzuliefern, wo sich schon ein ganzes Arsenal befand, das sich auf ähnliche Weise angesammelt hatte. Als der Sergeant diesen Befehl erhielt, erfuhr zunächst Hille davon, und als Armand nach einer halben Stunde nach den Waffen suchte, ergab es sich, daß nur zwei unbrauchbare Pistolen und ein stumpfes Dolchmesser vorhanden waren, die denn auch eiligst nach Spyker wanderten, worüber der Strandvogt beinahe ein heiteres Kichern hören ließ.

Obwohl es den Verhältnissen entsprechend immer noch erträglich im Hause des Strandvogts zuging, war Hille doch nicht zufrieden. Was sie quälte, das waren die Ungewißheit über Waldemars Schicksal und die Sorgen, die sich vor allem seine Mutter machte. Sie grübelte und grübelte und suchte nach einer Möglichkeit, diese Ungewißheit loszuwerden, aber sie wußte nicht, wie das beginnen.

Und trotzdem mußte ein Weg gefunden werden, Waldemar mußte schon seiner Eltern wegen gewarnt werden, und um die Eltern zu beruhigen, mußten sie wissen, daß das geschehen wäre. Endlich glaubte sie eine Möglichkeit gefunden zu haben.

Als sie frühmorgens zu den Alten kam, war sie munter und aufgeräumt wie selten in diesen Tagen.

„Na, Hille", sagte der Strandvogt, „was gibt's denn? Warum so vergnügt in diesen Zeiten?"

„Ich habe gut geschlafen, Oheim", erwiderte sie leicht errötend, „und ich habe etwas vor."

Die beiden Alten sahen sie erstaunt an.

„Ich werde morgen die Kirche in Sagard besuchen", sagte Hille und vermied es, die beiden anzublicken.

„Die Kirche in Sagard?" fragte der Strandvogt gedehnt. „Wie willst du denn dorthin kommen, wir dürfen doch nicht von hier weg."

„Das laß nur meine Sorge sein." Hille scherzte beinahe. „Ihr werdet sehen, daß mir das glückt, wie es auch sei."

Der Abend dieses Sonnabends war warm und windstill, wie man das auf Rügen nur selten im Juni findet. Alle Bewohner des Hauses, auch die Einquartierung, hielten sich im Freien auf. Der Sergeant hätte sich gar zu gern zu dem Mädchen gesellt, aber er wagte es nicht recht, er wollte keine Abfuhr erhalten.

Er wunderte sich deshalb sehr, als er plötzlich seinen Namen von Hille rufen hörte.

Er strich seinen Schnurrbart und beeilte sich, ihrem Ruf zu folgen.

„Ein schöner Abend, Monsieur Armand, wie?"

„Ein wunderschöner Abend", antwortete der entzückte Sergeant.

„Setzt Euch zu mir, ich habe ein Wort mit Euch zu reden."

Der Sergeant ließ sich das nicht zweimal sagen. „Womit kann ich Euch dienen?" fragte er galant.

„Oh, ich wollte nur ein wenig plaudern, ich bin den ganzen Tag so beschäftigt gewesen."

„Das stimmt, ich habe es gesehen. Ihr gebt Euch viel Mühe mit dem Hauswesen."

„Ach, das scheint Euch nur so; ich ordne ja nur an, was die Trude dann ausführt. — Sagt, Herr Sergeant, Euer Kaiser ist wohl ein gestrenger Mann?"

„Das wollt ich meinen, aber schließlich ist er auch der größte Mann auf der Welt."

„So. Ist er auch fromm?"

Der Sergeant kniff seine kleinen schwarzen Augen zu, als wäre er nicht recht in der Lage, darüber zu urteilen. „Warum wird er nicht fromm sein?" sagte er dann etwas leise.

„Ich dachte nur, weil er die Leute vom Kirchgang abhält."

„Wie, das tut er? Mon dieu! Davon habe ich aber noch nie etwas gehört."

„Ihr könnt es sogar sehen — seht nur mich an."

„Ah. Hält Euch denn der Kaiser vom Besuch der Kirche ab?"

„Versteht sich! Er hat Euch hierhergeschickt, und Ihr gestattet mir nicht einmal, die Kirche zu besuchen."

Der Sergeant war überlistet und wußte nicht, wie er sich aus dieser Falle wieder herauswinden sollte. Endlich hatte er sich besonnen und einen großen Entschluß gefaßt. Zuerst schmunzelte er, dann lächelte er stolz; endlich warf er sich in die Brust und sagte mit wichtiger Miene, wie immer, wenn er von seinem Kaiser sprach:

„Seine Majestät ist gnädig und großmütig, man wende sich an ihn, wenn man eine Bitte hat."

Hille hob beide Hände empor, legte die Handflächen zusammen, neigte den Kopf und sagte lächelnd:

„Majestät, laßt mich morgen die Kirche in Sagard besuchen, ich muß einmal eine Predigt hören und vor einem Altar beten."

„Geht in Gottes und des Kaisers Namen morgen zur Kirche – in Sagard, sagt Ihr?"

„Ja, in Sagard."

„Wieviel Zeit braucht Ihr dazu?"

„Mindestens drei Stunden.

„Das ist eine lange Zeit!"

„Es läßt sich nicht anders machen, die nächste Kirche ist so weit entfernt."

Am anderen Morgen Punkt neun Uhr war Hille zum Kirchgang gerüstet. Der Sergeant bot sich als Begleitung an, wenigstens ein Stück durch den Wald, aber Hille dankte und sagte, sie sei gewohnt, allein zu gehen, die Hirsche und Kühe täten ihr nichts.

Mit diesen Worten schlug sie den Weg nach Westen ein, der nach Sagard führte. Ihre Absicht war es, zunächst die Predigt zu hören und dann den Pastor Willich oder den Diakon um Rat zu fragen, wie sie am besten erfahren könne, ob Waldemar Granzow im Schloß Spyker war. Was dann geschehen würde, wußte sie noch nicht, aber das würde sich schon ergeben.

Hille hatte mehr Glück, als sie es zu haben gehofft hatte. Von weitem schon sah sie einen Reiter entgegenkommen – es war der Doktor aus Sagard, der zu einem Patienten in Saßnitz wollte.

Er hielt sein widerspenstiges Pferd fest und beugte sich etwas zu Hille herunter, die erwartungsvoll am Sattel stand, denn des Doktors Miene glänzte von einer gewissen heimlichen Freude, die ihrem scharfen Auge nicht entging.

„Was machen die Alten im Kiekhaus, Hille?" fragte er freundlich, nachdem sie sich begrüßt hatten.

„Sie sind gesund, Herr Doktor, was viel sagen will in diesen traurigen Zeiten."

„Ja, es geht nicht allen Leuten so gut. – Was sagt denn der Alte zu der Geschichte, in die der Waldemar da geraten ist?"

„Ach, Herr Doktor, er ist sehr niedergeschlagen, und wir anderen sind es auch."

„Weiß er denn, wo der Junge steckt?"

„Wenn er das wüßte, würde er nicht halb so traurig sein."

„Komm einmal ganz dicht heran, Mädchen – da kann ich euch trösten."

„Wie? Ihr wißt, wo er ist?"

„Ich habe gestern sogar mit ihm gesprochen."

„Wo, sagt es mir."

„Er ist in Spyker, auf dem Schloß, mit dem jungen Grafen Brahe, der sicher verborgen im Spukturm sitzt, wo niemand ihn sucht."

Hille wäre dem Doktor am liebsten vor Freude um den Hals gefallen.

„Ist das alles wahr, was Ihr mir da sagt?" fragte sie ihn, nachdem er erzählt hatte, was er wußte.

„Ich werde doch dem alten Granzow und dir keine Lüge aufbinden! Aber jetzt muß ich weiter, ich habe einen Patienten in Saßnitz und hatte schon gedacht, einen Augenblick bei dem Alten vorzusprechen und ihn von seinem Kummer zu kurieren. Das kannst du mir ja nun abnehmen."

„Wann seid Ihr wieder zurück, Herr Doktor?"

„Spätestens in einer Stunde."

„Seid Ihr nach der Kirche zu Hause?"

„Bis mittags um zwei, warum?"

„Dann komme ich zu Euch, sobald die Predigt vorbei ist, denn ich habe eine Bitte an Euch."

„Ich kann mir denken, was du willst. Dann erwarte ich dich also."

Bei den letzten Worten hatte er seinem Gaul die Sporen gegeben und trabte nun eilig davon, und Hille setzte ihren Weg nach Sagard fort und erreichte das Schulhaus, in dem der Gottesdienst abgehalten werden mußte, gerade noch rechtzeitig; die Kirche diente den Franzosen als Hospital.

Nach dem Gottesdienst mußte sie unendlich viele Fragen beantworten, alle nahmen den größten Anteil an dem Schicksal Waldemars und der Granzows. Ungeduldig hielt Hille Ausschau nach dem Doktorhaus, und als sie Piper endlich kommen sah, eilte sie sofort zu ihm.

„Nun müßt Ihr mir alles in Ruhe erzählen", bat ihn Hille.

„Ja, Mädchen, ja; laß mich nur erst zu Atem kommen, dann will ich dir sagen, was ich weiß." Und er berichtete haarklein von seinem Besuch in Spyker.

„Lieber Herr Doktor", sagte sie schließlich, „noch eine Bitte habe ich an Euch, vielleicht sogar zwei. Zuerst sagt mir, wo stehen die Franzosen zwischen Sagard und Spyker?"

„Was hast du vor?"

„Sagt es mir, ich möchte es wissen!"

„Nun, wenn du es durchaus wissen willst, dann werde ich wohl mit der Sprache heraus müssen. Also: Gleich hinter Sagard stehen einige Mann, vielleicht ihrer zwanzig, in Kapelle, die nächsten sind in Promoisel, dann in Neddesitz, Falkenburg, Hagen – du siehst, im ganzen Land haben sie sich festgesetzt."

Hille lächelte. „Ja", sagte sie, „sie stehen kreuz und quer – dann wäre ja wohl der gerade Weg von hier nach Spyker unbesetzt?"

„Halt, Mädchen, in Bobbin sind sie auch, ich darf dir das nicht verheimlichen."

„Vielleicht auch in Quoltitz?"

„Ei, warum nicht gar – in Quoltitz! Sie werden sich hüten, in die Nähe der Gräberstadt zu gehen, wie sie sie nennen; nein, davor haben sie einen heillosen Respekt. Die Kerle sind abergläubisch und fürchten sich vor Gespenstern wie die Kinder, es ist beinahe zum Lachen."

„Ist das auch richtig, ganz richtig, lieber Herr Doktor?"

„Ich werde dir doch nichts Falsches sagen! Aber wozu willst du das alles wissen?"

„Ich bin mir selbst noch nicht ganz klar darüber", sagte sie ausweichend. „Könnt Ihr mir noch ein Blatt Papier, Feder, Tinte und Siegellack geben und den Brief dann mit nach Spyker nehmen?"

„Nach Spyker? Ich? Den Brief mitnehmen?"

Gleich darauf begann Hille rasch einige Zeilen aufs Papier zu werfen und machte den Brief dann fertig und siegelte ihn.

„Noch vor fünf Uhr wird er ihn haben; ich reite um drei. – Willst du schon fort?"

„Ja", erwiderte sie, „ich muß fort, es ist die höchste Zeit, man erwartet mich gewiß schon lange zu Hause. Ich danke Euch von Herzen für Eure Freundschaft. Wenn ich kann, will ich sie vergelten. Lebt wohl!"

XVIII

Das Totenfeld von Quoltitz

Als Hille das Haus des Doktors und endlich auch Sagard hinter sich hatte, eilte sie, so schnell sie konnte, zurück nach Saßnitz.

Als sie fast zu Hause war, sah sie vor sich einen Mann auftauchen; es war der Sergeant, der auf sie wartete.

„Na", rief er ihr entgegen, „es ist gut, daß Ihr wieder da seid. Ich habe Angst genug ausgestanden."

„Warum denn? Gab es denn etwas zu fürchten?"

„Sacrebleu! Genug! Ihr konntet mir ja entwischen, und ich wäre dann der geprellte Kerkermeister gewesen."

„Ich bin Euch aber nicht entwichen."

„Ja, ja, aber Ihr sollt mir so bald nicht wieder zur Kirche gehen!"

Unter weiteren Vorhaltungen erreichten sie das Kiekhaus.

Rasch schlüpfte sie vor ihm in die Tür, schlug sie ihm vor der Nase zu und war seinen Augen entschwunden.

Hille erzählte sofort, was sie von dem Arzt erfahren hatte, und konnte damit Waldemars Eltern fürs erste beruhigen. Und trotzdem stellten sich bald darauf wieder die alten Sorgen ein, daß Waldemar dennoch entdeckt werden könnte. Die Granzows stimmten mit ihr überein, daß Waldemar gewarnt werden müßte, aber Hille sagte nichts von dem, was sie vorhatte.

Am übernächsten Abend gegen zehn sagte Hille, sie sei müde, und ging in ihr Zimmer hinauf, nachdem sie dem Sergeanten heimlich eine Flasche Rum, ein großes Stück Zucker und ein paar Zitronen gegeben hatte.

Sie hat ein Auge auf mich! dachte der Sergeant frohlockend, ich sag es ja! Mag der Teufel wissen, wie das zugeht, aber sie gehört mir, wenn ich will. Und er strich den schwarzen Schnurrbart noch einmal so hoch hinauf und schlürfte mit doppeltem Behagen das starke Getränk, das er für sich und seine Kameraden bereitet hatte.

Gegen halb elf wurde er müde, seine drei Kameraden schnarchten schon im Stroh. Auch der Strandvogt schlief schon fest, nachdem er noch einmal nach dem Wetter geschaut hatte.

Nicht so Hille. Nachdem sie ein paar feste Schuhe angezogen und

ihr Windtuch genommen hatte, löschte sie das Licht, öffnete die Tür und horchte hinaus. Da sie nichts hörte, schlich sie auf den Zehen hinaus und schloß die Tür von außen zu. Leise glitt sie die Treppe hinab, ging zur Hintertür, öffnete den Riegel und schlüpfte hinaus, worauf sie sie wieder fest einklinkte, ohne jedoch von außen zuzuschließen, um jedes unnütze Geräusch zu vermeiden. Jetzt stand sie im Freien und atmete auf, der erste Schritt ihres Unternehmens war geglückt.

Leise huschte sie um das Haus, trat in den Garten, öffnete behutsam die Gartentür und schloß sie wieder. Gleich darauf verschwand sie im Wald und nahm den Pfad mitten durch den wildesten Teil der Stubnitz an der Försterei Werder vorbei nach Promoisel.

Hille hatte es eilig, sie hetzte durch den mitternächtlichen Wald. Sie kannte den Weg und schaute nicht links und rechts. Um Promoisel schlug sie einen Bogen, damit sie nicht den Franzosen in die Arme lief.

Atemlos erreichte sie endlich die Stelle, an der sie sich mit Waldemar treffen wollte. In einem dichten Wacholdergestrüpp setzte sie sich auf einen Stein, hier war sie verborgen.

Wenige Schritte von ihr entfernt rauschte etwas in den Büschen. Sie sprang auf, sie lauschte. Ja, es war ein Mensch, ein einzelner Mensch mußte es sein. Es mußte Waldemar sein; wer sollte sich sonst mitten in der Nacht auf das Totenfeld von Quoltitz verirren!

Wird er kommen? Voller Spannung saß sie da und wartete.

Und jetzt stand er vor ihr, es war tatsächlich Waldemar.

„Hille", sagte er mit seiner festen Stimme. „Sag, was willst du von mir?" Die Besorgnis war deutlich herauszuhören.

„Waldemar, du bist mir doch hoffentlich nicht böse, daß ich dich hierhergebeten habe, daß ich dich der Gefahr ausgesetzt habe, von den Franzosen gefangengenommen zu werden?"

Waldemar lächelte. „Nein", sagte er leise, „wie sollte ich dir böse sein. Ich habe mich höchstens gewundert, wieso du den weiten Weg wagst, der doch eigentlich mir zugekommen wäre."

„Aber nein, Waldemar. Ich kann am hellichten Tag quer durch Rügen laufen, und mir wird niemand etwas tun. Aber du wirst gesucht."

Waldemar lächelte und faßte ihre Hand. „Komm, wir wollen uns setzen", sagte er, „du wirst müde sein. Und dann erzähl mir, warum du gekommen bist."

„Waldemar, ich muß dir sagen, daß sich deine Eltern große Sorgen um dich machen." Unausgesprochen blieb, daß sie selbst sich viel größere Sorgen machte und sehen wollte, ob es ihm gut ginge.

„Aber warum hat dich mein Vater allein gehen lassen?"

„Es ging nicht anders. Wir haben doch Einquartierung bei uns, vier Mann, die uns auf Schritt und Tritt bewachen."

„Was – im Kiekhaus sind sie? Warum denn?"

„Weil sie dich gefangennehmen wollen und nicht finden. Und sie bleiben so lange im Haus, hat der Kapitän von Spyker befohlen, bis sie dich haben."

Waldemar biß die Zähne zusammen und schüttelte die Fäuste. „Dieser Schurke", sagte er.

„Du darfst also nicht nach Hause kommen, Waldemar, wenn sie dich nicht kriegen sollen. Wenn du Spyker doch verlassen mußt, dann geh nicht nach Saßnitz, dort passen sie zu scharf auf, sondern versteck dich auf Pulitz."

„Auf Pulitz? Wie kommst du darauf?"

„Das will ich dir sagen. Du weißt doch, der Pächter von Pulitz, der gute Alte Schwede Adam Sturleson, hat deiner Mutter Base zur Frau. Zwar ist die Domäne Pulitz von Kaiser Napoleon an einen französischen General verschenkt worden, aber der hohe Herr ist selbst noch nicht dort gewesen. Und deshalb ist Pulitz frei von Franzosen, denn sie werden doch nicht das Gut eines der Ihren aussaugen, nicht wahr?"

„Das ist ein guter Einfall, Hille. Vielleicht muß ich von deinem Rat doch noch einmal Gebrauch machen."

„Siehst du, das wollte ich dir sagen. Erinnerst du dich des Alten Schweden noch?"

„O ja, obwohl ich ihn lange nicht mehr gesehen habe. Und Magnus ist sein Landsmann, er wird ihm also schon deshalb helfen. Ich glaube auch, daß er es in Spyker nicht mehr lange aushält. Er weiß jetzt, was Gylfe wert ist, er bedauert schon, überhaupt dorthin gegangen zu sein."

„Dann beeilt euch, daß ihr fortkommt. Ihr seid doch nicht sicher, glaub mir. Der erste beste Fremde, der zufällig nach Spyker kommt und dich kennt, kann dich verraten, selbst wenn er es nicht wollte, und dann, nicht wahr, würde es schlimm um dich stehen?"

Waldemar senkte den Kopf. „Es ist, wie du sagst, wir haben es auch schon alle bedacht. Aber Magnus ist nicht gesund."

Dann erzählte Hille, wie es zu Hause stand, verschwieg jedoch die Kontribution und daß sie sie aus ihrer eigenen Tasche bezahlte. Genauso verschwieg sie, daß sie den alten Lachmann beerbt hatte, obwohl Waldemar erfuhr, daß er gestorben war. Als sie Waldemar alles berichtet hatte, erhoben sich beide.

„Ich werde dich ein Stück begleiten", sagte Waldemar, aber Hille lehnte das mit vielen Worten ab, und trotzdem fühlte Waldemar, daß sich Hille über seine Begleitung freute. Es war wie abgemacht, daß sie beide ein Stück miteinander gehen würden.

Bis fast nach Sagard gingen sie gemeinsam. Sie sprachen Gleichgültiges, und sie sprachen von Magnus und Gylfe. Aber das, was sie einander gern gesagt hätten, das berührten sie nicht.

Waldemar hatte den geheimen Zugang zu dem Spukturm wieder wohlbehalten erreicht und hatte Magnus über das berichtet, was Hille ihm geraten hatte. So gut ihm das Zusammensein und das Gespräch mit Hille getan hatte, so niedergeschlagen war er von der Verfassung, in der er Magnus vorgefunden hatte. Waldemar hatte geglaubt, daß Magnus durch das, was er täglich vor Augen hatte, von seiner Leidenschaft befreit worden wäre. Aber es war eigentlich nur immer noch schlimmer geworden. Eigensinnig wie ein Kranker eben hielt er an Gylfe fest und verstieg sich soweit zu sagen, er werde Gylfe mit nach Schweden nehmen, ganz gleich, unter welchen Umständen. Und an dem Kapitän werde er sich rächen. Waldemar schwieg dazu, als Magnus sagte: „Auch das wird ein Kampf für das Vaterland sein, wenn ich den eitlen Gecken erledige."

Waldemar wußte nicht mehr ein noch aus, wie er Magnus davon überzeugen sollte, daß seine Hoffnungen vergebens wären.

Magnus wollte es schließlich damit versuchen, daß er sich Gylfe entdeckte, daß er an ihre Großmut appellierte, und Waldemar war entsetzt. „Das darfst du nicht machen, Magnus", sagte er, „sie verrät dich den Franzosen; sie ist zu allem fähig, sie denkt nur an ihn und will bei ihm bleiben, wenn er Spyker verläßt."

Magnus starrte Waldemar fassungslos an, das konnte nicht sein, das durfte nicht sein. In seinen Augen stand eine halbe Zustimmung, als Waldemar noch einmal fragte, ob sie nicht lieber nach Pulitz gehen sollten. Ganz klar war sich Magnus immer noch nicht, was er vorhatte. Wieder waren es seine trüben Vorahnungen, die ihn vom Handeln abhielten. „Du wirst den Sieg über die Franzosen erleben, Waldemar", sagte er, „aber ich werde dann schon längst tot sein, so ist es mir bestimmt."

Waldemar hatte ihm an diesem Tage so sehr zugesetzt, daß es eine leichte Verstimmung zwischen ihnen beiden gab.

XIX

Die Tromper Wiek

Die Schwadron Reitender Jäger, die Kapitän Caillard befehligte, hatte früh am Morgen einen größeren Übungsritt unternommen, der sie fast über die ganze Halbinsel Jasmund geführt und nebenbei den Zweck hatte, da nach dem Grafen Brahe und Waldemar Granzow zu suchen, wo man ihnen bisher noch nicht nachgespürt hatte. In Stralsund drängten sie sehr auf die Ergreifung der beiden, und um dem Nachdruck zu verleihen, war der Preis erhöht worden, der auf ihre Entdeckung ausgesetzt worden war. Nicht zuletzt hieß es, es gäbe an verschiedenen Orten Verschwörungen gegen das Leben des Kaisers, die man unterdrücken müsse, koste es, was es wolle. So waren denn die Befehlshaber kleinerer Truppenteile auf Rügen angewiesen worden, alle Mittel anzuwenden, jener beiden Männer habhaft zu werden, ja, es war ihnen zur Ehrensache gemacht worden, den Auftrag auszuführen, denn man war überzeugt, daß Graf Brahe, der Anhänger des Banditen Schill, notwendig auch ein Kaisermörder sein müsse.

Vierzehn Tage lang hatte sich Kapitän Caillard ununterbrochen bemüht, die irgendwo Versteckten – daß sie sich hier aufhielten, wurde allgemein für gewiß angenommen – zu finden.

War es ein Wunder, wenn Caillard sich in der allerschlechtesten Laune befand? Nicht einmal Gylfe gelang es, ihn aufzuheitern.

Grollend über sein abermaliges vergebliches Suchen und noch mehr verärgert durch das abscheuliche Regenwetter, das den ganzen Tag herrschte, ritt er mit seinen Leuten nach Spyker zurück, wo er etwa um zwei Uhr nachmittags eintraf.

Beim Einreiten in den Schloßhof hatte er Waldemar am Fenster stehen sehen und auf seinem Gesicht ein heimliches Lächeln wahrzunehmen geglaubt. Dieses Lächeln nun reizte den Herrn Kapitän nur noch mehr. Und da ihm der Schuldige auch heute wieder nicht in die Falle gegangen war, wollte er seinen Unmut wenigstens an dem Unschuldigen kühlen.

Sobald er sich trockene Kleider angezogen hatte und noch bevor er den Speisesaal betrat, ließ er Kastellan Ahlström zu sich kommen. Der alte Mann erschien sogleich und geriet in nicht geringe Verlegenheit, als er die zornige Miene seines gegenwärtigen Gebieters sah.

„Monsieur", fuhr ihn Caillard heftig an, „was macht der Maulaffe noch hier, der schon seit vierzehn Tagen vor meinen Augen in diesem Schloß faulenzt und Fratzen schneidet, sobald er einen französischen Soldaten seine Pflicht tun sieht? Ist die Werbung um Eure Tochter noch nicht zu Ende, oder beliebt es dem Herrn, hier den Tagedieb oder gar den Spion zu spielen?"

„Gnädigster Herr", erwiderte der alte Kastellan zitternd, „ich glaube nicht, daß Georg Forst den Namen eines Spions verdient. Was sollte er auch ausspionieren? Ich weiß es wahrlich nicht. Was aber die Bewerbung um meine Tochter betrifft, so – so habe ich sie ihm zugesagt, für den Fall, daß er ein gutes Stück Brot ausfindig macht, was allerdings noch eine Weile Zeit haben mag, fürchte ich."

„So jagt ihn zum Teufel und laßt ihn das Brot suchen. Ich habe es satt, ihn hier herumlungern zu sehen. Wenn ich ihn morgen noch im Schloß finde, lasse ich ihn nach Bergen transportieren. Richtet Euch danach."

Der alte Ahlström erschrak. „Gnädigster Herr", sagte er, „draußen tobt der Sturm, und es regnet; bis morgen oder übermorgen laßt Ihr ihm doch noch Zeit?"

„Bis morgen – spätestens bis mittag; treffe ich ihn eine Stunde später immer noch hier, wandert er mit vier Mann nach Bergen. – Heute will ich Champagner trinken, versteht ihr?"

„Gnädigster Herr, ich bedaure, seit vier Tagen ist kein Champagner mehr vorhanden. Wir hatten keinen so großen Vorrat davon auf Spyker."

„So schafft welchen heran, mir ist es gleich, woher. In drei Tagen will ich ihn haben, oder ich werde ihn auf Eure Kosten aus Stralsund beziehen."

Er winkte gebieterisch, und der Kastellan eilte zur Tür hinaus und erzählte, was es bei Caillard gegeben hatte. Er wunderte sich sehr, als er sah, wie wenig besorgt Waldemar darüber war, denn der zuckte nur spöttisch die Schultern und sagte ruhig: „Macht Euch deshalb keine Gedanken, Ahlström, ich werde heute abend oder morgen früh vor aller Augen das Schloß verlassen und in der Nacht darauf zu Magnus ziehen. Der Spukturm hat Raum genug für zwei. Und was den Wein anbelangt, ohne den die Herren Franzosen nun einmal nicht leben können, so dächte ich, wäre das ganze Übel mit einer mäßigen Summe abgewandt. Laßt einen Wagen anspannen und nach Altefähr fahren; in wenigen Stunden habt Ihr aus Stralsund soviel Champagner, wie fürs erste gebraucht wird, Graf Brahe wird die Rechnung nicht viel größer finden, die er zu zahlen hat, ob nun dieser Wein darauf steht oder nicht."

„Ja, ja doch, das macht mir auch nicht den geringsten Kummer. Also du willst auch in den Spukturm?"

„Wo soll ich denn sonst hin? Bin ich darin nicht am sichersten?"

„Ich weiß es nicht", sagte der Alte schulterzuckend. „Bisweilen kommt es mir vor, als wäre auch der Spukturm nicht mehr sicher genug."

„Uns genügt er, Alter. Niemand kennt seine Ein- und Ausgänge, selbst Gylfe nicht, wie sollte man dann also hineingelangen?"

„Ich weiß es nicht, aber mir ist so, als hätte er die längste Zeit seine Dienste geleistet."

„Noch leistet er sie, und nun guten Mut, Ahlström. Wenn auch Ihr furchtsam werdet, dann stehe ich zwischen zwei Feuern, und wahrlich, ich habe schon mit dem einen da oben genug."

Es war gegen vier Uhr nachmittags. Auch die französischen Herren hatten gespeist und saßen beieinander im Zimmer des Kapitäns, da das Wetter ihnen keinen Schritt aus dem Hause zu tun gestattete. Der Regen hatte mehr und mehr nachgelassen, aber der Sturm ging allmählich in einen Orkan über.

Zu solcher Zeit bot Schloß Spyker einen unheimlichen Aufenthalt. Von dem düsteren Gemäuer ergossen sich ganze Ströme von Wasser, die alten Dachziegel polterten krachend von der Höhe, und das Gekrächz der Dohlen schallte trübselig in den Hofraum hinab. Die Wetterfahnen drehten sich knarrend in ihren rostigen Angeln, das Vieh brüllte in den Ställen, und die Bäume bogen sich und warfen krachend Äste ab.

Nur Waldemar machte das Toben des Wetters nichts aus. In seinen Sturmrock gehüllt, den wasserdichten Hut fest unter dem Kinn zugeschnürt, schritt er in den Spykerschen Park und am Ufer des Sees entlang. Waldemar fühlte sich in seinem Element.

Als er von seinem Spaziergang zurückkehrte, standen Kapitän Caillard und Leutnant Challier am Fenster des Jagdzimmers und starrten in den Orkan.

„Da", sagte der Vorgesetzte zu seinem Untergebenen, „seht Ihr, Challier, seht Ihr den Menschen dort?"

„Er ist ein Seemann, Kapitän, und an Sturm gewöhnt."

„Ja. Aber irgendwas ist mit ihm; mir wäre wohler, wenn ich ihn weit fort wüßte. Darum hab ich ihm auch sagen lassen, das Feld zu räumen, und morgen wird er nicht mehr hier sein."

„Ich würde gern ein Regiment kommandieren, das aus lauter solchen Eichbäumen besteht."

„Ja, wenn er unter meiner Fuchtel stände, wie meine Jäger, und ich ihm jederzeit den Daumen aufs Auge drücken könnte! Denn das scheint mir bei ihm nötig zu sein. Ich weiß nicht, wie es kommt, aber hinter dieser stillen Miene lauert etwas. Wenn ich ihn sehe, dann habe ich immer das Gefühl, gleich müßte mich etwas im Genick packen."

„Ist denn das möglich – er sieht uns und nickt uns beinahe vertraulich zu. Er ist wahrhaftig frech, der Bursche!"

„Verdammt", schnarrte der Kapitän, „das geht mir zu weit!" Er riß das Fenster auf und schrie hinunter:

„Heda! Warum zieht Ihr nicht den Hut?"

„Das ist nicht Seemannsbrauch!" rief Waldemar zurück. „Man zieht den Hut nicht, wenn er unter dem Kinn festgeschnallt ist."

Der Kapitän wollte heftig antworten, da wurde er durch etwas Unerwartetes unterbrochen. Von Norden her krachte dumpf ein Kanonenschuß herüber, dem alsbald ein zweiter und dann ein dritter folgte.

„Was ist das?" sagte er zu dem Offizier an seiner Seite.

„Man schießt."

„Ja, aber warum?"

Waldemar hatte die Schüsse ebenfalls gehört; er drehte den Kopf in die Richtung, aus der sie kamen.

„Kommt einmal herauf!" rief der Kapitän herab.

Waldemar schien nur ungern zu gehorchen, und erst nachdem er noch mehrfach den sich wiederholenden Schüssen gelauscht hatte, stieg er langsam die Treppe hinauf.

„Was haltet Ihr von den Schüssen da draußen?" fragte der Kapitän mit neugieriger Miene.

Waldemar vollführte mit dem Hut, den er abgenommen hatte, eine seemännische Bewegung, die man als Gruß deuten konnte, und sagte dann: „Die Schüsse kommen von einem Schiff, das wahrscheinlich in Not ist und nach einem Lotsen verlangt, damit er es sicher in einen Hafen bringt."

„Das ist interessant, Challier. Reiten wir hin?"

„Ich bin dabei, Kapitän."

Der Kapitän wollte eben an der Glockenschnur ziehen, um seinen Diener herbeizurufen, da unterbrach ihn ein anderes Ereignis. Ein Chasseur ritt gestreckten Galopps in den Hof ein, sprang vom Pferd und rasselte, ohne sich weiter um das Tier zu kümmern, wie ein Ungewitter die Schloßtreppe hinauf. Auch den anmeldenden Diener erwartete er nicht, sondern stieß ohne Zögern die Tür auf und stand nun vor seinem Vorgesetzten.

„Was gibt's?" fragte dieser hastig.

„Kapitän, ich komme von der Strandwache bei Ruschvitz, eine Viertelmeile von hier. Leutnant Chaumont schickt mich. Es ist ein Schiff in Sicht, dem Schiffbruch droht, und die Leute meinen, es habe den Grafen Brahe und seinen Begleiter an Bord, die darauf flüchten wollten."

„Donnerwetter!" brüllte der Kapitän. „Verdammt, heute winkt uns das Glück. Vorwärts, Messieurs!" Und er riß so heftig an der Glockenschnur, daß er den Griff in der Hand hielt. Als der Diener hereinstürzte, schrie der Kapitän nach einem Pferd, wandte sich aber sogleich nach Waldemar um, der, wie man sich vorstellen kann, in höchstem Erstaunen, und doch im Innern über den Irrtum triumphierend, diese Meldung vernahm.

„Könnt Ihr reiten, Forst?"

„Ich habe es in meiner Jugend öfter versucht."

„Zwei Pferde!" schrie der Kapitän dem Diener nach, der schon auf der Treppe war, „und Ihr Challier, laßt satteln, laßt satteln! Alles, was an Mannschaft im Schloß ist, soll mit hinaus ans Meer."

In wenigen Minuten war alles bereit. Leutnant Challier erhielt den Auftrag, die Mannschaft, sobald sie fertig sei, im Galopp nach Ruschvitz zu führen, und der Kapitän schritt, unmittelbar von Waldemar gefolgt, in den plötzlich so belebten Hof hinab.

Der Kapitän schaute amüsiert auf Waldemar, er erwartete, daß dieser eine schlechte Figur als Reiter abgeben würde. Aber er hatte sich geirrt. Waldemar griff die Zügel des wiehernden und steigenden Rosses und schwang sich blitzschnell in den Sattel. Der Kapitän nickte beifällig, obgleich etwas verwundert; dieser Sattelschwung nötigte ihm Achtung ab. Beide setzten ihre Pferde dann sofort in Galopp.

Sie jagten um den Spykerschen See herum, schlugen den nächsten Weg zum Strand ein, und da die Pferde tüchtig ausgriffen, erreichten sie ihn nach einem Ritt von zehn Minuten.

„Wo habt Ihr reiten gelernt?" fragte der Kapitän unterwegs und betrachtete wohlgefällig, aber verwundert die Art und Weise, wie Waldemar sein Tier lenkte.

„Auf Hiddensee, Herr Kapitän, wo ich in meiner Jugend lebte", antwortete Waldemar.

„Aber Ihr reitet nicht wie ein Bauer, sondern wie ein Chevalier."

„Ich bin auch kein Bauer", entgegnete der Seemann stolz.

Der Kapitän schwieg, der Sturm machte ihm zu schaffen, aber er wunderte sich immer mehr, dieser Georg Forst gab ihm Rätsel auf.

Die Freude des französischen Offiziers, den lange vergeblich gesuchten Feind, noch dazu in einer so gefährlichen Lage, zu ertappen, wie sie ihm geschildert worden war, oder wie er sie sich wenigstens vorstellte, war groß. Der Majorsrang war damit in greifbare Nähe gerückt. Mit ganz entgegengesetzten Gefühlen und doch nicht weniger triumphierend, galoppierte Waldemar an seiner Seite. Er fragte sich nicht, was für eine Szene in der nächsten Viertelstunde vor seinen Augen abrollen und welches Ende sie nehmen würde, nein, daran dachte er nicht.

Bald hatten sie den Strand erreicht. Nur wenig später war auch die ganze Mannschaft aus Spyker zur Stelle.

An dem sonst einsamen Strand ging es heute lebhaft zu. Etwa zwanzig Männer aus den nächsten Dörfern und die Strandwache der Franzosen standen hier und verfolgten das Schauspiel, das sich vor ihren Augen auf der so berüchtigten Tromper Wiek entwickelte.

Der Orkan blies stoßweise aus Nordosten, hohl und klagend pfiff es in das Brüllen der Brandung hinein. Der Himmel war grau bewölkt, es war fast schon dämmerig. Das Meer war mit schneeweißer Gischt bedeckt.

Eine halbe Meile östlich von Arkona befand sich ein Schiff, es kam auf die Männer am Strande zu, und es schwebte offensichtlich in großer Gefahr, denn der Nordoststurm würde es, trotz aller Anstrengungen der Mannschaft, auf den Strand der Schaabe werfen. Und dann war das Schiff verloren. Es war ein schlanker Schoner, ein Kriegsschiff, mit zehn Kanonen bewaffnet, jetzt aber nur noch ein Wrack, obgleich sein Rumpf noch unversehrt schien. Sein Fockmast war mit einigen Seeleuten über Bord gegangen und hatte auch ein Boot mitgenommen, in dem sich die Mannschaft hatte retten wollen. Am Großmast trug es ein Sturmsegel, das aber nur behelfsmäßig gehißt war und von dem Orkan mehrere Risse bekommen hatte. Von Zeit zu Zeit feuerte das Schiff Notschüsse ab, aber wie sollte man ihm helfen? Bei diesem Orkan konnte kein Boot mit einem Lotsen herankommen; und selbst wenn er glücklich an Bord gelangt wäre, dem Schiff wäre dennoch nicht mehr zu helfen gewesen. Der Bug des Schoners zeigte auf die Steilküste von Jasmund, sein Klüver war gebrochen, er hing nur noch am Takelwerk und wurde durch das Wasser nachgeschleppt. Am Großmast wehte wirbelnd im Sturm ein langer Wimpel. Von der zerbrochenen Gaffel flatterte ein Stück Flagge, die nicht mehr zu erkennen war. Sie war rot, das war alles, was man sah. In den Wanten und dem noch stehenden Takelwerk hatten sich Menschen festgeklammert, auf der Mars bemühten sich zwei kühne Männer, einige Fetzen Segel zu beschlagen. Das Schiff schlingerte heftig und sank mit seiner Steuerbordseite tief in die Wogentäler.

Alle Zuschauer blickten mit wachsender Spannung auf das unglückliche Schiff, dessen Schicksal besiegelt war, wenn der Sturm nicht bald nachließ oder in eine andere Richtung drehte. Kapitän

Caillard fragte wiederholt, wie es stehe, aber Waldemar vermochte keine entscheidende Antwort zu geben.

„Es steht schlimm, Kapitän, sehr schlimm", sagte er. „Es ist ein schönes Schiff, aber es ist so gut wie verloren. Aus seinen Manövern schließe ich, daß sie ihre einzige Rettungsmöglichkeit, ihre Anker, bereits eingebüßt haben. Vielleicht wollen sie näher an das Land heran, um mit ihren Booten sicherer zu gehen – wenn sich die Herren nur nicht verrechnen und festsitzen, ehe sie es denken."

„Was für ein Landsmann ist es?" fragte der Kapitän eifrig.

„Es scheint ein Däne zu sein, wenn ich meinem Urteil über die Bauart des Schiffes trauen kann, obgleich ich den Fetzen Flagge bis jetzt noch nicht genau erkennen konnte – etwas Rotes sehe ich allerdings daran, aber es kann auch ein Engländer sein."

„Gott gebe das letzte, dann wäre es unser Feind! – Wenn es aber ein Däne wäre, wie käme dann Graf Brahe auf das Schiff?"

„Das weiß ich sowenig wie Ihr selbst."

„Kann man ihm denn gar nicht zu Hilfe kommen?"

„Ich wüßte nicht wie. Mit einem Boot ohne Segel bei diesem Sturm so weit in See zu gehen, ist ein Ding der Unmöglichkeit, außer den Ankern gibt es keine Hilfe."

„Sie schießen immer noch – was wollen sie damit sagen?"

„Es sind Notrufe, aber sie sollten sich keine unnütze Mühe machen, wir sehen sie ja. Auch verschwenden sie ihr Pulver, doch das tut jetzt nichts mehr, es wird früher oder später doch naß werden."

„Meint Ihr?" fragte der Kapitän, in dessen Geltung der junge Seemann von Augenblick zu Augenblick stieg.

„Wenn der Sturm noch eine halbe Stunde so wütet und wenn sie, was ich glaube, ihre Anker verloren haben, dann bestimmt."

„Wirklich? Oh, das ist schrecklich. – Schaut nur, vielleicht ist es am Ende doch ein Engländer?"

„Ich weiß es nicht, das zersplitterte Takelwerk läßt kein sicheres Urteil zu. – Ha, sie kommen verdammt schnell näher. Vor Jasmund werden sie nicht zerschellen."

„Wo dann, wo dann?"

„Sie werden hier vor unsern Augen auf irgendeine Sandbank laufen, die Sturzseen werden über Bord schlagen, das Schiff auseinanderreißen und Mann und Maus ersäufen."

„Das darf nicht geschehen, das darf nicht geschehen, wenn meine Flüchtlinge an Bord sind."

„So hindert es, wenn Ihr könnt. – Aber hier hilft weder der Befehl eines Generals noch eines Admirals."

„Wie lange mag es noch dauern, bis sie auf einer Sandbank sitzen?"

„Höchstens noch eine Viertelstunde, dann werden wir mehr oder weniger vom Schiff sehen."

„Weniger? Wieso weniger?"

„Weil es bis dahin vielleicht schon unter Wasser ist."

„So etwas habe ich noch nicht erlebt."

„Ich oft genug, und ich bin schon in einer ähnlichen Lage gewesen."

„Aber Ihr wurdet doch gerettet?"

„Ja, als das Schiff auf der Sandbank festsaß, gelang es uns, ein Boot flottzumachen, damit sind wir durch die Brandung gekommen."

„Kann das hier nicht auch geschehen?"

„Natürlich, wenn es nicht zu weit vom Strand entfernt aufläuft."

„Es kommt heran!" rief Waldemar plötzlich. „Es hält sich noch wacker – da –, da geht das Sturmsegel hin!"

„Was war das?" fragte der Kapitän erschrocken, als ein heller Knall zu ihm herübertönte.

„Das war ihre letzte Hilfe, ihre letzte Hoffnung", sagte Waldemar, „ihr Notsegel. Der Orkan hat es zerrissen – da gehen die Lappen über Bord, seht Ihr?"

„Ja, ja – was geschieht nun?"

„Nun beginnt die vorletzte Szene. Der Rumpf, der ohne Segel und Maste nur noch ein Wrack ist, treibt willenlos auf den Strand."

„Jetzt ist es also soweit?"

„Noch nicht ganz, aber bald."

„Jetzt sehe ich schon die Menschen mit dem bloßen Auge – was macht Ihr da?"

„Ich ziehe meinen Regenrock aus, um mich besser bewegen zu können, wenn es not tut."

„Was wollt Ihr tun?"

„Menschenleben retten, Herr Kapitän, wenn die Zeit dazu kommt, und sie ist bald da."

Der Kapitän warf einen bewundernden Blick auf Waldemar, der jetzt in seiner kurzen Seemannsjacke dicht an seiner Seite stand.

„Könnt Ihr denn heran?"

„Ich muß – wenigstens will ich es versuchen. Da liegt ein gutes Boot auf dem Strand. Seht Ihr, es ist schon fertig gemacht. Kühne Männer sind genug hier, und in wenigen Minuten schieben wir es ins Wasser."

„Seid Ihr sicher, nicht selbst das Leben zu verlieren, wenn Ihr das andrer zu retten versucht?"

„Das kann man nie mit Bestimmtheit vorher sagen. Wie die Dinge hier stehen, ist hundert gegen eins zu wetten, daß Retter und Schiffbrüchige zugleich zugrunde gehen."

„Aber dann begeht Ihr eine Tollkühnheit."

„Nur eine Pflicht, Herr Kapitän; das ist so Seemannsbrauch."

Der Kapitän war bleich geworden und hatte schon lange vergessen, seinen schönen Schnurrbart zu drehen. Das Schauspiel auf dem Schiff nahm ihn wieder gefangen. „Was machen sie da an Bord?" fragte er, auf das Wrack weisend.

„Sie wollen einen Notanker werfen – endlich! Na, es ist die höchste Zeit. Alles ist auf dem Bug dabei, Hand anzulegen – auf Steuerbord, seht Ihr? – Da geht er hinab – er faßt – das Schiff schwoit – nein! Der Anker ist triftig – das Schiff treibt vor ihm her – nun ist alles vorbei – sie haben es ebenfalls erkannt, sie machen die Boote fertig – das ist richtig – schnell – schnell, Leute, ihr habt nur noch Minuten – dort kommt die wilde Bank – da, ich sag's ja, sie sitzen fest!"

Kaum hatte der Seemann das ausgesprochen, sah man, wie der Rumpf des Schiffes vom Kiel bis in die Spitze seines schwankenden Mastes erzitterte. Gleich darauf schwankte der Mast, hing einen Augenblick noch an seiner Backbordseite, dann schlug er über Bord in See, wieder einige Menschen mit sich fortreißend. Der Bug bohrte sich tief in den Sand, die Sturzseen brachen wild darüber hin. Von allen Booten, die der Schoner gehabt hatte, war nur das große noch allein heil geblieben, und auch das war schon bald mit Wasser gefüllt. Voller Verzweiflung arbeitete die Mannschaft, um es zu Wasser zu bringen, dann kletterten die ersten hinein.

„So", rief Waldemar, „das ist vernünftig – aber zu spät –, ha, was ist das? Sie sind weg, Kapitän. Nun ist es Zeit für uns – wollt Ihr mit, Herr?"

„Nein, ich danke. Ich bin Soldat zu Lande und nicht zur See."

„Ich bin zu Zeiten beides."

Mit diesen Worten sprang Waldemar zu dem Boot.

„Vorwärts!" schrie er und übertönte das Geheul des Windes. „Es ist höchste Zeit! Noch sind Menschen an Bord – wer geht mit mir?"

Acht Männer aus Ruschwitz fanden sich bereit, die Gefahr mit Waldemar zu teilen. Von einigen französischen Reitern unterstützt, schoben sie das Boot in die Brandung, und in wenigen Minuten schwamm es auf das Wrack zu. Waldemar stand an der Ruderpinne und lenkte das Fahrzeug. Bald schwebte es oben auf einem Wellenkamm, bald war es verschwunden, und schon glaubte mancher, das Boot werde das Schicksal des Schoners teilen. Allein, es kam immer wieder zum Vorschein und rückte dem Wrack langsam, aber sicher näher.

Zehn Minuten vergingen den am Strand Wartenden in banger Sorge. Dann aber sah man, wie es von einem von dem Wrack ausgeworfenen Tau herangezogen wurde und nun Seite an Seite mit ihm lag. Zwölf Mann befanden sich noch an Bord, alle anderen waren mit den fallenden Masten über Bord gerissen worden oder mit den weggespülten Booten umgekommen. Diese zwölf Männer kletterten mit fieberhafter Eile in das rettende Fahrzeug, und als sie es alle aufgenommen hatte, halfen sie es vom Wrack abstoßen, worauf es mit derselben Ruhe, mit der es gekommen war, zum Strand zurückkehrte.

Unterwegs erfuhr Waldemar Granzow von den Geretteten, daß das gestrandete Schiff der königlich-dänische Schoner „Island" war, vor wenigen Tagen erst von Kopenhagen ausgelaufen und zum Kreuzen auf der Ostsee bestimmt. Seinen Kapitän hatte er schon bei Arkona verloren, wo er vom Fockmast erschlagen und über Bord gerissen worden war. Von der Besatzung waren 188 Mann umgekommen und nur zwölf gerettet worden, denen ebenfalls der Tod sicher gewesen wäre, wenn Waldemar nicht den Mut besessen hätte, sie zu retten.

Waldemar hatte diesen kurzen Bericht nur mit halbem Ohr vernommen – seine Aufmerksamkeit war von etwas anderem beansprucht. Der Mann nämlich, der ihm das Tau zugeschleudert hatte, der, als der letzte der noch lebenden Offiziere, auch zuletzt in das rettende Boot gestiegen war, dieser Mann war ihm bekannt, und gerade diese Bekanntschaft war für Waldemar eine große Gefahr. Der dänische Steuermann, der noch kein Wort zu seinem Retter ge-

sprochen hatte, schien Waldemar ebenfalls wiedererkannt zu haben.

Beide hatten jedoch nicht die Möglichkeit, miteinander zu sprechen, denn als das Boot glücklich am Strand war, wurden die Geretteten sofort von den Franzosen mit Beschlag belegt, und Kapitän Caillard ließ sich den einzig übriggebliebenen Offizier des gestrandeten Schiffes vorstellen und fragte ihn nach Auftrag und Ziel des Schoners. Als er erfuhr, daß das dänische Schiff erst am vergangenen

Tag aus Kopenhagen abgesegelt war und keinen Fremden an Bord gehabt hatte, fragte er gar nicht erst nach Brahe und Granzow.

Während dieses Gesprächs schüttelten die Geretteten den Bewohnern von Ruschvitz die Hände und dankten ihnen, die, obgleich sie ihre Feinde waren, doch ihr Leben für sie in die Schanze geschlagen hatten; nur Waldemar entzog sich dem dadurch, daß er den Fischern einige Hinweise über die an den Strand geworfene Beute gab, auf welche die ehemaligen Besitzer nach den Strandgesetzen keinen Anspruch mehr hatten, obwohl sie noch an Ort und Stelle waren und die Trümmer ihrer Habe nach und nach in kleinen Brocken und Stücken an den Strand gespült wurden.

Mittlerweile hatte der Kapitän alles erfragt, was er wissen wollte. Obwohl der Sturm nachgelassen hatte, war ihm kalt geworden, und er sehnte sich nach seinem warmen Zimmer. Erst als er sein Pferd heranführen ließ, dachte er wieder an Waldemar, und er wandte den Kopf nach allen Seiten, um ihn zu suchen.

Er sah ihn oben auf dem Steilufer stehen. Langsam ritt der Franzose auf ihn zu und sagte lächelnd: „Sehr schön, mon ami, beschaut Euer Werk; habt Ihr keine Lust, noch einmal nach dem Wrack zu fahren, um die Wertgegenstände zu bergen, die sich an Bord befinden?"

„Nein, Herr Kapitän, ich habe meine Schuldigkeit getan, um Beute war es mir nicht zu tun. Leider habe ich wenig erreicht, denn beinahe zweihundert Menschen haben ihr Leben verloren."

„Ja, aber zwölf habt Ihr gerettet, und damit würde ich auch schon zufrieden sein. – Also, reiten wir nach Hause, Ihr trieft, und eine warme Suppe wird Euch wohltun."

Waldemar, der seinen Regenrock wieder übergeworfen hatte, grüßte auf Seemannsweise und ging dann zu dem grasenden Pferd und stieg auf, um im Schritt neben dem Kapitän den Rückweg nach Spyker anzutreten.

Diesem fiel seine Schweigsamkeit und seine grübelnde Miene auf. Waldemar überlegte, wie er sich jetzt verhalten sollte. Eine Weile dachte auch Caillard über etwas nach, dann wandte er sich nach Waldemar um und sagte: „Monsieur Forst, ich habe Euch heute sagen lassen, daß Ihr Euern Aufenthalt in Spyker beenden sollt. Euer heutiges Benehmen hat meinen Entschluß geändert, und ich gestatte Euch hiermit, so lange auf Spyker zu bleiben, wie es Euch beliebt."

Hatte der Kapitän erwartet, dieses großmütige Zugeständnis werde Waldemar in eine freudige Stimmung versetzen, so hatte er sich geirrt. Waldemar schwieg noch einige Augenblicke, dann aber sagte er, und er war nicht frei von Bitterkeit:

„Ich danke, Herr Kapitän, aber Euer Befehl stimmt zu sehr mit meinen eigenen Absichten überein, als daß ich ihn nicht ungeachtet

Eures Widerrufs befolgen sollte. Ich hatte ohnehin vor, morgen oder übermorgen Spyker zu verlassen und nach Greifswald zurückzukehren, wo ich meine Studien fortsetzen will."

„Na schön, tut, was Euch beliebt. Das Vernünftigste, was ein junger Mann, wie Ihr einer seid, in diesen Zeiten tun kann, ist, zu studieren und sich nicht um den Krieg zu kümmern. Wenn alle Deutschen so klug gewesen wären, würden sie von den Franzosen nicht für ihren Übermut gezüchtigt worden sein."

Waldemar schwieg darauf, und schweigend ritten die beiden Männer nach Spyker.

Nachdem Waldemar seinen Freund verlassen hatte, blieb Magnus anfangs in einem Zustand stumpfer Gleichgültigkeit sitzen. Nur allmählich gelangte er zu der Einsicht, daß er kaum die Kraft besaß, den Knoten mit einem Schlag zu lösen, der ihn fesselte. Sein Verstand sagte ihm, daß Waldemar recht hatte, sein Gefühl jedoch wollte das nicht wahrhaben.

Endlich rang er sich dazu durch, Spyker zu verlassen, doch vorher wollte er mit Gylfe sprechen. Aber wie sollte er das beginnen, ohne daß jemand davon etwas merkte? Und dann: Er mußte ihr begegnen, ohne daß sie verabredet waren, ohne daß sie die Möglichkeit hatte, Caillard zu Hilfe zu rufen. Auf diese Überraschung bereitete sich Magnus regelrecht wie auf die Belagerung und Überrumpelung einer Festung vor. Er wog alles ab, was er ihr vorhalten, womit er sie bestürmen und schließlich den Sieg erringen wollte. Und als er so weit gekommen war, beschloß er die Gelegenheit zu ergreifen, sobald sie sich bieten würde. Diese Gelegenheit aber sollte er sehr bald haben, viel früher, als er es für möglich gehalten hatte.

Am Nachmittag, als sich alles am Strand befand, war die Gelegenheit gekommen.

Er informierte kurz Ahlström von seinem Vorhaben, der ein Wort der Warnung hören ließ. Das jedoch schlug Magnus in den Wind, aber er verlangte von ihm, daß er ihn durch ein Glockenzeichen warne, wenn Caillard zurückkomme und er noch bei Gylfe sei.

Der Sturm tobte um das alte Schloß und drang pfeifend durch die Spalten der Türen und Fenster. Es war dämmrig in den Räumen des

Schlosses, und Gylfe ging unruhig in ihrem Zimmer auf und ab, das auf der Ostseite des Schlosses, direkt neben dem verschrienen Spukturm, lag.

Gylfes Gedanken waren bei Caillard, sie redete sich ein, daß er sie liebte, sie wollte nichts anderes denken und wissen. Waldemar kam ihr in den Sinn. Was hatte das zu bedeuten, daß er mit Caillard zusammen fortgeritten war? Waldemar ängstigte sie, sie wußte nicht, was sie von ihm und seinem Benehmen ihr gegenüber halten sollte.

Sie lachte in Gedanken bitter auf: Mit dem Schwächling Magnus will er mir drohen. Soll er doch! Magnus ist weit!

Und an den Spukturm dachte sie, an seine Nähe und an die Geschichten, die sich in ihm zugetragen haben sollten. Wie, wenn ihr ein gleiches Schicksal drohte? Sie steigerte sich in einen Angstzustand hinein, der durch das Heulen des Orkans und durch brechende Äste nur noch verstärkt wurde. Sie vermeinte, tastende Hände draußen an der Wand zu hören, kratzende Geräusche. Gylfe glaubte sich von Sinnen, als sich die Wand erst spaltbreit, dann mehr öffnete. Und auf einmal stand Magnus Brahe in ihrem Zimmer, bleich wie ein Gespenst.

Gylfe stieß einen Angstschrei aus, wollte fliehen, wenigstens in die hinterste Ecke des Zimmers, aber sie vermochte es nicht; genausowenig wie sie ein verständliches Wort hervorzubringen vermochte; ihre Lippen waren sprachlos vor Entsetzen wie ihre Füße von Furcht gefesselt.

Magnus trat mitten ins Zimmer, auch ihm stockte die Sprache, aber er faßte sich schnell wieder und brachte mit heiserem Ton hervor: „Gylfe Torstenson – warum erschrickst du? Kennst du mich nicht mehr?"

Als Gylfe die ihr wohlbekannte Stimme vernahm, kam allmählich wieder Leben in sie. Sie schöpfte tief Luft, drückte die Hand auf das Herz und sah Magnus groß an.

„Gylfe!" wiederholte Magnus und trat noch näher an sie heran. „Kennst du mich nicht mehr?"

„Magnus Brahe", sagte sie endlich, „bist du es wirklich? Was willst du von mir, und warum erschreckst du mich so, daß du wie ein Gespenst aus dem Spukturm hervortrittst?"

„Ich wohne schon seit Wochen in dem Turm, ein anderer Raum ist mir ja verwehrt in meinem eigenen Haus; ich will dich nicht erschrekken, ich will nur mit dir reden, Gylfe."

Magnus hatte ruhig gesprochen, und das gab auch ihr die Ruhe wieder. Sie gewann wieder die Kraft zu überlegen und beschloß, daß diese Unterredung die letzte mit Magnus sein sollte.

Sie setzte sich hochmütig in einem Sessel zurecht und ließ Magnus reden. Er versuchte es noch einmal, obwohl er sich sagen mußte, daß es sinnlos war. Er erinnerte sie an die gemeinsam verbrachte Jugend, aber sie lachte ihn nur aus und ließ ihn spüren, daß sie ihn längst vergessen hatte, daß ein anderer an seine Stelle getreten war. In Magnus brachen alle Hoffnungen zusammen. Er hätte Gylfe am liebsten mit Gewalt fortgezogen, aber die kalte, höhnische Miene Gylfes lähmte ihn. Sie sagte ihm ihren ganzen Haß ins Gesicht, und Magnus war keiner Bewegung fähig. Sie drohte ihm sogar mit den Franzosen.

Aus seiner träumerischen Erstarrung weckten ihn die Hufschläge der zurückkehrenden Reiter. Fast zu gleicher Zeit hörte er eine Glocke anschlagen, Ahlström war auf seinem Posten. Leise, wie er gekommen war, verschwand er wieder, schloß sich die Tür hinter ihm. Eilig schlüpfte er die verborgene Treppe in sein Turmzimmer hinauf.

XX

Der dänische Steuermann

Es war spätabend geworden. Der Sturm, der am Nachmittag draußen getobt, hatte sich gelegt.

Waldemar hatte, sobald er nach Hause gekommen war, Magnus aufgesucht, um ihm zu erzählen, was er erlebt hatte – und wem er begegnet war. Er sagte ihm auch, daß er diese Nacht im Spukturm verbringen und am nächsten Tag oder in der Nacht schon Spyker verlassen werde, das ihm nun keinen sicheren Aufenthalt mehr bot. Zugleich wollte er noch einmal versuchen, Magnus zu überreden, mit ihm zu gehen, was ihm, wie er glaubte, nicht eben leicht werden würde. Deshalb staunte er, als er Magnus durchaus dazu bereit fand. Die Ursache war schnell erzählt. Magnus berichtete so leidenschaftlos, daß Waldemar hoffte, Magnus wäre nun endgültig von seiner Liebe zu Gylfe geheilt. Sie kamen endlich überein, erst in der folgenden Nacht von Spyker aufzubrechen, da Magnus mit Ahlström noch einige Verabredungen für die Zukunft treffen wollte.

Bald nachdem Kapitän Caillard von seinem Ausflug an den Strand zurückgekehrt war, meldete er sich bei Gylfe an, aber er wurde an diesem Abend ungnädig aufgenommen, und Caillard gelang es nicht, sie aufzuheitern.

Gysela saß stumm neben beiden, sie war mit einer Handarbeit beschäftigt.

Das mühsam sich hinschleppende Gespräch wurde plötzlich durch die Schloßwache unterbrochen.

„Qui vive?" rief der Posten jemanden an, der nicht zu den Bewohnern von Spyker zu gehören schien.

Auf diesen Anruf antwortete eine fremde Stimme einige Worte, die der Kapitän nicht verstand, worauf der Posten wiederum mit einem kräftigen Fluch antwortete.

Draußen wurde es zwar still, aber die Tür wurde geöffnet, eilige Schritte ließen sich auf dem unteren Korridor vernehmen, und dann folgten wieder polternde Flüche, die auch der unterdessen herbeigekommene Kastellan mit einigen lauten Worten begleitete.

„Was gibt's?" fragte der Kapitän und trat horchend an die Tür, die zur Treppe führte.

„Gysela, geh hinab und sieh, was es ist!" sagte Gylfe, und Gysela ging auf den Korridor hinaus.

Es verstrichen einige Augenblicke, dann wurden heftige Stimmen auf der Treppe laut.

Der Kapitän, beunruhigt und neugierig zugleich, was es so Eiliges und Wichtiges in der späten Abendstunde gab, trat zur Tür und wollte sie eben öffnen, als draußen heftig angeklopft wurde.

Der Kapitän öffnete, vor ihm stand der Posten mit gezogenem Säbel und hielt einen Mann am Rockkragen, den man seiner Kleidung nach für einen Seemann halten mußte und der eine äußerst verblüffte Miene zeigte, daß ihm hier ein so unerwarteter Empfang zuteil wurde.

„Monsieur le Capitaine", entschuldigte sich der Posten, „ich bitte um Verzeihung, daß ich meinen Posten verlasse, aber die Sache ist von Wichtigkeit, und ich möchte mir nicht gern den Ruhm nehmen lassen, der erste zu sein, der sie meldet."

„Was gibt's denn, schnell, schnell!" rief der Kapitän.

„Hier ist ein Mann von dem gestrandeten Schiff. Er sagt, er sei Steuermann, und fragt mich, ob er einen Waldemar Granzow sprechen könne, dem er für die geleistete Hilfe danken wolle."

„Höll' und Teufel", donnerte der Kapitän. „Herein, Kerl, geschwind. Und bringt Euer Gesuch noch einmal bei mir selber an."

„Sehr gern, Kapitän", erwiderte der Steuermann bescheiden, der gar nicht ahnte, warum man ihn hier mit solchem Lärm empfing, „es ist nur eine Bitte, die ich vorzubringen habe, und wenn ich gewußt hätte, daß man hier abends so ungnädig empfangen wird, wäre ich erst morgen am Tage gekommen."

„Heraus mit Eurer Bitte!"

„Der Mann, der mich und meine elf Kameraden gerettet hat und dem ich dafür noch nicht danken konnte, weil er so rasch mit Euch davonritt, wohnt, wie ich von Euern Reitern gehört hatte, hier im Schloß. Ich bin nur hierhergekommen, um gutzumachen, was ich in der Aufregung versäumt habe."

„Welchen Mann meint Ihr?"

„Den, der das Rettungsboot steuerte und dann mit Euch davonritt — Waldemar Granzow aus Saßnitz, Herr Kapitän."

„Höll' und Teufel!" fluchte der Kapitän noch lauter. „Ihr haltet mich doch nicht zum Narren? Sagt Ihr Waldemar Granzow aus Saßnitz mit Bedacht, oder versprecht Ihr Euch?"

„Warum sollt ich mich versprechen?" fragte der Steuermann naiv und drehte den Hut in den Händen, denn er wurde immer verlegener ob des Empfangs, der ihm da zuteil wurde.

„Woher wißt Ihr, daß jener Mann Waldemar Granzow aus Saßnitz ist?"

„Das weiß ich gewiß, wie Kopenhagen auf Seeland liegt! Wir kreuzten vor einem Monat vor der deutschen Küste, Herr, und lagen dicht vor der Swinemündung, als wir den Befehl erhielten, auf ein Boot zu achten, das einen gefährlichen Mann — damals wenigstens schien er noch gefährlich — nach Rügen bringen sollte. Dieser Mann wurde als Waldemar Granzow aus Saßnitz bezeichnet und sollte ein Spion und Aufwiegler sein, weshalb er von allen französischen Gerichten verfolgt wurde. Wir paßten mehrere Tage und Nächte auf, aber erst am 28. Mai segelte das Boot von Swinemünde ab. Wir stachen gleich darauf in See, aber der Wind war uns ungünstig, und der Steuermann des Bootes schien mit dem Teufel im Bunde zu sein. Da wir ihn hart bedrängten und ihm den Weg nach Rügen abschnitten, lief er die Greifswalder Oie an und versteckte sich dort. Soviel wir ihn suchten, er war nicht zu finden, wahrscheinlich, weil er dort wie hier Freunde hat. Am folgenden Tag nun, kurz vor Ausbruch eines Gewittersturmes, erwischte ich den Burschen, als er eben ein Lotsenboot besteigen und damit entschlüpfen wollte. Ich wollte ihn greifen, aber es gelang mir nicht; er war kräftiger und schneller als ich, warf mich zu Boden und sprang in das Boot, das mit ihm davonsegelte. Unser Schiff aber, die Korvette ‚Skiold', auf der ich damals Dritter Steuermann war, segelte hinter ihm her, ihn von der Landung bei Perd auf Rügen abzuhalten, aber wieder kam der Sturm dazwischen, und wir durften uns nicht zu nahe an die Küste wagen, da der Wind aus Osten wehte. So entschlüpfte er uns in der Gegend von Stubbenkammer, und erst heute habe ich ihn wiedergesehen und auf der Stelle erkannt, denn Männer von solcher Gestalt vergißt man so leicht nicht, noch dazu, wenn man einmal von ihnen zu Boden geschlagen worden ist."

„Tod und Verderben! Warum habt Ihr ihn dann heute nachmittag nicht gegriffen?"

Der Steuermann stand verblüfft vor dem wütenden Offizier und sah ihn fragend an. „Heute", sagte er, „wo er mich rettete und in Eurer Gesellschaft war? Mußte ich nicht denken, daß er zu Euch gehörte?"

„Bei Gott, Ihr habt recht, aber nun soll er uns nicht mehr entwischen. Los, an die Türen, und jeder wird niedergehauen, der entfliehen will. – Halt. Was war das?"

Ein seltsames Klingeln tönte durch das ganze Schloß.

Der Kapitän blickte auf Gylfe, die angstvoll auf ihren Stuhl gesunken war und das Gesicht mit den Händen bedeckt hatte. „Madame", sagte er rauh, „habt Ihr das seltsame Geläut gehört? Was war das?"

Gylfe zog ihre Hände vom Gesicht und starrte ihn an, wie man einen Menschen anstarrt, wenn man ihm etwas Schreckliches sagen will oder von ihm zu hören erwartet. „Das ist mir nichts Neues, Herr", erwiderte sie schaudernd, „es ist das Singen und Klingen, das sich oft in der Nacht im Spukturm hören läßt."

Der Kapitän schüttelte den Kopf, als zweifle er an ihrem Verstand, und doch hatte er Mühe, das abergläubische Grauen zu meistern, das auch ihn einen Augenblick lang beschlich. Plötzlich aber sprang er auf Gylfe zu und rief: „Nur eine Frage beantwortet mir – hat der Mann hier recht? Hält sich Waldemar Granzow in Spyker auf?"

Gylfe antwortete nicht.

„Ich will eine Antwort!" schrie Caillard. „Werde ich sie erhalten?"

Gylfe erhob sich, sah ihn groß und fragend an und sagte langsam und bitter: „Ihr habt mir nichts zu befehlen, Herr Kapitän!"

„Dann wünsche ich eine Antwort."

Aber Gylfe erhob sich, und in der Tür sagte sie: „Wenn Ihr wissen wollt, ob Waldemar Granzow hier ist, so sucht ihn, und wenn Ihr ihn findet, werdet Ihr wissen, was Ihr zu wissen wünscht."

„Pest!" knirschte der Kapitän. „So stehen also die Sachen! Dann wollen wir einmal Französisch mit diesen schwedischen und deutschen Hunden sprechen. Los, Soldaten, vorwärts. Wir müssen ihn kriegen!"

Die letzten Worte galten Leutnant Challier, der mit einigen Leuten hinzugekommen war. Geschrei tönte von Zimmer zu Zimmer. Treppauf, treppab rasselten die Soldaten. Kein Korridor, keine Nische, kein Winkel blieb unbeachtet. Vor die Türen waren Wachen gestellt worden, und selbst vor den Fenstern standen sie, als erwarteten sie, der Flüchtling werde jeden Augenblick aus einem der Fenster springen. Das ganze Schloß war mit einem Kreis Soldaten umgeben, so daß es unmöglich war, zu entfliehen. Aber so eifrig der Kapitän und seine Leute suchten, so aufmerksam sie jede Kammer durchstöberten, jeden Winkel, jedes Möbel – Waldemar Granzow fanden sie nicht, und es schien, als hätte er sich in Luft aufgelöst.

Während die Soldaten das ganze Schloß durchwühlten, war Gylfe wieder in ihr Wohnzimmer getreten, wo sie den Steuermann noch immer fand, der nicht wußte, was er tun sollte und mit sich selbst uneins war, weil er seinen Lebensretter verraten hatte.

„Mann!" sagte Gylfe zu dem Verdutzten, „was wollt Ihr noch hier! Dort ist die Tür! Aber halt! Sagt mir erst – habt Ihr diese Komödie mit Absicht aufgeführt, oder war das Zufall?"

Der ehrliche Seemann stöhnte und kratzte sich verlegen hinter den Ohren. „Ich bin nicht schuld daran, das will ich beschwören. Ich kam ganz einfach hierher, um dem wackeren Kerl, den sie hier suchen, für die Rettung unserer Mannschaft zu danken. Wenn ich gewußt hätte, wie die Sachen stehen, wär ich nie und nimmer hier aufgetaucht."

„Macht Euch keine Sorgen, mein Freund; Euer Lebensretter wird sich so leicht nicht greifen lassen, das glaubt mir. Vielleicht ist er jetzt schon jenseits des Waldes und flieht zur Küste, wo ihn irgendein Schiff aufnehmen und in Sicherheit bringen wird."

Der Steuermann fiel aus einer Verwunderung in die andere. „Wie kommt er denn aus diesem Haus heraus", fragte er neugierig, „wenn es alle die Reiter hier mit ihren Säbeln und Pistolen belagern?"

„Das laßt nicht Eure Sorge sein; aber wahrscheinlich reitet er wie der Sturm durch die Luft, denn das ist auf Spyker nichts Neues. Habt Ihr noch nie von dem Spukturm gehört, in dem die Geister der Verstorbenen umgehen und die, die sie retten wollen, auf den Flügeln des Windes forttragen?"

Der Steuermann verließ das Zimmer; die Frau hatte ihn erschreckt mit ihren Reden, er wußte nicht, was er davon halten sollte.

Alle Bemühungen, den verwünschten Verräter ausfindig zu machen, waren fruchtlos, und selbst Kapitän Caillard sah endlich ein, daß er so sein Ziel nicht erreichen würde. Der Kapitän hatte sich mit der Zeit in eine wahre Wut hineingesteigert, und sein Zorn kannte keine Grenzen, als er schließlich zu der Überzeugung gelangte, daß er trotz all seiner Gewalt nicht verhindern konnte, daß der Flüchtling offensichtlich doch einen Ausgang gefunden hatte.

„Monsieur le Capitaine", sagte Leutnant Challier schließlich in streng dienstlicher Haltung, als er aus dem obersten Stockwerk zurückkam, „dort oben ist er nicht und kann er nicht versteckt sein, unsern Augen ist kein Winkel entgangen. Wenn Ihr mir aber gestattet, eine Meinung zu äußern, so glaube ich einen guten Rat erteilen zu können."

„Was für einen Rat meint Ihr?"

„Wir haben das ganze Schloß durchsucht, den Nordostturm, den Spukturm, ausgenommen. Wäre es nicht möglich, daß es dort verborgene Zimmer gibt, obwohl keine Treppe und kein Korridor zu ihm hinführt?"

Der Kapitän horchte auf und nickte dem Leutnant lebhaft Beifall. „Ihr habt recht", sagte er, „der Turm muß irgendwo verborgene Zimmer haben, nur in ihm kann sich der Bursche versteckt halten. Gehen wir zu dem Herrn Kastellan, oder vielmehr rufen wir ihn hierher – vorwärts!"

Es dauerte nicht lange, da führten zwei Mann den alten Ahlström herbei, der wohl ahnen mochte, was ihm da bevorstand, denn er schritt langsam und bedächtig heran, seine Miene jedoch verriet, daß er zu allem entschlossen war.

„Eh, bien, Monsieur!" begann der Kapitän das Verhör, „da sind wir an eine Klippe gelangt, und Ihr, alter Mann, werdet wohltun, sie zu vermeiden, ehe sie Euch den Untergang bereitet. Ihr wißt ohne

Zweifel, wen wir in dieser Gegend so lange vergeblich gesucht haben?"

„Ich habe es gehört!" lautete die bescheiden, aber fest gesprochene Antwort.

„Wußtet Ihr von der Anwesenheit des Waldemar Granzow in diesem Schloß?"

„Es würde mir nicht schwer werden, diese Frage zu verneinen, Herr Kapitän, aber in meinem Alter und in meinen Verhältnissen spricht ein ehrlicher Mann keine Lüge mehr. Ich sage Euch also, daß ich von der Anwesenheit Granzows wußte und daß ich ihn selbst auf die Gefahr aufmerksam machte, der er sich hier aussetzte."

Der Kapitän schäumte vor Wut, und doch war er genötigt, sich zu beherrschen, um nicht das Ziel zu verlieren, das ihm vor Augen lag.

„Wißt Ihr", rief er, „wessen Ihr Euch dadurch schuldig gemacht habt? Wißt Ihr das, Herr? Ich werde Euch die Strafe zudiktieren, die darauf steht!"

„Ihr habt Macht über mein Leben, Herr Kapitän, tut, was Ihr für richtig haltet. Ich jedenfalls hielt es für richtig, Waldemar Granzow nicht seinen Feinden zu verraten."

„Pest! Wir werden sehen, was wir mit Euch machen. – Aber wo ist dieser Granzow nun eigentlich geblieben?"

„Das weiß ich nicht. Er hat in seinem Zimmer neben dem meinen gewohnt – Ihr habt es genau durchsucht. Und da er nicht mehr drin ist, wird er es wahrscheinlich verlassen haben."

„Hatte er auf irgendeine Weise Zugang zu dem Turm, den Ihr den Spukturm nennt?"

Der Kastellan hob den Kopf und schaute in die Richtung, die der Kapitän gewiesen hatte. „Das kann ich nicht sagen, davon weiß ich nichts", erwiderte er ruhig. „Ich habe den Turm nie betreten."

Der Kapitän besann sich einen Augenblick, ob er die Worte des Kastellans für wahr halten solle, dann aber sagte er rauh: „Gebt mir die Schlüssel zu dem Turm und führt mich zu seinem Eingang."

„Ich habe weder einen Schlüssel dazu noch kenne ich einen Eingang – die Tür ist seit vielen Jahren und schon vor meiner Zeit vermauert worden. Ich weiß nicht einmal die Stelle, wo sie gewesen ist."

„Ist eine Treppe im Turm?"

„Wahrscheinlich, doch ich weiß das nicht."

„Hallo", rief der Kapitän mit neuer Hoffnung. „In diesem Turm steckt der Verräter, dafür lasse ich mein Leben! Und wenn wir ihn dort ertappen, werdet Ihr als sein Hehler mit nach Frankreich gebracht. Vorwärts! Der Mann wird eingesperrt. Und nun mir nach, Soldaten!"

Der Kastellan war von den Drohungen des Franzosen, dessen Art und Weise er kannte, weder eingeschüchtert, noch befürchtete er die Entdeckung seines jungen Herrn und Waldemars. Er wurde von zwei Reitern in sein Zimmer geführt und dort mit Ausnahme Gyselas, die bei Gylfe blieb, zusammen mit seiner Familie streng bewacht. Danach begab sich der Kapitän mit Leutnant Challier und dem größeren Teil seiner Leute ins Freie, um den Spukturm von außen zu untersuchen und nach einem Weg zu forschen, wie sie in ihn hineingelangen könnten.

Es war bereits Nacht geworden. Die Fenster des Turmes waren dunkel wie immer, und nicht das geringste verriet die Anwesenheit von Menschen.

Nachdem sie ihn eine Weile betrachtet und über die Möglichkeiten, in ihn hineinzukommen, beraten hatten, kamen sie zu dem Entschluß, über eine Leiter in das unterste Stockwerk zu klettern und ihn dann zu durchsuchen. Da das unterste Fenster nicht höher war als alle übrigen des ersten Stockwerks, schien das leicht möglich zu sein. Einige Jäger begaben sich in die Ställe, wo Leitern lagen. Eine Leiter wurde an eins der Fenster angelegt; einige Soldaten hatten Laternen und Windlichter geholt, damit etwas zu sehen war.

Als die Leiter fest stand, befahl der Kapitän einem seiner Leute, emporzusteigen, aber Caillard stieß auf unerwarteten und beinahe unerhörten Widerstand. Niemand schien geneigt, der erste zu sein, den Spukturm zu betreten, und so mutig die Chausseurs bei einem Gefecht mit sichtbaren Feinden sein mochten, hier jedenfalls waren sie das ganze Gegenteil.

Der Kapitän fluchte und sah Leutnant Challier bedeutungsvoll an. Dieser verstand den Wink seines Vorgesetzten, schlug als guter Katholik das Kreuz, zog den Degen und setzte ohne Zögern den Fuß auf die Leiter, die zwei Mann festhielten.

Unversehrt erreichte der Offizier die oberste Leitersprosse vor dem Fenster. Er versuchte es zu öffnen, allein es war fest verriegelt.

„Es muß eingeschlagen werden!" rief er schwer atmend hinunter. „So geht es nicht auf!"

„Dann zerschlagt es doch!" lautete die ungeduldige Antwort.

Gleich darauf klirrten die Scheiben und fielen in den Turm hinein. Von innen aber war das Fenster vergittert, im Augenblick war es unmöglich, weiter vorzudringen.

„Herr Leutnant!" rief ein kräftiger Chasseur von unten, der unterdes Mut gefaßt hatte. „Laßt mich das machen. Die Gespenster sind offensichtlich friedlich, und ich bin Schlosser und weiß mit Riegeln und Stangen umzugehen."

Leutnant Challier stieg, ohne den Befehl dazu abzuwarten, etwas hastig von der Leiter herab, da er sich Ruhm genug erworben zu haben glaubte, und statt seiner kletterte der Schlosser hinauf, um seine Kunst zu versuchen. Trotzdem dauerte es noch ziemlich lange, bis es ihm gelang, einen Durchschlupf frei zu bekommen.

Als er das geschafft hatte, ließ er sich eine Laterne heraufreichen und leuchtete in das Innere des Turmes hinein, worauf alsbald ein freudiger Ausruf verkündete, daß er eine schmale Wendeltreppe sah.

„Du bist einmal oben", kommandierte der Kapitän, „steig hinein, ich werde nachkommen. Leutnant Challier, auch Ihr folgt mir mit vier Mann."

Schnell waren die sechs Mann mit drei Laternen im Innern des Turmes und stiegen nun vorsichtig die Treppe hinauf, vergeblich rechts und links nach Türen suchend.

„Das ist ein eigentümliches Gebäude", sagte Kapitän Caillard mit seltsam belegter Stimme, „es hat Treppen, aber keine Türen."

„Hier ist eine!" rief der Schlosser, der, als der Mutigste, mit dem gezogenen Säbel in der Rechten und einer Laterne in der Linken einige Stufen vorangeschritten war.

Die anderen eilten zu ihm. Man stand wirklich vor einer hölzernen Tür, aber sie besaß kein Schloß.

„Brich sie auf!" befahl Kapitän Caillard.

Die Tür sprang unter den Anstrengungen des Schlossers auf, und man blickte in einen Raum hinein, in dem es aber noch dunkler war als draußen.

„Vorwärts!" befahl der Kapitän und griff selbst nach einer Laterne und drang als erster ein.

Es war das Zimmer, in dem Magnus Brahe bis vor kurzem gewohnt hatte. Man fand es gleichsam noch warm, und verschiedene Gegenstände verrieten, daß es in großer Eile verlassen war.

„Sieh da!" rief der Kapitän. „Hier hat das Gespenst gehaust. Oh, was sind wir geprellt! Ein schönes und sicheres Gemach, weiß Gott. Und der Teufel hat uns eine Nase gedreht. – Was ist das?"

Er fand ein Stück Leinwand, das als Wundverband gedient hatte, und betrachtete es genau.

„Teufel, das Gespenst ist verwundet gewesen! Am Ende hat Graf Brahe selbst den Spuk getrieben, vor dem wir uns gefürchtet haben."

Jetzt wurde jeder Winkel des Gemachs durchstöbert, aber nirgends fand man eine weitere Spur der Entwichenen, nicht einmal den Ausgang, durch den er geflohen war.

„Das ist eine Arbeit für morgen", sagte der Leutnant, „heute ist es zu spät dazu, und die Nacht ist nicht zu solchem Unternehmen geschaffen."

„Aber unterdes entkommen sie. Ich haue alles in Stücke, was mir unter die Klinge kommt! Aber Ihr habt recht, Challier, gehen wir hinunter und verhören wir die Verräter noch einmal, von denen wir hier, ohne es zu ahnen, umgeben gewesen sind."

Das erneute Verhör brachte genausowenig Erfolg wie das erste. Der Kastellan wußte nicht, daß jemand im Turm gewohnt hatte, und blieb unerschütterlich bei seinen Aussagen, man mochte es mit Drohungen oder Bitten versuchen. Gylfe Torstenson aber, als sie der Kapitän noch einmal um eine Unterredung angehen ließ, antwortete, sie könne heute niemand mehr sprechen, da sie sich krank fühle und zu Bett gelegt habe.

„Na gut!" sagte Kapitän Caillard zähneknirschend, als ihm das gemeldet wurde, „wir werden schon noch sehen. Challier, Ihr übernehmt das Kommando in Spyker. Ich selbst werde morgen nach Stralsund reiten und dem Herrn General von den Ereignissen berichten. Ich werde beantragen, daß über Rügen der Ausnahmezustand verhängt wird. Diesen Halunken Granzow muß ich haben, und sollte ich Tag und Nacht im Sattel sitzen. Denn wo der ist, ist auch der Graf, davon bin ich fest überzeugt."

Waldemar und Magnus waren gerade noch rechtzeitig von der

Glocke gewarnt worden. Sie hatten nur noch soviel Zeit, das Allernotwendigste mitzunehmen, und verließen den Turm durch den geheimen Gang, der sie in die Nähe des Totenfeldes von Quoltitz brachte. Auf einsamen Wegen umgingen sie Sagard und den Posten bei Kapelle und erreichten den Wald bei Lietzow.

In einem dichten Gestrüpp blieb Magnus hier zurück, und Waldemar schlich vorsichtig zu der Fähre bei Lietzow. Waldemar ging an den Strand hinab, wo eine kleine Hütte stand, in der der Fährmann wohnte, der ein Pächter des Grafen Brahe war. Waldemar klopfte den Fährmann heraus. Als dieser erfuhr, worum es sich handelte, war er gern bereit, die beiden Flüchtlinge nach Pulitz, eine Halbinsel im Kleinen Jasmunder Bodden, zu bringen. Während er sein Boot bereit machte, holte Waldemar den Grafen aus seinem Versteck.

Als sie über den Bodden ruderten, trat der Mond hinter einer Wolkenbank hervor. Es mochte etwa zwei Uhr sein, als das Boot die Nordspitze von Pulitz erreichte, und nachdem der Fährmann versichert hatte, daß kein Franzose dort sei, fuhr er zurück und überließ die beiden Männer ihrem Schicksal.

„Komm", sagte Waldemar zu seinem Gefährten, „jetzt sind wir auf Pulitz. Ich kenne hier jeden Pfad. Gleich hinter dem Wald liegt der Hof des Alten Schweden, der eine Base meiner Mutter zur Frau hat. Er wird uns aufnehmen."

Magnus nickte schweigend, und so schritten sie langsam durch die Nacht. Sie waren noch einmal ihren Verfolgern entgangen und hofften, endlich einen sicheren Zufluchtsort gefunden zu haben.

XXI

Der Alte Schwede

Die Halbinsel Pulitz, etwa in der Mitte des Kleinen Jasmunder Boddens gelegen, der dicht bewaldeten Thiessower Landzunge auf der Schmalen Heide gegenüber, ist eine gute Viertelmeile lang, halb so breit, und ist an seiner Nordwestseite durch den Stedarschen Haken mit der Insel Rügen verbunden. Die Ostseite, wo Waldemar und Magnus gelandet waren, ragt mit dem Bakelshaken hoch in den Bodden hinein, und hier wie an der Nordseite liegen unterhalb des Hochufers riesige Granitblöcke, die dem kleinen Strand einen wilden Anstrich verleihen.

Auf der flachen Westseite lag niedrig und unscheinbar der Pulitzer-Hof, wie fast alle Höfe der Insel Rügen im Viereck gebaut, dessen eine Seite das Gutshaus und die drei anderen Scheunen und Ställe einnahmen. Um das einsame Gehöft herum zogen sich schmale Wiesen bis zu dem gegenüberliegenden Stedarschen Haken hin.

Der Pächter wohnte schon seit mehr als zwanzig Jahren auf Pulitz. Er war abgesondert von der übrigen Welt und schien sich weder um Krieg noch Frieden zu kümmern. Er betrieb seine Landwirtschaft und wandte besonders an den Wald alle Sorgfalt. Der Pächter hieß Adam Sturleson, stammte aus Schweden und war in jungen Jahren Soldat gewesen. Da er schon lange auf Pulitz wohnte, war er überall bekannt und beliebt, von groß und klein wurde er der „Alte Schwede" genannt.

Zusammen mit seiner Frau Talke bewohnte er das alte Haus auf Pulitz. An dem Abend nun, da Waldemar und Magnus bei ihm Zuflucht suchten, war Adam Sturleson ganz gegen seine sonstige Gewohnheit sehr spät nach Hause gekommen.

Im Frühling dieses Jahres war ihm etwas begegnet, was seine Ruhe über den Haufen geworfen hatte. Und das ging ihm durch den Kopf. Napoleon hatte sein Pulitz dem König von Schweden gestohlen und einem seiner Offiziere, dem Herrn de Chambertin, geschenkt. Als diese Nachricht auf Pulitz eintraf, lud Adam Sturleson alle seine Gewehre und Pistolen und drohte jeden Fremden niederzuschießen, der es wagen würde, sein Land zu betreten. Allein die heranziehenden Gewitter zogen zunächst vorüber, und der Zorn des Alten Schweden besänftigte sich mit der Zeit wieder. Monate vergingen, ohne daß Monsieur de Chambertin sich blicken ließ und als neuer Herr von Pulitz vorstellte.

Sturleson glaubte schon, der Franzose wolle sein Land überhaupt nicht in Besitz nehmen, und die Jahre würden verstreichen, wie die Monate verstrichen waren, bis der Krieg beendet und die Franzosen, wie Adam sich ausdrückte, zum Teufel gejagt wären. Nun aber war gerade ein Brief aus Stralsund mit der Nachricht eingetroffen, Herr de Chambertin werde Pulitz in den nächsten vier Wochen einen Besuch abstatten und vor allem die Pacht einziehen.

Diese Nachricht war es, die Sturleson durcheinandergebracht hatte, sie beschäftigte ihn auf seinem Spaziergang, ohne daß er imstande war, sie zu bewältigen. Dennoch hoffte er, es werde ihm schließlich gelingen, den neuen Herrn zufriedenzustellen. Mit dieser Hoffnung begab er sich nach Hause und beruhigte die verwunderte Talke, die sein langes Ausbleiben nicht begriff.

Die Unruhe hielt ihn jedoch nicht zu Hause. Nachdem er lange Zeit rastlos in der Stube auf und ab geschritten war, zog er endlich seinen Mantel wieder über – es war zwei Uhr nachts – und ging nach draußen.

Er schritt durch die Wiesen und wollte drüben über dem Bodden die Sonne aufgehen sehen.

Plötzlich merkte er auf und schaute in den Föhrenwald hinein, durch den dort, wo er am dichtesten war, zwei Männer kamen, die, als sie ihn sahen, auf ihn zutraten.

„Nanu, seh ich recht? Bist du nicht ein Granzow aus Saßnitz – ein Vetter, he?"
„Ja, Ohm, der bin ich."
„Wie kommst du denn zu dieser Zeit hierher?"

„Gleich, lieber Ohm, gleich! Erst sieh dir einmal diesen Herrn an – kennst du ihn nicht?"

Sturleson war dicht an Magnus herangetreten. „Nein", sagte er dann, „ich kenne ihn nicht und erinnere mich auch nicht, ihn jemals gesehen zu haben."

„Du kennst Magnus Brahe nicht?"

„Graf Brahe? Euer Vater ist mein Landsmann. Darf ich Euch die Hand bieten?"

Und nach einer kleinen Pause sagte er: „Nun weiß ich, wer Ihr beide seid; aber noch immer nicht weiß ich die Ursache, die mir so früh die Freude verschafft, euch bei mir zu begrüßen."

Waldemar zog die Stirn kraus. „Das ist eine traurige Geschichte, Ohm", erwiderte er.

Und dann berichtete Waldemar mit kurzen Worten, was sie beide zu ihm geführt hatte. Sturleson hörte Waldemar zu, ohne ihn zu unterbrechen, aber als Waldemar fertig war, pfiff er laut durch die Zähne und sagte:

„Das nenne ich mir ein Ereignis! Und bei mir seid ihr an den Rechten gekommen, bei mir seid ihr sicher. Wir werden es den Herren Franzosen schon zeigen. Jetzt aber folgt mir und frühstückt mit mir. Eins jedoch ist dabei zu bedenken. Ihr müßt wissen, daß auch ich den Besuch der Franzosen erwarte. Doch ihr braucht euch keine Gedanken zu machen, wenn die Hundsfötter auch kommen, euch sollen sie nicht kriegen. Ich habe ein Versteck, das sie nie entdecken werden. Nun lassen wir das Reden sein; dort steht mein Haus. Hinein, Herr Graf, immer hinein, es ist klein und eng, aber für gute Freunde ist immer Platz."

Der Schwede ließ seinem vornehmen Gast, wie es sich gebührte, den Vortritt, dann ging Waldemar in das behaglich eingerichtete Wohnzimmer, und gleich hinter ihm her polterte der Wirt hinein, laut nach Mutter Talke rufend, um ihr den unerwarteten Besuch vorzustellen. Endlich kam sie und begrüßte ihre Gäste wortreich.

„Laß das viele Reden, Talke!" unterbrach sie der Alte Schwede, indem er seinen Spatenstock in die Ecke stellte. „Mach uns etwas zu essen, Mutter, aber etwas Kräftiges, denn wir haben einen guten Appetit."

Magnus nahm auf einem alten Ruhebett Platz, denn er fühlte sich durch den langen Marsch sehr geschwächt, er hatte ja auch die ganze Nacht nicht geschlafen. „Ruht Euch nur einstweilen auf dem Dings da aus", sagte der Alte. „Und wenn Ihr gegessen habt, dann sollt Ihr eine Stube mit zwei Betten haben, die bis an die Decke reichen und mit Eiderdaunen gestopft sind."

Es dauerte nicht lange, da kam eine Magd und deckte den Tisch. Dann erschien sie noch einmal und brachte eine große Flasche alten Kornbranntwein und eine kleinere mit dunklem portugiesischem Wein und drei Gläser. Sobald sie auf dem Tische standen, füllte sie Adam Sturleson und bot sie seinen Gästen an.

Die beiden jungen Männer taten dem Alten Bescheid und langten kräftig nach dem Brot und der Wurst.

Als das Frühstück beendet war, führte der Wirt seine Gäste in die Stube, und Magnus legte sich zu Bett. Waldemar aber kehrte zu dem Ohm zurück und ging mit ihm nach draußen, um sich die Sorgen vom Herzen zu sprechen, denn Adam Sturleson war ein Mann, dem er alles anvertrauen konnte und der ihm gewiß auch einen guten Rat zu geben vermochte.

XXII

Mutter Talkes Unternehmungen

Acht Tage verbrachten die Freunde auf Pulitz in aller Ruhe und Geborgenheit. Von den Franzosen hörten und sahen sie gar nichts, denn hierher verirrte sich keine Patrouille. So erfuhren sie weder was auf dem Festland noch was auf Rügen vorging. Aber das war ihnen am Ende auch wieder nicht recht.

Magnus war durch die Begegnung mit Gylfe immer noch mehr als trübe gestimmt und sprach kaum ein Wort. Er hielt sich meistens allein in seinem Zimmer auf, unternahm auch einmal einen Spaziergang und verarbeitete seine traurigen Erfahrungen. Und schließlich war er bemüht, so rasch wie möglich seine Wunde auszuheilen.

Waldemar dagegen fühlte sich während dieser acht Tage wohl und zufrieden, aber die Ruhe dauerte ihm schon wieder zu lange. Vor allem machte ihm Sorge, was ihm Hille von der Einquartierung erzählt hatte.

Es dauerte nicht mehr all zu lange, und er hielt es nicht mehr aus. Eines Abends, er kam mit Sturleson von der Jagd, sprach er mit ihm über das, was ihn so sehr bewegte.

„Aber Waldemar, du wirst doch nicht den Kopf hängen lassen wie Magnus!" Waldemar schüttelte entschieden den Kopf, und Sturleson fuhr fort: „Du bist ein Mann der Tat, Waldemar, du bist kein vornehmer Herr wie Magnus, der sich mit seinen Phantasien plagen mag, da er nichts anderes gelernt hat und nichts anderes zu lernen braucht. Er hat sein Geld und damit seine Zukunft, du aber mußt sie dir erarbeiten. Leute wie wir haben keine Minute Zeit zu verlieren, wenn wir leben wollen, das kannst du jeden Tag von mir lernen!"

„Du magst recht haben", erwiderte Waldemar sinnend. –

Als Adam Sturleson an diesem Abend schlafen ging, war er ungewöhnlich schweigsam und nachdenklich; endlich aber sagte er: „Talke, schläfst du schon? Nein? So höre, ich habe heute mit Waldemar über seine Verhältnisse gesprochen. Der Junge möchte gern wissen, wie es zu Hause geht. Ich verdenke ihm das nicht; er hat seine Eltern neulich nach so langer Trennung kaum einen ganzen Tag gesehen, und er tut mir leid, denn er führt doch eigentlich dem Grafen Brahe zuliebe sein abenteuerliches Leben. Ach, wenn diese Herren keine Freunde hätten, auf die sie sich stützten oder die für sie durchs Feuer gingen, wie würde es ihnen ergehen, und wie oft würden sie sich die zarten Fingerchen verbrennen! Na, sei es, wie's sei. Ich aber möchte dem Burschen gern eine Freude bereiten, wenn ich nur wüßte, wie ich das anfangen sollte. Weißt du es vielleicht, Talke?"

„Noch nicht, Adam, aber ich denke, es wird mir schon etwas einfallen, was deine Zustimmung findet."

„Ja, ja, laß dir was einfallen, aber etwas Gescheites. Und noch etwas geht mir durch den Kopf. Ich möchte gern das Vergnügen haben, diesen Waldemar mit der Hille Vangerow zusammen zu sehen. Das wär ein hübsches Paar, und wenn ich das zuwege brächte, es käme mir auf einen tollen Streich mehr oder weniger dabei nicht an."

Nicht am nächsten Morgen schon, sondern erst am übernächsten rüstete sich Mutter Talke zu einem größeren Ausflug; selten genug kam so etwas bei ihr vor. Zusammen mit ihrem Mann und von einem Knecht begleitet, begab sie sich zum Strand, wo schon ein Boot auf sie wartete, das sie zunächst nach Thießower Ort bringen sollte. Dort wollte sie ein Fuhrwerk nehmen und dann so rasch wie möglich weiterfahren.

Da es erst sechs Uhr war, schlief Magnus noch, Waldemar aber begleitete den Ohm, und so sah er Mutter Talke in das Boot steigen und zur Schmalen Heide fahren, ohne daß er geahnt hätte, was Zweck und Ziel dieser Reise waren.

Der Morgen war mild und fast windstill; als die Frau und der Knecht unterwegs waren, schaute Waldemar den Alten fragend an. Da der jedoch schwieg, ließ Waldemar die Frage nicht laut werden.

„Mein Junge", sagte Sturleson endlich, als sich das Boot immer weiter entfernte, „nun ist sie unterwegs, und wir wollen jetzt umkehren und sehen, was es im Hause zu tun gibt, nachdem uns die Alte das Regiment überlassen hat."

„Wo will denn Mutter Talke eigentlich so früh hin?" fragte Waldemar nach einer Pause, als er zu bemerken schien, daß der schmunzelnde Alte Schwede seine Frage erwartete.

„Ja, neugierig sind wir alle zusammen und du auch, wie ich merke. Wo sie hin will? Sie will nach Jasmund, um einige Einkäufe zu machen."

„Nach Jasmund?" fragte Waldemar staunend. „Ich denke, Ihr bekommt alles aus Bergen?"

„Nicht alles, mein Junge, nicht alles. Auch in Jasmund gibt es mancherlei gute Dinge – noch dazu von bester Qualität."

„Ohm, du verbirgst mir etwas, ich spüre es wohl. Wenn es was Gutes ist, dann sag es, es wird mir wohltun!"

„Was soll ich dir schon verbergen?"

„Ich kann mir nicht helfen", fuhr Waldemar erregter fort, „aber ich muß diesen Ausflug Mutter Talkes mit Saßnitz in Verbindung bringen, obwohl ich nicht weiß, was sie dorthin führt."

„Du hast vielleicht nicht unrecht, mein Junge. Die Alte ist unternehmend, und wenn sie nach Sagard geht, macht sie vielleicht einen Abstecher und läßt sich nach Saßnitz kutschieren. Mehr kann ich dir aber auch nicht sagen; warte ab, was geschieht."

Waldemar hatte genug gehört; er kannte den Ohm gut genug, um zu wissen, daß er der Mann war, jemandem bei Gelegenheit eine Freude zu bereiten. Um also auch ihm nicht die Freude der Überraschung zu rauben, schwieg er, jetzt fest überzeugt, daß Mutter Talke nur weggefahren war, um seine Eltern zu besuchen.

Als es Abend geworden war, forderte Sturleson die beiden jungen Männer auf, ihn zu begleiten, und wie Waldemar es erwartet hatte, schlug er den Weg zur Landungsstelle ein, wo seine Boote lagen und Mutter Talke am Morgen abgesegelt war.

Schweigsam wie gewöhnlich, fast teilnahmslos erscheinend, schritt Magnus Brahe neben den beiden her; seine Gedanken waren, wo sie immer waren. Waldemar dagegen drängte zum Strand, er konnte die Zeit nicht mehr erwarten.

„Gemach, meine Herren", sagte Sturleson schließlich, „nicht so hastig, es läuft uns nichts davon!"

Jetzt hatten sie den Strand erreicht, aber sie sollten alle drei noch eine Weile vergeblich warten, ehe sie das Boot zurückkehren sahen.

„Ich müßte mich sehr irren, Ohm, wenn jetzt nicht ein Boot von Thiessower Ort herüberkäme. Schade, daß wir keinen Wind haben, sonst könnten wir die Segel sehen, aber sie rudern – horcht –, hört ihr nichts?" Waldemar hatte mit seinen scharfen Augen als erster das Boot entdeckt.

„Ruhig, Junge, immer ruhig, ja, ich höre deutlich die Ruderschläge."

Nun sahen sie auch mehrere Personen im Boot sitzen, obgleich sich leichter Dunst über dem Wasser ausbreitete.

„Erkennst du die Alte schon?" fragte Sturleson lauernd und blickte Waldemar an, der angestrengt über das Wasser schaute.

„Mutter Talke sehe ich nicht, und trotzdem sitzen mehr Menschen im Boot, als heute morgen abgefahren sind."

Adam Sturleson hustete, offenbar, um seine Freude zu verdecken. Heimlich stieß er sogar Magnus an und deutete auf Waldemar, als wollte er sagen: Paß auf, das wird eine Überraschung geben!

Fünf Minuten später war das Boot am Strand, und Waldemar begrüßte voller Freude seine Mutter und Hille.

Obgleich man an diesem Abend bis weit über die gewohnte Stunde beieinander sitzen geblieben war und Waldemar wiederholt das Gespräch auf die Zustände in Saßnitz zu lenken versucht hatte, schienen sich die Frauen gegen Waldemar verbündet zu haben, denn sie hatten seine Fragen einfach überhört und waren zu etwas anderem übergegangen. Waldemar hatte das schließlich gespürt und auf weitere Fragen verzichtet. Er mußte sich wohl oder übel bis morgen gedulden; wenn er ein Weilchen mit seiner Mutter allein wäre, würde sie ihm schon alles berichten, was ihn interessierte.

So war es denn auch. Nachdem sie das Frühstück eingenommen hatten, trennten sie sich. Magnus Brahe begleitete Adam Sturleson auf einen Gang in den Wald. Hille half Mutter Talke bei den Vorbereitungen zum Mittagessen, und Waldemar zeigte seiner Mutter den schönen Föhrenwald von Pulitz, um ihr bei dieser Gelegenheit die Fragen vorzulegen, die er nicht länger zurückzuhalten vermochte.

„Habe ich denn das ganz allein der Base Talke zu verdanken, daß ihr hierhergekommen seid?" fragte er.

„Das kann ich dir gar nicht so genau sagen, denn Hille und ich, wir hatten ebenfalls seit langem vor, hierher zu gehen, seitdem wir von eurer glücklichen Flucht aus Spyker gehört hatten. Aber wir durften ja unser Haus nicht verlassen, solange der Sergeant mit seinen drei Leuten bei uns einquartiert war. Gestern nun, als sie abgezogen waren, um für zwei Tage nach Mönchgut zu marschieren, wo sie euch versteckt glauben, traf es sich, daß die Base zu uns kam, um sich, wie sie sagte, zu erkundigen, wie es uns gehe, damit sie dir davon berichten könne. Und da war es denn Hille, glaube ich, die sofort sagte: Tante, eine bessere Gelegenheit finden wir bestimmt nicht, der Tag ist schön, die Base hat ein Boot in Thiessow, und die Franzosen kommen erst übermorgen wieder, fahr also mit hinüber nach Pulitz."

„So, Hille hat das gesagt?"

„Jawohl, Waldemar, und ich habe dann zu Hille gesagt: So komm doch mit, den alten Ohm und Waldemar besuchen!"

„So war das", unterbrach sie Waldemar. „Aber was hat denn Vater für große Sorgen, da er nun weiß, daß ich geborgen bin?"

„Wie? Hat dir Hille nicht gesagt warum, als ihr neulich zusammen wart?"

„Sie hat mir nur gesagt, daß ihr Einquartierung habt und daß euch das etwas lästig wäre."

„Lästig? Etwas? Bloß lästig? Mein Gott, ich glaube gar, das Mädchen hat dir nicht die ganze Wahrheit sagen wollen, um dir nicht noch mehr Gedanken zu machen. Vielleicht auch, um dich von Hause fernzuhalten. Doch das darf ich dir nun nicht länger verbergen. Ach, Waldemar, seit sie dich auf der Insel verfolgen, haben sie uns ganz schön mitgespielt. Nicht genug, daß sie uns vier Mann in das Haus legten, die wie die Prinzen verpflegt sein wollen und all unser Eigentum für das ihre ansehen, mußten wir jedem Mann täglich einen schwedischen Taler, und am Ende der zweiten Woche, als der schreckliche Mensch aus Spyker kam, dem du entflohen bist, hundert Taler Strafgeld zahlen, weil du noch nicht gefunden worden bist."

„Wie", rief Waldemar entsetzt, „das hat man euch auferlegt? Und ihr habt es auch bezahlt?"

„Auf Heller und Pfennig, Waldemar."

„Wo habt ihr denn das hergenommen? Soviel ich weiß, besaß Vater außer seinen paar schwedischen Pfandbriefen kein Bargeld?"

„Ja, siehst du, Waldemar, das ist eben das Geheimnis, und Hille hat mir auf die Seele gebunden, es dir nicht zu verraten."

„Hille? Schon wieder Hille? Was hat denn sie damit zu tun?"

„Wenn wir sie nicht bei uns gehabt hätten, wüßte ich nicht, wie es uns ergangen wäre. Ich will es dir nur sagen, aber du darfst dir nichts anmerken lassen. Alle die Strafgelder hat sie bezahlt, um uns Ruhe zu verschaffen, und selbst wenn der Vater ihr das nicht wiedergeben kann, dann soll auch das in Ordnung sein."

Waldemar blieb mitten auf dem Weg stehen und brachte vor Verwunderung kein Wort über die Lippen, denn seiner Meinung nach war Hille noch ärmer als die Eltern, wo sollte da mit einemmal bei ihr das Geld hergekommen sein?

„Du sprichst in Rätseln", sagte er endlich. „Wie war Hille in der Lage, diese Summen zu bezahlen?"

Jetzt stand auch Mutter Ilske still und starrte verwundert ihren Sohn an. Ihr dämmerte es, daß Hille Waldemar nichts von der Erbschaft gesagt haben könnte, um nicht vor ihm damit zu renommieren. „Hat sie denn nichts von der Erbschaft gesagt?" fragte sie flüsternd, „die von dem alten Lachmann stammt? Nein? Ja freilich, Junge, sie ist seine einzige Erbin, und er hat ihr nicht allein sein schönes Gut vermacht, sondern zweitausend Taler bar obendrein. Du siehst also, sie ist ein reiches Mädchen geworden."

Waldemar senkte den Kopf, tausend Gedanken strömten auf ihn ein, aber es war kein Eigennutz darunter.

„Als die Franzosen nun sahen, daß ihre Zahlungsbefehle so pünktlich eingehalten wurden, ließen sie es sich bei uns gefallen und wurden nicht allzu bösartig. Aber von dem Tag an, wo du aus Spyker entflohen warst, freilich, da änderte sich alles."

„Ich will doch nicht hoffen, daß es noch schlimmer wurde?" fragte Waldemar.

„Doch, Waldemar, viel schlimmer. Am anderen Morgen kam der schreckliche Kapitän aus Spyker und ließ das ganze Haus durchwühlen. Und da er nicht fand, was er suchte, schlug er in Scherben, was ihm unter die Hände geriet, und drohte Vater mit Tod und Verderben, wenn wir ihm nicht den Verräter herausgäben. Damit meinte er dich, Waldemar. Nachdem er alles vergeblich durchsucht hatte, legte er noch zwei Mann mehr ins Haus und schleppte fort, was er mitnehmen konnte, versenkte Vaters Boot, schlug etliche Bäume im Garten um und ließ dort einen Pferdestall bauen. Endlich belegte er uns noch einmal mit einer Kontribution von hundert Talern."

„Die werdet ihr ihm aber doch nicht zahlen!" rief Waldemar, auf das höchste entrüstet.

„Nein, ganz gewiß nicht, das hat Vater auch gesagt. Aber wenn sie ihn nun fortführen, wie der Kapitän schrie, als er wegritt?"

„Und das alles meinetwegen!"

„Sprich nicht so, Waldemar. Wir haben ja Hille. Daß sie dich nicht kriegen, dafür müsse gesorgt werden, auf jede Weise, sagt sie, und sie selbst wolle alles tun, damit das nicht geschehe."

Sie wurden unterbrochen; Magnus und Sturleson begegneten ihnen. Mit ihnen zusammen gingen sie zum Hof zurück.

Waldemar versuchte Hille allein zu sprechen, als sie wieder im Hause waren. Aber Hille schien zu ahnen, was er von ihr wollte, und sie wich dem Dank aus, für sie war es selbstverständlich, was sie für Waldemars Eltern und auch für ihn getan hatte.

Der Tag verging, obwohl es ein langer Sommertag war, nur allzuschnell. Zwischen Waldemar und Hille flogen heimliche Blicke hin und her, beide hatten keine Gelegenheit mehr gefunden, allein miteinander zu reden. Dem alten Sturleson war das natürlich nicht entgangen, und deshalb wollte er sich als Vermittler betätigen.

Als die beiden Frauen am Abend aufbrachen, nahm Sturleson Hille beiseite und flüsterte ihr etwas zu. Dann ging er mit Magnus voran und wählte den weitesten Weg durch den Wald, um den beiden jungen Leuten soviel Zeit wie möglich für sich zu verschaffen. Waldemar schlenderte mit Hille hinterher, sie schwiegen beide. Waldemar wußte nicht, wie er beginnen sollte. Endlich jedoch bezwang er sich.

„Hille", sagte er und legte dem Mädchen leicht die Hand auf die Schulter. „Hille, laß uns etwas langsamer gehen, ich möchte dir etwas sagen, wozu ich den ganzen Tag keine Gelegenheit fand."

Hille warf ihm einen raschen Blick des Einverständnisses zu und sah dann wieder schweigend vor sich nieder.

„Hille", Waldemars Stimme war die Verlegenheit anzuhören, „ich habe heute etwas von meiner Mutter gehört, was mich mit Staunen erfüllt hat. Ich weiß nicht, ob ich damit beginnen soll, dir zu der Erbschaft Glück zu wünschen oder dir zu danken, daß du uns damit eine so große Hilfe warst."

„Du mußt mir dafür nicht danken, Waldemar. Laß uns lieber von etwas anderem reden, von der Gefahr, in der du immer noch schwebst."

„So schlimm ist das nicht. Magnus ist fürs erste in Sicherheit, und er ist auch bald gesund. Was dann geschehen wird, das wird sich zeigen."

„Mich beschäftigt nicht so sehr Magnus Brahe, sondern du bist es, Waldemar."

„Ich will mein Schicksal nicht von dem Magnus' trennen."

„Aber das ist es ja, was mich bange macht. Wärst du allein, wüßte ich dir einen guten Rat zu geben."

„Welchen?"

„Nach Schweden zu gehen und dort zu bleiben, bis die Franzosen fort sind."

„Dort will, soviel ich weiß, auch Magnus hin."

„Dann geh mit ihm! Überrede ihn, lieber heute als morgen aufzubrechen, nur dort seid ihr völlig sicher."

„Hille, das kann ich nicht. Ich kann doch jetzt mein Vaterland nicht verlassen, jetzt, wo jeder Mann bitter nötig ist, ihm zu helfen. Das mußt du nicht von mir verlangen, Hille."

„Sie werden dich hier früher oder später fangen, und was nützt du dann deinem Vaterland? Aber nun laß mich rasch reden, dort ist schon das Boot. Bleib auf Pulitz, Waldemar, so lange, bis du eine sichere Gelegenheit findest, nach Schweden zu segeln, oder bis dich die Not von Pulitz vertreibt. Denke nicht daran, dich in Saßnitz blicken zu lassen, dort lauert Gefahr auf dich in allen Ecken. Versprich mir, auch ein wenig an dich selbst zu denken. Versprich es mir, deinen Eltern zuliebe, sie haben ja nur noch dich."

Als Waldemar dazu schwieg, begann sie noch einmal, sie hatte den Kopf gesenkt, um das Erröten zu verbergen. „Und versprich es mir auch meinetwegen, Waldemar."

Waldemar blieb stehen. Jetzt hätte er Hille in die Arme schließen sollen. Aber sie waren am Boot, bei den anderen, und er konnte nur noch sagen: „Gut, Hille, ich verspreche es dir!"

XXIII

Der Kaiser von Pulitz

Fast zwei Wochen lebten die beiden Flüchtlinge nun auf Pulitz, und von Tag zu Tag fühlten sie sich sicherer in dem einsamen Haus. Mit Magnus freilich sah es immer noch schlimm genug aus. Jetzt, seitdem Hille dagewesen war, sah Waldemar jedoch Magnus mit anderen Augen an. Jetzt tat er ihm leid. Was mußte er fühlen, von der Frau zurückgestoßen und verschmäht zu werden, die er immer noch liebte. Aber Waldemar vermochte ihm da nicht zu helfen. Das war etwas, das Magnus mit sich selbst ausmachen mußte. Nur, so wie Magnus veranlagt war, würde das kaum gut für ihn enden. Was er, Waldemar, dazu tun konnte, um Magnus vor dem Schlimmsten zu bewahren, das würde er gewiß tun. Aber würde das reichen? Waldemar gab sich da keinen falschen Hoffnungen hin.

Der Arm zumindest war geheilt, und bald war Magnus wieder imstande, eine Flinte zu halten und Vögel zu schießen, die in dichten Schwärmen die Insel umflogen.

So war es Ende Juli geworden, und sie hatten nichts von den Vorgängen auf Rügen gehört, außer dem, was dann und wann ein Nachbar dem Pächter zutrug oder ein Knecht von einem kurzen Ausflug mit heimbrachte.

Es war am 25. Juli 1809, als die Sturlesons mit ihren Gästen das Frühstück einnahmen und dabei einige Nachrichten besprachen, die ihnen am Abend vorher zugegangen waren. Ein Knecht war in Jasmund gewesen, hatte Sagard und Saßnitz besucht und einige Bestellungen und Grüße bei Waldemars Eltern ausgerichtet. Dort war alles gesund, aber die Franzosen hausten immer noch wie zuvor, und die Nachforschungen nach dem Grafen Brahe und Waldemar Granzow dauerten an, obwohl sie eher schläfrig als eifrig betrieben wurden. Die Länge der Zeit hatte den Franzosen das Vergnügen daran genommen.

Für Waldemar hatte der Knecht ein Briefchen mitgebracht, das ihm Hille heimlich zugesteckt hatte. In ihm standen auch einige Neuigkeiten aus Spyker: daß der Kapitän Gylfe Torstenson wieder hofiere, daß dem Kastellan kein größerer Schade entstanden war, da Herr de Caillard sich auf andere Weise an dem Besitztum des Grafen schadlos halte und nach wie vor ein höchst vergnügtes Leben auf dem Schloß führe, nachdem er von Stralsund aus den leer getrunkenen Keller auf Kosten des Besitzers aufgefüllt habe.

Waldemar wurde durch diese Nachricht nicht gerade traurig gestimmt, er hatte kaum anderes erwartet, nur seines Freundes wegen war sie ihm alles andere als angenehm. Deshalb sagte er ihm davon auch nichts, er wollte ihn nicht noch mehr aus dem Gleichgewicht bringen.

Gleich nach dem Frühstück ging Sturleson nach draußen, die Ernte stand bevor. Als er in die Nähe des Strandes kam, sah er zu seinem größten Erstaunen ein Boot aus der Bergener Richtung her auf die Insel zufahren, in dem er einige Fremde wahrzunehmen glaubte. Vorsichtshalber schickte er sofort einen Boten zum Haus, um seinen Gästen die Neuigkeit melden zu lassen. Er wußte, sie würden sich verbergen, bis er ihnen Näheres mitteilte.

Als das Boot gelandet war, stiegen zwei Franzosen aus, die sich als Diener des Generals de Chambertin vorstellten und ihm meldeten, daß Seine Exzellenz beschlossen hätte, endlich sein Eigentum zu besuchen, es kennenzulernen und womöglich einige Sommermonate darauf zuzubringen.

Da war denn also das längst Erwartete und Gefürchtete eingetroffen, die bisherige Ruhe der Insel war gestört, und ihre Bewohner gingen einem ungewissen Schicksal entgegen.

Die Diener beeilten sich, das Boot zu leeren, das mit Koffern, Schachteln und Behältnissen aller Art dermaßen vollgestopft war, daß man schon allein daraus entnehmen konnte, der neue Besitzer von Pulitz beabsichtige seine Herrschaft mit einem langen Aufenthalt zu beehren.

Da die anwesenden Leute nicht ausreichten, all die Habseligkeiten zu dem etwas entfernt liegenden Wohnhaus zu schaffen, versprach Sturleson einen Wagen zu schicken und ging mit dem Kammerdiener des Generals de Chambertin zum Haus, während der andere Diener als Wachtposten am Strande zurückblieb.

„Jetzt, Herr Pächter", sagte der Kammerdiener, „habt die Güte, mich zum Schloß zu führen; ich werde es mir genau ansehen, um dem gnädigen Herrn die besten Zimmer auszusuchen und sie seinen Wünschen entsprechend einzurichten."

Der Alte Schwede, obwohl nicht in der besten Stimmung, warf dem fein gekleideten und zierlich redenden Franzosen einen lächelnden Blick zu, der nicht ohne heimliche Schadenfreude war. „Kommt", sagte er schmunzelnd, „und seht Euch das Schloß an; die drei besten Zimmer, die es enthält, stehen sogleich zu Eurer Verfügung, ich habe den Herrn General längst erwartet und sie von allem Gerümpel frei gemacht."

„Nennt ihn Exzellenz, das wird er lieber hören."

„Ist er denn Exzellenz?"

„Er ist es nicht, aber er kann es noch werden."

„Dann darf ich ihn auch nicht so nennen, bei uns ist es ein Hohn, jemandem einen Titel zu geben, der ihm nicht gebührt."

„Aber bei uns ist das so üblich, Herr, und Ihr seid gehalten, Euch danach zu richten. Doch wie sagt Ihr, nur drei gute Zimmer hätte das Schloß?"

„Ich sage es so, wie es ist. Laßt uns nicht die Zeit mit Reden verschwenden, sondern kommt und überzeugt Euch selbst."

Sie gingen schweigend durch die Felder, dem Pachthaus zu. Die Scheunen und Ställe waren die Vorderfront, durch sie führte das Eingangstor.

„Was sind das für Baracken?" fragte der Kammerdiener.

„Das ist das Pachthaus oder vielmehr seine Scheunen und Ställe."

„Aha, da wohnt Ihr?"

„Auch Ihr, mein Herr."

„Auch ich, wieso das? Glaubt Ihr, daß ich weit von Seiner Exzellenz wohnen darf?"

„Ihr werdet hier in Seiner Exzellenz allernächster Nähe sein, denn dort – da haben wir es schon – ist das Haus selbst."

„Wie? Ich wollte zum Schloß."

„Das ist alles, was wir hier auf Pulitz haben. Bei uns nennt man es Pachthof, bei Euch aber ist es, wie Ihr sagt, Sitte, jedermann und jedem Ding einen höheren Titel zu geben, also nennt es denn immerhin Schloß."

Der enttäuschte Franzose stand still, sperrte Augen und Mund auf und blickte bald den lächelnden Pächter, bald das Schloß an, das in seiner Meinung eher einer Hundehütte als einem Herrenhaus für einen Kavalier glich. „Das ist Euer Schloß?" fragte er mit ängstlicher Miene.

„Das ist es, mein Herr. Tretet näher und betrachtet sein Inneres. Es ist so wohnlich wie es sein kann, mir genügt es durchaus."

Der Franzose wurde mäuschenstill und verlor immer mehr an Farbe, je näher er dem Haus kam. Als er auch noch auf dem Hof verschiedene Ackergeräte und einige Misthaufen sah, wurde er bleich, hielt sich die Nase zu und warf einen kläglichen Blick auf seinen Begleiter, der ihn ohne weiteres in den Herrenflügel führte und ihm die drei erwähnten Zimmer wies, deren Aussicht auf den prächtigsten der Misthaufen ging.

Hier ließ Sturleson den Kammerdiener mit seiner Verwunderung, die fast einer Erstarrung glich, allein und begab sich, nachdem er einen Wagen zum Strand geschickt hatte, zu Waldemar und Magnus, die Mutter Talke in einem verschlossenen Dachkämmerchen sicher untergebracht hatte.

„Da haben wir's", sagte er, als er bei ihnen war, „nun kommt mein neuer Kaiser, um seine Herrschaft anzutreten. Es wird bald lustig hergehen, wenn ich dem trauen darf, was ich soeben erfahren habe. Na, wenn er es bei uns im kleinen treibt, wie es sein Kaiser da draußen im großen tut, dann wird es eine schöne Wirtschaft geben. Aber ich bin überzeugt, er wird es nicht lange hier aushalten, wenn er ein so feiner Mann wie sein Kammerdiener ist, denn der zumindest hat sich eine ganz andere Vorstellung von der Herrschaft Pulitz gemacht, als sie wirklich ist; das habe ich auf den ersten Blick weggehabt. Nun, Talke, gib dem Monsieur drüben zu essen und überhöre seine Lamentationen: Wir haben die Herren Franzosen nicht gerufen, sie sind aus eigenem Antrieb zu uns gekommen, und da müssen sie auch mit dem zufrieden sein, was sie finden. Wir aber, meine Freunde", er wandte sich zu den beiden jungen Leuten, „werden heute abend nach Alt-Rügen übersiedeln, wo ihr von jetzt an euer Quartier aufschlagen müßt, bis der Kaiser von Pulitz wieder abgereist ist. Ihr werdet es dort nicht so bequem finden wie hier, aber sicher seid ihr, dafür bürge ich."

Es war spätabends geworden, der Herr Kammerdiener Seiner künftigen Exzellenz oder des Kaisers von Pulitz, wie ihn Sturleson nannte, hatte sich überzeugt, daß es kein anderes Schloß auf dem Gebiet seines Herrn gäbe, also hatte er aus der Not eine Tugend gemacht und mit einiger Nachhilfe Mutter Talkes die drei Zimmer so wohnlich wie möglich eingerichtet. Sturleson aber hatte sich mit Waldemar und Magnus bei Einbruch der Nacht, mit Proviant beladen, zu dem Versteck begeben, in dem sich die beiden Freunde verbergen sollten.

Ungefähr in der Mitte des schmalen Wassergürtels, der Pulitz von Rügen trennt, liegt ein kleiner mit Gras, Buschwerk und Farnkräutern bewachsener Werder, Alt-Rügen genannt, der im Sommer dem Pächter von Pulitz als Viehweide diente, sonst aber von niemandem betreten wurde. Von Pulitz aus führte eine seichte Furt dorthin, die man bequem mit guten Wasserstiefeln durchwaten konnte. Auf der Rügenschen Seite aber war das Wasser tief, und man konnte, wenn man die Sandbänke zu umgehen wußte, gut mit einem Boot hindurchfahren.

Für den Alten Schweden jedoch hatte diese kleine Insel einen besonderen Reiz: Sie war der Sammelplatz zahlloser Scharen wilder Enten, und Sturleson war des öfteren hier, um Vögel zu schießen. Um ungestört und auch geschützt seiner Jagdleidenschaft frönen zu können, hatte er mitten auf dem Werder ein Versteck gebaut, und dorthin führte er Waldemar und Magnus.

An der Stelle nämlich, wo das Farnkraut und das Buschwerk am dichtesten stand, hatte er eine geräumige Höhle graben lassen, in der man es gut und gern einige Zeit aushielt.

Zwei Lagerstätten, ein paar Sitze und ein kleiner Tisch standen darin. Eine Tür, unter Moos und Gestrüpp verborgen, war der Eingang. Die Fenster waren zugleich die Luken, aus denen heraus Sturleson nach den Enten schoß.

Als der Alte Schwede seine Gäste in diese unterirdische Blockhütte geführt und mit all ihren Einzelheiten vertraut gemacht hatte, ließ er sich auf einem der Sitze nieder, zündete ein Licht an, schloß die Schießluken und sah seine Freunde gemütlich lächelnd an. „Nun", sagte er, „was meint ihr? Werdet ihr hier vor den Augen der Franzosen sicher sein und dem Alten Schweden glauben, wenn er sagte, er habe ein Versteck für euch?"

Magnus und Waldemar nickten. „Aber es wird heiß werden, wenn wir alle Löcher schließen", bemerkte Magnus.

„Wer sagt euch, daß ihr sie alle schließen sollt? Bei Tage müßt ihr euch freilich still verhalten, nachts aber könnt ihr euch ein oder zwei Löcher oder auch die Tür öffnen und könnt spazierengehen, ja sogar nach Pulitz herüberkommen. Die Furt kennt ihr ja, und gute Wasserstiefel habt ihr auch. Ich werde euch jeden Abend, sobald der Kaiser von Pulitz geruht, zu Bett zu gehen, besuchen und Nachricht bringen, wie es drüben bei mir steht."

Damit verabschiedete sich Sturleson von seinen beiden Gästen, und diese richteten sich für die Nacht ein, so gut es die Bequemlichkeit in der Hütte zuließ.

Am nächsten Morgen war der Pächter von Pulitz noch früher auf den Beinen, als es sonst seine Gewohnheit war. Es war allerdings weniger in der Absicht, nach dem Rechten zu sehen, damit der neue Gebieter alles in bester Ordnung finde, sondern aus Neugier, den Mann kennenzulernen, der jetzt sein Herr war. Allein Sturleson mußte sich gedulden, denn Monsieur de Chambertin pflegte nie vor elf Uhr aufzustehen. Leider erfuhr das Sturleson erst etwas spät aus dem Munde des Kammerdieners, und so hatte er Zeit genug, noch einige Vögel zu schießen und im Vorbeigehen bei seinen jungen Freunden nachzufragen, wie sie die Nacht verbracht hatten.

Gegen zwölf Uhr fand er sich am Strand ein, Herr Louis, der Kammerdiener, hatte gesagt, daß er seinen Herrn um diese Zeit erwarte. Es dauerte auch nicht lange, da sah man ein Boot von Dumsevitz herankommen, dem ein zweites folgte, das einen bequemen Wagen trug, in dem die zukünftige Exzellenz wahrscheinlich auf seiner neuen Herrschaft spazierenfahren wollte, um die weiten Wege abzukürzen, die ihm bei der Besichtigung seines neu erworbenen Reiches bevorständen.

In dem ersten Boot war in der Tat Herr de Chambertin zusammen mit einem Diener und einer Frau, die sich rühmte, eine Pariser Köchin zu sein, ohne die der Begleiter nicht leben konnte.

Sturleson hatte sich den Kaiser von Pulitz ganz anders vorgestellt. Er hatte geglaubt, in dem französischen ausgedienten Helden einen Haudegen von sechs Fuß Länge mit wenigstens zehn Schmarren im Gesicht zu finden; Chambertin aber war das ganze Gegenteil: Er war schmächtig und schien noch kleiner als er war, weil er ein lädiertes Bein hatte und hinkte. Die Ursache war eine Kugel, die er vor einigen Jahren in einem Gefecht mit den Preußen abbekommen hatte. Ebensowenig kriegerisch wie seine Körpergröße und Haltung war sein Gesicht. Den Kopf bedeckte dünner grauer Haarwuchs, der durch ein Färbemittel geschwärzt worden war, aber leider war er dadurch etwas scheckig geworden. Das Gesicht war ein ausgesprochenes Burgundergesicht, in dem sich Genußsucht mit Gutmütigkeit paarte. Zwei kleine blitzende schwarze Augen betrachteten lebhaft sein Eigentum, von dem er heute Besitz ergreifen wollte.

Die erste große Erwartungsfreude war jedoch schon gedämpft, das Augenblitzen erlosch: Diese kleine magere Insel sollte das große kaiserliche Geschenk sein, von dem man in Paris so ungeheuer gefabelt, um das man ihn so heftig beneidet und um dessentwillen er eine so weite Reise unternommen hatte?

Sein glühendes Gesicht heiterte sich jedoch wieder auf, als er endlich den ansehnlichen Kiefernwald sah, der Pulitz' ganzer Reichtum war, und er begrüßte mit herablassender Milde den Mann, der sich ihm bei seiner Landung als gegenwärtiger Pächter von Pulitz vorstellte. Allein auch diese Aufheiterung war nur von kurzer Dauer. Er gewahrte seinen Kammerdiener, und aus dessen Miene las er, er möge um Gottes willen seine Erwartungen so niedrig wie möglich schrauben.

„Bon jour, mein Freund!" begrüßte Chambertin schließlich seinen Pächter. „Ihr also seid es, der bis jetzt diese – diese Herrschaft verwaltet hat? Na schön. Dann zeigt mir gleich, was es an Bemerkenswertem zu sehen gibt! Aber wählt mir den bequemsten Weg, ich mag keine Spaziergänge auf holprigen Straßen."

„Die Wege auf Pulitz", erwiderte Sturleson, „sind alle von gleicher Güte. Wie dieser hier, so sind sie überall, Herr General."

Der General machte große Augen, die von Minute zu Minute größer wurden, denn was Louis schon vor vierundzwanzig Stunden erfahren hatte, das lernte jetzt auch der General kennen.

Sie erreichten schließlich den Hof, und Sturleson sagte: „Das, Herr General, ist der Pachthof, auf dem Ihr residieren werdet."

Der Kaiser von Pulitz blieb stehen, um Luft zu holen. Fast schien ihm der Verstand zu stocken.

„Mein Gott", seufzte er, „das ist ein Schloß?"

„Ja, Exzellenz", sagte Louis, „das ist es. Oh, ich habe auch schon eine schlaflose Nacht deshalb gehabt."

Des Generals Augen konnten nicht mehr größer werden, die Burgunderfarbe ging ins Bläulich-Violette über. Scheu blickte er sich nach allen vier Himmelsrichtungen um.

„Gehört das dort drüben auch noch zu Pulitz?" fragte er beinahe erschauernd.

„Nein", antwortete Sturleson. „Das Land dort drüben gehört schon zur Insel Rügen."

„Dann ist das alles, was wir bisher gesehen und durchquert haben?"

„Ja, das ist alles; oder meint Ihr, daß ich Euch etwas vorenthalten hätte?"

„Nein, nein, ist das lustig", spöttelte der General. „Schön, sehr schön, mein Freund!"

„O ja", erwiderte da Sturleson, „das meine ich auch."

„Vorwärts, mein Freund", rief er dann. „Gehen wir zum Schloß – zum Haus, wollte ich sagen, vielleicht ist es drinnen besser als draußen."

„Leider nein, Exzellenz", jammerte Louis, „im Gegenteil. Und wie es dort riecht. Ich habe schon ein Fläschchen Rosenessenz mitgebracht, damit Ihr nicht in Ohnmacht fallt, bevor Ihr noch Eure Salons betreten habt."

Der Kaiser von Pulitz griff nach dem Rosenöl, als gelte es das Leben, und raffte sich auf, das Haus zu betreten. Drinnen ließ er sich erschöpft auf ein altes Sofa fallen, das noch von Sturlesons Vorgänger herrührte; es war alles andere als bequem.

„Ich möchte speisen", sagte Chambertin kläglich, „und gebt mir das Beste, was Ihr habt. Hoffentlich leistet Ihr mir heute Gesellschaft, ich habe schließlich keine andere, und unterrichtet mich dabei von dem

Notwendigsten. – Louis, hol meinen Flaschenkorb, damit ich mich stärken kann!"

Mutter Talke hatte ihr Möglichstes getan, um allen Ansprüchen Chambertins zu genügen. Glücklicherweise wurde diese Verantwortung bald von ihr genommen, denn schon am nächsten Tag ergriff die Pariser Köchin den Oberbefehl in ihrem Reich. Trotz seiner Verwöhnung aber und obwohl die Speisekarte der Pächterin viel einfacher war als die der Kochkünstlerin aus Paris, fand Chambertin die Tafel sehr schmackhaft und erwies ihr alle Ehre. Der Alte Schwede, der heute der Gast des neuen Herrn war – er hatte noch keine andere Gesellschaft, wie er ihm gesagt hatte – und gewiß einen gesunden Appetit besaß, war dennoch höchstlich erstaunt, in dem kleinen Mann einen Esser zu finden, wie ihm noch keiner in seinem langen Leben vorgekommen war. Der General verschlang ganze Berge und bewies damit, daß zumindest sein Magen durch die Siege des großen Napoleon nicht gelitten hatte. Wo er das lassen mag! dachte Sturleson wiederholt. Der Mensch kann doch nicht aus lauter Magen bestehen. Und wie er den Wein hinunterschluckt!

Als Louis, der stets ein aufmerksames Auge auf seinen Herrn gerichtet hielt, bemerkte, daß er gesättigt war, sprang er wie ein Wiesel heran und band ihm die Serviette ab. Nun lehnte sich der kleine Mann bequem in seinen Stuhl zurück, seufzte schwer, als wäre ihm die Arbeit sehr sauer geworden, und blinzelte voller Wohlbehagen den Pächter an.

„Sehr schön!" hauchte der Kaiser von Pulitz und lächelte, „das wäre vollbracht. Nun aber, mein Freund, ist mein Plauderstündchen gekommen, wir wollen also zu den Geschäften übergehen. Wie steht es mit der Pacht?"

„Die habe ich vom König von Schweden auf Lebenszeit erhalten."

„Der König von Schweden, Monsieur, ist tot für Pommern und Rügen, Napoleon der Große regiert diesen erbärmlichen Fetzen Land!"

„Ich sehe es, ich sehe es, Herr General, und er hat einen sehr bedeutenden Mann hierher gesandt, um seine Stelle würdig zu vertreten."

„Haha. Das ist hübsch. Aber gut, das mag ich leiden. Ihr sollt die Pacht behalten, wenn Ihr mir redlich dient. Wieviel Pacht zahlt Ihr?"

„Vor zwanzig Jahren zahlte ich jährlich fünfzig Taler und zwei fette Schweine –"

„Moment! Laßt uns zuerst über das Geld reden – fünfzig Taler? Wieviel ist das in Francs?"

„Zweihundert, Herr General."

„Was?" schrie der Kaiser von Pulitz entsetzt. „Zweihundert Francs? Das wäre die ganze Pacht von meinem Besitztum?"

Der Alte Schwede lächelte. „Laßt mich ausreden", sagte er, „vor

zwanzig Jahren, hab ich gesagt, zahlte ich soviel. Heute gebe ich achtzig Taler, das macht 320 Francs, und außerdem zwei Schweine und zwanzig Pfund Schmalz."

Beinah wäre der Kaiser von Pulitz unter den Tisch gefallen. Er fuhr sich mit beiden Händen durch den Rest seiner Haare.

„Was?" schrie er, „das wagt Ihr mir zu bieten? Da hätte mir ja mein Kaiser ein sehr unkaiserliches Geschenk gemacht!"

„Das müßt Ihr mit Eurem Kaiser selbst ausmachen."

„320 Francs? Davon soll ich leben! Davon soll ich essen und trinken?"

„Habt Ihr nicht gesehen, Herr General", erwiderte der Schwede naiv, „daß ich es ganz gut kann?"

„Was trägt Euch das Gut außer der Pacht?"

„Gerade soviel, daß ich leben, das heißt essen, trinken und mich kleiden kann."

Der General riß wieder die Augen auf. „Dann lebt Ihr wohl wie ein Fürst, mein Freund?"

„Nein, Herr General, nur wie ein armer Landmann. Das Mahl heute war nur Euch zu Ehren so reichlich ausgefallen. Schließt also nicht daraus auf meine Kasse."

Der General sprang vom Stuhl auf und hinkte wie ein angeschossener Dämon in der Stube herum.

„Mein Freund!" rief er plötzlich und blieb vor dem großen Mann stehen, dem er kaum bis zur Brust reichte. „Wieviel könnt Ihr mir geben, wenn ich die Gnade habe, Euch die Pacht zu belassen?"

Der Alte Schwede richtete sich kerzengerade empor. „Gnade", sagte er mit fester Stimme, „verlangte ich von niemandem, also auch nicht von Euch. Wenn Ihr mich nicht als Pächter behalten wollt, dann sucht Euch einen anderen. Aber mehr als von mir bekommt Ihr deshalb auch nicht."

Der General war bezwungen und gab klein bei. In sanfterem Tone fragte er, wieviel Pachtzins ihm der Schwede geben wolle.

„Hundert Taler, also vierhundert Francs, sind das Höchste, was ich leisten kann, und bei den Schweinen und dem Schmalz bleibt es."

„So, so", sagte der General und faßte sich lächelnd ans Kinn, denn ihm war plötzlich ein guter Gedanke eingefallen. „Ihr mögt die Pacht für hundert Taler behalten, wenn ich keinen anderen Pächter finde;

aber der Wald da drüben wird abgeschlagen, den brauche ich nicht, wohl aber das Geld dafür."

Jetzt erschrak Sturleson, es sollte an seinen Wald gehen! „Ihr wollt den Wald abholzen?" fragte er mit schwacher Stimme.

„Ja, und zwar sofort. Denn länger als acht Tage bleibe ich nicht hier. Ich befehle es im Namen des Kaisers und des Gesetzes. Und das Gesetz bin diesmal ich!"

Diese mit Nachdruck gesprochenen Worte verfehlten nicht ihre Wirkung auf Sturleson. Ganz gleich, wie schwer ihm das fallen würde – hier kam er nicht drum herum. Oder sollte sich vielleicht doch noch ein Ausweg finden?

Aber dieser Wunsch sollte ihm nicht erfüllt werden. Schon am nächsten Morgen begann man den Wald zu lichten, und wenige Wochen darauf war abgeholzt, was Geld brachte.

XXIV

Der Kaiser von Pulitz plaudert

Als Adam Sturleson, mit Wasser und Proviant beladen, in der nächsten Nacht zu dem Versteck auf Alt-Rügen ging, um seinen jungen Freunden von den Ereignissen des Tages zu berichten, war er in mehr als gedrückter Stimmung. Der Befehl des Generals, den Wald zu fällen, hatte ihn aus dem Gleichmut geworfen. Erst als er den jungen Männern sein Herz ausgeschüttet hatte, wurde ihm wieder etwas leichter zumute. Nachdem sie dann noch ein Stündchen geplaudert hatten, entfernte sich Sturleson und überließ seine Gäste sich selbst.

Waldemar ertrug die Gefangenschaft, denn das war die erzwungene Zuflucht im Grunde, mit Fassung. Er hoffte zuversichtlich auf bessere Tage. Magnus dagegen war in der trübseligen Stimmung, in der er in den letzten Wochen immer gewesen war.

Wieder und wieder sprach er von seinen Todesahnungen, die ihm den ganzen Lebensmut nahmen. Er sagte Waldemar zwar, daß er nun alle Gedanken auf Gylfe aufgegeben habe, die Begegnung auf Spyker sei zu schwer für ihn gewesen, aber Waldemar hörte aus allem heraus, daß Magnus immer noch an Gylfe dachte. Er versuchte ihn aufzurütteln, versuchte ihm klarzumachen, daß sie beide noch eine große Aufgabe vor sich hätten, die der Lösung harrte – die Befreiung von der französischen Fremdherrschaft. Doch es war im Grunde alles sinnlos. Magnus hatte sich schon aufgegeben, und da vermochte ihm Waldemar auch nicht mehr zu helfen. Magnus wollte schon, daß sie sich beide trennten, daß Waldemar seine Wege allein gehen sollte, das jedoch gab Waldemar nicht zu. Er blieb bei Magnus, weil der ihn brauchte.

Den nächsten Morgen hatte General Chambertin dazu ausersehen, zusammen mit Sturleson das Gut zu besichtigen, um sich einen Überblick über seinen neuen Besitz zu verschaffen. Sturleson hatte alles vorbereitet und saß in seinem Zimmer und wartete auf den Diener, der ihn rufen sollte. Allein er wartete vergeblich. Der General hatte vor einer Stunde durch einen Boten einen Brief aus Bergen erhalten, in den er vertieft war. Endlich wurde der Alte Schwede ungeduldig und hielt es für geraten, seinerseits den Kaiser von Pulitz zu erinnern, daß auch für ihn die Zeit nicht stillstehe und daß er sie nutzen müsse, wenn er etwas schaffen wollte. Er stand also auf, nahm Hut und Spatenstock und ging zum Flur, wo er bescheiden an die Tür klopfte, hinter der er den General vermutete.

Aber alles blieb still, nicht einmal der sonst überall spionierende Kammerdiener ließ sich blicken. Endlich wagte es der Alte Schwede, leise den Drücker zu bewegen und die Tür spaltbreit zu öffnen. Er hatte einen ergötzlichen Anblick vor sich.

Der General saß auf einem dicht an den Tisch gerückten Sessel und las eifrig in dem schon erwähnten Brief, wozu er zwei große Brillengläser auf die Nase geklemmt hatte, die unter deren Druck blau angelaufen war und nur mit Widerstreben den seltenen Aufdringling zu dulden schien.

Bei dem Geräusch, das die Tür verursachte, hob der General den Kopf, und als er den Störenfried erkannte, lächelte er bedeutsam und winkte ihn näher.

„Guten Tag, mein Lieber!" sagte er. „Da seid Ihr ja. Aber aus unserer Besichtigung kann heute nichts werden, ich habe hier eine wichtige Botschaft erhalten, die mich ganz in Anspruch nimmt."

„Es wird doch keine Unglücksbotschaft sein?" fragte der Alte Schwede etwas neugierig.

„Nein, nein, durchaus nicht, aber wichtig ist sie, wie ich sage. Kommt einmal näher und nehmt einen Stuhl, Ihr könnt mir vielleicht ein paar Fragen beantworten, die Licht in die Sache bringen. Aber wir sprechen unter uns, ganz unter uns, mein Freund."

„Ja, ja", erwiderte der Alte Schwede, nachdem er einen Stuhl geholt und sich niedergelassen hatte, wobei er beinah ebenso leise sprach wie der General; es war, als sollten nicht einmal die Wände ein Wort von dem Gespräch hören.

„Sagt doch", fuhr der Franzose fort und rückte unruhig auf seinem Stuhl hin und her, „kennt Ihr vielleicht den Grafen Brahe?"

„Den Herrn von Spyker?" fragte der Schwede und wurde aufmerksam. „Ja, den kenne ich – er ist in Schweden."

„Den meine ich nicht – ich meine vielmehr seinen Sohn."

„Den Grafen Magnus?"

„Denselben."

„Der ist außer Landes."

„Durchaus nicht, mein Freund. Ich weiß es besser."

Der Alte Schwede war zwar betroffen, aber er beherrschte sich und bewies sogar, daß er ein ganz guter Diplomat sein konnte, denn er hielt nicht allein seine Miene im Zaum, sondern verstand es auch, seinen Gegner zum Sprechen zu bringen. „Ihr beliebt zu scherzen", sagte er mit einem so ehrlichen Gesicht, daß der alte General völlig getäuscht wurde.

„Nein, nein, ich scherze nicht; die Sache ist absolut nicht zum Scherzen. Habt Ihr irgendein Interesse an diesen Brahes?"

„Ich – nein, Herr General, ich kenne sie ja nur dem Namen nach, obwohl der Vater – ja, der Vater ist ein allgemein beliebter Mann auf Rügen."

„Ich rede nicht vom Vater – dieser Brief hier betrifft den Sohn."

„Was ist denn mit ihm, wenn man es wissen darf?"

„Allerdings darf man es wissen, und man muß es sogar, denn er könnte sich auch hierher wenden und Schutz bei uns suchen."

Der Alte Schwede zeigte eine Miene, die so starr vor Staunen war, daß der schwatzhafte General immer mehr zum Sprechen ermutigt wurde. „Richtet Euch ein", fuhr er leise fort, „in diesen Tagen ein Kommando dänischer Soldaten mit einem Offizier aufzunehmen; man wird an einem bestimmten Tag hier wie auf der ganzen Insel nach Brahe suchen. Von Stralsund kommt ein Bataillon Dänen herüber, die die Schlupfwinkel des Landes besser kennen als unsere Leute und besser mit den Einwohnern umzugehen wissen. Ha, man wird sie fassen, einsperren und" – indem er seine beringte Hand mit einer bezeichnenden Gebärde unter das Kinn legte – „um einen Kopf kürzer machen."

„Aber mein Gott", sagte Sturleson gelassen, „was hat denn der junge Mensch so Arges verbrochen?"

„Viel, sehr viel, mein Freund. Hier steht sein ganzes Sündenregister. Zuerst hat er in Kolberg gegen die Franzosen gefochten."

„Oh, das haben sehr viele getan, und wenn Euer Kaiser sie alle wollte köpfen lassen, wo wollte er so viele Henker hernehmen?"

„Das ist seine Sache, mein Lieber! Dann hat er sich mit anderen Verrätern in ein Komplott eingelassen gegen das Leben des Kaisers – das Scheusal. Dann ist er mit seinem Spießgesellen, einem gewissen Waldemar Granzow aus Saßnitz – der ein verfluchter Kerl sein muß –, ein Spion geworden, hat überall gegen die Franzosen aufgewiegelt, ist endlich mit Schill nach Stralsund gekommen, hat dort meuchlings gegen meine Landsleute gekämpft, ist nach Rügen entwischt, hat sich heimlich auf Spyker aufgehalten, dort Gespenst gespielt, einen Kommandeur der Jäger gefoppt und treibt sich jetzt wie ein Buschklepper auf Rügen herum, um eine Bartholomäusnacht gegen uns anzustiften. – Herr, ist das ein Verbrecher, wie es noch einen in ganz Europa gibt?"

„Ist es möglich?" sagte seufzend der Pächter von Pulitz. „So jung noch und schon ein Verbrecher!"

„Es muß ein Schandbube sein. Aber man wird es ihm anstreichen. Man wird ihn greifen und richten, seine Güter einziehen, seine Wappen zerbrechen, seinen Namen vertilgen und jede Erinnerung an sein Geschlecht auf ewige Zeiten auslöschen."

„Oh, das ist traurig! Aber man hat ihn noch nicht, Herr General, und es wird schwer sein, ihn zu greifen, da er reich ist, viele Freunde auf der Insel besitzt und alle Verstecke kennt."

„Das wollen wir doch erleben! Es ist alles eingeleitet. An einem bestimmten Tag wird eine allgemeine Jagd nach ihm und seinem Kumpan abgehalten werden. Alle Fähren, die schon jetzt scharf bewacht werden, sollen besetzt, alle Wege und Wälder durchsucht, alle Häuser durchstöbert und alle Ufer durchforscht werden. So wird man ihn finden und ihn der gerechten Strafe zuführen."

„Ja freilich, wenn es sich so verhält, dann wird er wohl verloren sein."

„Nicht wahr? Das wird prächtig sein. Ich möchte wohl dabeisein, wenn man ihn findet, aber man kann nicht an allen Orten zugleich sein."

„Meint Ihr, man wird ihn an verschiedenen Orten zugleich finden?"

„Charmant, charmant, mein Freund! Ihr seid ein Spaßvogel, das liebe ich! Aber wenn das Exempel an dem Banditen statuiert wird, der sich zur Schande der Menschheit einen Grafen nennt, dann werde ich dort sein, und sollte ich eine Meile zu Fuß machen müssen."

„So, so!" sagte der Alte Schwede halb für sich und senkte den Kopf. „Wo und wann wird denn die Hetzjagd beginnen?"

Der General drückte die Brille fester auf die Nase und suchte die betreffende Stelle im Brief auf. „Ja, hier steht es, ja!" rief er freudestrahlend. „Am ersten August beginnt sie an allen Orten zugleich, und sie wird so lange fortgesetzt, bis das Wild gefangen ist!"

„Und wann werden die Herren Dänen uns die Ehre ihres Besuches zuteil werden lassen?"

„Schon einen Tag vorher, am 31. Juli mittags, werden sie auf Pulitz eintreffen. Also haltet Euch bereit, mein Lieber."

„Ich werde alles tun, sie gut zu empfangen, Herr General."

„Wunderbar, charmant! Das ist brav. Nun aber laßt mich allein, ich will diesen Brief sofort beantworten, der von einem meiner Freunde kommt."

Adam Sturleson verließ den General beunruhigter, als er gekommen war. Hin und her überlegte er, was er mit Waldemar und Magnus beginnen solle. Er erwog alle Möglichkeiten, schätzte alle Gefahren ab und fand es endlich am besten, wenn sie die Insel verließen, womöglich nach Schweden gingen, denn dort hielt er sie für am sichersten. Endlich kam er mit sich überein, es ihnen selbst zu überlassen, was sie tun wollten. Und nun wartete er auf die Nacht, um ihnen diese neue Nachricht zu überbringen.

Langsamer war dem Alten Schweden ein Tag auf dieser Insel nie verstrichen als dieser; er wollte kein Ende nehmen. Zehnmal sah Sturleson nach seiner alten Uhr und verglich sie mit dem Stand der Sonne, in der Meinung, sie gehe nach, aber die Sonne zeigte stets, daß die Uhr richtig ging, und so mußte er sich denn wohl oder übel in Geduld üben.

Kaum war es Nacht geworden, kaum war das Licht in des Generals Schlafzimmer erloschen, eilte Sturleson nach Alt-Rügen, wo ihn seine beiden Gäste schon erwarteten. Rasch teilte er mit, was er erfahren hatte, und bald waren sie mit ihm einig, daß es wohl doch am besten sei, wenn sie Rügen verließen, da sie hier auf die Dauer nicht sicher waren und bei den so durchgreifenden Nachforschungen vielleicht doch entdeckt werden könnten.

„Wir halten es hier auch nicht mehr aus", erwiderte Magnus. „Es ist schon richtiger, alter Freund, Ihr laßt uns fort, schafft uns die Mittel zur Flucht, dann werdet Ihr auch bald der großen Sorge und Verantwortung enthoben sein, die Euch unsere Anwesenheit bereitet."

„Oh, das schreckt mich nicht, aber ich halte es unter allen Umständen für besser, wenn fünfzig Meilen zwischen euch und euern Verfolgern liegen."

„Wie verlassen wir aber Rügen?" fragte Waldemar, der schon einen Entschluß gefaßt hatte. „Zu Land oder zu Wasser?"

„Nicht zu Lande, nicht zu Lande, mein Junge, das ist jetzt gefährlich. Der Weg nach Schweden ist zwar weit und das Fahrwasser durch Rügen eng, allein eine dunkle Nacht und guter Wind machen das Wagnis, wenn auch nicht zu einem Kinderspiel, so doch aber ausführbar."

„Ja, ja, Ohm, wir müssen zu Wasser fort. Aber wie? Besorg uns ein seetüchtiges Boot, das übrige übernehme ich. Vater würde schon Rat wissen, wo ein gutes Boot zu finden ist."

„Daran ist nicht zu denken, daß du den sprichst. Aber halt, das war ein guter Gedanke! Wenn ich selbst zu ihm ginge und mit ihm spräche?"

„Das wäre das beste. Aber wie willst du zu ihm kommen?"

„Das muß beschlafen werden, Junge, laß mich nur machen. Kommt Zeit, kommt Rat."

„Habt Ihr keinen sicheren Boten, der den Auftrag übernehmen könnte?" fragte Magnus.

„Nichts von Boten, nichts von Boten! Bei solchen Dingen muß man selbst der Mann sein, der den Boten macht, denn wir müssen vor allen Dingen sichergehen. Auf morgen denn, meine Herren. Werdet nicht ungeduldig, wenn ich etwas länger ausbleiben sollte."

Soviel der Alte auch überlegte – es war doch ein ganz anderer, der für die Flüchtlinge sorgte, und zwar auf eine Weise, wie es niemand erwartet hätte.

Der General war am nächsten Morgen ungemein früh auf und ließ den Pächter auffordern, zwei Pferde vor seinen Reisewagen zu spannen, damit er in aller Bequemlichkeit seinen Besitz umfahren und alles genau in Augenschein nehmen könne. Da aber zeigte sich ein Hindernis, auf das man am wenigsten gerechnet hatte und woran das so schön gedachte Vorhaben scheitern sollte. Die Pferde des Alten Schweden waren durch nichts zu bewegen, sich vor den Wagen spannen zu lassen, Sturleson mochte ihnen zureden, wie er wollte.

Aber der ängstliche General hatte auch schon genug von diesen widerspenstigen Gäulen, er wollte sich nicht ohne Not in die Gefahr begeben, Hals und Beine zu brechen, und so befahl er, woanders Pferde herzunehmen.

Dem Alten Schweden fuhr es wie ein Blitz durch den Kopf. „Hm!" sagte er plötzlich, „wenn ich noch heute nach zwei guten und frommen Pferden – sehr frommen, Herr General – forschen dürfte, käme ich vielleicht nicht zu spät zum Handel. Aber es ist weit bis dorthin, wo sie zu haben sind, und es wird einen Tag dauern, den Kauf abzuschließen."

„Wo ist das denn, mein Freund?"

„In Sagard, Herr General – dort kenne ich jemanden, der zwei lammfromme Kutschpferde besitzt."

„Werden sie teuer sein?"

„Ich glaube nicht, wenn ich sie erhandle, wogegen Ihr wahrscheinlich den doppelten Preis zahlen müßtet."

„Dann beeilt Euch und kauft die Pferde!"

„Gern; aber dann bitte ich um eine Bescheinigung, daß ich die Reise in Euerm Auftrag unternehme, für den Fall, daß ich von Euern Landsleuten kontrolliert werde."

Der Paß war schnell ausgeschrieben, und der Alte Schwede fuhr sofort mit dem Boot nach Thiessow und ging dann zu Fuß weiter. Er blieb lange weg. Mittags zwölf Uhr war er aufgebrochen, und erst abends gegen neun war er wieder zurück. Leider hatte er nicht erreicht, was er wollte, denn die Gäule waren schon verkauft gewesen, noch bevor der Pächter nach Sagard gekommen war. So berichtete er wenigstens dem General, und dieser legte sich mürrisch zu Bett, da ihm die Gesellschaft des Pächters gefehlt hatte.

Weniger mürrisch aber war der Pächter selbst; er hatte zwar nicht die Pferde, wohl aber etwas anderes erhandelt, was ihn schleunigst nach Alt-Rügen trieb.

Als er durch die Furt schreiten wollte, blieb er stehen und blickte zum Himmel empor, dunkle Wolken machten die Nacht sehr finster. Das ist nicht übel, sagte er sich, das begünstigt unser Vorhaben!

Magnus und Waldemar erwarteten ihn schon.

„Aha!" rief der Alte mit freudiger Stimme, „da seid ihr ja. Ich bringe gute Botschaft."

„Bist du in Saßnitz gewesen, Ohm?"

„Ja, ich habe Glück gehabt." Und er erzählte ihnen, wie das zustande gekommen war. Dann berichtete er weiter: „Bald war ich in Thiessow und nahm den nächsten Weg nach Saßnitz. Die Herren Franzosen machten zwar ein verwundertes Gesicht, wie ich so unvermutet zwischen sie fuhr, als sie aber den Befehl des Generals gelesen hatten, mich ungehindert ziehen zu lassen, da ich in seinem Auftrag unterwegs sei, wedelten sie wie ein Hund, der nicht beißen darf, mit dem Schwanz und krochen in ihre Hütte. Und so war ich denn mit den Alten allein, Waldemar, und berichtete ihnen, was ich auf dem Herzen hatte. Nun, das muß man sagen, die Freude war groß, als sie hörten, wovon die Rede war; sie stimmten völlig mit uns überein."

„Sind sie denn wohlauf, Ohm?"

„Ganz vortrefflich, und sie lassen dich bestens grüßen, wie auch den Herrn Grafen. Doch das ist jetzt Nebensache. Der Alte nun durfte freilich das Haus nicht verlassen, denn die Franzosen beobachten ihn auf Schritt und Tritt. Aber Hille war ja auch noch da. Sie ging mit mir zu dem Lotsen Piesing hinunter – du kennst ihn ja. Der war sofort dabei, den Franzosen eins auszuwischen. Er hat einen Bruder in Lietzow, der über mehrere Boote verfügen kann. Piesing begleitete uns nach Lietzow und sprach mit seinem Bruder, der ein wackerer, obwohl sehr schweigsamer Kerl ist. Wir brauchten nicht lange zu reden, da waren wir schon handelseinig, und Piesing bat uns, einer der Schiffer sein zu dürfen, die euch aufs offene Meer hinausbringen sollen. Und das ist gut, denn euer Fahrwasser dürfte, abgesehen von den Menschen, die auf euch lauern, nicht ohne Hindernisse sein, wenn es neblig wird."

„Aber das wäre das Beste, was uns begegnen könnte, Ohm."

„Ja freilich, nur ist es schwer, ein tiefgehendes Boot durch den Bodden zu steuern, wenn euch der Nebel die Sicht nimmt. Der ältere Piesing jedoch kennt jeden Fußbreit von den Ufern und Landvorsprüngen, ohne ihn wird es kaum zu schaffen sein. Außer den beiden Piesings wird euch noch der Lotse Gingst aus Saßnitz begleiten, und der vierte wird mein Jochen sein, der ebenfalls den Jasmunder Bodden kennt. Wenn der Wind ausbleiben sollte, habt ihr immerhin vier Männer, die euch rudern können. Seid ihr damit zufrieden?"

„Natürlich sind wir es", antwortete Waldemar, „wann werden wir aufbrechen?"

„Morgen abend um elf Uhr segeln wir mit meinem Boot los, ist es dunkel oder neblig, kann es noch etwas früher geschehen."

XXV

Die Flucht
durch den Jasmunder Bodden

Obwohl Magnus immer auf eine Veränderung gedrängt hatte, verließen ihn auch heute seine trüben Gedanken nicht. Der Tag verging, der Abend kam heran, und Wind und Wetter blieben, wie sie tagsüber gewesen waren, nur der Nebel hatte sich über das Land gesenkt und nahm alle Sicht.

Kurz nach zehn Uhr nachts verließen Magnus und Waldemar ihr Versteck und gingen zum Strand, um auf Sturleson und sein Boot zu warten.

Der Alte Schwede war pünktlich wie immer. Nach wenigen Minuten kam sein Boot vorsichtig um die Südspitze von Pulitz herumgerudert. Außer dem Pächter waren Jochen und noch ein dritter Mann darin, der Sturleson wieder nach Pulitz zurückrudern sollte, nachdem er die Flüchtlinge an Ort und Stelle gebracht hatte. Sie waren mit Proviant wohlversehen. Außerdem hatte Sturleson zwei gute Büchsen, Pulver und Blei und auch wollene Decken und warme Kleidungsstücke darin.

Die beiden Ruderer bewegten das Boot rasch vorwärts. Der Alte Schwede saß am Rudet, als könne er durch den Nebel hindurchblicken.

Nachdem sie eine Weile gefahren waren, sagte Sturleson zu Waldemar: „Nun paß auf, mein Junge, und streng deine Augen an. Ich halte nach Thiessower Ort hinüber, gerade auf das große Steinlager zu, wo der Schilfbusch steht. Wenn du da einen Augenblick lang ein rotes Licht siehst, dann sag es, das wird Piesing mit seinen Leuten sein, die uns dort in einer sicheren Bucht erwarten."

„Ich sehe noch nichts."

„Ich habe eben ein Licht in Thiessow schimmern sehen", warf Jochen ein.

„Es wird doch nicht das unsrige gewesen sein?"

„Nein, Herr, es brannte stetig, es war wohl ein Herdfeuer im Thiessower Hof."

„Halt", rief Waldemar, „wenn ich nicht irre, schwang eben jemand dort ein rotes Licht."

„Wo denn, wo?"

„Genau in unserer Richtung, aber es ist schon wieder fort."

„Dann ist es Piesing. Drauflos, Jungen, zieht kräftig durch – so! Aber still, nicht soviel Geräusch."

Abermals zeigte sich das rote Licht, jetzt dicht vor dem Bug des Pulitzer Bootes. Auf Waldemars Zuruf wurden die Riemen eingezogen.

Jetzt hörten sie aus der Richtung, in der sie das Licht gesehen hatten, ein leises Pfeifen, und noch einmal blitzte das Licht auf.

Einen Augenblick später hatten sie das Lietzower Boot erreicht. Es war hochbordig und kräftig genug gebaut, um selbst stürmischem Wetter standzuhalten, und mit einem Stag- und Ewersegel versehen.

„Ihr seid es, Piesing, nicht wahr?" flüsterte der Alte Schwede.

„Wer sollte es sonst sein, wenn nicht wir? Nur heran, Herr, so."

Der riesige Lotse streckte seinen langen Arm aus und schwenkte das Pulitzer Boot herum, daß es Bord an Bord mit dem Ewer lag.

„Rasch, Herr Graf", rief Adam Sturleson, „steigt an Bord, ich werde die Ladung schon hinüberstauen."

Magnus sprang als erster in den Ewer, dann folgte ihm Waldemar; dieser wollte eben den älteren Piesing begrüßen und ihm für seinen Beistand danken, als er einen Ruf des Erstaunens hören ließ.

„Hille", rief er und streckte beide Hände nach ihr aus. „Du? Um Gottes willen, wer hat dich zu diesem Wagestück überredet?"

„Niemand, Waldemar, niemand. Ich will nur deinen Eltern sagen können, daß du das Boot gut erreicht hast." Und nach einer kleinen Pause: „Wenn du jetzt nach Schweden gehst, muß ich dir doch Glück auf den Weg wünschen."

„Ich danke dir für das, was du für mich getan hast."

„Wann kommst du wieder?"

„Wenn wir Frieden haben oder hoffen können, Sieger zu sein."

„Diese Hoffnung ist noch fern, Waldemar. – Und wenn ihr nun Schweden nicht erreicht, was dann?"

„Dann wenden wir uns nach Süden und steuern Kolberg an. Da gibt es auch keine Franzosen."

„Aber dänische Schiffe."

„Denen gehen wir aus dem Weg."

„Dann kämst du ja wieder an Saßnitz vorüber, und wir können uns von weitem zuwinken."

„Gut, das will ich tun, du wirst aber hoffentlich vergebens warten."

„Wir sind fertig", unterbrach der Alte Schwede die beiden; „seid ihr es auch?"

„Ja, Ohm", sagte Hille mit belegter Stimme.

„Dann sagt euch Lebewohl!" rief der Alte Schwede.

Sie verabschiedeten sich, ein letzter leiser Zuruf noch, und einen Augenblick später holte der ältere Piesing die Schote des Ewersegels an, das Boot fing den Wind und nahm Fahrt auf.

Der Nordost blähte die Leinwand und trieb das Boot rasch nach Norden.

„Es zieht gut", sagte Piesing an der Pinne und blickte zum Segel auf. „Wenn wir über die Fähre hinaus sind, können wir noch ein Leesegel setzen, meint Ihr nicht auch, Herr Granzow?"

„Ja, tut nur, was Ihr für richtig haltet. Ihr seid ein zu erfahrener Schiffer, als daß wir Euch nicht völlig vertrauen könnten. Nur, meine ich, würdet Ihr gut tun, so weit wie möglich von Jasmund wegzubleiben, damit wir nicht zu nahe an der Lietzower Fähre vorüberkommen; man könnte uns sehen von dort aus."

„Das versteht sich – ich halte schon westlich. Aber der Nebel begünstigt uns, und die Herren Franzosen, die an der Fähre biwakieren, können sich die Augen ausgucken und werden doch nichts finden."

„Biwakieren sie wirklich schon unseretwegen dort?"

„Wie wenn sie vor einer Festung lägen, die sie im Sturm nehmen wollen. Diese Esel! Als ob ein Mann von Rügen die Fähre benutzen würde, um ihnen zu entschlüpfen! Aber hier in Lietzow fürchte ich sie nicht, das Fahrwasser ist zu breit. Vor der Wittower Fähre aber habe ich Respekt, das Wasser ist mir für unsere heutige Fahrt etwas zu eng, und wenn der Nebel fallen sollte, dann dürften wir einen schweren Stand haben."

„Das werden wir schon sehen! Meiner Meinung nach sind wir hier dicht an der Naselow."

„Ihr habt recht, so weit sind wir. Jetzt aber muß ich nach Osten hinüber, der Kleine Bodden wird hier sehr seicht, und unser Boot geht etwas tief."

„Woher stammt es eigentlich?"

„Es gehört nach Arkona und ist erst vorgestern mit Getreide hierhergekommen. Die Franzosen schleppen alle Hochseeboote nach binnen; diesmal aber haben sie uns damit einen Gefallen getan."

„Halte noch mehr nach Lietzow hinüber", rief der jüngere Piesing vom Bug her. „Es ist mir, als ob wir kaum noch Wasser unterm Kiel hätten."

Der ältere Piesing befolgte augenblicklich den Wink, die Schoten wurden etwas nachgelassen und die „Grille" zog scharf nach Lietzow hinüber.

„Was ist das?" rief Waldemar plötzlich.

In der Richtung von Lietzow blinkte in diesem Augenblick ein durch den Nebel schimmernder Lichtstrahl, der schnell an Größe zunahm.

Gleich darauf zeigte sich in der Ferne, etwas weiter nördlich, ein zweites Feuer und bald darauf ein drittes, ein Zeichen, daß man die Bewachung der Fähre sehr ernst nahm.

„Das sind die Franzosen mit ihren Biwakfeuern, sie frieren und gedenken uns damit besser zu sehen. Na, wenn die einmal einen Winterfeldzug machen sollten, dann sind sie geliefert."

Jetzt verhielt sich alles still. Sie waren der Landungsstelle sehr nahe gekommen, dicht am Ufer hatte sich ein Trupp Soldaten um das Feuer gelagert, und man vermochte sogar einzelne Gestalten zu unterscheiden.

Lautlos fuhr die „Grille" an dem Feuer vorüber, nur ein leises Plätschern am Bug war zu hören. In wenigen Minuten hatten sie die Gefahr hinter sich gelassen. Und nun konnten sie auch wieder mehr nach Westen halten, da sie jetzt im Großen Jasmunder Bodden waren, um sich nicht den Wind vom Semperschen Hochland wegnehmen zu lassen.

Jetzt wurden die Wellen größer, und der Backbord lag tief im Wasser.

Die Männer auf dem Boot hüllten sich fester in ihre Sturmjacken, denn der Wind frischte mehr und mehr auf.

Waldemar hatte längst im stillen berechnet, wann sie in die Gegend von Spyker gelangen würden, aber er sagte nichts davon, um Magnus nicht noch mehr an das zu erinnern, was er vergessen wollte. Er hatte sich jedoch in Magnus getäuscht, wenn er von ihm gedacht hatte, er werde diese Berechnung nicht auch für sich anstellen. Denn als Waldemar nach einer knappen Stunde nach Osten blickte und den Nebel vergeblich zu durchdringen strebte, der ihm das Land verhüllte, legte ihm Magnus die Hand auf die Schulter, und langsam sagte er:

„Dort liegt Spyker, Waldemar. Wie mag es im Schloß aussehen? Am liebsten würde ich aussteigen und hingehen. Was meinst du, soll ich es tun?"

„Wozu?" entgegnete Waldemar, den Kopf schüttelnd. „Willst du dir den Schädel einstoßen? Ich dächte, du wärst froh, jene Erinnerungen hinter dir zu haben. Aber tu, was du willst, ich für meine Person möchte diesmal lieber nach Schweden gehen."

„Dann will ich dir folgen, obgleich mir eine Stimme sagt, daß ich Schweden nicht erreichen werde. Mag es denn gehen, wie es will – ja, ja..."

„Wo denkt Ihr, daß wir jetzt sind?" fragte nach langem Schweigen der ältere Piesing Waldemar.

„Wo wir sind, Piesing? Meiner Meinung nach müssen wir den Liddower Haken im Westen haben, also in zwanzig Minuten vor dem Lebbiner Haken nach Westen wenden – habe ich recht?"

„Auf ein Haar, Meister Granzow, und ich wundere mich, daß Ihr das so gut wißt, da Ihr nirgends Land gesehen habt."

„Ich wißt es doch auch, und habt Ihr etwa Land gesehen?"

„Heda, ihr Jungen da vorn, schlaft ihr? Ihr seht ja, daß ich nach Westen wende, also helft euerm Segel ein bißchen nach."

„Wir erwarten nur Eure Befehle", sagte der untätige Jochen, der von dem Alten Schweden gut geschult worden war, während der schweigsame Bruder Piesings schon seine Schoten angezogen hatte.

„So, jetzt sind wir Gelm gegenüber, dann muß also dort der Lebbiner Haken liegen. Seht mal nach, Herr Granzow, was die Uhr ist."

Waldemar bückte sich zur Laterne nieder, die in einem bedeckten

Wassereimer zu seinen Füßen stand, und sah nach der Uhr. „Es ist zwei vorbei", sagte er, „und mir scheint, wir haben uns etwas über Gebühr bei Thiessow aufgehalten."

„Zeit genug", bemerkte Magnus, der nur höchst selten sprach, „wir kommen früh genug ans Ziel."

„Wenn wir wüßten, wo wir morgen nacht schlafen werden", sagte Piesing, „wäre mir das ganz angenehm. Da ich es aber nicht weiß, bemühe ich mich auch nicht, darüber nachzudenken. Es wäre vergebliche Arbeit, und die scheue ich. Aber seht, Herr Granzow, jetzt sind wir wieder im engen Fahrwasser, und der Nebel wird lichter."

„Er wird nicht lichter, Piesing, aber der Morgen dämmert herauf."

„Aufgemerkt, ihr da vorn, ich wende nach Westen, und der Wind wird bald mit vollen Backen hinter uns herblasen. Wenn wir den Breeger Bodden hinter uns haben, kommen wir bald zur Kamminer Fähre. Dort werden wieder französische Posten auf uns warten."

„Schade", sagte Waldemar, „daß sie ihre Feuer mit rügenschem Holz nähren, sonst wollte ich es ihnen danken, daß sie die Güte haben, uns die Stellen zu markieren, die wir meiden müssen.

„Da brennen sie schon!" rief Piesing. „Seht ihr sie? Da, eins – zwei – drei. Paßt auf da vorn, ob ihr ein Wachtschiff wittert."

„Hier werden wir keins finden", erwiderte der Lotse Gingst, „wir sind noch nicht am Eingang zu Rügen; aber eine halbe Stunde später, wenn der Wind so fort bläst, werden wir sie wohl zu Gesicht kriegen, denn sie werden doch nicht so dumm sein, das Wittower Schlupfloch offen zu lassen."

Jetzt fuhren sie auf die Wittower Fähre zu. Die Wachtfeuer am Kamminer Ufer waren schnell im Nebel verschwunden, denn die „Grille" machte gute Fahrt.

„Es geht flott", bemerkte Waldemar. „Wenn nur die Leinwand hält, sie ist mir fast zu straff gespannt. Ich glaube, wir sind wesentlich schneller als im Bodden; wir werden bald am Woldenitzer Haken sein."

„Das wäre gut", entgegnete Piesing, „ich wär gar zu gern mitten in der Nacht durch die Wittower Enge gefahren, aber wie es scheint, wird daraus nichts, es wird auffallend rasch hell, und der Nebel – nun, was sagt Eure Wissenschaft jetzt dazu, Herr Granzow?"

„Ihr habt recht, er fällt."

„Oder steigt, aber das ist für uns dasselbe. Verflucht! Ich kann mit meinen Katzenaugen schon vierzig Schuh weit rings um mich sehen. Ganz hübsche Wellen, nicht wahr?"

„Da draußen werden sie noch besser rollen."

„Ich wünschte, ich könnte sie erst da draußen rollen sehen, dann hätten wir Wittow mit heiler Haut hinter uns; aber so weit sind wir noch nicht."

Allmählich hatten sie die Wedder Spitze querab bekommen, und aller Augen sahen sie zu ihrem Schrecken ganz deutlich und fast vom Nebel frei vor sich. Keiner sprach ein Wort. Piesing war von der Ruderbank aufgestanden, er suchte die Umgebung ab, soweit die Sicht frei war.

„Noch ist nichts auf dem Wasser", sagte er. „Zum Glück tut der Wind seine Schuldigkeit. Wenn er jetzt zu blasen aufhörte, wäre es schlimm. Wollen wir nicht die dänische Flagge hissen, für alle Fälle?"

„Nein!" riefen Magnus und Waldemar zugleich. „Wir fahren nicht unter dänischer Flagge."

„Ich auch nicht gern, aber eine List, denke ich, ist keine Schande. Na, dann eben nicht. Aufgepaßt, ihr da vorn, und sobald ihr ein Segel oder ein Boot seht, dann meldet es!"

Waldemar bückte sich zur Laterne nieder und blies sie aus. Es wurde Tag.

„Wie spät ist es?" fragte Piesing noch einmal.

„Halb vier; in wenigen Minuten werden wir die Fähre erreicht haben, der Breetzer Bodden liegt schon hinter uns."

Gott gebe, daß wir keinen Widerstand treffen, dachte Waldemar, ich möchte nicht im letzten Augenblick, da ich mein Vaterland verlasse, Blut fließen sehen, das meinetwegen vergossen wird.

Ein Ruf schreckte ihn auf. „Feuer! Eins – zwei, sie brennen dicht am Ufer."

„Dann sind wir also heran", bemerkte Piesing. „Jetzt macht euch fertig, Leute, jetzt gilt's. Noch ist zwar kein Boot draußen, aber wenn sie kommen, müssen wir darauf vorbereitet sein. Sollten sie schießen, Jungen, dann bückt euch. Ich habe eine Krokodilshaut, mir schadet das nichts, und einer muß das Ruder halten. Falle ich, nehmt Ihr es, Granzow, alles übrige versteht sich von selbst."

Jetzt warf auch Magnus seine Lethargie ab. Er bückte sich, sah nach seinen Pistolen und griff nach einer Flinte, deren Schloß er prüfte.

„Wer hat das Kommando?" fragte Waldemar in knappem Ton.

„Nehmt Ihr es", sagte Piesing rasch, „Ihr seid gewandt und kaltblütig genug dazu."

Magnus lächelte etwas. Er war enttäuscht, daß er so einfach übergangen wurde; er hatte damit gerechnet, daß ihm das Kommando zufallen würde, aber er sagte nichts.

„Gut also. Wir schießen nicht eher, als bis die höchste Not es fordert. Dann aber sicher und immer nach dem Steuermann, wenn es kein Landsmann ist. Überhaupt liebe ich in so engem Wasser keine Schießerei, sie zieht uns zuviele Feinde auf den Hals. Kommen sie uns etwa von Seehof aus entgegen, meinethalben, dann liefern wir ihnen eine Schlacht, aber hier..."

„Hier rennen wir sie nieder, Herr Granzow!" rief Piesing, „das ist auch meine Meinung. Und wer mir vor den Bug meiner ‚Grille' kommt, den bohre ich in den Grund."

Alles blickte scharf nach Westen, zur Wittower Fähre.

Piesing warf Waldemar einen Blick zu, der soviel sagen wollte wie: Es ist kein Schiff in Sicht, aber da deutete er nach Wittow hinüber. Waldemar hatte zu gleicher Zeit dieselbe Bewegung gemacht. Ein mit Ruderern bemanntes Boot stieß vor ihnen vom Land ab und kam auf sie zu.

„Da sind sie!" rief Piesing. „Aber sie kommen zu spät: Ich halte ans andere Ufer hinüber; sie werden gerade noch rechtzeitig zur Stelle sein, um unser Kielwasser zu schneiden. Achtet auf die Segel, Jungen!"

„Halt!" rief der jüngere Piesing vom Bug aus, und in demselben Augenblick hatten auch Magnus und Waldemar die neue Gefahr bemerkt, denn auch von diesem Ufer kam jetzt ein gleichfalls stark bemanntes Boot heran und bemühte sich gewaltig, sein Ziel, die „Grille", zu erreichen.

„Die sollen das Nachsehen haben", rief Waldemar. „Haltet die Mitte des Fahrwassers, Piesing! Vorwärts! In der Mitte ist freies Wasser genug für uns."

Piesing nickte; das Ruder ging herum, die „Grille" schoß durch das Wasser.

„Es wird schon gehen", sagte Magnus, „wenn es auch etwas knapp wird. Sie rufen uns schon an – was wollen sie?"

Die Franzosen schrien nicht nur durch das Sprachrohr, sondern strengten auch ansonsten ihre Stimmen an, ihnen zu sagen, sie sollten beidrehen und sich gefangen geben. Aber niemand in der „Grille" machte Anstalten, dieser Aufforderung Folge zu leisten.

„Gut gebrüllt!" sagte Piesing unerschütterlich, „das muß man sagen, aber wir haben leider sehr schlechte Ohren, der Wind ist zu stark. Aufgepaßt, Jungen, sie werden gleich deutlicher werden."

Er hatte noch nicht ganz ausgesprochen, da krachten schon einige Schüsse von dem Wittower Boot herüber, denen alsbald die Antwort von dem zweiten folgte, beide jedoch ohne Wirkung.

„Die Franzosen mögen zu Lande schießen können, aber auf dem Wasser können sie es nicht. Doch halt – Donnerwetter! Was ist das? Wir haben die Augen nur nach rechts und links gehabt – da kommt Nummer drei an, und direkt auf uns zu."

Alle drehten die Köpfe zur Spitze des Bootes und bemerkten, was ihnen bisher die Segel verborgen hatten.

Magnus und Waldemar sowohl wie die drei anderen Männer griffen jetzt zu ihren Flinten und machten sich zum Kampf bereit. Kaum aber sah das der ältere Piesing, so vergaß er, wer das Kommando führte und rief: „Ruhig ihr da mit euern Knallern! Mit denen da vorn werde ich ganz allein fertig. Ich segle sie nieder, die ‚Grille' überragt sie um zwei Drittel und läuft mit vollem Wind auf sie los. Hurra, Burschen haltet euch fest, es gibt einen guten Ruck, aber er wird uns die aufdringlichen Kerle vom Halse schaffen."

Mit atemloser Spannung hatten es die im Boot Sitzenden gehört und verfolgten, wie der Gegner immer näher kam, sie schienen ganz vergessen zu haben, daß sie auch von beiden Seiten her bedrängt wurden. Das Boot vor ihnen war klein, es trug viel zuviel Soldaten. Aber nicht nur die Flüchtlinge, auch ihre Verfolger auf beiden Seiten schauten mit Ungeduld und Spannung auf das, was sich nun abspielte. Sie hofften, das dritte Boot, ein schlau berechneter Hinterhalt, werde die „Grille" aufhalten, was ihnen die Gelegenheit verschaffen sollte, ihre Insassen gefangenzunehmen, die, nach ihrem ganzen Verhalten zu urteilen, unzweifelhaft die überall vergeblich gesuchten Verbrecher waren.

„Sie denken uns schon zu haben", sagte Piesing, „aber sie ahnen noch nicht, was ihnen bevorsteht. – Aufgepaßt! Nach dem Stoß wende ich einen Strich nach Norden, vergeßt die Segel nicht."

Das von dem Saßnitzer Lotsen beabsichtigte Manöver stand dicht bevor.

Die Franzosen in dem dritten Boot machten sich schußbereit, es waren nur noch wenige Fuß Wasser zwischen ihnen. Als sie glaubten, sie hätten die Flüchtlinge schon, riß Piesing das Ruder herum und rammte die Franzosen und drückte das Boot unter Wasser.

Nach einem gewaltigen Krachen der zermalmten Flanken ertönte ein furchtbares Geschrei, die Soldaten riefen nach Hilfe, sie dachten nicht mehr daran, die Flüchtlinge zu verfolgen, sie rangen nur noch um ihr Leben. Alles das war so schnell vor sich gegangen, daß selbst die in der „Grille" nicht alles genau beobachten konnten. Erst als sie schon ein gutes Stück über die Stelle hinaus waren, sahen sie die beiden übrigen Boote hereaneilen und die im Wasser treibenden Soldaten auffischen.

„So", sagte Piesing, nachdem er tief Luft geholt hatte, „die haben wir hinter uns, das Fahrwasser ist frei. Die werden an uns denken ihr Leben lang."

Die Männer in der „Grille" blickten sich nach allen Seiten um, nirgends mehr war ein Feind zu sehen; zu sicher hatten sie damit gerechnet, die Flüchtlinge an der Wittower Fähre zu fangen.

„Verdammt!" rief Piesing. „Die ganze Geschichte hat mir Appetit und Durst verursacht. Essen aber wollen wir erst, wenn wir den Dornbusch hinter uns haben, ein Schluck gebrannten Wassers jedoch würde uns allen guttun, glaube ich."

Waldemar holte eine Flasche aus dem Gepäck, reichte sie Magnus, tat selbst einen Zug und ließ sie dann weiter wandern, bis sie schließlich leer zu ihm zurückkam.

„So", sagte Piesing, „das war gut. Nun kann es bei Neu-Bessin weitergehen."

„Ich würde Euch aber raten", bemerkte Waldemar, nicht zwischen Neu-Bessin und dem Bug durchzufahren. Das Wasser ist zu eng, und ein zweites Mal könnten wir nicht soviel Glück haben. Haltet weiter nach Süden, Piesing, der Wind hält an, und wir brauchen den kleinen Umweg nicht zu scheuen."

„Das denke ich auch – so, das mag genügen. Seht, wie es hell geworden ist, das Posthaus auf dem Bug ist schon zu erkennen."

Waldemar nahm sein Fernrohr zur Hand und schaute zum Posthaus hinüber, ob er etwa eine Strandwache wahrnähme, der Rassower Strom war jedoch so unruhig, und die „Grille" tanzte so sehr auf dem Wasser, daß er nichts recht ins Auge fassen konnte.

Schweigend setzten die Männer ihre Fahrt nach Westen fort, umfuhren den Bug, wo nur Kühe grasten, und steuerten dann mit halbem Winkel nach Norden, achteten allerdings sehr darauf, nicht zu weit an den Bessin auf Hiddensee heranzukommen. Etwa drei Viertelstunden mochten sie gefahren sein, da hatten sie den Dornbusch auf Hiddensees Nordspitze querab. Nun hatten sie es geschafft; von Rügen her konnte ihnen kein Feind mehr etwas tun.

Nachdem sie die offene See erreicht hatten, schlugen sie den Kurs nach Schweden ein.

Aber das Glück blieb ihnen nicht zur Seite. Nachdem sie gefrühstückt hatten, kamen sie aus dem Windschatten Rügens heraus, und nun wurde es gefährlich. Das Boot war zwar fest gebaut, aber die Wellen gingen so hoch, daß die Männer in der „Grille" das Schlimmste befürchten mußten. Zu allem Überfluß sprang der Wind auch noch nach Nordwesten um, und damit war es sehr in Frage gestellt, ob sie ihr Ziel überhaupt erreichen konnten.

„Das gefällt mir gar nicht", sagte Piesing, „wollten wir Falster einen Besuch abstatten, das ginge noch. Aber nach Schweden kommen wir bei diesem Unwetter nie. Wenn wir wirklich noch einige Stunden nach Norden laufen, erreichen wir höchstens Moen und laufen den Dänen direkt in die Arme. Da hätten wir auch gleich auf Rügen bleiben können. Was ist also zu tun?"

„Kreuzen wir langsam, und nehmen wir uns Zeit", erwiderte Waldemar entschlossen, „ewig kann dieser Unglückswind nicht fortblasen. Meinst du nicht auch, Magnus?"

Magnus nickte und lächelte seltsam. „Ich habe Zeit, nach Schweden zu kommen", sagte er düster, „wenn du sie auch hast, dann wollen wir uns in Geduld fassen."

„Es bleibt uns nichts anderes übrig", sagte Piesing und kratzte sich verlegen hinter dem Ohr, „ich weiß auch nichts Besseres. Also Geduld, meine Herren."

Ihre Geduld sollte auf eine harte Probe gestellt werden, denn das Kreuzen brachte sie zwar vorwärts, aber so langsam, daß sie nach mehreren Stunden kaum von der Stelle gekommen waren. Endlich gegen Mittag gab Waldemar den Rat, die Riemen zur Hand zu nehmen und auf diese Weise ihr Heil zu versuchen. Er selbst griff als erster danach und setzte sich neben den Lotsen Gingst auf die Ruderbank, während der jüngere Piesing und Jochen vorn im Bug ruderten. Eine Zeitlang schien das zu helfen, aber bei dem starken Gegenwind und dem heftigen Wellenschlag war es eine unendlich mühsame Arbeit, und gar zu oft mußten sie zu den Schöpfeimern greifen oder die Segelstellung verändern.

Es war Nachmittag geworden, und der Hunger machte sich bemerkbar. Die Männer waren ermattet, und selbst Magnus hatte seinen Beistand vergeblich geliehen. Während zwei aßen, ruderten die anderen. Gegen fünf Uhr endlich waren sie auf halbem Wege zwischen Arkona und Schweden. Jetzt schienen ihre Kräfte zu erlahmen; sie berieten, was nun zu tun sei.

„Ich sehe schon, was geschehen wird", nahm Piesing als der Älteste zuerst das Wort. „Es ist zwar ganz schön, daß wir so weit gekommen sind. Aber nun müssen wir an das Zurück denken. Die Westseite von Rügen dürfen wir nicht wieder ansteuern, dort erwartet man uns bei diesem Wind bestimmt. Also müssen wir nach Südosten."

„Und wo bleibt dann Schweden, Piesing?" fragte Waldemar. „Oder wollt Ihr unser Ziel aufgeben und zur deutschen Küste zurück?"

„Herr", sagte Piesing, „ich weiß nichts Besseres, als was ich sage, und wenn wir Rügen unangefochten bei Nacht und Nebel passieren können, haben wir großes Glück gehabt."

„Ich kann mich noch nicht dazu entschließen", erwiderte Waldemar, „wir dürfen unsern Plan nicht so schnell aufgeben. Warten wir noch eine Weile, wir sind schon ziemlich weit und werden es vielleicht noch schaffen."

„Ja, Herr Granzow, ja, das werden wir, wenn Ihr uns frische Kräfte verschafft. Aber die Jungen dahinten sind mit ihren Kräften am Ende."

Waldemar wandte den Kopf und sah, daß Piesing recht hatte.

„Es ist nicht zu ändern", sagte er. „Was meinst du, Magnus?"

Magnus hatte dem Gespräch der beiden schweigend zugehört und unausgesetzt den Horizont im Norden und Nordosten beobachtet. „Seht dort!" rief er plötzlich und erhob sich, „ich sage euch das, was euch die da sagen; ich habe sie schon seit einer Weile bemerkt. Sie versperren uns den Weg, wenn wir nicht bald den Kurs ändern."

Alle wandten sich erschrocken um. In der angedeuteten Richtung bemerkten sie die Segel von vier großen Schiffen am Horizont.

„Sind es Dänen? Weißt du das so bestimmt?" fragte Waldemar.

„Es sind Dänen", entgegnete Magnus mit Überzeugung.

„Das glaube ich auch", rief Piesing, „die Schweden werden bei diesem Wind nicht in dieser Richtung auslaufen. Jetzt müßten wir Nebel haben, oder – wir werden Schweden niemals erreichen."

„Nein", sagte Waldemar, „Schweden erreichen wir nun nicht mehr. Wendet, Piesing, gehen wir an der Ostseite Rügens nach Süden."

„Nach Deutschland, Herr, nicht wahr?"

„Wir haben keine andere Wahl."

Piesing legte das Ruder um, die „Grille" beschleunigte ihre Fahrt, und die Segel der vier Schiffe verschwanden bald aus dem Gesichtsfeld der Leute auf der „Grille". Wieder griffen die Männer nach dem Proviant, nur Magnus nicht. Magnus hatte nur Durst, Wasser hatte man jedoch wenig mitgenommen, da niemand an eine so lange Fahrt gedacht hatte.

XXVI

Der Durst

Nach einer kurzen Beratung einigten sie sich, zu versuchen nach Kolberg zu fahren.

Etwa gegen acht Uhr abends erreichten sie die Höhe von Arkona. Kaum aber hatten sie Arkona in Sicht bekommen, ereignete sich etwas, was ihren Plan wiederum in Frage stellte.

Waldemar entdeckte den neuen Feind. Er schaute scharf nach Osten hinüber und glaubte hinter einer helleren Wolke einen weißen Punkt zu erkennen. Es war das Marssegel eines Schiffes. Kurz darauf bemerkte er die Segel zweier weiterer Schiffe, die den gleichen Kurs fuhren.

„Hat sich denn die Hölle gegen uns verschworen", rief Piesing. „Aber sie sollen uns nicht kriegen. Bei diesem Wind können sie nicht dichter an die Küste, und es bleibt uns im Notfall immer noch die Möglichkeit, in der Nacht um den Thiessower Haken herumzugehen und uns in einer der kleinen Buchten bei Zicker so lange zu verbergen, bis die Gefahr vorüber ist."

„Der Wind läßt nach", sagte Waldemar.

„Ich verdächte es ihm nicht, wenn er ganz einschliefe", bemerkte Piesing. „Er hat sich genug angestrengt, ganze vierundzwanzig Stunden lang, und nun mag er wohl gern schlafen wollen. Uns geht es nicht besser, mir fallen auch bald die Augen zu."

„Sprecht nicht von Müdigkeit", sagte Waldemar ermunternd, „dazu haben wir keine Zeit heute. Erst müssen wir Kolberg vor uns haben, dann wollen wir an unser Bett denken. Bist du damit einverstanden, Magnus?"

„Ja, was die Müdigkeit, nicht aber, was den Durst betrifft."

„Das ist übel", meinte Piesing, „aber uns geht es nicht besser. Der Alte auf Pulitz hätte uns lieber ein Faß frisches Wasser als so viel Branntwein geben sollen. Na, dem Übel können wir vielleicht abhelfen, es wird doch wohl von hier bis Zicker einen Ort geben, wo wir sicher landen und ein paar Flaschen mit Wasser füllen können, nachdem wir uns satt getrunken haben? Denkt einmal nach, wo die beste Gelegenheit dazu wäre."

„Wenn es ganz dunkel wird und der Wind noch mehr nachläßt, werden wir Wasser kriegen können", bemerkte Waldemar und dachte an Saßnitz, obgleich er es niemand merken ließ.

„Was mich betrifft, mir ist der nächste Ort der liebste, alles andere ist mir gleich."

„Das darf es dir nicht sein", mahnte Waldemar. „Wir sind alle in Gefahr, mein Freund, und wollen doch nicht in Gefangenschaft geraten. – Ach, mit der Finsternis wird es nichts werden, dort blinkt schon der erste Stern, und wo einer ist, werden bald mehr sein."

Es war zehn Uhr geworden, da trat auch noch der Mond hervor.

Der flache Strand der Schaabe wandelte sich, die Ufer wurden steiler, und bald hatten sie den weißen Felsen des Königsstuhls querab.

Nach einer weiteren Stunde etwa sahen sie die Lichter von Saßnitz. Mit verdoppelter Aufmerksamkeit schauten die Männer zum Land hinüber, damit ihnen nichts entging, was ihnen gefährlich werden könnte.

Als sie über Krampas hinaus waren, rief Jochen plötzlich: „Herr, ein Schiff, da, dort, seht Ihr die weißen Segel?"

„Herum mit dem Ruder, dem Lande zu!" befahl Waldemar; die „Grille" wendete in die Prorer Wiek hinein.

Lautlos verstrichen einige Minuten; die Männer im Boot saßen beklommen. Endlich sagte Piesing nach einem tiefen Atemzug leise zu Waldemar: „Das war die höchste Zeit, Granzow, nicht wahr? Wenn doch bloß der Mond nicht da wäre und dafür etwas mehr Wind. So schnell wir auch segeln, die großen Schiffe werden früher am Perd sein als wir und schneiden uns dann den Weg nach Süden oder Osten ab, wohin wir auch wollen."

Und tatsächlich verschwand der Mond hinter einer dunklen Wolke, kein Segel mehr war zu sehen.

„Du mußt etwas essen", sagte Waldemar nach einer Weile zu Magnus.

„Nein, danke – hast du noch Rotwein?"

„Rotwein nicht, aber Branntwein."

„Den mag ich nicht; wenn ich doch nur Wasser hätte!"

„Wir alle, Herr, haben Durst, das ist sicher!" rief Piesing. „Aber wo legen wir an?"

Waldemar besann sich, dann sagte er: Magnus, halt es noch eine gute Stunde aus. Sieh, wir segeln noch ganz gut und sind in einer Stunde vor Granitzer Ort. Eine Meile südlich davon liegt Perd. Wenn wir da herum sind, landen wir auf Bakewitz, dort kenn ich mich aus. Haben wir uns satt getrunken, gehen wir wieder an Bord, und können wir dann wegen des Windes Kolberg nicht erreichen, rudern wir hinüber in den Greifswalder Bodden und steigen an irgendeiner menschenleeren Stelle an Land. Dort sucht man uns jetzt nicht, und wir werden uns sicher irgendwo verbergen können. Bist du einverstanden?"

„Ja!" erwiderte Magnus matt.

Langsam setzte das Boot seinen Weg fort. Und selbst Piesing und Waldemar spürten, daß ihre Kräfte nachließen, spürten den Durst.

Es mochte Mitternacht sein, als sie vor Granitz entlangsegelten. Magnus war in einen leichten Schlummer gefallen, aber immer wieder weckte ihn der Durst auf. Er starrte dann zum Land hinüber, als könne er dadurch beschleunigen, das nächste Ziel, Bakewitz, zu erreichen. Seine Stirn war trotz der kühlen Abendluft heiß, und seine Schläfe klopfte, als hätte er Fieber. Seine Zunge war so trocken, daß es ihm schwer wurde, ein verständliches Wort hervorzubringen. Auf Waldemars Zureden hatte er sich entschlossen, einen Schluck Branntwein zu trinken, aber er spie ihn sofort wieder aus. Essen mochte niemand mehr, dazu quälte sie der Durst zu sehr.

Es dauerte doch länger, als sie ausgerechnet hatten. Südlich von Quitzlaser Ort ließ der Wind mehr und mehr nach, und bald hingen die Segel schlaff am Mast.

„Da haben wir's", sagte Piesing. Und wieder griffen die Männer zu den Riemen, obgleich es ihnen unendlich schwer fiel.

Eine Viertelmeile vom Göhrenschen Höft entfernt, faßten die Segel ein bißchen Wind, und die Männer konnten sich etwas ausruhen.

Aber schon nach zehn Minuten mußten sie erneut zu den Riemen greifen. Endlich sahen sie das Perd auftauchen, das mit größter Vorsicht umfahren wurde, um die etwa dort postierten Wachen nicht aufmerksam zu machen. Deutlich sahen sie sie vor dem Wachtfeuer hin- und hergehen.

„Ein paar Minuten noch, dann können wir trinken", sagte Waldemar.

Bald war das Perd in großem Bogen umfahren, und die „Grille" nahm Kurs auf Bakewitz.

Als der Strand immer näher kam, befahl Waldemar, die Riemen so leise wie möglich zu gebrauchen. Aufmerksam blickte er zum Land hinüber, damit ihm keine Gefahr entging. Alles aber war still, nur bisweilen strich ein leiser Windstoß über sie hin. Mitternacht war längst vorbei, das abgelegene Bakewitz war von den Franzosen nicht besetzt worden, wer also sollte die Flüchtlinge hindern, das Land zu betreten und ihren Durst zu stillen, der sie so sehr peinigte.

„Fahrt so leise wie möglich", wiederholte Waldemar, „damit wir keinen Schläfer, nicht einmal einen Hund wecken. Doch das haben wir kaum zu befürchten. Die Hunde liegen innerhalb des Gehöfts, und wir kommen nur in den Garten, der zur See hin liegt. Wer geht zunächst an Land, denn zwei müssen beim Boot bleiben."

„Laßt mich einen Rat geben", nahm Piesing das Wort. „Geht Ihr selbst, Herr Granzow, mit dem Grafen an Land, mein Bruder kann euch begleiten. Habt ihr getrunken, füllt ihr die Flaschen und kommt dann zurück und wartet im Boot, bis auch Jochen, Gingst und ich wieder da sind."

„Ja", sagte Magnus, taumelnd vor Erschöpfung, „laßt mich diesmal der erste sein. Wenn ich getrunken habe, will ich euch vom Rudern ablösen, meinetwegen die ganze Nacht. Wenn mein Durst gelöscht ist, werde ich wieder bei Kräften sein."

„Gemach, das wird sich finden", flüsterte Waldemar. „Jetzt setz dich, Magnus, noch sind wir nicht dort."

Langsam fuhr die „Grille" auf das Land zu, bis man, um alles Geräusch zu vermeiden, zu rudern aufhörte und sich mit dem Bootshaken an Land stakte. Aber Magnus befolgte Waldemars Rat nicht, sondern blieb stehen, er konnte die Zeit nicht mehr erwarten.

„Können wir dicht an den Strand heran?" fragte Piesing.

„Ja, nur vorwärts! Gebt mir das Ruder. So!"

Sie waren unmittelbar vor dem Strand, die „Grille" stieß auf Grund.

„Pst!" flüsterte Waldemar, „laßt mich voran. Still! Ist alles ruhig vor uns?"

„Ja, ja", sagte Magnus leise, „nur vorwärts!"

„Habt ihr auch die Flaschen?" rief ihnen Piesing leise nach, während sein Bruder den beiden Freunden dicht auf dem Fuß folgte.

„Ja, ja". Die beiden Männer verschwanden im Schatten der Nacht.

Waldemar schritt den beiden vorsichtig voran und erreichte den Garten, der ihn an Hille erinnerte. Dann wandte er sich nach links, wo der Boden sich wieder etwas hob, und erreichte einen Rasenfleck. Jetzt stand er vor der Quelle, die mit einem Bretterverschlag eingefaßt war. Als er den Riegel geöffnet hatte und eingetreten war, hörte er das Wasser murmeln, das aus einem ausgehöhlten Baumstamm hervorsprudelte.

„Hier ist Wasser, Magnus, aber trink langsam, es ist kalt."

Magnus hatte sich niedergebeugt und fing mit den hohlen Händen das Wasser auf. Während er trank, füllte Waldemar rasch eine Flasche und reichte sie dem jüngeren Piesing, der hinter den beiden stehen geblieben war. Dann, sobald ihn Magnus heranließ, füllte er die zweite und trank sie langsam leer, worauf er sie noch einmal volllaufen ließ und sie Magnus reichte, der nicht genug kriegen konnte.

Nach und nach wurden auch die anderen Flaschen alle gefüllt, die sie in einem Korb mitgebracht hatten, wobei sie jedes Geräusch zu vermeiden suchten.

„Seid ihr fertig?" fragte Waldemar schließlich. „Gut, dann laßt uns aufbrechen und zum Boot zurückkehren, die anderen werden schon auf uns warten."

„Ja", sagte Magnus, „ich bin fertig, mein Durst ist gelöscht. Ich bin wie neu geboren und fühle mich jetzt jeder Anstrengung gewachsen."

Waldemar trat zuerst wieder ins Freie, da sah er plötzlich, wie einige dunkle Schatten auf ihn zukamen. Zuerst dachte er, es wären Piesing und die anderen, aber er sollte bald eines Besseren belehrt werden, das Rasseln von Waffen sagte ihnen, wen sie vor sich hatten. Im Nu waren er und seine beiden Gefährten von einer Anzahl schwerbewaffneter Soldaten umringt; jeder Widerstand war sinnlos.

Jemand hielt Waldemar eine bisher verborgen gehaltene Laterne vors Gesicht, und eine Stimme fragte in einem Deutsch, das seine südliche Heimat nicht verleugnen konnte: „Halt, wer da? Wer seid ihr, und was wollt ihr hier?"

„Wir haben getrunken", erwiderte Waldemar, der sofort seine Fassung wiederfand, „und daran werdet ihr uns hoffentlich nicht hindern wollen."

„Aber wer seid ihr?"

„Wir sind Deutsche, das hört Ihr, wie ich es Euch anhöre, daß auch Ihr einer seid."

„Antwortet bündig, Herr; ich bin kaiserlicher Offizier, wie Ihr seht, und habe das Recht, Euch zu fragen. Wo kommt ihr her?"

„Von Schweden, und wir sind hier gelandet, um frisches Wasser zu holen."

„Von Schweden? Das tut mir leid – wir führen mit Schweden Krieg, kein Schwede darf hier landen, und ihr seid also meine Gefangenen. – Los, nehmt sie fest!"

Dieser Befehl wurde mit einer Schnelligkeit ausgeführt, die bewies, daß die Akion vorbereitet war. Man hatte das Boot schon von Göhren aus bemerkt und es bis Bakewitz am Strand verfolgt. Der Verdacht war rege geworden, daß es die auf ganz Rügen an diesem Tag gesuchten Flüchtlinge wären, und die Gelegenheit, sie dingfest zu machen, wollte man sich nicht entgehen lassen.

Magnus, Waldemar und der jüngere Piesing wurden an Händen und Füßen gebunden, so daß sie kaum zu laufen vermochten.

„Jetzt folgt mir, meine Herren", sagte der Offizier, indem er einen Blick der Befriedigung auf den Grafen Brahe und Waldemar Granzow fallen ließ, die er nach dem überallhin verbreiteten Steckbrief schon erkannt hatte. Er schritt dem Zug voran auf das Gehöft zu, während seine Leute die drei Gefangenen umgaben.

Waldemar blieb einen Augenblick stehen, drehte sich zur See und rief mit weithin schallender Stimme: „Landsleute! Wir sind gefangen! Stoßt ab!"

„Was?" schrie der Offizier, „Ihr habt noch so viel Courage? Rasch, stopft ihnen den Mund, Leute!"

Der Offizier schickte nach einem Wagen, und alle drei wurden wohlbewacht daraufgesetzt und nach Bergen gebracht.

XXVII

Im Gefängnis

Wie ein Lauffeuer hatte sich am folgenden Morgen in Bergen, und einen Tag später auf ganz Rügen, die Nachricht verbreitet, daß Graf Brahe und Waldemar Granzow im Stadtgefängnis von Bergen gefangengehalten wurden. Vor den Toren des Gefängnisses drängten sich die Menschen, und man hörte hie und da die unvorsichtige Äußerung: Es sei schändlich von den Franzosen, zwei so tapfere Männer wegen ihrer Handlungen gefangenzusetzen, die ihnen nur zur Ehre gereichten; man könne und dürfe nicht dulden, daß man sie von Rügen wegbringe, um sie dem Henker zu überantworten, man müsse alles aufbieten, um sie zu befreien. Lange könne es ja mit der Herrlichkeit der Franzosen ohnehin nicht mehr dauern.

Die Franzosen natürlich jubelten über den Fang, den sie gemacht hatten, und einer der ersten, der nach Bergen kam, um sich mit eigenen Augen davon zu überzeugen, war Kapitän Caillard aus Spyker, dessen Bemühungen man es nicht zuletzt verdankte, der beiden endlich habhaft geworden zu sein. Er war gleich nach der Flucht Magnus Brahes und Waldemars von Spyker nach Stralsund geritten, hatte dort berichtet und die Gemeingefährlichkeit der beiden so sehr übertrieben, daß man alle Mittel aufzubieten für nötig hielt, um sich ihrer zu bemächtigen und sie ein für allemal unschädlich zu machen.

Dem Kapitän war, falls er zur Ergreifung der Übeltäter beitrüge, ein höherer Rang versprochen worden, und so hatte er sich schon aus Eigennutz alle Mühe gegeben, hatte alles aufgeboten, die beiden fangen zu lassen.

Jetzt erschien er im Gefängnis zu Bergen; den Triumph, dem eingesperrten Gegner persönlich gegenüberzustehen, wollte er sich nicht nehmen lassen.

Nachdem die Franzosen alle öffentlichen Gebäude mit Beschlag belegt und in Heu- und Strohmagazine, französische Gerichtsstuben und Kasernen umgewandelt hatten, blieb ihnen für ihre Gefangenen nur das kleine hinter dem Rathaus gelegene Stadtgefängnis, das nie in dem Ruf eines sehr festen Hauses gestanden hatte, jetzt aber von den Franzosen ausgebaut worden war. In diesem winzigen Haus befanden sich nur vier kleine Zellen, in denen man Gefangene unterbringen konnte, und außerdem wohnte der Schließer darin, der Kerkermeister, Profoß und öffentlicher Ausrufer in einer Person war, in diesen Zeiten aber eine französische Wache erhalten hatte, um seinem Posten mit größerem Nachdruck vorstehen zu können. Da man diesem Kerkermeister nicht übermäßig traute, untersagte man es ihm, allein zu seinen Gefangenen zu gehen. Er war deshalb stets von zwei Soldaten begleitet, von denen einer vor der Tür Wache hielt, der andere ihm bis in die Zelle folgen mußte. Außerdem war an jeder Seite des Hauses ein Posten aufgestellt, der Tag und Nacht die kleinen Fenster im Auge behielt, die man mit einem eisernen Gitter versehen hatte, so daß ein Ausbruch ohne weiteres nicht zu befürchten war.

Magnus Brahe war in der Zelle in der Ostecke und Waldemar in der der Westecke des Hauses untergebracht worden. Zwischen ihnen saßen zwei Diebe, mit denen sie jedoch keine Verbindung bekamen. Ein Strohsack mit einer wollenen Decke, ein erbärmlicher wackliger Tisch und ein Schemel und schließlich ein schwerer Klotz, an den die beiden mit einer eisernen Kette angeschlossen waren – das war alles, was die Zelle enthielt.

Magnus Brahe war völlig apathisch und in sein Schicksal ergeben.

Das einzige, was ihn noch bewegte, war, seinem Vater einen Abschiedsbrief schreiben zu dürfen und sein Vermächtnis aufzusetzen. Doch das war ihm unmöglich.

Ganz das Gegenteil von ihm war, wie immer, Waldemar. Auch er saß zwar still auf dem Strohsack, aber unablässig suchte er nach der Möglichkeit einer Flucht.

Gleich in den ersten Tagen nach ihrer Gefangennahme begann man die jungen Männer zu verhören, aber wenn man gehofft hatte, aus ihren Aussagen würde sich auf eine verbrecherische Absicht schließen lassen, und sie würden verraten, was ihnen den Hals bräche, da hatte man sich geirrt. Wie auf geheime Verabredung sagten beide dasselbe aus, und was man auf diese Weise erfuhr, genügte nicht, um ihnen den Prozeß zu machen und sie zu verurteilen. Sie waren in englischen und schwedischen Diensten gewesen, das leugneten sie nicht, aber darauf stand nicht der Tod. Von Schweden waren sie zu ihrer Ausbildung nach Deutschland gegangen, hatten verschiedene Hochschulen besucht und dabei verschiedene Bekanntschaften gemacht. Einen Verkehr mit Männern, die sich zum Untergang Napoleons verschworen hatten, leugneten sie ganz, und es waren auch keine handgreiflichen Beweise darüber vorhanden, die diese Annahme begründet und bestätigt hätten. Von diesem Punkt an gingen die Beweggründe beider auseinander. Waldemar gab vor, nach Rügen gekommen zu sein, um die Eltern zu besuchen und sich dabei allerdings einer List bedient zu haben. Als ihm das geglückt war, sei er verfolgt worden, und er habe sich dieser Verfolgung natürlich mit allen Mitteln entzogen. Ein Unternehmen, das gegen die französische Herrschaft im allgemeinen und gegen Napoleon im besonderen gerichtet war, lag nicht vor. Es sei zwar wahr, er sei nach Stralsund gegangen, weil er gehört hatte, sein Freund liege dort krank, auch habe er ihm beigestanden, nach Spyker zu kommen, aber deshalb würde er sich nicht für strafwürdig halten.

Magnus sagte aus, sich schon in Berlin von Waldemar getrennt und nach Stralsund gereist zu sein, um verschiedene Verwandte zu besuchen. Zufällig sei er mit Schill in Stralsund zusammengetroffen und während des Kampfes dort nicht als Mitkämpfer, sondern als Zuschauer verwundet worden.

Diese letzten Angaben waren die einzigen, die wenig Wahrscheinlichkeit für sich hatten, und man glaubte sie ihm nicht; deshalb hielt man den Grafe Brahe für den Strafbareren von beiden, und das allgemeine Urteil der in Bergen anwesenden Richter neigte sich bedeutend zugunsten Waldemars.

Nachdem diese Verhöre mehrfach wiederholt worden waren und immer dasselbe Resultat ergeben hatten, schloß man vorläufig die Untersuchung und berichtete darüber in Stralsund. Sowohl die Gefangenen selbst wie ihre Freunde in Bergen und auf ganz Rügen waren nun der Meinung, man werde die beiden abführen, in ein festeres Gefängnis bringen oder nach Frankreich schaffen, wenn nicht gar erschießen. Aber nichts von alledem geschah, und lange Zeit sollte vergehen, ehe man etwas über die Ursache dieses unerwartet glücklichen Aufschubs erfuhr.

Waldemar war der erste von allen, der über die geheimen Vorgänge, die seine Verurteilung und Abführung verzögerten, Aufschluß erhielt, und zwar auf eine Weise, die er in dieser Zeit am wenigsten vermutet hatte.

Von Stralsund her erschien Ende August ein Beamter, der beauftragt war, die Verhandlungen zu kontrollieren, darüber an das Obergericht in Stralsund zu berichten und bei der Beurteilung der unaufgeklärten Tatsachen sein eigenes Licht leuchten zu lassen. Dieser Beamte, erst neuerdings in seine jetzige Stellung berufen und seither als Kriegspolizeioffizier den Truppen in Pommern und Rügen beigegeben, war ein rechtlicher Mann, aber er war ein wenig eingebildet auf seine Klugheit und Gewandtheit und deshalb der Ansicht, eine Angelegenheit wie die des Grafen Brahe und Waldemar Granzow könne nur durch seine eigene Beteiligung aufgeklärt und zum Ziel gebracht werden. Glücklicherweise war er ein sehr ruhiger Mann und den Deutschen keineswegs feind gesinnt.

Dieser gutmütige Mann kam nach Bergen und studierte zunächst alle Akten, bevor er sich mit den Gefangenen selbst beschäftigte. Als er damit fertig war, glaubte er die Einsicht gewonnen zu haben, daß nur humane Milde, nicht aber übertriebene Strenge zum Ziel führen könne, da die Verurteilung von Männern, die, wie diese, allein aus patriotischen Gründen gehandelt hatten, bei ihren Landsleuten nur böses Blut machen würde. Dementsprechend ging er ans Werk.

Zuerst suchte er Magnus Brahe auf, und als er erkannte, wie apathisch der war, befahl er, ihm sofort die Fesseln abzunehmen, da seiner Ansicht nach eine Flucht kaum zu befürchten war.

Nachdem er beinahe eine Stunde mit ihm gesprochen und nichts Neues erfahren hatte, hielt er sich für überzeugt, einen größtenteils Unschuldigen vor sich zu haben, und mit dieser Überzeugung verließ er ihn, um zu Granzow zu gehen. Er erschien jedoch nicht unbefangen bei Waldemar.

Geraume Zeit stand er vor der Tür und zögerte noch immer, bei ihm einzutreten und sein Verhör zu beginnen, als ob er eine gewisse

Scheu empfände, ihm ins Gesicht zu blicken. Endlich, nachdem er sich wiederholt geräuspert hatte, ließ er den schweren Riegel zurückschieben, die Tür öffnen und trat langsam ein.

Waldemar saß auf seinem Schemel, so dicht am Fenster, wie es die kurze Kette des Blocks erlaubte. Er glaubte, sein Kerkermeister träte ein, und deshalb wandte er das Gesicht nicht nach ihm um. Da aber fuhr er aus seinen Gedanken auf, er hatte eine fremde Stimme vernommen, die ihm gleichwohl bekannt schien. Als er sich umblickte, sah er einen Mann vor sich, der ihm schon einmal in den letzten Monaten begegnet war und dem er, obgleich er ihm einige kleine Dienste erwiesen, doch einen nicht unerheblichen Streich gespielt hatte. Eine

Weile ließ er sein Auge auf dem kleinen Mann ruhen, dann sagte er: „Ach, welche Ehre und welches Vergnügen wird mir zuteil! Ich freue mich, Monsieur Dubois vor mir zu sehen."

„Teufel!" war die Antwort. „Ihr erkennt mich also wieder?"

Waldemar lächelte, trotz seiner Ketten, denn das ehrliche Gesicht des Offiziers zeigte ihm, daß er es mit einem ihm wohlwollenden Manne zu tun hatte.

Dubois fuhr fort: „Ich sollte Euch erst einmal die Fesseln abnehmen lassen, Ihr habt sie meiner Ansicht nach lange genug getragen."

„Wie denn, Ihr wollt mir die Freiheit wiedergeben?" fragte Waldemar freudig erregt.

„Still! Soweit sind wir noch lange nicht!" Mit diesen Worten schritt er zur Tür, rief einen Soldaten herein und befahl ihm, den Gefangenen vom Block loszuschließen. Als das geschehen war, setzte er sich auf den Schemel und lächelte Waldemar freundlich zu, der heftig seine schmerzenden Glieder rieb, die so lange die schwere Kette getragen hatten.

„Monsieur", sagte Dubois, „soviel habe ich fürs erste für Euch tun können. Wir wollen sehen, ob ich noch etwas anderes zu tun imstande bin. Erzählt mir aufrichtig Eure Geschichte, aber laßt mich nur die Wahrheit hören. Je aufrichtiger Ihr gegen mich seid, um so eher werdet Ihr mich bereit finden, für Euch etwas zu tun, was glücklicherweise, ich gestehe es, jetzt in meiner Macht liegt."

Waldemar berichtete zum wiederholtenmal, was er schon zu Protokoll gegeben hatte. Als er damit fertig war, legte ihm Dubois noch einige Fragen vor, die so aufrichtig beantwortet wurden, wie es geschehen konnte, um das Netz nicht noch fester zusammenzuziehen, das Waldemar schon eng genug um den Hals lag.

„Hm!" sagte Dubois, „also das ist Eure Geschichte! Aber könnt Ihr mir nicht noch einiges sagen, was Euch entlastet. Eure Verurteilung wird nämlich nicht so schnell erfolgen, wie man noch vor einigen Tagen glaubte, da Umstände eingetreten sind, die Eure Handlungsweise in einem milderen Licht erscheinen lassen."

„Welche sind das?" fragte Waldemar erstaunt und überrascht.

„Ruhig, mein Lieber, so weit sind wir noch nicht. Ihr müßt nicht zuviel auf einmal verlangen. Welche Erleichterungen, frage ich zunächst, kann ich Euch im Augenblick gewähren?"

Waldemar sah, daß es Dubois ehrlich meinte. Er sagte: „Meinetwegen habe ich jetzt nur eine Bitte, was meinen Freund betrifft, wünschte ich, daß Ihr ihm alle möglichen Erleichterungen zuteil werden laßt."

„Gut!" rief Dubois, „das ist edelmütig gedacht, aber nicht so leicht getan. Euer Freund ist tiefer verwickelt als Ihr, oder wißt Ihr das nicht?"

„Nein, das weiß ich in der Tat nicht", erwiderte Waldemar. „Was er getan hat, habe ich auch getan, ich verlange keine Begünstigung ihm gegenüber."

„Monsieur, Ihr seid wunderbar", sagte der Franzose warm. „Ich drücke Euch die Hand, obgleich Ihr mein Feind seid. Ich werde sehen, was ich tun kann. Was verlangt Ihr für Euch selbst?"

„Ich verlange nichts, aber ich bitte, daß man mir erlaubt, an meine Eltern zu schreiben und sie von meiner Lage zu unterrichten."

„Gut, ich will Euch diese Bitte erfüllen. Ihr und Euer Freund dürfen schreiben, an wen ihr wollt, vorausgesetzt, daß ich lesen kann, was Ihr schreibt."

„Natürlich, ich habe nichts Heimliches vor."

„Aber nun hört auch meine Bedingung."

„Wie? Ihr stellt eine Bedingung?"

„Das ist nötig, denn ich muß sicher sein, daß Ihr nichts unternehmt. Ihr wißt, was ein Ehrenwort ist?"

„Aber ja, Monsieur!"

„Dann gebt Ihr mir Euer Ehrenwort, daß ihr binnen heute und vier Monaten – vier Monate, sage ich – nichts tut, was wie eine Flucht aus dieser Gefangenschaft aussieht."

Waldemar stutzte. Die mit Nachdruck gesprochenen Worte: Binnen heute und vier Monaten schienen ihm einen besonderen Sinn zu enthalten. „Warum sagt Ihr gerade vier Monate?" fragt er.

„Junger Mann", erwiderte Dubois und trat etwas näher an ihn heran, „ich will aufrichtig gegen Euch sein. Euer Schicksal geht mir nahe. Ihr habt mir einst geholfen. So wißt denn, was noch ein Geheimnis ist – es darf in keinem Eurer Briefe stehen –, daß zwischen dem Kaiser und Schweden Friedensverhandlungen laufen, während deren Dauer Euer Landesherr sich ausbedungen hat, keine weiteren Feindseligkeiten gegen sein Land oder seine Untertanen auszuüben, ja nicht einmal die Gefangenen außer Landes zu bringen, bis durch den Friedensschluß auch über sie entschieden worden ist."

Waldemars Brust hob sich vor Freude.

„Friede!" sagte er. „Also endlich! Oh, meine Hoffnung erfüllt sich. Bis zu welchem Termin soll ich mein Ehrenwort geben?"

„Bis zum ersten Tag des nächsten Jahres."

„Ihr habt mein Ehrenwort. Und Brahe – darf der davon erfahren?"

„Nein, unter keinen Umständen."

„Aber ich bürge für ihn."

„Ich kann Eure Bürgschaft leider nicht annehmen."

„So werdet Ihr ihm wenigstens ein paar Worte von mir sagen, die ihn trösten?"

„Ja, das will ich tun, und er muß ebenfalls sein Ehrenwort geben, innerhalb der nächsten vier Monate nicht entfliehen zu wollen, sonst nehme ich alle Erleichterungen zurück, die ich ihm zugedacht habe."

„Das soll er. Habt ihr ein Blatt Papier?"

„Hier ist eine Brieftafel – schreibt ihm ein paar Worte drauf."

Waldemar setzte sich an den kleinen Tisch und schrieb: „Magnus, ich grüße Dich! Hab Vertrauen, Mut und Hoffnung. Es ist Aussicht, daß alles gut endet. Du wirst schreiben können, wenn Du dem Überbringer dieser Nachricht Dein Wort gibst, bis zum ersten Januar nicht an eine Flucht zu denken. Waldemar."

Der Franzose nahm das Blatt, las es und lächelte. Dann sagte er: „Nun will ich zu ihm gehen, und wenn er Euern Rat befolgt und mir sein Wort gibt, werde ich den anderen Punkt mit Euch besprechen."

„Welchen anderen Punkt?"

„Die Eure Eltern betreffende Bitte."

Als Dubois von Magnus zurückkam, sagte er: „Schreibt heute noch Euern Brief. Wenn ich morgen wiederkomme, werde ich Euch meinen Entschluß mitteilen."

Eine halbe Stunde später brachte der Kerkermeister Feder, Tinte und Papier. Waldemar war schnell mit seinem Brief fertig, Magnus brachte wesentlich länger damit zu, seine Verhältnisse zu ordnen. Als er endlich zum Schluß gekommen war, packte er das Ganze in ein Kuvert und bewahrte es sorgsam in seiner Brusttasche auf: Er wartete auf die Gelegenheit, es irgend jemandem anzuvertrauen, der es sicher in die Hände seines in Schweden lebenden Vaters brächte.

Dubois hielt Wort und erschien am nächsten Morgen bei Waldemar, um den Brief in Empfang zu nehmen. Nachdem er ihn gelesen hatte, lächelte er und sagte: „Ich bin damit einverstanden; er enthält das, was sie wissen müssen. Ihr werdet bald Antwort haben, denn ich werde sie selbst besuchen; meine Pflicht hier ist fürs erste erfüllt."

„Ihr wollt selbst nach Saßnitz?"

„Ja, ich muß außerdem zu Caillard. Er ist, dank Euch, Major geworden, und da er deshalb bei guter Laune sein wird, denke ich ihn zu bewegen, daß er Euerm Vater die Einquartierung nimmt."

Zwei Tage vergingen, erst am dritten suchte Dubois Waldemar wieder auf.

Er brachte ihm die Grüße seiner Eltern, erzählte, daß Waldemars Vater selbst nach Bergen kommen wolle, verneinte aber die Bitte, seinen Vater auch sprechen zu dürfen. Dagegen erlaubte er ihm den Besuch Hilles, die sich bei dem Müller Dalwitz einquartieren und ihm ab und zu etwas Gutes zu essen bringen wollte. Von Hille schwärmte er geradezu. Solange Dubois noch in Bergen blieb, kam er jeden Tag zu Waldemar. Und als er nach Stralsund zurück mußte, versprach er, genaue Anordnungen zu hinterlassen, wie die beiden Gefangenen behandelt werden sollten.

XXVIII

Der neue Kerkermeister

Die ersten acht Tage des September waren vergangen, Dubois war abgereist, und die Gefangenen mußten wieder auf mancherlei Bequemlichkeiten verzichten, obwohl Dubois bestimmte Befehle hinterlassen hatte. Zudem war der alte Gefängniswärter, ein Rügener, todkrank, und ein kaiserlicher Soldat versah einstweilen den Posten des Wärters, bis der neue Kerkermeister, den man schon seit mehreren Tagen angekündigt hatte, sein Amt angetreten haben würde.

Von den Eltern und Hille hatte Waldemar seit jener ersten und einzigen Nachricht, die ihm Dubois mitgebracht hatte, nichts weiter erfahren, so sehr er auch von Tag zu Tag wartete, daß Hille, wie sie versprochen hatte, bei ihm auftauchen würde.

So wurde er denn immer ungeduldiger und harrte darauf, daß das Jahr zu Ende ging. Daß er dann die Flucht versuchen würde, war ihm klar.

Von dem Soldaten, der dreimal am Tag kam und ihm zu essen brachte, erfuhr er, daß Magnus gesund war und sich die Zeit mit Lesen und Schreiben vertreibe, weiter aber konnte er nichts erfragen. Am 10. September endlich sagte ihm der Soldat, daß er vom nächsten Tag an nicht mehr kommen würde, da der neue Kerkermeister eingetroffen, für ein Vierteljahr probeweise angestellt sei und sofort sein Amt übernehmen würde; der alte aber läge im Sterben und werde den Sonnenaufgang wohl nicht mehr erleben.

Waldemar nahm diese Nachricht über den neuen Kerkermeister mit Gleichmut auf. Was kümmerte ihn der, von dem er nicht wußte, wer das war.

Waldemar hatte sich an das Fenster gesetzt und eine französische Zeitung zu lesen begonnen, die ihm vier Wochen nach ihrem Erscheinen von dem wachthabenden Offizier zuweilen überlassen wurde. Auch diese Gefälligkeit verdankte er Dubois. Waldemar suchte in dem abgegriffenen und teilweise zerrissenen Blatt, ob er nicht irgendwo etwas fände, was auf seine Lage Bezug hätte, aber er fand nichts dergleichen. In diesem Augenblick rasselten die Riegel, die Tür wurde geöffnet, und ein kleiner Mann trat herein, blickte sich neugierig in dem düsteren Raum um und heftete seine Augen dann auf Waldemar. Der, an dergleichen Störungen gewöhnt und in die Zeitung vertieft, schaute erst vom Tisch auf, als er die Stimme vernahm, die ihm bekannt vorzukommen schien: „Guten Morgen, Herr Granzow!"

Waldemar hob den Kopf und schaute den Fremden an, der sich ihm als der neue Kerkermeister vorstellte und ihm das Frühstück brachte.

„Ah, Ihr seid es", sagte Waldemar. „Ihr habt den Alten abgelöst. Ich danke Euch, setzt es hierher. – Was habt Ihr da?"

„Einen Brief, Herr", erwiderte der Mann leise.

„Einen Brief? Von wem ist er, und wie kommt Ihr dazu?"

„Pst! Wie ich dazu gekommen bin? Er ist von Eurer Kusine, von Hille Vangerow; sie hat mich gebeten, ihn Euch zu geben."

Waldemar sprang von seinem Schemel auf. „Steht Ihr mit Hille im Bund, und kann ich Euch trauen?"

„Ich wüßte nicht, wem Ihr sonst trauen solltet, wenn nicht mir, der ich nur hierhergekommen bin, um Euch meine Dankbarkeit zu bezeigen."

Bei diesen Worten wurde Waldemar aufmerksam. Forschend betrachtete er den Mann, aber er wußte immer noch nicht, wen er vor sich hatte.

„Ja, ja," fuhr der Fremde fort, „seht mich nur an. Wer bin ich, und wo haben wir uns schon gegenübergestanden?"

„Das weiß ich nicht, mein Freund, helft mir ein wenig."

„Ihr habt ein kurzes Gedächtnis, aber freilich, Ihr habt mich nur gesehen, als Ihr anderes zu tun hattet, als Euch mein Gesicht einzuprägen. Außerdem war ich damals anders gekleidet als heute. Ja, Herr Granzow, ich sehe schon, Ihr kommt nicht darauf, ich muß es Euch also sagen. Wer war der Mann, der Euch in Spyker den Franzosen verriet, aber wahrhaftig nicht in der bösen Absicht, Euch zu schaden, sondern nur um Euch zu danken, daß Ihr ihm das Leben gerettet hattet?"

„Der dänische Steuermann!" fuhr es Waldemar über die Lippen.

„Ja, der dänische Steuermann, ein Feind, und doch ein redlicher und dankbarer Mann!"

„Warum sollte es die nicht auch unter den Dänen geben?"

„Nachdem ich mein Schiff verloren hatte, wollte ich Euch meinen Dank sagen, und das mißlang, wie Ihr wißt. Ich ging dann zu Euern Eltern, lernte sie kennen. Und nach den jüngsten Ereignissen war es Hille, die mich auf den Gedanken brachte, mich hier als Kerkermeister zu bewerben. Wie Ihr seht, ist mir das auch geglückt."

„Ihr seid ein hochherziger Mensch!" rief Waldemar verwundert.

„Ich habe nur meine Schuldigkeit getan. – Eure Kusine ist nun auch nach Bergen gekommen und wohnt bei Müller Dalwitz, soll ich Euch sagen. Mit ihr zusammen werde ich alles tun, Euch zu befreien, und es würde mich wundern, wenn mir das nicht bald gelänge, denn ich habe die Schlüssel des Gefängnisses in der Tasche."

„Mann, das wollt Ihr für mich wagen? Denkt Ihr nicht an die Gefahr, der Ihr Euch dabei aussetzt?"

„Was – Gefahr? Ich bin oft genug in Gefahr gewesen; und diese hier ist nicht so groß, daß sie mich abschreckt."

„Ich danke Euch für das, was Ihr für mich tun wollt, aber wißt, daß ich vor Anfang des nächsten Jahres an keine Flucht denken kann."

Der Däne machte ein erstauntes Gesicht. „Warum nicht?" fragte er.

„Weil ich mein Ehrenwort gegeben habe, bis dahin keinen Fluchtversuch zu unternehmen."

„Wem habt Ihr das gegeben?"

„Monsieur Dubois, der sich mir als ein Freund in der Not erwiesen hat."

„Einen Franzosen, der Euer Feind ist, nennt Ihr Euern Freund?"

„Ja, und ich halte auch einem Feind mein Wort, wenn ich es ihm einmal gegeben habe."

Der Steuermann konnte ihm seine Hochachtung nicht versagen. „Sprechen wir ein andermal darüber, jetzt muß ich gehen, sonst fällt der Wache unten mein langes Verbleiben bei Euch auf. Kann ich jetzt noch etwas für Euch tun?"

„Ja, verschafft dem Grafen Brahe alle die Erleichterungen, die Ihr ihm verschaffen könnt."

„Das versteht sich von selbst. Beantwortet aber noch heute diesen Brief, ich möchte Eure Antwort schon morgen zu dem Müller tragen, Ihr wißt ja, wer bei ihm darauf wartet."

Nachdem sich die beiden Männer verabschiedet hatten, öffnete Waldemar Hilles Schreiben. Und dort las er auch, daß es dem älteren Piesing gelungen sei, mit Gingst und Jochen denselben Weg, den sie gekommen, zurückzukehren und daß alle drei Männer wohlbehalten zu Hause angelangt seien, nachdem sie das Boot in Arkona abgeliefert hatten. Vor einigen Tagen sei sogar der jüngere Piesing, der mit Waldemar und Magnus gefangengenommen worden war, mit einer derben Zurechtweisung aus Bergen entlassen worden. Er habe sich dahin ausgeredet, daß er nicht gewußt habe, wer die Flüchtlinge wären und daß er nur wegen der guten Bezahlung die Fahrt angetreten habe.

Das beruhigte Waldemar sehr, denn schon lange hatte ihm das Schicksal der Männer Sorge bereitet, die sich seinetwegen in so große Gefahr begeben hatten.

Waldemar setzte sich dann sofort hin und beantwortete Hilles Brief, dankte ihr für ihre Mühen und teilte ihr mit, daß er vor dem ersten Januar nicht fliehen dürfte. Diesen Brief, wie später alle anderen, brachte der neue Kerkermeister pünktlich zu Hille.

Von nun an ging es den Gefangenen wieder etwas besser. Der Däne verschaffte ihnen mancherlei Erleichterungen, ja, er ermöglichte es sogar, daß sie in der Nacht einander sprechen konnten. Zu seinem Leidwesen mußte Waldemar jedoch feststellen, daß Magnus nach wie vor unter seinen trübseligen, selbstzerstörerischen Gedanken litt. Waldemar gelang es nicht, ihn davon abzubringen.

So verstrich der September, der Oktober und November, und der Dezember war gekommen und hatte Rügen unter Schnee begraben. Waldemar wartete sehnlichst auf den Januar, dann war er nicht mehr durch sein Ehrenwort gebunden.

Wie M. Dubois schon gesagt hatte, liefen zwischen Frankreich und Schweden Friedensverhandlungen, da beide Mächte aber vielerlei Bedingungen stellten und keine von beiden die Forderungen des anderen billig fand, zogen sie sich in die Länge.

Neue Gerüchte tauchten auf, die namentlich die Gefangenen betrafen. Es sei vereinbart worden, die Gefangenen, die sich in Stralsund befanden, nach Frankreich zu transportieren; die auf Rügen sollten nach Stralsund gebracht werden, wo ihnen dann sicher das gleiche Schicksal bevorstand. Dafür werde Frankreich Pommern und Rügen herausgeben, Schweden aber die Schenkungen Frankreichs an seine Untertanen anerkennen. Immerhin sollte es gestattet sein, daß die Pächter Deutsche sein dürften.

Daß die Gefangenen nach Frankreich gebracht werden würden, erwies sich tatsächlich als nur ein Gerücht. Sie sollten so lange eingesperrt bleiben, solange noch französische Truppen im Pommern und auf Rügen standen. Aber das Gerücht hatte bewirkt, daß Hille zur Flucht drängte, und der Däne tat alles, diese Flucht zu bewerkstelligen.

Alle Einzelheiten waren festgelegt und mit einigen hilfreichen Freunden verabredet worden. Magnus sowohl wie Waldemar wiesen jede Aufforderung zur Eile zurück und hatten den zweiten Januar als den Termin ihres Ausbruchs bezeichnet, da erst an diesem Tag die Frist ganz abgelaufen war, bis zu der sie ihr Wort verpfändet hatten. Sie waren nicht einmal bereit, ihr Wort zu brechen, nachdem sie erfahren hatten, daß Dubois aus Pommern abberufen und ein strengerer Mann an seine Stelle getreten war.

Diese Strenge machte sich sehr bald auch im Gefängnis zu Bergen bemerkbar. Sowie der neue Herr sein Amt übernommen hatte, untersagte er alle Zeitungen und Bücher genauso wie jegliches Schreibmaterial, da die Haft sonst keine Strafe mehr wäre. Dann fand er das Essen zu gut und die Zellen zu warm geheizt. „Leute wie die da oben", sagte er, „darf man weder zu gut ernähren noch in eine zu warme Zelle setzen. Das eine schadet ihren Hütern, das andere ihnen selbst."

Diese Befehle waren nun zwar erteilt worden, aber sie wurden nicht befolgt, soweit das Niels Ebsen, der Däne, zu vermeiden mochte.

Am 31. Dezember 1809 brachte Niels Ebsen Waldemar einen Brief von Hille, in dem die lezten Einzelheiten und auch das vorläufige Ziel ihrer Flucht angegeben waren. Um Waldemar noch mehr zu bestimmen, das Gefängnis in Bergen sobald wie möglich zu verlassen, gab sie vor, gehört zu haben, daß am 3. Januar die Gefangenen nach

Stralsund abtransportiert werden sollen. Er müsse also die Gelegenheit wahrnehmen, solange es noch Zeit war. Auf dem Hof des Müllers ständen zwei Pferde bereit, die der Alte Schwede schon vor acht Tagen zu diesem Zweck geschickt hätte. Mit diesen Pferden sollten sie nach Pulitz reiten, wo sie bleiben könnten, bis entweder der Friede geschlossen und die Franzosen die Insel verlassen hätten oder, falls sich das noch verzögere, bis sie eine sichere Gelegenheit fänden, nach Schweden zu segeln, wofür besonders Niels Ebsen zu sorgen versprochen hatte. Von Bergen aus könnten sie direkt nach Pulitz reiten, der starke Frost habe alle Binnengewässer mit dickem Eis überzogen. Auf diese Weise würden sie, wenn sie den Weg nördlich um den Rugard herum nach Ruschvitz einschlügen, in einer halben Stunde in Sicherheit sein. Dafür, daß die französischen Wachen im Gefängnis zu Bergen anderweitig beschäftigt würden, wäre Sorge getragen, und Niels Ebsen könnte Waldemar, wenn er es wissen wollte, Näheres berichten.

Nachdem Waldemar diesen Brief gelesen hatte, zerriß er ihn in kleine Stücke und gab sie Niels Ebsen, damit er sie verbrenne.

„Wie aber kommen wir aus dem Gefängnis heraus?" fragte er den Dänen. „Wie werden wir die Wachen täuschen?"

„Das laßt nur meine Sorge sein, Herr Granzow; die Komödie ist fix und fertig. Ich habe den Kerlen vorgeredet, ich hätte eine unverhoffte Erbschaft gemacht, und das haben sie mir aufs Wort geglaubt; ich habe ihnen die blanken Taler gezeigt, die mir Eure Kusine dafür gegeben hat."

„Hille? So! Gut, weiter!"

„Ich habe ihnen also drei Tage lang einen guten Grog versprochen, und heute abend werden sie den ersten bekommen; er wird so steif sein, wie ihn unsere Kapitäne lieben. Da nun nicht die gesamte Wache zugleich beim Grog sitzen kann, wird die andere Hälfte morgen an der Reihe sein, und übermorgen werden sie begierig sein, den Rest zu erhalten. Da müßte es doch mit dem Teufel zugehen, wenn ich sie nicht zehn Minuten lang von den Türen, die sie bewachen, wegkriegen sollte. Dann ist der Augenblick für Euch gekommen. Um die Hauptwache macht Ihr einen Bogen, und bei dem Müller könnt Ihr und Graf Brahe euch aufs Pferd setzen. Und dann auf und davon!"

„Gut, das läßt sich hören. Aber wo bleibt Ihr, wenn Ihr uns fortgeholfen habt. Euch wird der Verdacht treffen, unsere Flucht begünstigt zu haben!"

„Das laßt nur meine Sorge sein, Herr. Habt Ihr an Euch gedacht, als Ihr uns aus dem sinkenden Schiff gerettet habt?"

Waldemar sagte nichts, und der Däne fuhr fort:

„Könnte ich reiten, würde ich euch begleiten. Da ich es aber nicht kann, werde ich zu Fuß nach Pulitz gehen und so lange dort bleiben, bis ich eine Möglichkeit finde, nach Hause zu fahren."

„Zu welcher Zeit wird das Fest beginnen?"

„Um neun Uhr, Herr, damit sie um Mitternacht voll sind; ich habe mir das ungefähr so ausgerechnet."

Niels Ebsen hielt Wort; schon an demselben Tage gelang es ihm, die Wachen aus dem Haus in eine Schenke zu locken und sie dort eine Weile mit dem Grog zu beschäftigen. Sie kamen auf den Geschmack, und da nichts passiert war, gingen sie am zweiten Tag um so lieber mit. Für den dritten Tag hatte ihnen Niels Ebsen eine noch größere Portion versprochen, wenn sie sich alle hübsch ruhig dabei verhielten, damit ihm und ihnen kein Nachteil daraus erwachse.

So brach denn der zweite Januar des Jahres 1810 an. Es war ein bitterkalter Tag. Straßen und Wege waren fußhoch mit Schnee bedeckt, der unter den Tritten knirschte. Die Binnengewässer, selbst der Große Jasmunder Bodden, lagen unter zwei Ellen dickem Eise, so daß man sogar mit dem Wagen darüber hinwegfahren konnte.

Waldemar, der keine Ruhe mehr in der engen Zelle fand, schritt den ganzen Tag über rastlos auf und ab. Magnus dagegen saß am Fenster und starrte gedankenlos in den Himmel.

Langsamer war Waldemar nie ein Tag vergangen als dieser. Geschlafen hatte er schon die beiden letzten Nächte nicht mehr, und doch fühlte er sich nicht müde.

So wurde es Mittag. Die Sonne kam an diesem Tag nicht hervor, es blieb trübe. Gegen Abend begann es zu schneien, und schon um drei Uhr war es in Waldemars Zelle so dunkel, daß er Licht anzündete. Er zählte die Minuten, bis sie zu Stunden wurden, und die Stunden, bis es endlich Abend war.

Endlich kam Niels Ebsen und brachte ein großes Paket. „Ich komme heute füher als sonst", sagte er, „und bringe etwas Gutes.

Hier ist eine Flasche Wein und etwas Ordentliches zu essen. Ihr müßt Euch stärken, hat Hille gesagt. Graf Brahe hat auch seine Portion erhalten. Er wollte nur nicht recht. Er ist so trübselig – ist er immer so?"

„Die letzte Zeit war er immer so. Er hat keinen rechten Lebensmut mehr. Er redet sich ein, der Tod warte auf ihn. – Nun heizt den Burschen unten wacker ein; holt uns auch nicht eher, als bis Ihr sicher seid, daß sie festsitzen. Dann wollen wir hier verschwinden."

„Zwischen elf und zwölf Uhr; auf die Minute kann man das nicht bestimmen. Bis dahin also."

Er verließ Waldemar und riegelte ihn zum letztenmal ein. Waldemar betrachtete den Mantel, der den Reitermänteln glich, wie sie die Franzosen trugen. Dann langte er kräftig zu.

Gegen zehn Uhr erreichte seine Unruhe den Höhepunkt.

Eine Stunde später hörte man durch das ganze Haus den Lärm schallen, den die französischen Soldaten verursachten, die bereits in der Wachtstube hinter dem Grognapf saßen und tüchtig zechten. Endlich schien Niels Ebsen die Zeit für günstig zu halten. Er trat dicht an den Tisch, um den die Zecher saßen, und schaute bedächtig und mit langem Hals in das Gefäß, in dem der Grog war. Es war beinahe leer.

„Ja, ja, macht nur einen langen Hals", sagte der Korporal, der die Wache kommandierte, „es ist kaum noch etwas drin."

„Dann gebt mir mal eure Töpfe her – da habt ihr den Rest. Nun aber müßt ihr euch ein Weilchen gedulden, ich gehe in die Küche und hole den Bodensatz. Wer nicht hierbleibt, kriegt keinen Tropfen mehr davon."

Er trug das Gefäß hinaus, riegelte die Tür leise von außen zu und hatte damit alle Posten gefangen, die die Gefangenen bewachen sollten.

Hastig sprang er dann die Treppe hinauf, Waldemar und Magnus standen schon bereit. Leise huschten sie hinab und waren einen Augenblick später auf der Straße – sie waren frei. Im Schatten der Häuser rannten sie zum Marktplatz und von hier aus zum Haus des Müllers Dalwitz. In zehn Minuten hatten sie es erreicht, schlüpften in die offene Haustür, die unmittelbar hinter ihnen verriegelt wurde, und traten in die Stube, in der sie außer dem Müller und seiner

Familie Hille fanden, die etwas Warmes zu trinken für sie bereithielt.

Beinahe wäre Waldemar dem Mädchen um den Hals gefallen, so groß war seine Bewegung, als sie ihm entgegentrat. Aber er bezwang sich und drückte ihr nur die Hände.

„Verspart Euern Dank", sagte der vorsichtige Müller, „für später. Ihr habt keine Minute zu verlieren, denn eure Flucht kann nicht lange unbemerkt bleiben, und dann wird die Trommel gerührt, und

die Soldaten sind euch auf den Fersen. Also vorwärts, im Hof stehen schon die Pferde."

Magnus, Waldemar und Niels Ebsen tranken rasch einige Schlukke, dann gingen sie in den Hof, wo Jochen die Gäule am Zügel hielt. Jochen und Magnus saßen zuerst im Sattel, Waldemar zögerte ungewöhnlich lange. Er hielt immer noch Hille an der Hand und hatte jetzt endlich Worte gefunden.

„Wohin werdet ihr von Pulitz aus gehen?" fragte Hille.

„Wenn Magnus auf mich hört, nach Schweden, bis der Friede geschlossen ist."

„Das ist auch meine Meinung, aber wagt euch nicht zu früh hinaus, ihr dürft nicht noch einmal gefangen werden."

„Nein, Hille, du hast recht, ich werde jetzt noch viel vorsichtiger sein."

„Herr", rief der Müller, „vorwärts! Ich mache das Tor auf, und dann reitet der Jochen voran, um euch die besten Wege zu weisen, er kennt sich aus."

Nun schwang sich auch Waldemar aufs Pferd, drückte Hille noch einmal die Hand und trabte hinter Jochen und Magnus her, die schon voraus waren.

Der dicke Schnee verschluckte die Huftritte, niemand hörte die Flüchtlinge vorbeigaloppieren.

Niels Ebsen schritt langsam hinter den Reitern her.

Da es sehr dunkel war und nur die weißen Schneeflächen ein unwirkliches Licht verbreiteten, ritt Jochen nur wenige Schritte vor den beiden ihm folgenden Männern. Im scharfen Trab wandte er sich hinter dem letzten Haus von Bergen nach Nordosten, umritt den Rugard und nahm die Straße nach Ruschvitz. In einer knappen halben Stunde rechneten sie, in Pulitz zu sein.

Nachdem sie etwa zwanzig Minuten geritten waren, hielt Jochen an und sagte: „Hier sind wir an der Überfahrtsstelle von Pulitz angelangt. Reitet jetzt dicht hinter mir her, damit ihr nicht in die Eislöcher geratet, die wir geschlagen haben, um Fische zu fangen."

„Kommen wir über Alt-Rügen?" fragte Magnus laut.

„Nein, Herr, ich lasse den Werder links liegen, über das Eis reiten wir bequemer und den kürzeren Weg."

„Vorwärts denn, ich hätte das kleine Eiland gern noch einmal gesehen. Nun, immer zu, ich werde vieles nicht wiedersehen – vorwärts Waldemar, ich komme schon."

„Reite du voran, ich mache den Schluß."

Hohl und dumpf klang es unter den Huftritten der Pferde, als sie über den zugefrorenen Bodden ritten.

Plötzlich hielt Jochen sein Pferd an und deutete mit der Hand vor sich. „Kennt Ihr diese Gegend, Herr Granzow?" fragte er.

„Nein. Wo sind wir? Diese öden Hügel sind mir völlig unbekannt."

„Das war einst unser schöner Pulitzer Wald", seufzte Jochen und nickte den beiden Männern traurig zu.

„Wie – der Wald? Was meinst du?"

„Er ist fort, verschwunden. Der General Chambertin hat ihn heruntergesäbelt, als hätte er ein Regiment Türken vor sich."

„Mein Gott!" sagte Waldemar. „Welche Barbarei! Was hat Adam Sturleson dazu gesagt?"

„Ja, Herr, das war schlimm."

„Kommt, laßt uns rasch weiterreiten", sagte Waldemar. „Dort brennt ein Licht, ist das der Pachthof, Jochen?"

„Ja, Herr, das Licht brennt im Stall."

Nach wenigen Augenblicken hatten sie das Gehöft erreicht, Sturleson und Mutter Talke begrüßten die beiden lebhaft.

XXIX

Der erloschene Stern

Unangefochten lebten die beiden Freunde auf Pulitz. Die Gerüchte über einen baldigen Frieden verdichteten sich, und wahrscheinlich auch deshalb, nicht nur, weil ihre Spuren verwischt waren, wurde die Verfolgung nur sehr schleppend betrieben.

Trotzdem blieben die beiden im Hause, gaben jedoch Nachricht nach Saßnitz, daß sie wohlbehalten beim Ohm seien.

Da man durch den Schnee auch sehr von der Außenwelt abgeschlossen war, wurde Jochen nach Bergen geschickt, um Nachrichten von den letzten Ereignissen zu bringen.

Jochen berichtete denn auch von dem am 6. Januar zwischen Frankreich und Schweden abgeschlossenen Frieden und daß die Franzosen bis zum 30. Januar Rügen verlassen müßten.

Waldemar erzählte das Magnus und meinte, nun brauchten sie also nicht nach Schweden zu gehen. Aber Magnus hörte ihn ohne sichtbare Bewegung an, er sagte kalt:

„Ist das alles, was du mir zu sagen hast? Und darüber freust du dich? Warum willst du nicht nach Schweden? Und was soll ich noch länger hier, wo mich nichts mehr hält?"

„Wie?" fragte Waldemar verwundert, „freust du dich wirklich nicht über den Frieden?"

„Nein, Waldemar, ich freue mich nicht; ich kann es nicht, so gern ich auch möchte. Ach nein, Waldemar, für mich gibt es keine Freude mehr, alles in mir ist erloschen."

Waldemar schüttelte den Kopf. Magnus' Verhalten war ihm unbegreiflich. Doch in Magnus ging eine seltsame Veränderung vor.

Nachdem Waldemar ihn verlassen, hatte es kaum einer Stunde bedurft, um Magnus in einen anderen Menschen zu verwandeln. Mit leuchtenden Augen und roten Wangen eilte er zu Waldemar.

„Magnus", sagte Waldemar, „was sehe ich? Was ist mit dir?"

„Mir ist ein Gedanke gekommen, der mich zu einem neuen Entschluß gebracht hat."

„Laß mich hören, Magnus!"

„Waldemar, ich kann nicht anders. Ich will noch einmal nach Spyker."

Waldemar lächelte bitter. „Ich dachte es mir", sagte er. „Was willst du noch einmal dort?"

„Ich weiß es selber nicht, aber hin muß ich. Wie mit unerbittlicher Gewalt zieht es mich nach Spyker. Wer weiß, wie es jetzt dort aussieht, was – was das unglückliche Mädchen macht und ob sie nicht einen Beistand braucht."

„Willst du sie noch einmal sehen und sprechen?"

„Es kann sein, ich weiß es noch nicht."

„Und wenn du sie siehst und mit ihr sprichst, wenn sie dich, nachdem sie den Franzosen verloren hat... Willst du an die Stelle des Franzosen treten?"

„Schweig davon. Nein, das will ich nicht, aber etwas anderes will ich, und von Minute zu Minute wird mir das klarer. Eine innere Stimme sagt mir, daß er noch da ist, daß ich ihn treffen und ihm gegenüberstehen werde."

„Ich werde hoffentlich dabei sein, Magnus. Aber hör mich an, übereile nichts, laß uns erst einen Boten nach Spyker senden, um zu erfahren, wie es dort steht, damit wir nicht etwa dem Wolf in den Rachen laufen, dem wir eben glücklich entronnen sind."

„Wie lange hält uns das auf?"

„Höchstens einen halben Tag, denn der Bote geht über das Eis, und in wenigen Stunden ist das erledigt."

„So sende jemand zu Ahlström und erkundige dich nach allem, was für uns wichtig ist."

Waldemar ging zu Sturleson und teilte ihm den Wunsch Magnus' mit.

Der Alte Schwede schüttelte den Kopf und sagte:

„Welche Torheit! Läuft ihm denn sein Schloß davon? Und dieses

Mädchens wegen will er sich und dich neuer Gefahr aussetzen? Nun, meinetwegen, ich trage mein Fell nicht zu Markte. So mag denn Jochen der Bote sein. Sag ihm, was er da soll, aber ich möchte nichts damit zu tun haben. Wozu will denn der Graf eigentlich hin?"

„Das frage ich mich auch."

„Ich werde es dir sagen. Um mit dem neugebackenen Major anzubinden, das versteht sich von selber. Ich kenne das. Das ist ein Stück Edelmannswahn! Und bei Gott, er wird den kürzeren ziehen."

„Oho!" rief Waldemar. „Da sind wir denn auch noch da. Ich fürchte mich mehr vor dem Weib als vor dem Soldaten."

Jochen brach morgens um elf Uhr nach Spyker auf und war abends um sieben schon wieder auf Pulitz. Er berichtete, daß man etwa eine Meile auf Schlittschuhen vorankommen und den übrigen Weg bequem zu Fuß zurücklegen könne, da die Leute von Jasmund Wege getreten hätten.

„Aber wie sieht es auf Spyker aus, Jochen? Das ist die Hauptsache", fragte Waldemar.

Jochen wurde es sichtbar schwer, offen mit der Sprache herauszurücken, denn er wußte, daß seine Nachrichten nicht gern gehört werden würden. „Ich bin drei Stunden im Schloß gewesen", sagte er, „und habe auch den Herrn Kastellan gesprochen. Ach, Herr Granzow, da sieht es nicht ganz geheuer aus, und ich will Euch alles sagen, was mir der alte Herr zugeflüstert hat. Die reitenden Jäger sind allerdings schon seit vorgestern größtenteils fort und haben eine Menge Beute weggeschleppt. Der Major ist mit einigen Leuten noch dort, zu seinem Vergnügen, wie er sagt, in Wahrheit jedoch, weil er noch nicht fertig mit der Auswahl dessen ist, was er mitnehmen will. Der Abmarsch ist ihm etwas zu rasch gekommen."

„Was er mitnehmen will? Verstehst du darunter auch die Dame?"

„Gott bewahre, die will er am wenigsten mitnehmen, hat mir Herr Ahlström gesagt; sie aber schreit und ringt die Hände und will den fremden Offizier nicht fortlassen, der ihr die Ehe versprochen hat und den sie nur als ihren Gatten will scheiden sehen, um ihm nachzureisen, sobald er in Frankreich ist. Mitnehmen will er vielmehr, was er an Silberzeug und sonstigen Kostbarkeiten zusammenraffen kann, und der Kastellan hat sich vergebens bemüht, ihm begreiflich zu machen, daß er das nicht dulden kann. Ja, Herr, so stehen die Sachen, und der Herr Kastellan freut sich sehr, daß Ihr und der Herr Graf kommt, denn dann, meint er, habe er nicht allein die Verantwortung mehr."

Waldemar senkte den Kopf. „Es ist genug", sagte er, „jetzt weiß ich alles. Was du mir aber gesagt hast, behalte für dich, und sage dem Grafen nichts davon. Ich werde es ihm selbst mitteilen. Wieviel Franzosen liegen noch auf dem Schloß?"

„Der Major, sein Diener und sechs reitende Jäger, die aber den ganzen Tag betrunken sind, weil sich niemand um sie kümmert; sie haben den Keller des Grafen Brahe ausgeplündert."

„Hast du mir den Schlüssel mitgebracht, um den ich den Kastellan gebeten habe?"

„Ach ja, Herr, beinahe hätt ich's vergessen. Hier ist er; er hat ihn eingesiegelt. Er würde alles in Bereitschaft setzen, hat er gesagt, eine Laterne würde Tag und Nacht an dem bewußten Ort brennen, und die Zimmer im Turm würden in Ordnung sein. Eure Kleider und Wäsche aber, die Ihr in dem Koffer zurückgelassen habt, würdet Ihr in dem Raum finden, den der Herr Graf bewohnt hat."

Waldemar begab sich zu Magnus und teilte ihm mit, was ihm zu wissen notwendig war. Mit Mühe hielten er und der Alte Schwede ihn bis zum nächsten Morgen zurück, denn er wollte sofort aufbrechen.

Das war am 27. Januar 1810, also nur drei Tage früher, als die Franzosen die Insel geräumt haben mußten.

Magnus war am Abend nicht mehr zum Sprechen zu bewegen gewesen, er brütete finster vor sich hin.

Am anderen Morgen wurde Waldemar von Sturleson geweckt. Da Magnus noch fest schlief, rüttelte ihn Waldemar. „Magnus", sagte er, „steh auf, oder willst du nicht mehr nach Spyker?"

„Ist es schon Tag?" fragte Magnus. „Ich habe so gut geschlafen wie seit langem nicht!"

Als sie beim Frühstück saßen, wunderten sich Sturleson und Waldemar, Magnus so ungewöhnlich heiter und sogar aufgeräumt zu finden. „Ihr müßt mich bald besuchen", sagte er zu dem Alten Schweden. „Kommt bald, ich möchte Eure Gastfreundschaft erwidern."

„Gern, gnädiger Herr", erwiderte dieser, „wenn die Franzosen weg sind, komm ich gern."

„Ihr seid mir herzlichst willkommen. Nun aber bin ich fertig. Wo sind meine Schlittschuhe?"

„Hier, nehmt meine", sagte der Alte Schwede. „Es sind alte Holländer vom besten Stahl."

Bald darauf wurde Abschied genommen.

Der Alte Schwede begleitete sie bis zum Eis.

Magnus war der erste, der die Schlittschuhe angeschnallt hatte. Mit flinken Schritten liefen sie los, Magnus vornweg. Unter ihnen krachte und grollte das Eis.

Es war noch nicht Mittag, da hatten sie ihr Ziel erreicht.

Von niemand gesehen, betraten sie das Land unter der alten Weide, wo Waldemar damals mit der Haferfracht, die er von Wittow geholt hatte, gelandet war. Von hier aus schritten sie in die Richtung von Quoltitz und fanden trotz des Schnees sehr bald den Eingang des Ganges, der zum Spukturm führte. Wenige Minuten später befanden sie sich im Innern des Schlosses und erstiegen die Treppe, die in das Zimmer führte, das Magnus im Sommer bewohnt hatte.

Im Schloß war es weiter so zugegangen, wie es gewesen war, als Waldemar und Magnus sich dort befunden hatten. Die Franzosen hatten ungeniert Küche und Keller geplündert und fühlten sich wohl dabei. Nicht mehr so wohl fühlte sich Caillard, er war des Mädchens überdrüssig geworden, sie aber verfolgte ihn nur noch um so heftiger und drängte darauf, seine Frau zu werden. Caillard hielt sie hin, ihr eine direkte Absage zu erteilen hatte er nicht den Mut. Was es an kostbaren Dingen im Schloß gab, ließ er jedoch zusammentragen, um es mitzunehmen.

Kastellan Ahlström, der sich durch die Miene des Majors, als sei er höchst unglücklich, von Spyker zu scheiden, keinen Augenblick täuschen ließ, folgte ihm auf Schritt und Tritt und bemerkte sehr wohl, auf was es der Franzose abgesehen hatte. Im Gefühl des Rechts, wagte er wiederholt ernstere Vorstellungen, da er aber keine Mittel in Händen hatte, sie auch mit dem gehörigen Nachdruck zu unterstützen, mußte er zusehen, wie die bereits vollgepackten Wagen immer noch mehr beladen wurden.

Als Magnus und Waldemar im Turmzimmer angelangt waren, begann in Gylfes Zimmer gerade die lärmvolle Abschiedsszene.

Magnus öffnete das Fenster und schaute in den Hof hinab, wo die letzten Franzosen schon im Sattel saßen und den Major erwarteten, um mit ihm nach Bergen aufzubrechen.

„Er ist noch da", sagte Magnus mit erhitzten Wangen zu Waldemar. „Aber er scheint fort zu wollen. Geh du hinab zu Ahlström, und sieh, wie die Sachen stehen; vergiß nicht zu fragen, was der Wagen da zu bedeuten hat. Ich sehe einen Kasten obenauf liegen, der zu den Reiseutensilien meines Vaters gehört."

„Gut", erwiderte Waldemar beklommen, „ich werde gehen, aber bleib du hier, bis ich wieder zurück bin."

„Geh!" sagte Magnus mit einer gebieterischen Handbewegung. „Ich werde dich erwarten."

Waldemar verließ das Turmzimmer und ging leise die verborgene Treppe hinab, die im untersten Stockwerk im Zimmer des Kastellans mündete. Der Kastellan erschrak und wurde weiß, als Waldemar so unerwartet eintrat.

Unterdessen hatte Magnus das Fenster nicht verlassen, sondern unverwandt zu dem Wagen hinabgeblickt. Plötzlich hob einer der Reiter zufällig den Kopf und sah den Mann in dem Fenster des früher so gefürchteten Spukturms. Mit aufgerissenem Mund starrte er zu den Fenstern empor und sagte kein Wort.

„Heda!" schrie Magnus hinunter, „wo wollt ihr hin, und was habt ihr da auf dem Wagen?"

Der Franzose hatte so sehr die Fassung verloren, daß er wahrheitsgemäß antwortete: „Wir wollen fort, nach Stralsund, und das sind die Sachen des Herrn Major."

„Und wo steckt euer Herr Major?"

Der Franzose deutete mit der Rechten auf das untere Stockwerk, auf Gylfes Zimmer, wie Magnus sehr wohl wußte. „Er nimmt Abschied", sagte er und setzte lachend hinzu: „Bis wir einmal wiederkommen."

Als Magnus das hörte, drehte es sich ihm im Kopf. Er sprang vom Fenster fort, schloß rasch einen Wandschrank auf, aus dem er zwei geladene Pistolen nahm, steckte sie in den Gürtel und trat zur Tür.

„Sie nehmen Abschied", murmelte er wild. „Da will ich dabeisein."

Er sprang die Treppe hinab, erreichte den geheimen Zugang zu Gylfes Zimmer, blieb stehen und horchte.

Die beiden in dem Zimmer hatten keine Ahnung, daß sie belauscht wurden. Zwischen ihnen war der Augenblick gekommen, den Caillard so lange wie möglich hinausgezögert hatte. Wiederholt hatte er dem Mädchen seine ewige Liebe versichert, und er werde wiederkommen, sie zu holen. Aber Gylfe ließ sich nicht darauf ein. Sie hielt ihn fest und ließ ihn nicht fort. Tränen rannen, und wütend schrie sie ihn an. Caillard vermochte sich nicht von dem Mädchen zu befreien.

Plötzlich knarrte es in der Ecke des Zimmers. Die Wand tat sich auf, und ein Mann, der dem Major unbekannt war, trat ein, das Gesicht vor Wut verzerrt.

Gylfe ließ Caillard los, schlug die Hände vors Gesicht und sank auf einen Stuhl.

Caillard wollte die Gelegenheit wahrnehmen und ging schnell zur Tür, die zur Treppe führte.

Magnus jedoch folgte ihm, faßte ihn am Arm und riß ihn zurück.

„Herr", keuchte er, „seid Ihr ein Edelmann?"

Der Franzose versuchte, ihm die Antwort schuldig zu bleiben und die Treppe zu gewinnen, um seine Leute und sein Pferd zu erreichen. Aber Magnus folgte ihm.

„Herr", wiederholte Magnus, „seid Ihr kein Edelmann? Versteht Ihr mich nicht? Nun gut, dann werdet Ihr das verstehen!"

Dabei zog er eine Pistole aus dem Gürtel und richtete sie auf den Franzosen.

Jetzt hielt der es doch für geraten, zu reagieren. Mit der Rechten zog er blitzschnell den Säbel.

„Wer seid Ihr?" fragte er endlich, mehr um Magnus abzulenken und Zeit zu gewinnen. Magnus ließ tatsächlich die Waffe sinken.

„Wer ich bin? Das wagt ihr mich zu fragen? Ein Edelmann bin ich, der einem Räuber gegenübersteht. Mein Name ist zu gut, als daß er in Eurer Gegenwart genannt werden sollte."

Diesen Augenblick hatte der Franzose erwartet. Noch ehe Magnus die Pistole wieder hochreißen konnte, stieß ihm Caillard die Klinge in die Brust. Zugleich aber ging Magnus' Schuß los, jedoch zu spät. Zu Tode verwundet sank Magnus zusammen.

Der Franzose sprang blitzschnell die Treppe hinab, und während Waldemar, von dem Schuß aufgeschreckt, aus des Kastellans Zimmer herbeieilte, entkam Caillard, warf sich auf sein Pferd, ohne sich umzublicken, und jagte, von seinen Leuten gefolgt, den Wagen mit der Beute und seinen eigenen Sachen im Stich lassend, davon.

Waldemar, von allen Hausbewohnern gefolgt, lief zu Magnus.

„Magnus!" rief er stöhnend, „mein Gott, was ist geschehen?"

„Waldemar", flüsterte Magnus, und er lächelte, „ich habe es gewußt, mit meinem Leben geht es zu Ende."

XXX

Die Vorboten des Orkans

Magnus war zu Grabe getragen worden, und Waldemar wollte Spyker verlassen. Doch bevor er wieder nach Saßnitz ging, unternahm er noch einmal den Versuch, mit Gylfe Torstenson zu reden. Er hoffte im guten von ihr scheiden zu können, aber Gylfe lehnte jedes versöhnliche Wort ab. Auf dem Weg nach Hause, der ihn durch die Stubnitz führte, hatte Waldemar viel Zeit, sein Verhältnis zu Hille zu überdenken. So gern er sie hatte – ihr Erbe war ihm ein Hindernis, er hatte nicht den Mut, und er war zu stolz, um das, wie er meinte, reiche Mädchen zu werben.

Als Waldemar nach Hause kam, war Hille nicht mehr da, sie war wieder nach Bakewitz gegangen, um sich dort um den Hof zu kümmern. Waldemar war sehr niedergeschlagen deshalb, und doch war er auch wieder froh, denn nun brauchte er mit ihr nicht darüber zu reden, was ihm so unangenehm war. Er half in der ersten Zeit den Fischern die Boote reparieren, die die Franzosen unbrauchbar gemacht hatten, und wich jedem Gespräch aus, wenn die Eltern Hille erwähnten. Nach Bakewitz wollte er auf gar keinen Fall. Und so kam es denn, daß sich die Mutter aufmachte und zu Hille fuhr. Und Hille gab ihr zu verstehen, daß sie auf Waldemar warte. Waldemar jedoch machte neue Ausflüchte, er vermochte nicht über seinen Schatten zu springen. Jetzt war es der Krieg, der noch nicht zu Ende war. Waldemar befürchtete, daß er erneut losbrechen würde.

Waldemar hatte nicht unrecht damit, die Anzeichen wiesen darauf hin, daß Rügen bald wieder in die großen Auseinandersetzungen hineingerissen werden würde.

Zwischen Frankreich und Schweden hatte es zwar Frieden gegeben, aber die Kontinentalsperre verhinderte weiterhin, daß tatsächlich Frieden wurde und der Handel blühte.

Abermals wurde zum Krieg gerüstet, gegen England; und Napoleon hatte Schweden gezwungen, sich an diesen Rüstungen zu beteiligen.

Im Mai verbreitete sich auf Rügen das Gerücht, es würden Schiffe von Schweden kommen, um die auf der Insel lebenden Seeleute an Bord zu nehmen und nach Schweden zu bringen, wo sie in die Kriegsschiffbesatzungen eingereiht werden sollten. Bald nach dem Gerücht gingen Boten von Dorf zu Dorf und verkündeten, daß am 15. Mai Schiffe in Stralsund, auf dem Bug in Wittow und in Groß-Zicker in Mönchgut anlegen würden, wohin sich bis zum 20. Mai alle diejenigen begeben sollten, die Kriegsdienste zu nehmen bereit wären.

Als diese Nachricht nach Saßnitz kam, verursachte sie alles andere als Freude, denn Waldemars Eltern wollten ihren letzten Sohn nicht schon wieder dem Krieg preisgeben. Und doch wußten sie, daß Waldemar sich durch ihre Bitten nicht würde abhalten lassen. Mit großer Bereitwilligkeit ging Waldemar zwar nicht, ihm wäre es viel lieber gewesen, auf Englands Seite gegen Frankreich zu kämpfen. Aber ein neues Gerücht beseitigte seine Zweifel: Der Krieg gegen England sei nicht ernst gemeint, Schweden begünstige sogar den Handel mit England, und es warte nur auf die Gelegenheit, sich mit Großbritannien gegen Frankreich verbünden zu können. Nur für diesen Fall wolle es seine Flotte kampfbereit machen.

Dieses Gerücht, an dem manches wahr sein mochte, drängte Waldemar zum Entschluß; am 18. Mai sagte er seinen Eltern, daß er am folgenden Tag nach Wittow gehen werde, um sich auf dem dort liegenden Schiff einschreiben zu lassen.

Zwei Tage später schon war er auf dem Weg nach Schweden, wo er als Dritter Leutnant auf die Fregatte „Ingiald" kommandiert wurde, die bestimmt war, in der Ost- und Nordsee zu kreuzen. Bald darauf wurde der Krieg gegen England erklärt, aber er war genausowenig ernst gemeint wie der Friede, den Napoleon mit Schweden geschlossen hatte.

Das Jahr 1810 verstrich, und im Kiekhaus erfuhren sie nur dann und wann durch einen kurzen Brief, wie es Waldemar erging. Es wurde Frühjahr des Jahres 1811, und die Eltern sagten sich, daß Waldemar richtig gehandelt hatte. Am 30. März 1811 nämlich erließ das General-Gouvernement in Stralsund einen Befehl, demzufolge der Landsturm zu den Waffen gerufen wurde. Man gab vor, dieser Landsturm solle eine etwaige Landung der Engländer in Pommern und Rügen abwehren, im Grunde jedoch wollte man Truppen zur Verfügung haben, gegen welchen Feind auch immer.

Das war allerdings noch nicht genug. Der französische Kaiser erhob neue Forderungen gegen Schweden und beschwerte sich, daß man dem Handel der Engländer nicht mit aller Strenge entgegentrete. Am 25. April 1811 erschien eine weitere Verordnung, derzufolge die beiden pommerschen Regimenter, das Engelbrechtsche und das Königin-Leibregiment, ersteres um 800 und letzteres um 300 Mann aus dem Landsturm verstärkt werden sollten; sie würden jedoch wieder nach Hause entlassen werden, sobald mit England Friede geschlossen sei, wozu alle Aussichten vorhanden waren.

Und noch einmal wurden Soldaten angeworben.

Alle diese Befehle öffneten auch den letzten die Augen, daß ein erneuter Feldzug bevorstand, denn auch aus Frankreich tauchten immer neue Gerüchte über Truppenzusammenziehungen auf.

Da das Verhältnis zu England noch immer unklar war, war niemand auf Rügen begeistert von dem, was in der Welt vorging.

XXXI

Der Orkan 1812 auf Rügen

Das verhängnisvolle Jahr 1812 war angebrochen. Ganz Europa stöhnte unter der Last Napoleons. Kein Mensch auf Rügen ahnte, was ihm bevorstand. Schweden lebte mit aller Welt in Frieden, nur mit England gab es scheinbare Verwicklungen, die jedoch niemand mehr ernst nahm. Mit Frankreich hatte es vor zwei Jahren einen Frieden geschlossen, ·dessen Bedingungen, soweit möglich, eingehalten worden waren. Und da Napoleon wußte, daß Schweden England zu seinem Unterhalt brauchte, wußte er auch, daß er die Gelegenheit in Händen hielt, Schweden jeden Augenblick des Treuebruchs anzuklagen und es von neuem mit Krieg zu überziehen. Die Zeit dieses Krieges schien ihm gekommen, als er seine Pläne gegen Rußland für abgeschlossen hielt, um den großen Schlag zu wagen, an dem er schon lange Jahre gearbeitet hatte.

Wie ein Blitz aus heiterem Himmel wurde Rügen von der Nachricht getroffen, daß ein ansehnliches französisches Korps unter dem Befehl des Divisionsgenerals Friant sich den Grenzen Pommerns nähere; und kaum hatte diese Nachricht die Runde gemacht, rückte General Friant tatsächlich in Stralsund und den anderen Städten Pommerns ein.

Friant versicherte, sein Einmarsch sei nur der Besuch eines Freundes, den der Kaiser auf Grund seiner herzlichen Eintracht mit dem König von Schweden sende, um die brüderlichen Verträge in die Tat umzusetzen, die man 1810 abgeschlossen habe. Diese Verträge bezögen sich auf das feindselige Verhalten der Engländer gegen Pommern und Rügen; gegen diese wolle er das Land schützen, und man müsse deshalb alles tun, um diesen Freund recht gut aufzunehmen. Das Ganze jedoch war nur ein Vorwand, das spürte jeder. Vom Generalkommando in Stralsund wurden Kriegsvorräte, Geld und Pferde verlangt. Damit sich die erstaunten Inselbewohner nicht etwa mit ihren Waffen selbst verwundeten, wurde gefordert, daß alle spitzen und scharfen Gegenstände abgeliefert wurden. Und schließlich wurde die Geheimpolizei beauftragt, sich um alle die Männer zu kümmern, die Frankreich in den Jahren zuvor schon einmal beunruhigt hatten.

Damit niemand das Land verlassen konnte, wurde befohlen, allen Schiffen die Masten zu kappen. Unter dem Deckmantel, gegen England auf der Hut zu sein, wurde die gesamte Küste mit Posten besetzt.

Sinn und Zweck des Ganzen wurde von Tag zu Tag offenbarer: Napoleon wollte Rußland angreifen. Und er bot alles auf, um genügend Hilfstruppen bereit zu haben. Auch die Schweden waren dazu ausersehen.

Schweden weigerte sich, diesen Feldzug mitzumachen, und das nahm Napoleon zum Anlaß, Schweden als Feind zu betrachten. Bisher hatten die beiden pommerschen Regimenter, die in Stralsund und Greifswald in Garnison lagen, noch ihre Waffen behalten und mit den Franzosen zusammen den Dienst verrichtet. Am 3. Juli 1812 aber zwangen die Franzosen plötzlich die schwedischen Trommler, den Generalmarsch zu schlagen, während sie selbst schon in überlegener Anzahl unter dem Gewehr standen. Bevor die ahnungslosen pommerschen Bataillone sich versammelt hatten, waren die Hauptwachen schon entwaffnet, und französische Patrouillen nahmen in den Straßen die pommerschen Offiziere und Soldaten fest, die, dem Ruf der Trommeln folgend, zu ihren Sammelplätzen eilten.

Beide Regimenter wurden, nachdem sie entwaffnet worden waren, für französische Kriegsgefangene erklärt und einige Tage später nach Frankreich geführt.

Um das Land einigermaßen vor den marodierenden Franzosen zu schützen, ließ der König von Schweden einigen Kriegsschiffen den Befehl erteilen, vor Rügen zu kreuzen und, falls nötig und möglich, Landeabteilungen abzusetzen, die den Bewohnern zu Hilfe eilen sollten.

Die schwedischen Kapitäne gehorchten diesem Befehl sehr gern, sie brannten darauf, gegen Frankreich zu kämpfen.

Napoleon hatte inzwischen seinen Marsch nach Rußland angetreten, von den drei großen französischen Kolonnen zog die auf dem linken Flügel durch Norddeutschland, ein Regiment folgte dem anderen, und Pommern wurde von Tag zu Tag ärmer.

Im September 1812 war die französische Armee, wie es hieß, siegreich bis nach Moskau vorgedrungen. Dieser Sieg mußte auf Befehl des französischen Gouverneurs Morand in Stralsund am 4. Oktober festlich begangen werden; für den Abend war eine glänzende Illumination befohlen worden.

Mit General Morand war auch der Kommandeur eines Regiments reitender Jäger gekommen, der Colonel de Caillard, Morand hatte ihn nach Rügen geschickt, weil er die Insel kannte.

Er hatte auch sofort die Zügel wieder in die Hand genommen, wußte, was mit Magnus Brahe geschehen war und wo sich Waldemar zur Zeit aufhielt. Und natürlich hatte er mit Gylfe Verbindung gesucht und ihr deutliche Anträge gemacht.

Gylfe jedoch ließ mit einer Antwort auf sich warten; sie hoffte, ihn damit nur um so sicherer zu bekommen. Und erst als sie zu fürchten begann, sein Regiment könne wie viele andere nach Rußland geschickt werden, ließ sie sich zu einer Antwort herbei, worin sie kurz sagte: Herr de Caillard möge kommen und sie besuchen, das übrige werde sich finden.

Bevor er jedoch selbst nach Spyker ging, schickte er eine kleine Truppenabteilung voraus, nicht zuletzt deshalb, daß er mit gehörigem Nachdruck nach dem suchen konnte, was an Wertgegenständen bei seiner überstürzten Abreise vor zwei Jahren dort geblieben war.

Im Hause des Strandvogts war es in den letzten Monaten sehr trübselig zugegangen.

Natürlich hatten die Franzosen gleich, als sie die Insel von neuem besetzten und ihre Strandwachen aufstellten, besonders die Dörfer am Strand nach Schmuggelware durchsucht, hatten sie sich in Saßnitz und auch wieder im Kiekhaus breitgemacht. Und weil sie nichts fanden, zerstörten sie die Fischerboote, die am Strand lagen. Das letzte an Geld, was noch vorhanden war, wurde eingezogen.

Um dem Befehl, die Häuser zu illuminieren, nachkommen zu können, waren in Sagard von den letzten Ersparnissen ein paar Pfund Lichte gekauft worden.

Aber viel mehr als die befohlene Illumination bewegten die Leute in Saßnitz und mit ihnen die Granzows ein paar Segel, die sich schon am frühen Morgen weit hinten am Horizont hatten blicken lassen.

So sehr sich aber der Strandvogt und auch Hille mit dem Fernglas bemüht hatten, die Flaggen der Schiffe zu erkennen – das war ihnen nicht gelungen. Sie wußten also nicht, ob sie von diesen Schiffen etwas zu fürchten oder zu hoffen hatten.

XXXII

Der Orkan legt sich

Es war ein milder Oktoberabend. Daniel Granzow, seine Frau und Hille setzten sich noch ein Weilchen auf die Bank zwischen den Buchen. Der Mond zeichnete blitzende Lichter aufs Wasser, und leise rauschte die Brandung unten am Strand. Immer wieder blickten die drei zu dem Schiff hinaus; es war näher gekommen. Ohne Zweifel war es ein Kriegsschiff, denn dafür sprach seine Größe und seine Takelung. Und mit Hilfe eines Fernglases vermochte man sogar deutlich die zwanzig dunklen Punkte wahrzunehmen, die sich in zwei Reihen übereinander über den Rumpf des Schiffes zogen: die Kanonenluken. Das Schiff war eine Fregatte mit vierzig Kanonen.

Die Nationalität des Schiffes war jedoch nicht zu erkennen, es zeigte keine Flagge, es wollte einem Beobachter an Land nicht den Grund seiner Anwesenheit verraten.

Nachdem der Strandvogt lange Zeit das Schiff von der Gallionsfigur bis zum Spiegel und vom Großtop bis zur Wasserlinie gemustert hatte, setzte er das Glas vom Auge ab und sagte: „Ich weiß nicht, was es für ein Landsmann ist, doch Übles scheint er uns nicht zu bringen. Ich möchte wetten, daß es ein Schwede ist oder ein Engländer, denn die Herren Franzosen haben höhere Stengen und haben keine so vollkommene Takelung, wie sie dieses schöne Fahrzeug hat."

„Könnte es nicht auch ein Däne sein?" fragte Mutter Ilske, nachdem sie eine Weile nachgedacht hatte.

„Bei Gott, Ilske, ja, du hast recht", rief der Strandvogt. „Ja, ein Däne kann es auch sein, denn sie verstehen sich auch auf guten Schiffbau, das muß man ihnen lassen."

„Es ist ein Schwede", sagte Hille mit Sicherheit. „Ich glaube es wenigstens."

„Ich auch", rief der Alte zustimmend. „Aber was will der nur hier – das ist die Frage. Seht ihr die Lichter an Bord? Wahrhaftig, sie gehen mit Laternen auf und ab. Na, ist den Herren der Mondschein noch nicht hell genug? Wollen sie auch illuminieren? Am Ende sind es doch Franzosen, die die Einnahme von Moskau feiern."

„Nein, nein", sagte Hille bestimmt, „das ist keine Illumination, Ohm. Sie setzen vielleicht ein Boot aus, und dabei brauchen sie Licht."

„Mädchen, was du nicht sagst! Hallo, ich sehe es durch mein Glas. Wahrhaftig, sie setzen ein Boot in See – sie bemannen es –, Kinder, was hat das nur zu bedeuten?"

Der Strandvogt, aufs höchste gespannt, war aufgesprungen und so weit an den Abhang getreten, wie es gerade noch möglich war. Die beiden Frauen folgten ihm.

„Sie kommen!" sagte er, nachdem er wieder eine Weile durchs Glas geschaut hatte. „Ich sehe es, sie sind schon am Rudern. Hört ihr es? Sie streichen prächtig, die Jungen, sie verstehen ihr Handwerk!"

Er hatte recht, ein großes Boot näherte sich dem Land, und je näher es kam, um so deutlicher vernahm man den regelmäßigen Ruderschlag.

„Bei Gott!" rief der Alte, „sie kommen auf Saßnitz zu und wollen landen. Soll ich einmal hinunterlaufen und sehen, was es gibt?"

„Das wirst du hübsch bleiben lassen", sagte Mutter Ilske und hielt ihren Mann am Arm fest, „es könnten ja doch noch Franzosen sein, die an Land kämen, um die Illumination von Saßnitz aus der Nähe zu betrachten."

„Du hast recht, Alte, Donnerwetter! Das ist wahr. Kommt, Kinder, warten wir in Ruhe ab, was daraus wird."

Er und die Frau gingen zu der Bank zurück, nur Hille blieb vorn am Abhang stehen und schaute weiter zum Meer hinab, bis das Boot endlich an der Landungsstelle anlangte; ohne daran gehindert zu werden – es hielten sich jetzt keine Franzosen in Saßnitz auf, was sie zu wissen schienen –, stiegen die Männer an Land.

Jetzt endlich trat auch Hille zurück. Aber Augen und Ohren waren zu dem Steg gewandt, der von Saßnitz hier heraufführte.

Nachdem es jedoch ruhig blieb und niemand vom Strand heraufkam, war dem Strandvogt das Warten leid, und da er zugleich tüchtigen Appetit verspürte, forderte er die beiden Frauen auf, mit ihm ins Haus zu gehen und endlich Abendbrot zu essen. Die Frauen stimmten ihm zu und folgten ihm ins Haus, und Trude wurde aufgetragen, das Essen aufzutischen. Kaum aber hatte sie das Zimmer verlassen, wandte sich Hille zur Tür, denn es war ihr, als hätte jemand das Gattertor zugeschlagen.

Sie hatte sich nicht getäuscht. Draußen kam jemand. „Das ist Waldemar!" rief sie und sprang zur Tür, um zu öffnen.

Es war tatsächlich Waldemar, der hereintrat und voller Freude die Eltern und danach Hille begrüßte. Der Händedruck zwischen den beiden dauerte etwas länger, und die Blicke sagten das, was sie sich gern mit Worten gesagt hätten.

„Ich habe leider nur eine Stunde Zeit", sagte Waldemar dann. „Vier schwedische Schiffe haben den Befehl, vor der Küste Rügens zu kreuzen und im Fall der Not unseren Landsleuten gegen die Franzosen beizustehen. Schweden hat sich wieder gegen Napoleon gewandt, der vollständige Bruch mit Frankreich ist nur noch eine Frage der Zeit. Wir sollen verhindern, daß die Bevölkerung weiter ausgeplündert wird, und wir werden das auch. Wenn irgend etwas geschieht, das unrecht ist, dann hißt eine weiße Flagge, und es wird Hilfe von den schwedischen Kriegsschiffen kommen. Sagt das auch weiter, damit es alle erfahren. Mein Schiff ist leider für das Mönchgut bestimmt. Sobald Wind aufkommt, werden wir dorthin fahren. Aber statt meines Schiffes wird hierher ein anderes kommen und auf das geringste Zeichen euch zu Hilfe eilen."

„Ja, ja doch, das ist mir schon recht", unterbrach ihn der Strandvogt ungeduldig, „das klingt ja gerade so, als ob Schweden Frankreich wieder den Krieg erklärt hätte oder es wenigstens bald tun wollte?"

Waldemar lächelte. „Es kann nicht mehr lange dauern, Vater, wir alle hoffen und wünschen es; von der großen Niederlage Napoleons habt ihr hier noch nichts gehört?"

„Wie, was denn, Waldemar; davon wissen wir nichts."

„Wir haben gestern Genaueres erfahren. In Rußland ist dem Kaiser Napoleon nicht alles nach Wunsch gegangen. Er hat zwar anfangs einige Siege erfochten, aber doch so große Verluste erlitten, daß sie

Niederlagen gleichkommen. Dabei fehlt es den Truppen an Nahrung, und die Kälte ist so früh eingebrochen, daß die ganze Armee gewaltige Not leidet. Gestern aber erhielten wir Nachricht, die für Napoleon das Schlimmste ahnen läßt. Wir begegneten nämlich zwei russischen Kriegsschiffen, die nach Stockholm und London segelten, und riefen sie an. Da hörten wir denn, daß die Zarenstadt Moskau in Brand geraten ist und Napoleon dadurch gezwungen wurde, mit großen Verlusten die Stadt zu verlassen und die Reste seiner Armee zurückzuführen, um sie nicht ganz von Hunger und Kälte zermürben zu lassen. Ich bin fest überzeugt, daß Napoleon nur als geschlagener Mann nach Frankreich zurückkehrt. Daß Schweden gegen ihn operiert, ist gewiß, unser Hiersein ist ja der beste Beweis dafür. Also Mut, Vater! Lange kann es nicht mehr dauern, und auf Rügen wird kein einziger Franzose mehr sein."

Der Strandvogt stand sprachlos; was er da eben gehört, hätte er nicht im geringsten zu hoffen gewagt. Endlich sagte er: „Junge, was du uns da gesagt hast, das ist Musik in meinen Ohren; aber ich glaube es noch nicht recht, ich muß erst die Bestätigung abwarten."

„Die wird nicht lange ausbleiben, verlaß dich drauf. Ich möchte wetten, daß die Franzosen in Stralsund und Bergen schon mehr davon wissen, als sie laut werden lassen. Wenn die hier stationierten Truppen über Nacht verschwinden – wäre das nicht der Beweis, wie sehr ihnen das Wasser schon bis zum Halse steht?"

„Ja, das mag sein, Junge. Wir haben schon seit ein paar Tagen keine Truppen mehr gesehen, höchstens mal eine schwache Patrouille. – Das ist eine Freude heute abend, nun wollen wir die Illumination erst recht und für uns abbrennen; wir haben also die Lichter doch nicht vergebens gekauft!"

Sie hätten sich noch viel zu erzählen gehabt, aber die Stunde, die Waldemar Urlaub erhalten hatte, verging nur allzuschnell.

Nicht ganz so schnell verging die Zeit, bis sich die Franzosen auf Rügen deutlich anmerken ließen, daß sie geschlagen worden waren.

Acht Tage nach der festlichen Illumination – es war die letzte, die Napoleon den von ihm besetzten Ländern aufzwang –, war es niemand auf Rügen mehr verborgen, daß der Kaiser in Rußland mehr als nur eine Schlacht verloren hatte und genötigt war, seine gelichtete Armee durch die noch in Deutschland stehenden Regimenter zu ergänzen. So zog denn auch aus Schwedisch Pommern eine Abteilung nach der anderen fort, und zuletzt blieben nur noch soviel Soldaten übrig, wie zur Besetzung des Landes unbedingt erforderlich waren. Auf Rügen blieb nur ein halbes Bataillon Infanterie und ein halbes Regiment Kavallerie, und diese Truppen befehligte Colonel Caillard in Bergen.

Er bemühte sich besonders darum, die rückständigen Kontributionen einzutreiben, die im November und Dezember von neuem ausgeschrieben worden waren und in Anbetracht der gewaltigen Summen, die der Krieg verschlang, eine beträchtliche Höhe erreichten. Allein die Rügener hatten sich den Rat der Schweden zu eigen gemacht und sträubten sich um jeden Pfennig. Die Franzosen, durch diese Weigerung aufs höchste erbittert, schrieben immer höhere Summen aus, die wiederum nicht bezahlt wurden, und so verging der Winter mit Forderung und Weigerung. Die Schweden kreuzten unablässig vor der Küste, jedoch ohne zu landen. Allein ihre Anwesenheit schien die Franzosen zurückzuhalten, zu den schlimmsten Maßnahmen zu greifen.

Unter diesen Umständen war es Waldemar nicht mehr geglückt, seine Eltern noch einmal zu besuchen; die schwedischen Kapitäne zogen es vor, jeden Zusammenstoß mit den Franzosen zu vermeiden, solange das möglich war, und sie ließen niemanden mehr an Land, obwohl sie immer wieder von den vielen Rügenern, die auf ihren Schiffen dienten, darum gebeten wurden.

Von Woche zu Woche drangen, zum Teil auf den größten Umwegen, die Nachrichten von den Ereignissen in Rußland nach Rügen, und wiederum waren es die Engländer, die sich darum bemühten, den wahren Sachverhalt um die Lage Napoleons zu verbreiten. So erfuhr man denn, daß Napoleon am 18. Dezember 1812 in Paris eingetroffen war und seine Armee hilflos in den Schneefeldern Rußlands zurückgelassen hatte, man erfuhr jedoch zugleich, daß er von neuem ungeheure Anstrengungen unternahm, den Krieg abermals zu beginnen.

Und nun erhoben sich die Deutschen wie auf einen Ruf. Und die vielen Fürsten konnten nicht anders, sie mußten sich diesem Ruf anschließen. Es folgte das Jahr 1813 mit seinem Befreiungskrieg.

Auch auf Rügen war die Stunde der Befreiung nahe. Bereits Ende

Februar, bevor das letzte Eis vor der Küste gebrochen war, zeigten sich auf offener See englische Kreuzer, deren Zahl von Tag zu Tag zunahm.

Da regte es sich denn auch auf Rügen. Von allen Bergen wehten die weißen Flaggen, die schwedischen Soldaten herbeizurufen, nicht um von ihnen Beistand zu erbitten, sondern wie um sie einzuladen, den jeden Tag erwarteten Abzug der Franzosen mit anzusehen, deren Lage auf Rügen immer unhaltbarer wurde, weil sie befürchten mußten, von ihrer Armee abgeschnitten und von den nahenden Deutschen und Engländern gefangengenommen zu werden.

Waldemar war es in diesen Tagen geglückt, einige Stunden in Saßnitz an Land zu gehen und seine Eltern wiederzusehen. Zu seinem Erstaunen fand er sie allein, denn Hille war wieder nach Bakewitz gegangen, um sich um ihren Hof zu kümmern.

Als Waldemar zur „Ingiald" zurückkehrte, empfing er vom Kapitän den Befehl, mit zehn Marinesoldaten und einer Abteilung Matrosen zu landen und den Abzug der Franzosen zu beobachten, der, wie man erfahren hatte, am 8. März stattfinden sollte. Auch die anderen schwedischen Schiffe sandten Landungsabteilungen mit demselben Befehl.

Es war am 6. März 1813, als Waldemar mit seiner Abteilung bei Zicker landete und ohne Aufenthalt nach Bergen aufbrach, um seine Befehle auszuführen. Sie marschierten durch Mönchgut und auf der Straße nach Putbus hin, um das Schloß zu sichern und von da aus auch Bergen, Garz und Sagard zu beobachten.

In Putbus stieß Waldemar schon auf eine andere Abteilung schwedischer Marine, so daß er ohne Aufenthalt seinen Weg fortsetzte, und während er einen Teil seiner Leute nach Garz schickte, marschierte er selbst nach Bergen, wo sich um diese Zeit alles konzentrierte, was noch an Franzosen auf der Insel stationiert war.

In Bergen herrschte ein Leben auf den Straßen wie nie zuvor. Die Leute hatten ihre Häuser verlassen und verfolgten die Vorbereitungen der Franzosen mit Schmähworten. Vor dem Hauptquartier waren die reitenden Jäger, die Karabiner auf dem Knie und den Hahn gespannt, angetreten, sie schienen auf irgend etwas oder irgend jemand zu warten.

Sie warteten auf ihren Kommandeur, den Colonel Caillard, der mit einer kleinen Abteilung am frühen Morgen nach Spyker aufgebrochen war. Er wollte gegen Mittag wieder in Bergen sein, hatte er gesagt, und seine Soldaten sollten ihn marschbereit auf dem Marktplatz erwarten; nachmittags wollte er dann in Stralsund eintreffen, wo er Nachtquartier nehmen sollte. Aber die Soldaten warteten lange auf ihren Colonel und mußten sich zuletzt, als ein reitender Bote ihnen eine schreckenerregende Meldung brachte, entschließen, ohne ihn abzureiten, was sie denn auch in größter Hast gegen vier Uhr nachmittags taten.

XXXIII

Halt vor der Prora!

Waldemar war am frühen Morgen mit seinen Soldaten in Bergen eingetroffen und hatte ohne Verzug in Erfahrung gebracht, wie es dort stand. Auf dem ganzen Weg hatte er keine Veranlassung zum Eingreifen gehabt, denn entweder hatte er die meisten Ortschaften von den Franzosen schon verlassen gefunden, oder die wenigen, die er noch hier und da gesehen hatte, waren in solcher Hast auf dem Marsch gewesen, daß sie nicht mehr daran dachten, sich um Beute zu kümmern.

Nachdem Waldemar eine Stunde bei dem Müller Dalwitz gewesen war, verfolgte er die Vorbereitungen zum Abmarsch der Franzosen aus Bergen. Da brachte ihm einer seiner Leute die Meldung, daß der Kommandant der Franzosen am frühen Morgen nach dem Norden geritten sei, und man erzähle sich, er wolle von dort seine Beute abholen.

„Wohin ist er geritten?" fragte Waldemar, der nicht wußte, daß dieser Offizier Caillard war.

Der Matrose, der Waldemar diese Meldung gemacht hatte, vermochte nichts Genaueres zu sagen, deshalb schickte ihn Waldemar, um Einzelheiten zu erfahren. Nach einiger Zeit berichtete der Matrose, daß man glaube, der Offizier sei nach Jasmund geritten, daß er also entweder durch die Prora oder am Strand auf der Schmalen Heide nach Bergen zurückkehren müsse.

„Nach Jasmund? Wißt Ihr vielleicht, wie der Franzose heißt?"

Der Matrose nannte den Namen, und Waldemar war alles klar.

Mein Gott, sagte er sich, das kann doch nicht sein; sollte ich ihn doch noch zu fassen kriegen?

Rasch war sein Entschluß gefaßt. „Heda, Leute!" rief er den Marinesoldaten zu, die damit beschäftigt waren, ihre Waffen zu reinigen – „macht euch fertig! Nehm eure Pistolen und Messer und etwas Proviant mit, wir müssen einen Streifzug antreten und machen hoffentlich einen guten Fang."

Die Seesoldaten rüsteten sich sofort zu dem befohlenen Unternehmen. Waldemar untersuchte seine Pistolen, steckte sie in den Gürtel und schnallte sein dolchartiges Seitengewehr fest, das er als Seeoffizier trug. Dann verabschiedete er sich von dem Müller und sagte ihm, daß er einen Ausflug nach Jasmund unternehmen müsse. Er möge ohne Sorge sein, wenn er an diesem Tag nicht nach Bergen zurückkehren werde.

Zehn Minuten später befand er sich mit seiner kleinen Abteilung, die durch verschiedene Aufträge auf zehn Mann zusammengeschmolzen war, auf dem Weg nach Karow, um von da über Lubkow die Schmale Heide zu erreichen, durch die Colonel Caillard zurückkehren mußte, wenn er wirklich nach Jasmund geritten war.

Am Morgen des 8. März 1813, es war gegen zehn Uhr, brach Waldemar auf.

Es war ein frischer, kühler Morgen, die Sonne stand strahlend am Himmel, ein leichter Ostwind wehte vom Meer herüber.

Als er Lubkow erreicht hatte, wandte er sich nach Norden und ging bis dorthin, wo der Weg rechts zum Meer führt und links zur Prora abzweigt.

Der Boden war vom geschmolzenen Schnee und vom Regen tief aufgeweicht, Waldemar und seine Matrosen hatten es schwer, voranzukommen. Die Seeleute hatten sich schwere Stöcke geschnitten, und auch Waldemar trug einen in der Rechten.

An der Weggabelung überlegte Waldemar, wohin er sich wenden sollte, um Caillard nicht zu verfehlen.

Der Weg durch die Prora war der kürzere, verborgenere, der am Strand entlang der weitere, offenere, und einem unerwarteten Hindernis konnte Caillard hier eher ausweichen.

„Hört", sagte Waldemar schließlich zu seinen Leuten , „hier treffen beide Wege aufeinander, die nach Jasmund führen. Hier also muß der Zug vorüberkommen, den wir erwarten. Diesen Punkt halten wir also besetzt, und nur zwei Mann gehen zum Strand vor und beobachten. Sobald sie den Gegner sehen, kehren sie zurück und benachrichtigen die übrigen. Ich selbst werde mit zweien von euch den Hohlweg hinaufsteigen und dort Ausschau halten. Hört ihr mich eine Pistole abfeuern, kommt ihr zu mir; höre ich aber euch schießen, eile ich zu euch. Ist der Zug eher da, als ich bei euch bin, haltet ihr ihn auf, gleichviel wie. Schießt die Pferde nieder, damit sie nicht fort können; und wehren sich die Männer, dann zeigt ihnen, daß ihr brave Jungen seid und mit einigen Jägern zu Pferde fertig werdet wie mit dem Sturm. Ihr beide geht zum Strandweg, und ihr beide folgt mir."

Die restlichen sechs blieben am Gebüsch an der Weggabelung und versteckten sich dort.

Waldemar stieg langsam den im Zickzack laufenden Pfad hinauf. Zu beiden Seiten erhoben sich steil ansteigende Abhänge, die mit dichtem Gebüsch von Erlen, Eichen, Eschen, Haselnußsträuchern, Espen, Birken, wilden Birnbäumen und Wacholder bewachsen und mit dornigen Ranken durchzogen waren, so daß Waldemar und die beiden Matrosen nur mühsam vorankamen.

Weil der Weg so lang war, daß zwei einander begegnende Wagen nicht aneinander vorbeikamen, war es Brauch, sehr rasch zu fahren, um ja nur hindurchzukommen, ständig laut mit der Peitsche zu knallen und zu rufen: „Halt vor der Prora!" Immer jedoch bewahrte das nicht vor einer Begegnung.

Waldemar war also seinen Gefährten einige Schritte voran, er gebrauchte seinen Eibenstock, denn der Weg war ungewöhnlich schlüpfrig. Von Zeit zu Zeit blieb er stehen und lauschte, ob nichts zu hören war. Aber nichts war zu vernehmen. Schon glaubte er den Hohlweg hinter sich zu bringen, da drang ein dumpfes Geräusch an sein Ohr, das schnell näher zu kommen schien. Sehr bald war das Gestampf galoppierender Pferde und das Gerassel von Rädern zu unterscheiden. „Aufgepaßt!" rief er den beiden hinter ihm zu.

Trotzdem ging es nicht so, wie es sich Waldemar vorgestellt hatte. Der Wagen kam schnell bergab gerasselt, und Waldemar mußte schleunigst beiseite springen, um von den Pferden nicht überrannt zu werden. Es war ihm und seinen beiden Begleitern völlig unmöglich, den Wagen aufzuhalten.

Soviel hatte er gesehen, es war der Wagen, auf den er gewartet hatte, er war hoch bepackt und mit einer Plane bedeckt. Auf dem

Vordersitz saßen zwei Franzosen, und hintereinander folgten ihm zwei Jäger zu Pferde. Ein Offizier war nicht dabei.

Waldemar und die beiden Matrosen eilten zum Ausgang des Hohlwegs zurück, um den dort Wache haltenden Matrosen zu Hilfe zu kommen, die den Wagen bestimmt aufhalten würden.

„Herr Leutnant", sagte der eine Matrose und faßte dabei an seinen Hut, „wir brauchen uns nicht zu übereilen; sie sind dort zu sechst, und der Weg ist tief ausgefahren. Dort wird man nur langsam vorankommen, und sechs handfeste Schweden werden mit diesen vier Franzosen schon fertig werden."

„Gut, geht inzwischen; ich werde euch folgen, sobald ich dort oben noch einmal Ausschau gehalten habe."

Die beiden Seeleute gehorchten ungern, es widerstand ihnen, ihren Führer allein zu lassen, da ihrer Meinung nach noch weitere Franzosen als Eskorte zu erwarten waren. Dennoch trennten sie sich von ihm und eilten hinter dem Wagen her, der sich indessen, als sie den Eingang des Hohlweges erreichten, in den Händen ihrer Gefährten befand, nachdem die beiden reitenden Jäger, sobald sie den Hinterhalt erkannt hatten, davongesprengt waren und die Leute auf dem Wagen im Stich gelassen hatten.

Waldemar dagegen sprang den steilen Abhang hinauf und lauschte, ob nicht weitere Reiter zu hören wären. Und tatsächlich: Kaum waren einige Minuten vergangen, glaubte er, das Schnauben eines Pferdes zu vernehmen.

Wenn das Caillard ist! dachte er. Gleich darauf wurde, ohne jede Begleitung, in glänzender Uniform und auf schweißbedecktem Pferd ein Reiter sichtbar. Waldemar stellte sich ihm in den Weg.

Und jetzt sah der Reiter auch Waldemar, er erkannte ihn jedoch nicht, weil er schwedische Uniform trug.

Der Reiter erreichte ihn und schaute ihn verwundert an; Waldemar hatte das Pferd schon zum Stehen gebracht.

„Die Hand vom Zügel und Platz gemacht, im Namen des Kaisers!" rief der Colonel wütend.

„Geduld", sagte Waldemar mit ruhiger Stimme. „Geduld, mein Herr! Hier hat Euer Kaiser nichts mehr zu befehlen. Ich stehe hier im Namen des Königs von Schweden, ich habe den Auftrag, den Räubern die Beute abzunehmen, die sie sich angeeignet hatten. Aber warum begrüßen wir uns nicht; wir kennen uns doch. Also: Guten Tag, Monsieur de Caillard."

Waldemar nahm seine Schiffsmütze ab, und nun erkannte ihn Caillard.

„Was ist das?" schrie er wild. „Der Verräter, der Spion! Mach Platz, Bursche, oder auch deine Stunde ist gekommen!"

Waldemar hatte seine Mütze fallen lassen und den schweren Stock erhoben.

„Geduld, sage ich! Wessen Stunde gekommen ist, das wird sich zeigen. Zieht die Zügel, sonst vergesse ich, daß wir jetzt Frieden haben, und erinnere mich allein, daß Ihr der Mörder des Grafen Brahe seid!"

Der Colonel sah ein, daß die Lage für ihn ernst war. Vorsichtig griff er mit der Rechten in die Satteltasche und spannte den Hahn seiner Pistole. Aber Waldemar hatte Caillards Absicht durchschaut. Mit der Linken hielt er noch immer das Pferd am Zügel und drängte es Schritt für Schritt rückwärts den Berg hinab, achtete jedoch gleichzeitig auch auf die Rechte seines Gegners. Caillard wollte schießen, doch Waldemar kam ihm zuvor und hieb ihm mit dem schweren Stock über den Arm. Der Schuß ging los, und die Kugel fuhr in die Erde, ohne Schaden anzurichten. Waldemar hatte mit dem Stockhieb jedoch nicht nur den Reiter, sondern auch empfindlich das Pferd getroffen, das sich aufbäumte, auf dem abschüssigen und nassen Boden den Halt verlor, stürzte und den Reiter unter sich begrub.

Waldemar sprang schnell zu dem Pferd, zog am Zügel und brachte es wieder auf die Beine. Es blieb zitternd stehen. Dann trat Waldemar an den Franzosen heran, der auf der Erde lag und sich nicht mehr rührte. Waldemar bückte sich zu ihm nieder.

Caillard blutete heftig am Kopfe, er war auf einen Stein gefallen, und das Gewicht des Pferdes hatte ihm den Brustkorb zerquetscht.

Waldemar zog den auf den Tod Verwundeten auf eine trockene Stelle, bestieg dann dessen Pferd und ritt zum Eingang des Hohlwegs. Dort erfuhr er, daß der Wagen erbeutet und die beiden Franzosen gefangengenommen worden waren.

„Laßt die beiden laufen, damit sie ihren Landsleuten berichten, daß ihr Oberst bei einem Sturz mit dem Pferd tödlich verwundet worden ist. Ihr helft mir dann, den Verwundeten zum Heidekrug zu bringen, das ist der nächste Ort, wo er Hilfe findet, wenn ihm diese noch gebracht werden kann."

Die Seeleute beeilten sich, den Befehl auszuführen, und nach wenigen Minuten fanden sie sich wieder bei ihrem Führer ein; zwei andere hatten den Wagen bestiegen, um ihn nach Spyker zurückzufahren.

Den Verwundeten fanden sie, wie ihn Waldemar verlassen hatte. Er wurde auf sein Pferd gehoben und zum Heidekrug gebracht, wo er jedoch nach einer halben Stunde starb.

Nachdem Waldemar vom Heidekrug aus das Pferd des Colonels mit einem Boten nach Bergen und den eroberten Wagen mit zweien seiner Leute nach Spyker geschickt hatte, kehrte er wieder nach Bergen zurück, wo er am späten Abend eintraf und hörte, daß kein Franzose mehr in Bergen sei und daß sie sofort abmarschiert wären, nachdem die beiden Soldaten und der Bote mit dem Pferde die Nachricht vom Tod ihres Obersten überbracht und die Meldung hinzugefügt hätten, es sei eine ganze Armee Schweden gelandet, und sie drängen schon heran, um den Franzosen den Rückzug nach Stralsund abzuschneiden.

Nachdem Waldemar seine Pflicht in Bergen erfüllt hatte, besuchte er am andern Tag seine Eltern und erzählte ihnen von den letzten Ereignissen.

XXXIV

Der Strandvogt von Jasmund

Rügen war von Franzosen frei; aber noch war nicht endgültig Ruhe und Frieden eingekehrt. Napoleon war zwar besiegt, aber er war noch nicht bezwungen. Zu Beginn des Jahres 1813 hatten sich Deutschland, England, Rußland und Schweden vereinigt, um die Herrschaft Napoleons zu brechen.

Der Kronprinz von Schweden landete im März mit einem schwedischen Armeekorps von 14 000 Mann in Pommern, das sich mit einem preußischen Korps unter Bülow und Tauentzien und einem russischen, englischen und deutschen unter Walmoden vereinigte und so eine 150 000 Mann starke Armee bildete, die unter dem Befehl Bernadottes Norddeutschland gegen alle Angriffe Napoleons decken sollte.

Da sich die beiden pommerschen Regimenter um diese Zeit noch in französischer Gefangenschaft befanden, befahl die Regierung in Stralsund am 31. März 1813 die Errichtung einer schwedisch-pommerschen Landwehr, worauf acht Tage später zwei schwedisch-pommersche Legionen gebildet wurden, die größtenteils aus Freiwilligen bestanden und sich auch selbst ausrüsteten. Im Laufe des Aprils wurde die Landwehr ausgehoben, und so hatte Pommern zwei schlagkräftige Regimenter unter dem Oberst Ritterstolze zur Verfügung. Sie wie die beiden Legionen schlossen sich unter den schwedischen Truppen zusammen und beteiligten sich an dem nun folgenden Befreiungskrieg.

Aber noch einmal sollten Pommern und Rügen in Schrecken versetzt werden. Es hieß, die Franzosen rückten unter den Marschällen Davoust und Vandamme mit 14 000 Mann über Mecklenburg gegen

Pommern vor, das damals von befreundeten Truppen entblößt war, da der Kronprinz von Schweden mit seinem ganzen Korps in der Gegend von Berlin operierte.

Schon waren die wenigen Schweden, die unter General Vegesack Pommern decken sollten, bis nach Rostock zurückgedrängt worden. Durch den Sieg der Verbündeten bei Großbeeren jedoch waren die französischen Marschälle gezwungen, nach Hamburg zurückzuweichen.

Die Siege von Großbeeren, Dennewitz, Kulm, Leipzig und die Erfolge in Frankreich selbst führten 1814 zum Frieden mit Frankreich. Sechs Wochen später kehrten die 1812 als Kriegsgefangene nach Frankreich geführten beiden pommerschen Regimenter in die Heimat zurück.

Im Januar 1814 schloß Bernadotte in Kiel auch mit Dänemark Frieden. In diesem Frieden jedoch wurden Vorpommern und Rügen von Schweden an Dänemark abgetreten als Ersatz für Norwegen, das von Dänemark an Schweden fiel.

Diesen Tausch hatten die Rügener am wenigsten erwartet und gewünscht, denn mit Dänemark hatten sie nicht das geringste im Sinn. Glücklicherweise wurde das Resultat des Kieler Friedens durch den Wiener Kongreß aufgehoben: Das einstweilen als Entschädigung für Norwegen Dänemark zugesprochene schwedische Pommern wurde von Dänemark an Preußen abgetreten, wofür Dänemark das an Holstein grenzende Herzogtum Lauenburg erhielt.

Waldemar Granzow war erst im Frühsommer des Jahres 1815 nach Hause zurückgekehrt, bis dahin war er auf dem schwedischen Schiff geblieben und hatte an mehreren Kreuzfahrten gegen Dänemark und Frankreich teilgenommen. Für seine Tapferkeit war er zum Ersten Leutnant befördert worden. 1815 aber, als Schweden einen großen Teil seiner Flotte demobilisierte, wurden die überzähligen Mannschaften entlassen. Waldemar wurde es zwar freigestellt, weiter in der schwedischen Marine zu dienen, aber er fühlte sich doch mehr nach Deutschland gezogen als nach Schweden, und deshalb quittierte er den Dienst. Er wollte sich in seiner Heimat nützlich machen. Ende Juni kehrte er nach Rügen zu seinen Eltern zurück.

Doch es dauerte nicht lange, da hielt es Waldemar nicht mehr zu Hause. Die Unrast trieb ihn hinaus. Stundenlang durchquerte er die Wälder der Stubnitz, saß auf einsamen Klippen und starrte aufs

Meer. Seine Unrast hieß Hille. Er dachte an Hille, er dachte daran, wie schön es sei, wenn sie seine Frau wäre. Aber er hatte nicht den Mut, um sie zu werben. Er war arm, und sie besaß den Hof in Bakewitz. Er fand nicht den Mut, zu ihr zu gehen, obwohl er sah, daß seine Eltern darauf warteten, und obwohl er wußte, daß auch Hille ihn liebte. Sie hatte es ihm ja oft genug, wenn auch nicht durch Worte, sondern durch ihr Eintreten für ihn, gesagt. Dennoch fand er nicht zu ihr.

Ganz besonders zog es ihn immer wieder nach Blandow, einer Meierei am Nordoststrand der Stubnitz, die den Brahes gehörte und von dem Grafen zu einer Musterwirtschaft für Viehzucht ausgebaut worden war. Zusammen mit Magnus hatte er dort viele Stunden und Tage verbracht.

An einem Nachmittag, als Waldemar wiederum in Blandow war, kam Sturleson ins Kiekhaus. Mit geheimnisvollen Worten erkundigte er sich nach Waldemar und nach Hille, die sich wieder in Bakewitz aufhielt. Die beiden alten Granzows wurden aus seinen Worten nicht recht klug, und sie wurden nicht klüger, als er kurzerhand sagte, er habe noch einen Besuch vor und einen weiten Weg hinter sich zu bringen. Hastig verabschiedete er sich.

Der Alte Schwede plante einen Streich. Er ging nach Bakewitz zu Hille und stellte fast dieselben Fragen, die er auch den Granzows gestellt hatte. Was er vorhatte, war folgendes: Ein alter Brauch gestattete es den Frauen Rügens, Freiwerber zu schicken. Diesen Brauch machte er sich zunutze; mitten in der Nacht kehrte er zum Kiekhaus zurück und klopfte an Waldemars Fenster und warb bei ihm für Hille. Waldemar müsse jedoch am andern Tag schon bei Hille erscheinen, sonst sage sie sich einem andern zu.

Waldemar war glücklich. Er konnte den Tag nicht erwarten und eilte so früh wie möglich zum Strand, lieh sich von Piesing ein Boot und fuhr nach Bakewitz zu Hille. Die jedoch wußte nichts von einer Werbung um ihn. Und fast wäre der gutgemeinte Betrug Sturlesons fehlgeschlagen, wenn die beiden, Hille und Waldemar, nicht doch noch zueinander gefunden hätten.

Als beide zusammen nach Saßnitz kamen, waren die Eltern nicht weniger froh und zufrieden als die beiden. Und Sturleson rieb sich vergnügt die Hände, glücklich, daß sein Streich gelungen war.

Am Tag zuvor war ein Brief vom Grafen Brahe aus Stockholm eingetroffen. Mutter Ilske hatte ihn einfach vergessen. Hätte sie ihn nicht vergessen und Waldemar sofort gegeben, hätte sie ihm die Werbung um Hille sehr erleichtert.

Brahe entschuldigte sich zunächst, daß er seit Jahren nichts habe von sich hören lassen, aber die Ereignisse des Krieges hätten ihn auch nicht zur Ruhe kommen lassen. Er bedankte sich für alles, was Waldemar für Magnus getan hatte, und vermachte ihm schließlich die Hinterlassenschaft Magnus', seine Sammlungen, Waffen und Bücher. In Spyker sollte er alles in Empfang nehmen.

Nicht genug damit, vermachte er ihm die Meierei Blandow, er selbst wolle seinen Besitz auf Rügen an den Fürsten Malte von Putbus verkaufen und sich ganz nach Schweden zurückziehen. Außerdem habe er mit Malte von Putbus Verbindung aufgenommen und ihm empfohlen, Waldemar als Strandvogt von Jasmund, als den Nachfolger des alten Granzow, einzusetzen. Die Ernennung müsse in den nächsten Tagen eintreffen.

Das war etwa der Inhalt des langen Briefes. Hätte ihn Waldemar eher erhalten, hätte er leichteren Herzens um Hille geworben. Nun war die Zukunft Waldemars gesichert. Hille würde ihren Hof verpachten, sie würden auf Blandow wohnen, und Waldemar brauchte nicht einmal darauf zu verzichten, Seemann zu sein, denn als Strandvogt hatte er nur allzuoft Gelegenheit, zur See zu fahren, auch wenn er keine langen Reisen mehr machen müßte.

Zwei Wochen später war die Bestallung des neuen Strandvogts von Jasmund eingetroffen, und Waldemar hatte die Reise nach Putbus angetreten, um sich seinem neuen Herrn vorzustellen.

Von hier aus fuhren Waldemar und Hille nach Spyker, um vom alten Ahlström Magnus' Hinterlassenschaft entgegenzunehmen.

Hier erfuhren sie auch von dem weiteren Schicksal Gylfes, die Spyker verlassen hatte und wieder in das Bergener Stift eingezogen war, wo sie sich von aller Welt abschloß.

Nachdem Hille und Waldemar Hochzeit gefeiert hatten – der Alte Schwede hatte sich ausbedungen, daß das auf Pulitz geschehe –, zogen sie nach Blandow, und Waldemar übernahm das Amt seines Vaters und wachte über den Strand und das Wohlergehen der Fischer.

Wort- und Sacherklärungen

Anckarström: Jakob Johann; schwedischer Offizier; war an einer antiaristokratischen Verschwörung gegen den schwedischen König Gustav III. beteiligt, den er 1792 durch einen Pistolenschuß tötete; daraufhin hingerichtet

Bartholomäusnacht: auch Pariser Bluthochzeit genannt; in der Nacht vom 23. zum 24. 8. 1572 ließ die katholische Katharina v. Medici, um ihre Vorherrschaft zu sichern, in Paris etwa 2000 protestantische Hugenotten ermorden; in ganz Frankreich fielen diesem Anschlag im Verlauf von vier Wochen etwa 30 000 Hugenotten zum Opfer

Bernadotte: Jean Baptiste; 1763–1844; französischer Marschall; 1810 vom schwedischen Reichstag, von Frankreich unterstützt, zum schwedischen Kronprinzen gewählt; von Karl Johann XIII. als Karl Johann XIV. adoptiert, wurde er der Regent Schwedens und trat später als Gegner Frankreichs auf

Besan: hinterster Mast eines mehrmastigen Segelschiffes

Bülow: Friedrich Wilhelm von, 1755–1816; preußischer General; dem Kronprinzen von Schweden unterstellt, schlug er die Franzosen 1813 bei Großbeeren und Dennewitz

Chasseurs: (frz.) französiche Truppengattung; Jäger

Danebrog: Bezeichnung für die dänische Flagge (dän. brog = Fahne)

Diakonus: Diakon = griech. Diener; in der protestantischen Kirche der dem Pfarrer nachgeordnete Geistliche

Eh bien: (frz.) gut

Ewer: ein- oder zweimastiges kleines Küstenfahrzeug, gaffelgetakelt

Fockschoten: Tau, mit dem ein Segel bedient wird; hier die Segel des Fockmastes, des ersten Mastes eines mehrmastigen Segelschiffes

Gaffel: schräg nach oben stehendes Rundholz, an dem das Gaffelsegel gefahren wird

Gneisenau: August, Graf Neidhardt von; 1760–1831; preußischer General; zusammen mit v. Stein und v. Scharnhorst reformierte er das preußische Heer; seit 1813 Blüchers Generalstabschef. hatte er großen Anteil an den Erfolgen des Befreiungskrieges

Grandezza: (ital.) Größe, Hoheit, würdevolles Benehmen

halsen: Segelmanöver, bei dem ein Fahrzeug mit dem Heck durch den Wind geht

Klüver: über den Bug hinausragendes Rundholz, an dem die Klüversegel gefahren werden

Knoten: Angabe der Fahrt, die ein Schiff in Seemeilen (1852 m) macht

Kontinentalsperre: Maßnahme Napoleons I., den europäischen Kontinent gegen Einfuhren aus England zu sperren, wodurch nicht nur das englische, sondern auch das kontinentale Wirtschaftsleben geschädigt wurde

Kontribution: vom Feind auferlegte Geld- oder Naturalsteuer

Korvette: Segelkriegsschiff mit dreimastiger Rahtakelung

Kulm: 1813 wurden bei Kulm die Franzosen von den verbündeten Preußen, Österreichern und Russen besiegt

Leipzig: in der Völkerschlacht bei Leipzig (16.–19. 10. 1813) wurde Napoleon I. entscheidend von den verbündeten Preußen, Österreichern, Russen, Engländern und Schweden geschlagen

lenzen: Vor-dem-Wind-Laufen eines Schiffes

Logger: kleines Küstenfahrzeug mit zwei oder drei Masten

Mars: Mastplattform

Mon dieu: (frz.) Mein Gott

Nettelbeck: Joachim; 1738–1824; Kapitän, Branntweinbrenner, deutscher Patriot in der Zeit der Befreiungskriege; Bürgerrepräsentant Kolbergs; verhinderte 1806 mit Major v. Schill die Übergabe Kolbergs; unterstützte 1807 Gneisenau als Bürgeradjutant

Pagode: hier buddhistisches Götterbild mit beweglichem Kopf

Qui vive: (frz.) eigtl.: Wer lebt; gemeint ist der Postenruf: Wer da

Rahen vierkant brassen: bei Wind von hinten werden die Rahen vierkant gebraßt, d. h. so gedreht, daß sie im rechten Winkel zur Schiffslängsrichtung stehen

Reveille: (frz.) Weckruf bei Tagesanbruch

Schill: Ferdinand von; 1776–1809; preußischer Major; bildete 1807 ein Freikorps zur Verteidigung Kolbergs; später Kommandeur des 2. Husarenregiments in Berlin; versuchte 1809 eine allgemeine Erhebung gegen Napoleon zu veranlassen; in Stralsund im Kampf gegen Holländer und Dänen gefallen; 543 Angehörige seines Korps wurden zur Galeere verurteilt, 11 Offiziere in Wesel erschossen, über 200 Mann erzwangen freien Abzug nach Preußen, eine kleine Abteilung entkam auf dem Seeweg

schwoien: drehen eines vor Anker liegenden Schiffes in den Wind

Spiegel: bestimmte Form (glatt abgeschnitten) des Hecks eines Schiffes

Takelwerk: Sammelbezeichnung für alle Masten, Rahen, Segel und Tauwerk eines Schiffes

Tauentzien: Bogislaw Friedrich Emanuel, Graf T. von Wittenberg; 1760–1824; preußischer General; während des Befreiungskrieges preußischer Korpskommandeur

Tilsiter Friede: Friedrich Wilhelm III. von Preußen und Alexander von Rußland trafen sich 1807 in Tilsit mit Napoleon I., sie schlossen den Tilsiter Frieden, bei dem Preußen die Hälfte seines Gebiets verlor

vor Top und Takel treiben: hilflos im Wind treiben

Trafalgar: der englische Admiral Nelson schlug 1805 vor dem Kap Trafalgar (in der Nähe von Gibraltar gelegen) die vereinigte französische und spanische Flotte; er sicherte damit die englische Seeherrschaft im 19. Jh. und verhinderte die französische Landung in England

Wanten: Tauwerk, das den Masten seitlichen Halt gibt

Wiener Kongreß: im Wiener Kongreß (1814/15) wurden nach dem Sieg über Napoleon die politischen Verhältnisse Europas neu geregelt; den Sieg der Völker nahmen die europäischen Fürsten und Staatsmänner zum Anlaß, ihre Machtansprüche neu zu festigen; der Wiener Kongreß leitete die Zeit der Restauration, des politischen Rückschritts in Europa ein

Wrangel: Gustav Karl, Graf von; 1613-1676 (auf Spyker); schwedischer Feldherr

Der Autor

Philipp Galen (1813–1899), der eigentlich Philipp Lange hieß, war von Beruf Arzt. In den Jahren etwa zwischen 1850 und 1890 veröffentlichte er eine Vielzahl von Unterhaltungsromanen, die zu seiner Zeit gern gelesen wurden, heute jedoch vergessen sind „Der Strandvogt von Jasmund", auch gegenwärtig noch interessant wegen seines Themas, das einen bedeutenden Abschnitt aus der deutschen Geschichte behandelt, erschien erstmals 1860.

Die vierbändige Originalausgabe im Verlag von Christian Ernst Kollmann, Leipzig kann bei der Bayerischen Staatsbibliothek München abgerufen werden:
- Band 1: https://nbn-resolving.de/urn:nbn:de:bvb:12-bsb10108413-6
- Band 2: https://nbn-resolving.de/urn:nbn:de:bvb:12-bsb10124398-5
- Band 3: https://nbn-resolving.de/urn:nbn:de:bvb:12-bsb10124399-5
- Band 4: https://nbn-resolving.de/urn:nbn:de:bvb:12-bsb10108416-2